D0383639

BLACK SUNDAY

DU MÊME AUTEUR

Dragon rouge
Éditions Mazarine

Le Silence des Agneaux
Éd. Albin Michel

THOMAS HARRIS

BLACK SUNDAY

ROMAN

Traduit de l'américain
par Monique Lebailly

Albin Michel

Édition originale américaine :
BLACK SUNDAY

© 1975 by Thomas Harris
Tous droits réservés

Traduction française :
© Éditions Albin Michel S.A., 1993
22, rue Huyghens, 75014 Paris

ISBN 2-226-06727-2

1

LA nuit tomba pendant que le taxi parcourait avec un bruit de ferraille les dix kilomètres de côte entre l'aéroport et Beyrouth. Assise à l'arrière, Dahlia Iyad regardait l'écume de la Méditerranée virer du blanc au gris dans la lumière mourante. Elle songeait à l'Américain. On allait lui poser de nombreuses questions sur lui et elle devrait y répondre.

Le taxi tourna pour prendre la rue de Verdun et se faufiler au cœur de la cité, le quartier de Sabra rempli de réfugiés palestiniens. Elle n'avait pas eu besoin de donner d'instructions au chauffeur. Il scruta attentivement le rétroviseur, puis éteignit les phares et pénétra dans une petite cour de la rue Jeb el-Nakhel. Il y faisait noir comme dans un four. Dahlia entendait les bruits étouffés de la circulation, mêlés aux cliquetis du moteur en train de refroidir. Une minute s'écoula ainsi.

Le taxi se balança lorsqu'on ouvrit brusquement les quatre portières et une puissante lampe électrique vint aveugler le conducteur. Dahlia sentit l'odeur de graisse du revolver braqué à quelques centimètres de son œil.

L'homme à la lampe s'approcha de la portière arrière et le revolver disparut.

« *Djinniy,* dit-elle d'une voix douce.

— Descends et suis-moi. »

Il parlait l'arabe avec l'accent des montagnes.

Un tribunal impitoyable attendait Dahlia Iyad, dans une pièce silencieuse. Hafez Najeer, chef du Jihaz al-Rasd (le RASD), le service de renseignements du Fatah, était assis à un bureau, la tête appuyée contre le mur. Cette tête semblait petite pour sa grande taille. Derrière son dos, ses subordonnés l'appelaient la « Mante religieuse ». Lorsqu'il fixait sur vous son attention vous en étiez malade de frayeur.

Najeer était le commandant de Septembre Noir. Le concept de « situation au Moyen-Orient » n'avait pour lui aucun sens. Si les Arabes avaient récupéré la Palestine, il n'aurait pas exulté de joie. Il croyait à l'holocauste, au feu qui purifie. Dahlia Iyad aussi.

Et il en était de même pour les deux autres hommes présents : Abou Ali, qui commandait aux escadrons de la mort de Septembre Noir en Italie et en France, et Muhammad Fasil, expert en artillerie et responsable de l'attentat contre le Village olympique de Munich. Ces membres du RASD étaient les cerveaux de Septembre Noir. Leurs positions n'étaient pas reconnues par le mouvement de la guérilla palestinienne, car Septembre Noir vit dans le Fatah comme le désir dans le corps de l'homme.

C'était ces trois hommes qui allaient décider du prochain objectif de Septembre Noir aux Etats-Unis. Plus de cinquante plans avaient été élaborés puis écartés. Pendant ce temps, les munitions américaines continuaient à se déverser dans les docks israéliens d'Haïfa.

Brusquement, une idée leur était venue et, maintenant, si Najeer donnait son approbation définitive, la mission reposerait sur les seules épaules de cette jeune femme.

Elle jeta sa djellaba sur une chaise et se tourna vers eux. « Bonsoir, camarades.

— Bienvenue, camarade Dahlia », répondit Najeer.

Il ne s'était pas levé à son entrée dans la pièce. Les deux autres non plus. L'année passée aux Etats-Unis avait profondément modifié son apparence. Très élégante en costume pantalon, elle semblait un peu désarmante.

« L'Américain est prêt. Je suis convaincue qu'il ira jusqu'au bout. Il en rêve.

— Et son équilibre mental ?

— Suffisant. Je le soutiens. Il compte sur moi.

— C'est ce que j'avais cru comprendre dans tes rapports, mais le code ne rend pas les nuances. Ali, tu as des questions ? »

Abou Ali regardait attentivement Dahlia. Elle lui rappelait ses cours de psychologie à l'université américaine de Beyrouth.

« Le comportement de l'Américain semble-t-il rationnel ? demanda-t-il.

— Oui.

— Mais tu le crois fou ?

— La santé mentale et la rationalité apparente, c'est deux choses différentes, camarade.

— Sa dépendance envers toi s'accroît-elle ? A-t-il des moments d'hostilité ?

— Parfois, il se montre hostile, mais moins souvent qu'auparavant.

— Est-il impuissant ?

— Il l'était depuis son retour du Viêt-nam, m'a-t-il dit, mais cela a cessé il y a deux mois. » Dahlia observait Ali. Avec ses petits gestes élégants et ses yeux brillants, il lui faisait penser à une civette.

« Est-ce que tu t'attribues la guérison de son impuissance ?

— Je ne m'attribue rien, camarade. C'est une question de maîtrise. Mon corps est utile pour maintenir cette maîtrise. Si un revolver était plus efficace, j'utiliserais un revolver. »

Najeer approuva d'un signe de tête. Il savait qu'elle disait la vérité. Dahlia l'avait aidé à préparer les trois terroristes japonais qui accomplirent le massacre de l'aéroport de Lod, à Tel-Aviv. Au départ, ils étaient quatre. L'un d'eux craqua pendant l'entraînement et, sous les yeux des autres, Dahlia lui tira une balle dans la tête avec son pistolet mitrailleur Schmeisser.

« Et qu'est-ce qui te dit que, pris d'une crise de conscience, il ne te livrera pas aux Américains ?

— Et qu'y gagneraient-ils, s'il le faisait ? Je ne suis pas

une grosse prise. Ils auraient l'explosif, mais les Américains disposent déjà de grosses quantités de plastic, nous sommes bien placés pour le savoir. »

Cette dernière remarque était destinée à Najeer et il leva brusquement les yeux pour la regarder.

Les terroristes israéliens se servaient presque exclusivement de plastic C-4 américain. Najeer se remémora le jour où, à Bhandoum, après avoir sorti le corps de son frère d'un appartement dévasté par une explosion, il était retourné chercher les jambes.

« L'Américain a pris contact avec nous parce qu'il voulait des explosifs. Tu le sais, camarade, dit Dahlia. Il a besoin de moi, aussi, pour d'autres choses. Il n'a pas d'opinions politiques, nous ne risquons pas de le choquer. Quant au mot " conscience ", il ne s'applique pas à lui dans le sens ordinaire du terme. Il ne me dénoncera pas.

— Regardons-le encore, répliqua Najeer. Camarade Dahlia, tu as étudié cet homme sous un seul angle. Laisse-moi te le montrer dans des circonstances totalement différentes. Ali ? »

Abou Ali installa un projecteur 16 mm sur le bureau et éteignit la lumière. « Nous avons tout récemment obtenu cela d'un contact que nous avons au Nord-Viêtnam, camarade Dahlia. Ce film est passé une fois à la télévision américaine, mais c'était avant que tu aies un poste à la Maison de la Guerre. Je doute que tu l'aies vu. »

L'amorce numérotée apparut, floue, sur le mur, et un son déformé jaillit du haut-parleur. Lorsque le film prit de la vitesse, on distingua l'hymne de la République démocratique du Viêt-nam, et le carré de lumière sur le mur devint une pièce aux murs blanchis à la chaux. Deux douzaines de prisonniers de guerre américains étaient assis par terre. L'image se réduisit à un lutrin portant un microphone. Un grand homme décharné s'en approcha à pas lents. Il portait la tenue informe d'un prisonnier de guerre, ainsi que des chaussettes et des sandales à lanières. L'une de ses mains resta dissimulée

10

dans les plis de sa veste et l'autre posée à plat sur sa cuisse tandis qu'il saluait les autorités installées au premier rang. Il se tourna vers le micro et parla lentement.

« Je suis Michael J. Lander, capitaine de corvette de l'U.S. Navy, fait prisonnier le 10 février 1967 pendant le bombardement d'un hôpital civil près de Ninh Binh... près de Ninh Binh. Bien que je sois indéniablement coupable de crime de guerre, la République démocratique du Viêt-nam ne m'a pas puni, mais m'a montré les souffrances que provoquaient les crimes de guerre américains, comme le mien et bien d'autres... Je regrette ce que j'ai fait. Je regrette que nous ayons tué des enfants. Je somme le peuple américain de mettre fin à cette guerre. La République démocratique du Viêt-nam n'éprouve... n'éprouve aucune animosité envers le peuple américain. Les responsables, ce sont les bellicistes au pouvoir. Je suis honteux de ce que j'ai fait. »

La caméra effectua un panoramique sur les autres prisonniers semblables à des élèves attentifs, le visage soigneusement dépourvu d'expression. Le film se termina par l'hymne national.

« Assez gauche, dit Ali dont l'anglais était presque parfait. On avait dû lui attacher la main au côté. » Il avait observé Dahlia pendant tout le film. Les yeux de la jeune femme s'étaient agrandis pendant une seconde, lors du gros plan sur le visage émacié. A part cela, elle était restée impassible.

« Bombarder un hôpital, dit Ali d'un ton songeur. Alors, il a l'expérience de ce genre de choses.

— Il a été fait prisonnier aux commandes d'un hélicoptère de sauvetage. Il essayait de récupérer l'équipage d'un Phantom abattu, précisa Dahlia. Vous avez vu mon rapport.

— J'ai lu ce qu'il t'a dit, corrigea Najeer.

— Il me dit la vérité. Il a dépassé le stade du mensonge. Je vis avec lui depuis deux mois. Je le sais.

— N'importe comment, c'est un détail, répliqua Ali. Il y a d'autres choses beaucoup plus intéressantes à préciser à son sujet. »

Pendant la demi-heure suivante, Ali la questionna sur les détails les plus intimes du comportement de l'Américain. Quand il eut fini, Dahlia avait l'impression qu'une odeur rôdait dans la pièce. Réelle ou imaginaire, elle lui rappelait le camp de réfugiés palestiniens de Tyr où, fillette de huit ans, elle repliait le sac de couchage sur lequel sa mère et l'homme qui leur apportait de la nourriture avaient gémi dans le noir.

Fasil l'interrogea à son tour. Il avait des mains de technicien, carrées, expertes, avec des cals au bout des doigts. Il se penchait en avant ; son petit cartable était par terre, à côté de sa chaise.

« L'Américain a-t-il déjà manié des explosifs ?

— Seulement ceux, empaquetés, de l'artillerie militaire. Mais il a tout préparé soigneusement, dans les moindres détails. Son projet me paraît rationnel, répondit Dahlia.

— A *toi*, camarade, il semble rationnel. Peut-être parce que tu es trop intimement impliquée. Nous verrons s'il l'est. »

Elle aurait voulu que ces hommes entendent la voix de l'Américain lorsqu'il réduisait graduellement son terrible projet à une série de problèmes clairement définis, chacun avec sa solution propre.

Elle inspira à fond et se mit à évoquer les problèmes techniques que soulevait le massacre de quatre-vingt mille personnes, y compris le nouveau Président des Etats-Unis, que toute une nation verrait sur les écrans de télévision.

« Ce qui nous limite, c'est le poids, dit-elle. Nous ne pouvons pas dépasser six cents kilos de plastic. Donnez-moi une cigarette, s'il vous plaît, et puis un stylo et du papier. »

Penchée sur le bureau, elle traça une courbe qui ressemblait à celle, transversale, d'un bol. A l'intérieur, elle en dessina une autre, plus petite, aux mêmes paramètres.

« Ça, c'est la cible », dit-elle en montrant la plus

grande. Son stylo passa à l'autre. « Le principe de la charge profilée, c'est...

— Oui, oui, l'interrompit Fasil. Comme une grande mine Claymore. Simple. La densité des spectateurs ?

— Assis coude à coude, entièrement exposés, à partir du bassin. Il faut que je sache si le plastic...

— Le camarade Najeer te dira ce que tu as besoin de savoir », répliqua Fasil avec condescendance.

Imperturbable, Dahlia poursuivit : « Il faut que je sache si l'explosif que le camarade Najeer choisira de me fournir est du plastic antipersonnel pré-emballé avec des balles d'acier, comme celles que contient une Claymore. Le poids demandé est uniquement celui du plastic. Impossible de se servir des conteneurs et de ce type de shrapnel.

— Pourquoi ?

— A cause du poids, bien entendu. »

Fasil lui cassait les pieds.

« Et si tu n'as pas de shrapnel ? Qu'est-ce que tu feras, camarade ? Si tu comptes sur l'onde de choc, permets-moi de t'apprendre que...

— Permets-moi de t'apprendre quelque chose, camarade. J'ai besoin de ton aide et je l'aurai. Je ne prétends pas posséder ta compétence. Nous ne sommes pas rivaux, toi et moi. La jalousie n'a pas sa place dans la révolution.

— Dis-lui ce qu'elle veut savoir. » La voix de Najeer était sèche.

Aussitôt, Fasil dit : « Le plastic n'est pas accompagné de shrapnels. Que vas-tu utiliser ?

— L'extérieur de la charge profilée sera couverte de plusieurs couches de fléchettes de carabine calibre 177. L'Américain croit qu'elles se disperseront à 150° verticalement par un arc horizontal de 260°. Cela fait une moyenne de trois projectiles et demi par personne dans la zone de destruction. »

Les yeux de Fasil s'agrandirent. Il avait vu une mine Claymore américaine, pas plus grosse qu'un manuel scolaire, se frayer un chemin sanglant dans une colonne de soldats en marche et faucher littéralement l'herbe autour d'eux. Ce que Dahlia proposait correspondrait à l'explosion d'un millier de Claymore en même temps.

« L'explosion ?

— Un détonateur électrique, mis à feu par une décharge de 12 volts et déjà installé dans l'appareil. Il y a un système supplémentaire identique, avec une batterie séparée. Et aussi une fusée-détonateur.

— Ça suffit, dit le technicien. J'ai terminé. »

Dahlia le regarda. Il souriait — elle ne pouvait pas dire s'il était satisfait ou si c'était par peur de Hafez Najeer. Elle se demanda si Fasil se faisait une idée de l'immense ligne courbe que représentait le Tulane Stadium où, le 12 janvier, se joueraient les vingt et une premières minutes du match du Super Bowl.

Dahlia attendit une heure dans une pièce au bout du couloir. Quand on l'appela, le commandant de Septembre Noir était seul. Maintenant, elle allait savoir.

La pièce était plongée dans l'obscurité et seul le bureau était éclairé par une lampe. Najeer, le dos appuyé au mur, portait un capuchon d'ombre. Ses mains, bien éclairées, jouaient avec un couteau de commando.

« Vas-y, Dahlia. Tue autant d'Américains que tu pourras. »

Brusquement, il se pencha, plongeant dans le cône de lumière, et sourit comme s'il était soulagé ; ses dents brillaient dans son visage brun. C'est d'un air presque jovial qu'il ouvrit le coffre du technicien et en sortit une statuette, une madone aux couleurs vives, d'une facture grossière, comme celles que l'on voit dans les vitrines des magasins d'articles de piété. « Examine-la », dit-il.

Elle fit tourner la statuette entre ses mains ; elle pesait environ une livre et n'avait pas l'air d'être en matière plastique. Une fine arête marquait ses contours, comme si on l'avait pressée dans un moule au lieu de la couler. Sous le socle, on pouvait lire : « Made in Taïwan. »

« Du plastic, dit Najeer. Similaire au C-4 américain, mais fabriqué à l'Est. Il présente certains avantages sur le C-4. D'abord il est plus puissant tout en restant presque aussi stable, et il est très malléable lorsqu'on le chauffe à plus de 50 °C.

« Mille deux cents comme celle-là arriveront à New York dans deux semaines à compter de demain, à bord du cargo *Leticia*. Le manifeste montrera qu'elles ont été transbordées à Taïwan. Muzi, l'importateur, viendra en prendre livraison aux docks. Après, tu t'assureras de son silence. »

Najeer se leva et s'étira. « C'est du bon travail, camarade Dahlia. Tu as fait un long voyage. Viens te reposer chez moi. »

Najeer logeait au dernier étage du 18, rue de Verdun, dans un appartement médiocrement meublé semblable à ceux de Fasil et d'Ali, qui habitaient le même immeuble.

Dahlia s'assit au bord du lit de Najeer, un petit magnétophone sur les genoux. Il lui avait demandé d'enregistrer le message qui serait diffusé par Radio-Beyrouth, après l'attentat. Elle était nue et Najeer, allongé sur le lit, la vit s'exciter en parlant dans le micro.

« Citoyens des Etats-Unis, dit-elle, aujourd'hui les combattants palestiniens pour la liberté ont frappé un grand coup au cœur de votre pays. Cette horreur vous a été infligée par vos propres marchands de mort, ceux qui fournissent les bouchers d'Israël. Vos dirigeants sont restés sourds aux cris des sans-abri. Ils ont fermé les yeux sur les crimes des juifs en Palestine, semblables à ceux qu'eux-mêmes ont commis en Asie du Sud-Est. Des fusils, des avions militaires et des centaines de millions de dollars ont afflué de votre pays dans les mains des bellicistes pendant que des millions d'entre vous meurent de faim. Les gens ne seront plus frustrés.

« Ecoutez bien, Américains. Nous souhaitons être vos frères. C'est vous qui devez rejeter l'ordure qui vous gouverne. Dorénavant, pour chaque Palestinien qui meurt de la main des Israéliens, un Américain mourra de la main des Palestiniens. Chaque lieu saint musulman, chaque lieu saint chrétien, détruit par les gangsters juifs entraînera la destruction d'un bâtiment public américain. »

Le visage de Dahlia s'empourpra et ses mamelons

15

s'érigèrent tandis qu'elle poursuivait. « Nous espérons que ces violences n'iront pas plus loin. Cela dépend de vous. Nous espérons ne plus jamais commencer une autre année par un tel bain de sang. *Salam aleikoum.* »

Lorsque, debout devant elle, Najeer laissa sa robe de chambre tomber sur le sol, Dahlia tendit les bras vers lui

A trois kilomètres de la pièce où Dahlia et Najeer s'étreignaient dans les draps enchevêtrés, un petit lance-missiles israélien fendait silencieusement la Méditerranée.

Il se mit en panne à un kilomètre au sud de la Grotte aux Pigeons et l'on mit à la mer un radeau de sauvetage. Douze hommes armés y embarquèrent. Ils portaient des complets veston russes, arabes et français. Tous étaient chaussés de souliers à semelle de crêpe et n'avaient aucun papier d'identité sur eux. Leurs visages étaient résolus. Il ne s'agissait pas de leur première visite au Liban.

L'eau était gris fumée sous le quartier de lune et une chaude brise venue du large ridait la mer. Huit des hommes ramaient de toutes leurs forces pour parcourir le plus rapidement possible les quatre cents mètres qui les séparaient de la plage de sable du boulevard de Verdun. Il était 4 heures 11 du matin, dans vingt-trois minutes le soleil se lèverait et dans dix-sept le premier glacis bleu du jour s'étendrait sur la ville. Ils tirèrent en silence le radeau sur le sable, le recouvrirent d'une bâche jaune pâle et remontèrent rapidement la plage jusqu'à la rue Ramlet el-Baida où les attendaient quatre hommes et quatre voitures dont les silhouettes se découpaient sur le rougeoiement des hôtels de tourisme, au nord de la cité.

Ils n'étaient qu'à quelques mètres des voitures lorsqu'une Land Rover marron et blanc freina bruyamment à trente mètres de là, dans la rue Ramlet, et braqua ses phares sur le petit convoi. Deux hommes en uniforme brun-roux sautèrent du camion les armes à la main.

« Ne bougez pas. Vos papiers. »

Il y eut comme un bruit de pop-corn, et de la poussière s'éleva des uniformes des policiers libanais lorsqu'ils s'écroulèrent, criblés par les balles 9 mm des Parabellum pourvus de silencieux.

Le troisième policier, au volant du camion, tenta de s'enfuir. Une balle traversa le pare-brise, puis son front. Le véhicule fut arrêté par un palmier au bord de la route et le conducteur fut projeté contre le klaxon. Deux hommes coururent jusqu'au camion et redressèrent le cadavre, mais les phares illuminaient certains appartements du front de mer.

Une fenêtre s'ouvrit et quelqu'un cria en arabe d'un ton furieux : « Qu'est-ce que c'est que ce raffut ? On va appeler la police. »

Le chef du commando, debout près du camion, répondit dans la même langue en jouant l'ivresse : « Qu'est-ce qu'elle fabrique Fatima ? On partira que quand elle sera descendue.

— Espèces d'ivrognes, fichez le camp ou j'appelle la police.

— *Salam aleikoum,* voisin. Je m'en vais », répondit la voix avinée.

La lumière de l'appartement s'éteignit.

En moins de deux minutes, la mer se referma sur le véhicule et les corps qu'il contenait.

Deux des voitures s'engagèrent dans la rue Ramlet en direction du sud, pendant que les deux autres suivaient la corniche Ras Beyrouth sur deux pâtés de maisons avant de tourner de nouveau vers le nord et la rue de Verdun...

Le 18 était gardé jour et nuit. Une sentinelle veillait dans le hall et un autre homme, armé d'une mitrailleuse, était posté sur le toit de l'immeuble d'en face. Ce dernier avait une curieuse posture, derrière son arme, et sa gorge ensanglantée béait au clair de lune. Celui du hall, attiré à l'extérieur par une chanson d'ivrogne, était maintenant étendu à deux pas de la porte.

Najeer dormait lorsque Dahlia se libéra doucement de

son étreinte pour se rendre à la salle de bains. Elle resta longtemps sous la douche, à jouir des picotements du jet. Najeer n'avait rien d'un amant exceptionnel. Elle sourit en se savonnant. Elle pensait à l'Américain et le bruit de l'eau l'empêcha d'entendre les pas, dans le couloir.

Najeer sortit à demi du lit lorsque la porte de l'appartement s'ouvrit à toute volée et qu'une lampe électrique l'aveugla.

« Camarade Najeer ! dit l'homme d'un ton pressant.

— *Aiwa.* »

La mitrailleuse oscilla et le sang jaillit du corps de Najeer lorsque les balles le rejetèrent contre le mur. Le tueur fit tomber dans un sac tout ce qu'il y avait sur le bureau de Najeer tandis qu'une explosion, quelque part, dans une autre partie du bâtiment, ébranlait la pièce.

La fille nue qui apparut sur le seuil de la salle de bains semblait figée sur place par l'horreur. Le tueur pointa sa mitrailleuse sur ses seins humides. Son doigt se resserra sur la détente. C'était de beaux seins. Le museau de l'arme hésita.

« Rhabille-toi, putain d'Arabe », dit l'homme en sortant de la pièce.

L'explosion qui s'était produite deux étages en dessous avait abattu le mur de l'appartement d'Abou Ali, le tuant sur le coup, ainsi que sa femme. Les membres du commando que la poussière faisait tousser s'engageaient dans l'escalier lorsqu'un homme mince, en pyjama, jaillit d'une porte, à l'extrémité du couloir, en essayant d'armer une mitrailleuse. Il n'avait pas fini qu'une pluie de balles le transperçait, lardant sa chair de bouts d'étoffe.

Le commando se précipita dans la rue, et les voitures fonçaient déjà vers la mer en rugissant lorsque les premières sirènes de police se firent entendre.

Dahlia enfila la robe de chambre de Najeer, prit son sac à main et se retrouva en quelques secondes dans la rue, mêlée à la foule qui se déversait des immeubles du coin. Elle tentait désespérément de réfléchir lorsque quelqu'un la saisit brutalement par le bras. C'était Muhammad Fasil. Une balle lui avait profondément balafré la joue. Il enroula sa cravate autour de sa main et l'appliqua sur la blessure.

« Najeer ? demanda-t-il.

— Mort.

— Ali aussi, je pense. Sa fenêtre a explosé au moment où j'arrivais au coin de la rue. Je leur ai tiré dessus de ma voiture, mais... Ecoute-moi bien. Najeer a donné l'ordre. Il faut accomplir ta mission. Cela n'a rien à voir avec l'explosif, il arrivera au rendez-vous. Les armes automatiques aussi — ton Schmeisser et un AK-47, emballés séparément avec des pièces de bicyclette. »

Les yeux de Dahlia rougis par la fumée se tournèrent vers lui. « Ils le paieront, dit-elle. Ils paieront ça à dix mille contre un. »

Fasil l'emmena jusqu'à une maison sûre, dans le quartier de Sabra, où elle attendit que la journée passe. La nuit venue, il la conduisit à l'aéroport dans sa guimbarde, une vieille Citroën.

A 22 heures 30, le vol 707 de la Pan Am s'élança en hurlant au-dessus de la Méditerranée et, avant que les lumières du Liban se soient effacées sous l'aile de tribord, Dahlia, épuisée, s'endormit.

2

Au même moment, Michael Lander faisait la seule chose qu'il aimait vraiment. Il était aux commandes du dirigeable de l'Aldrich qui planait à deux cent cinquante mètres au-dessus de l'Orange Bowl de Miami, fournissant ainsi une plate-forme stable à l'équipe de télévision installée dans la nacelle, derrière lui. Dans le stade archicomble, l'équipe des Dolphins de Miami, championne du monde, était en train de battre les Steelers de Pittsburgh.

Les rugissements des spectateurs couvraient presque la radio qui crépitait au-dessus de la tête de Lander. En été, il croyait sentir les odeurs de la foule, et son véhicule semblait porté par le puissant courant ascensionnel des cris stupides et de la chaleur des corps. Et cela dégoûtait Lander. Il préférait les trajets entre les villes. Le dirigeable était alors propre et silencieux.

Lander ne jetait que rarement un coup d'œil sur le terrain. Il regardait le bord circulaire du stade et la ligne de visée qu'il avait tracée entre le sommet d'un mât et l'horizon, afin de rester exactement à deux cent cinquante mètres d'altitude.

Lander était un pilote exceptionnel dans un domaine particulièrement ardu. Ce n'est pas facile de piloter un dirigeable. S'il n'est pas habilement manœuvré, sa flottabilité presque neutre et sa vaste surface le livrent à la merci du vent. Lander avait l'instinct d'un marin en ce qui concernait le vent, et le talent le plus précieux que puisse souhaiter un pilote de dirigeable : la capacité d'anticiper. Les mouvements d'un dirigeable sont cycliques et Lander, toujours en avance, maintenait la grande baleine grise dans la brise comme un poisson face au courant, baissant un peu le nez dans les rafales et le relevant dans les accalmies, abritant de son ombre la moitié de la zone axiale. Pendant les pauses, beaucoup de spectateurs levaient les yeux vers lui et certains le saluaient de la main. Une aussi grosse masse d'une telle longueur, suspendue dans l'air clair, les fascinait.

Lander avait un pilote automatique dans la tête. Tandis que ce dernier dictait les minuscules et constants réglages qui tenaient le dirigeable stable, il pensait à Dahlia. Au duvet au creux de ses reins, et à sa douceur sous la main. A ses dents pointues. A son goût de miel et de sel.

Il regarda sa montre. Dahlia devait être à une heure de Beyrouth, sur le chemin du retour.

Lander ne connaissait que deux choses agréables auxquelles penser : Dahlia et le pilotage.

De sa main gauche couturée de cicatrices, il tira doucement sur les commandes des gaz et du pas de l'hélice, puis ramena en arrière la grande roue du gouvernail, à côté de son siège. L'énorme dirigeable s'éleva rapidement tandis que Lander parlait dans le micro :

« Nora Un Zéro, départ du stade pour un tour de piste à trois cent cinquante mètres.

— Compris, Nora Un Zéro », répondit joyeusement la tour de contrôle de Miami.

Les contrôleurs aériens et les radios de la tour aimaient bien parler au dirigeable, et beaucoup d'entre eux, sachant qu'il allait arriver, se préparaient à l'accueillir avec une plaisanterie. Les gens avaient pour lui les mêmes sentiments amicaux que pour un panda. Les millions d'Américains qui l'avaient vu dans le ciel lors des foires ou des événements sportifs considéraient le dirigeable comme un énorme ami bien gentil et un peu lent. « Eléphant » ou « baleine » étaient les métaphores les plus utilisées. Personne ne prononçait jamais à son sujet le mot « bombe ».

La partie était enfin terminée et l'ombre longue de soixante-dix mètres parcourut rapidement les kilomètres de voitures qui s'éloignaient du stade. Le cameraman et son assistant avaient arrimé leur équipement et mangeaient des sandwiches. Lander travaillait souvent avec eux.

Sous le ventre du dirigeable, le soleil couchant zébrait d'un feu rouge et or la baie de Biscayne. Lander tourna vers le nord et survola, à cinquante mètres d'altitude, la plage de Miami pendant que l'équipe de la télévision et le mécanicien regardaient les filles en bikini avec des jumelles. Certaines baigneuses les saluaient de la main.

« Hé, Mike est-ce que l'Aldrich fabrique des préservatifs ? » cria Pearson, le cameraman, la bouche pleine de sandwich.

« Oui, lança Lander par-dessus son épaule. Des préservatifs, des pneus, des dégivreurs, des essuie-glaces, des jouets en caoutchouc, des ballons et des sacs à dépouille.

— Alors, tu as des préservatifs à l'œil ?

— Et comment ! J'en porte un en ce moment.

— Qu'est-ce que c'est un sac à dépouille ?

— C'est un énorme sac en caoutchouc. Taille unique, dit Lander, noir à l'intérieur. C'est le préservatif de l'Oncle Sam. Si t'en vois, t'es sûr qu'il a fait du foin dans le coin. » Ce ne serait pas difficile d'appuyer sur le bouton pour Pearson ; ce ne serait pas difficile d'appuyer sur le bouton pour n'importe lequel d'entre eux.

Le dirigeable ne volait pas souvent à la mauvaise saison. Il prenait ses quartiers d'hiver à Miami, dans un grand hangar qui écrasait de sa masse le reste des bâtiments avoisinant l'aérodrome. Au printemps, il partait pour le nord, à une vitesse de 65 à 110 kilomètres-heure selon le vent, et se pointait dans les grandes foires et les matches de base-ball. L'hiver, l'Aldrich Company fournissait à Lander un appartement près de l'aérodrome de Miami. Mais ce jour-là, dès que le grand dirigeable fut amarré, le pilote attrapa le vol de Newark et rentra chez lui, non loin de la base septentrionale de l'appareil, à Lakehurst, dans le New Jersey.

Quand sa femme était partie, elle lui avait laissé la maison. Ce soir-là, les lumières brûlèrent tard dans le garage transformé en atelier où Lander s'était mis au travail en attendant Dahlia. Dans un bidon posé sur l'établi, il remuait de la résine époxyde dont la puissante odeur remplissait la pièce. Par terre, derrière lui, il y avait un drôle d'objet de cinq mètres cinquante de long. C'était un moule qu'il avait fabriqué avec la coque d'un petit bateau à voile en fendant la quille retournée. Les deux moitiés étaient maintenues à quarante-cinq centimètres l'une de l'autre par une large étrave commune. Le moule ressemblait à un grand fer à cheval aérodynamique. Sa fabrication avait pris des semaines de temps libre. Maintenant, il était terminé et luisait de graisse.

Lander, sifflotant tranquillement, le recouvrait de couches de fibres de verre et de résine, en taillant soigneusement les coins en biseau. Lorsque la coque en fibres de verre serait sèche et qu'il ôterait le moule, il aurait une nacelle légère, aux lignes pures, qui tiendrait parfaitement sous celle du dirigeable. L'ouverture qui était au centre recevait l'unique pignon d'atterrissage et l'antenne du transpondeur. L'armature portante qui serait enfermée dans la nacelle était suspendue à un clou au mur du garage. Ses quilles jumelles en chrome-molybdène Reynolds 5130, ses tuyaux et ses membrures de même matière la rendaient très légère et très solide.

Une fois marié, Lander avait transformé le double garage en atelier et fabriqué là, avant de partir au Viêt-nam, une bonne partie de ses meubles. Les choses que sa femme n'avait pas voulu emporter y étaient encore entreposées : une chaise haute pour bébé, une table de camping pliante, des meubles de jardin en osier. La lumière fluorescente était éblouissante et Lander, qui s'affairait autour du moule en sifflotant, portait une casquette de base-ball.

Il s'arrêta une fois pour réfléchir, et longtemps. Puis il se remit au polissage, levant soigneusement les pieds lorsqu'il se déplaçait pour ne pas déchirer les journaux étalés par terre.

Peu après 4 heures du matin, le téléphone sonna. Lander décrocha le poste du garage.

« Michael ? »

L'accent anglais de Dahlia le surprenait toujours, et il imagina le téléphone enfoui dans ses cheveux noirs.

« Qui d'autre ?

— Grand-mère va bien. Je suis à l'aéroport et j'arriverai tard. Ne m'attends pas pour te coucher.

— A quelle...

— Michael, j'ai hâte de te voir. »

Elle raccrocha.

Le soleil allait se lever lorsque Dahlia s'engagea dans l'allée. Les fenêtres n'étaient pas éclairées. Elle appréhendait les retrouvailles, sans être aussi inquiète qu'à leur première rencontre... Ce jour-là, elle s'était crue dans une pièce avec un serpent qu'elle ne pouvait pas voir. Lorsqu'elle vint vivre avec lui, elle arriva à séparer la part dangereusement mortelle de Michael Lander du reste de sa personne. Maintenant, elle avait l'impression qu'ils étaient tous deux dans une pièce avec un serpent, et pouvait dire où il était et s'il dormait.

Elle fit en entrant plus de bruit qu'il n'était nécessaire et chantonna son nom en montant l'escalier. Elle ne voulait pas le réveiller en sursaut. Dans la chambre, il faisait noir comme dans un four.

Du seuil de la porte, elle aperçut la lueur de sa cigarette, comme un minuscule œil rouge.

« Salut, dit-elle.

— Viens là. »

Dans l'obscurité, elle se dirigea vers le rougeoiement. Elle heurta du pied le fusil de chasse, par terre, à côté du lit. Tout allait bien. Le serpent était endormi.

Lander rêvait de baleines et n'avait guère envie de se réveiller. La grande ombre du dirigeable de la Navy qu'il pilotait se déplaçait sur la glace, en dessous de lui, et le jour n'en finissait pas de mourir. C'était en 1956 et il survolait le Pôle.

Les baleines se chauffaient au soleil de l'Arctique et elles ne virent le dirigeable que lorsqu'il fut à leur hauteur. Alors, elles chantèrent et leurs nageoires caudales apparurent dans un jaillissement d'écume quand elles se glissèrent sous un rebord de glace bleue, au sein de la mer Arctique. En regardant sous la nacelle, Lander aperçut les baleines immobiles. Dans un lieu bleu et froid où il n'y avait aucun bruit.

Puis il arriva juste au-dessus du Pôle et le compas magnétique devint fou. L'activité solaire interférait avec le radiophare et Fletcher, à la roue du gouvernail, s'orienta sur le soleil pendant que le drapeau, sur sa pointe lestée, descendait en voletant jusqu'à la glace.

« Le compas, dit-il en se réveillant. Le compas.

— Le radiophare directionnel de Spitsbergen, Michael, dit Dahlia en posant la main sur sa joue. Voilà ton petit déjeuner. »

Elle connaissait ce rêve. Elle espérait qu'il rêverait souvent des baleines. Il était plus accommodant après.

Une journée difficile attendait Lander et elle ne pourrait pas la passer avec lui. Elle ouvrit les rideaux et le soleil illumina la pièce.

« Je voudrais bien que tu ne sois pas obligé d'y aller.

— Je te l'ai déjà dit, dit Lander. Quand on a un brevet de pilote, on vous surveille de près. Si je ne me présente pas, ils enverront ici quelqu'un du ministère des Vétérans avec un questionnaire. Il aura un formulaire. Qui dit comme ça : " A. Notez l'état des lieux. B. Est-ce que le sujet semble déprimé ? " » Et ça continue. Sur des pages et des pages.

— Tu peux affronter ça.

— Qu'un de ces foireux se mette dans la tête que je suis un peu nerveux, un coup de téléphone à la FAA[1], et ça y est. Ils m'empêcheront de voler. Qu'est-ce qui se passerait si l'un de ces types jetait un coup d'œil dans le garage ? » Il but son jus d'orange. « Et puis, je veux voir encore une fois les bureaucrates. »

Dahlia se tenait à la fenêtre, le soleil lui chauffait les joues et le cou. « Comment te sens-tu ?

1. Federal Aviation Agency (N.d.T.).

25

— Tu veux dire, est-ce qu'aujourd'hui je suis dingue ? Non, je ne le suis pas.

— Ce n'est pas ça que je voulais dire.

— Mon cul. Je vais juste me retrouver dans un petit bureau avec l'un d'eux, et nous fermerons la porte, et il me dira les nouvelles choses que le gouvernement va faire pour moi. » Une douleur fulgura derrière les yeux de Lander.

« Bon, es-tu fou aujourd'hui ? Vas-tu tout gâcher ? Vas-tu sauter sur un employé du ministère des Vétérans et le tuer, et puis laisser les autres te clouer au sol en attendant les flics ? Comme ça, tu pourras rester assis dans une cellule, à chanter " Dieu bénisse l'Amérique et Nixon " et à te masturber. »

Elle avait utilisé deux détonateurs en même temps. Elle les avait déjà essayés séparément, et maintenant elle le guettait pour voir comment ils agiraient ensemble.

Ses souvenirs étaient encore brûlants. En état de veille, ils le faisaient grimacer. Et Lander criait parfois, dans son sommeil.

Masturbation : Le garde nord-vietnamien le prenant sur le fait dans sa cellule et l'obligeant à le faire devant les autres.

« *Dieu bénisse l'Amérique et Nixon* » : *la pancarte écrite à la main que l'officier de l'Air Force avait brandie au hublot du C-141 sur la base militaire de Clark, dans les Philippines, pour les prisonniers qui rentraient chez eux. Lander, assis de l'autre côté de la vitre, l'avait lue à rebours, le soleil brillant au travers du papier.*

Maintenant, il regardait Dahlia les yeux à mi-clos. Sa bouche était entrouverte, son visage inexpressif. C'était un moment dangereux. Dont les secondes s'écoulèrent lentement pendant que les grains de poussière grouillaient dans la lumière du soleil, grouillaient autour de Dahlia et du vilain petit fusil de chasse, près du lit.

« Tu n'es pas obligé de te les faire un par un, Michael, dit-elle doucement. Et tu n'es pas obligé de faire ça toi-même. Je veux le faire pour toi. J'aime ça. »

Elle disait la vérité. Lander le savait. Ses yeux s'ouvrirent tout grands de nouveau et durant une seconde, il n'entendit plus battre son cœur.

Des couloirs sans fenêtres. Michael Lander marchait dans l'atmosphère feutrée du bâtiment gouvernemental, parcourait d'immenses parquets où la cireuse avait dessiné des arcs brillants. Des gardes en uniforme bleu de l'administration des Services généraux fouillaient les sacs. Lander n'avait pas de sac.

La réceptionniste lisait un roman intitulé : *Une infirmière à marier.*

« Je m'appelle Michael Lander.

— Vous avez un numéro ?

— Non.

— Prenez-en un », dit la réceptionniste.

Il prit un disque numéroté dans un plateau posé sur le bureau.

« Quel est votre numéro ?

— Trente-six.

— Comment vous appelez-vous ?

— Michael Lander.

— Invalidité ?

— Non. Je suis censé me présenter aujourd'hui. » Il lui tendit la lettre du ministère des Vétérans.

« Asseyez-vous, je vous prie. » Elle se tourna vers un micro, à côté d'elle. « Dix-sept. »

Dix-sept, un jeune à l'air minable, portant une veste en vinyle, frôla Lander en passant et s'engouffra dans le labyrinthe, derrière la secrétaire.

Une vingtaine de sièges étaient occupés, dans la salle d'attente. La plupart des hommes étaient jeunes, d'ex-soldats qui semblaient aussi négligés dans leurs vêtements civils qu'ils l'avaient été en uniforme. Lander les imaginait en tenue numéro 1, toute froissée, en train de jouer au flipper dans une gare routière.

L'homme assis en face de Lander avait une cicatrice brillante à la tempe. Il tentait de ramener une mèche de cheveux dessus. Toutes les deux minutes, il sortait un mouchoir de sa poche et se mouchait. Il avait un mouchoir dans chacune de ses poches.

Celui assis à côté de Lander restait immobile, les mains

serrées sur les cuisses. Seuls ses yeux bougeaient. Ils ne se posaient jamais, mais suivaient chaque personne qui traversait la pièce. Souvent, l'homme avait du mal à le faire parce qu'il ne voulait pas tourner la tête.

Harold Pugh attendait Lander dans un petit bureau du labyrinthe, derrière la réceptionniste. Pugh était un GS-12 qui venait de monter en grade. En parlant de son affectation au département spécial des Prisonniers de guerre, il disait : « C'est une plume à mon chapeau. »

Avec ce nouveau poste, il avait reçu une quantité considérable de brochures. Parmi les pages et les pages de documentation, il y avait un rapport d'un psychiatre de l'Air Force spécifiant : « Il est impossible qu'un homme exposé à de nombreux mauvais traitements, à l'isolement et à une grave carence affective, échappe à la dépression née d'une terrible rage réprimée pendant trop longtemps. La question est, quand et comment cette réaction dépressive fera-t-elle surface et se manifestera-t-elle. »

Pugh avait l'intention de lire ces documents dès qu'il en aurait le temps. Le dossier militaire posé sur le bureau de Pugh était impressionnant. En attendant Lander, il le parcourut de nouveau.

Lander, Michael J. 0214278603. Corée 1951, Ecole navale. Excellentes notes. Apprend à piloter les appareils plus légers que l'air à Lakehurst, N.J., 1954. Classement exceptionnel. Recommandé pour la recherche sur la formation du givre en vol. Expédition polaire de la Navy en 1956. Muté dans l'administration quand la Navy renonce à son programme de dirigeables en 1964. Se porte volontaire pour les hélicoptères en 1964. Viêt-nam. Deux missions. Abattu près de Dong Hoi le 10 février 1967. Prisonnier de guerre pendant six ans.

Pugh trouvait bizarre qu'un officier tel que Lander ait démissionné. Ça ne collait pas. Pugh se souvint des rapports minutieux établis après le retour des prisonniers de guerre. Peut-être ferait-il mieux de ne pas demander à Lander les raisons de sa démission.

Il regarda sa montre. Trente-quatre. Le type était en retard. Il appuya sur une touche de son téléphone et la réceptionniste répondit.

« Est-ce que M. Lander est là ?

— Qui, monsieur Pugh ? »

Pugh se demanda si elle le faisait exprès. « Lander. Lander. C'est un des cas particuliers. Vos instructions sont de l'envoyer ici dès son arrivée.

— D'accord, monsieur Pugh. »

La réceptionniste retourna à son roman. A 15 heures 50, ayant besoin d'un signet, elle prit la lettre de Lander. Le nom lui sauta aux yeux.

« Trente-six. Trente-six. » Elle appela le bureau de Pugh. « M. Lander est là. »

Pugh fut légèrement surpris par l'apparence de Lander, élégant dans son uniforme de capitaine de l'aviation civile. Ses mouvements étaient vifs et son regard franc. Pugh s'était imaginé qu'il ne verrait que des hommes aux yeux caves.

Pugh ne surprit aucunement Lander. Toute sa vie, il avait détesté les cols blancs.

« Vous avez l'air en forme, capitaine. Vous vous êtes rapidement rétabli, semble-t-il.

— Je vais très bien.

— C'est bon de retrouver sa famille, j'en suis sûr. »

Lander sourit. Mais ce sourire ne monta pas jusqu'à ses yeux. « Ma famille va bien, je suppose.

— Vous vivez seul ? Je vois là que vous êtes marié, oui, c'est cela. Deux enfants ?

— Oui, j'ai deux enfants. Je suis divorcé.

— Désolé. Mon prédécesseur, Gorman, a laissé très peu de notes, j'en ai bien peur. »

Gorman avait été promu pour incompétence.

Lander fixait Pugh, un faible sourire aux lèvres.

« Quand avez-vous divorcé, capitaine Lander ? Je dois mettre mes dossiers à jour. »

Pugh était comme une vache paissant paisiblement au bord d'un marécage, inconsciente de l'ombre noire qui la guettait sous le vent.

Brusquement Lander se retrouva en train de parler de choses auxquelles il ne pouvait même pas penser. Seulement penser.

« La première fois qu'elle a fait la demande, c'était deux mois avant que je sois libéré. Au moment où la conférence de Paris traînait à cause des élections, je crois. Mais cette fois-là, elle n'est pas allée jusqu'au bout. Elle est partie un an après. Je vous en prie, ne vous frappez pas, Pugh, le gouvernement a fait tout ce qu'il pouvait.

— J'en suis sûr, mais cela a dû...

— Lorsque j'ai été fait prisonnier, un officier de la Navy est passé chez moi plusieurs fois ; il a pris le thé avec Margaret et l'a conseillée. Il existe une procédure standard pour préparer les épouses des prisonniers de guerre, comme vous le savez sûrement.

— Je suppose que parfois...

— Il lui a expliqué qu'il y avait une fréquence croissante d'homosexualité et d'impuissance parmi les prisonniers libérés. Aussi elle savait à quoi s'attendre, vous comprenez. »

Lander voulait se taire. Il devait se taire.

« Il vaut mieux ne pas...

— Il lui a dit que l'espérance de vie d'un prisonnier de guerre libéré n'atteignait que la moitié de la moyenne nationale. »

Lander souriait d'une oreille à l'autre maintenant.

« Sûrement que d'autres facteurs sont entrés en ligne de compte.

— Oh, bien entendu ! elle avait déjà une autre bite en vue, si c'est à ça que vous pensez. »

Lander rit, la vieille douleur le transperçait, la tension montait derrière ses yeux. *Tu n'es pas obligé de te les faire un par un, Michael... assis dans une cellule à chanter et à te masturber.*

Lander ferma les yeux afin de ne plus voir le pouls battre dans la gorge de Pugh.

La première réaction de Pugh fut de rire avec Lander pour se gagner sa confiance. Mais les remarques sexuelles désinvoltes et grossières choquaient en lui le bigot. Il se retint de rire à temps. Ce qui lui sauva la vie.

Pugh reprit le dossier. « Avez-vous reçu une aide quelconque à ce sujet ? »

Lander était plus calme maintenant.

« Oh, oui ! Un psychiatre de l'hôpital militaire de Saint-Alban en a discuté avec moi. Tout en buvant un Yoo-Hoo.

— Si vous voulez encore rencontrer quelqu'un, je peux arranger cela. »

Lander lui fit un clin d'œil. « Ecoutez, monsieur Pugh. Vous êtes un homme d'expérience, et moi aussi. Ce sont des choses qui arrivent. Ce dont je veux vous parler, c'est d'une indemnité pour cette vieille nageoire. »

Il leva sa main déformée.

Là, Pugh se retrouvait en terrain familier. Il tira le formulaire 214 du dossier de Lander. « Comme vous n'êtes pas handicapé, il va falloir trouver un truc, mais — il fit un clin d'œil à Lander — on va s'occuper de vous. »

Il était 16 heures 30 et l'affluence de fin d'après-midi régnait déjà lorsque Lander sortit de l'immeuble du ministère des Vétérans pour plonger dans l'après-midi souillé de Manhattan. La sueur se glaçait sur son dos tandis qu'immobile en haut des marches, il regardait la foule du quartier du vêtement se diriger vers la station de métro de la 23ᵉ Rue. Impossible d'y entrer avec eux et de se retrouver coincé dans le wagon.

Beaucoup de membres du ministère des Vétérans quittaient leur travail tôt. Un flot d'employés s'écoula par les portes de l'immeuble et le bouscula en le plaquant contre le mur. Il eut envie de se battre. Brusquement, Margaret surgit dans sa mémoire, il sentit sa peau et son odeur. Parler de ça de l'autre côté d'un bureau en contre-plaqué. Il fallait penser à autre chose. Le sifflement de la bouilloire. Non, pas cela, par pitié. Une douleur glacée lui transperça le côlon et il fouilla dans sa poche à la recherche d'un comprimé de Lomotil. Trop tard pour le Lomotil. Il fallait qu'il aille aux toilettes. Et vite. Il revint dans la salle d'attente dont l'atmosphère feutrée collait à son visage comme une toile d'araignée. Il était pâle et la sueur coulait sur son front lorsqu'il pénétra dans les lavabos. L'unique box était occupé et un autre homme attendait déjà. Lander fit demi-tour et retraversa la salle d'attente. Un côlon spasmodique, disait son dossier médi-

31

cal. Aucun médicament prescrit. Il avait trouvé le Lomotil tout seul.

Pourquoi est-ce que je n'en ai pas pris avant de venir ?

L'homme aux yeux pathétiques suivit Lander du regard aussi loin qu'il put sans tourner la tête. La douleur affluait par vagues maintenant dans l'intestin de Lander et lui donnait la chair de poule aux bras ; il fut pris de nausées.

Le concierge gras farfouilla dans ses clés et laissa Lander entrer dans les toilettes des employés. Comme il attendait à l'extérieur, l'homme n'entendrait pas les bruits déplaisants. Enfin, Lander put relever la tête vers le plafond en Celotex. Les haut-le-cœur avaient rempli ses yeux de larmes qui coulaient maintenant sur son visage.

Durant une seconde, il s'était retrouvé pendant la marche forcée sur Hanoi, accroupi au bord du sentier, avec les yeux des gardes fixés sur lui.

C'était la même chose, la même chose. La bouilloire se mit à siffler.

« Enculés, croassa Lander. Espèce d'enculés. »

Il s'essuya la figure avec sa main déformée.

Dahlia, qui avait passé toute la journée à faire des achats en se servant des cartes de crédit de Lander, l'attendait déjà sur le quai lorsqu'il descendit du train de banlieue. Elle comprit en voyant avec quelles précautions il mettait le pied sur les marches qu'il devait souffrir d'une crise de colite.

Elle remplit un gobelet en carton au distributeur public et sortit une petite bouteille de son sac. L'eau devint laiteuse lorsqu'elle y versa l'élixir parégorique.

Il ne l'aperçut que lorsqu'elle lui tendit le gobelet.

Le liquide avait un goût amer d'anis et laissa ses lèvres et sa langue un peu engourdies. Avant même qu'ils aient rejoint la voiture, l'opium commença à soulager sa douleur qui, en cinq minutes, disparut. Dès leur arrivée à la maison, il se coucha et dormit trois heures.

Lander se réveilla désorienté et anormalement alerte. Ses défenses se mirent aussitôt en action et son esprit repoussa les pensées douloureuses à la vitesse d'un flipper. Puis il se tourna vers les images peintes inoffensives, entre les sonneries d'interphone et les cloches. Il n'avait pas craqué aujourd'hui, et pouvait se reposer là-dessus.

La bouilloire — son cou se raidit. Cela le démangeait quelque part entre les épaules et le cortex, dans un endroit qu'il ne pouvait pas atteindre. Ses pieds n'arrivaient pas à rester tranquilles.

Il faisait complètement noir dans la maison, ses fantômes restaient hors de portée des lueurs de sa volonté. Puis, du lit, il vit une lumière vacillante qui montait l'escalier. L'ombre de Dahlia, une bougie à la main, se dessina immense sur le mur. Elle portait une robe de chambre foncée qui la recouvrait totalement et ses pieds nus semblaient ne faire aucun bruit. Maintenant qu'elle se tenait à son chevet, la flamme de la bougie n'était plus qu'un minuscule point dans ses grands yeux noirs. Elle tendit la main vers lui.

« Viens, Michael. Viens avec moi. »

Lentement, elle le guida en descendant l'escalier obscur à reculons, les yeux fixés sur son visage. Ses cheveux noirs tombaient sur ses épaules. Ses pieds apparaissaient, blancs, sous l'ourlet de son vêtement. A reculons jusqu'à la salle de jeux, vide depuis sept mois. A la lumière de la bougie, Lander vit qu'un lit immense l'attendait au fond de la pièce et que d'épaisses tentures recouvraient les murs. L'odeur de l'encens effleura son visage, la petite flamme bleue d'une lampe à alcool vacillait sur une table près du lit. Ce n'était plus la chambre où Margaret avait — non, non, non.

Dahlia posa le bougeoir à côté de la lampe et avec la légèreté d'une plume lui ôta sa veste de pyjama. Elle défit le cordon du pantalon, puis s'agenouilla pour soulever ses pieds un par un, et lorsqu'elle le dénuda, sa chevelure caressa ses cuisses. « Tu as été tellement fort aujourd'hui. » Elle le poussa gentiment sur le lit. Sous son dos, la soie était froide et l'air, une douleur glacée sur ses organes génitaux.

Il la regarda allumer les deux petites bougies des

appliques murales. Elle lui passa une mince pipe de haschisch et resta au pied du lit, les ombres dansant derrière elle.

Lander se sentit tomber dans ces yeux sans fond. Il se retrouva enfant, couché dans l'herbe par les claires nuits d'été, en train de regarder les cieux soudain en relief et profonds. De regarder vers le haut jusqu'à ce qu'il n'y ait plus de haut et qu'il tombe vers les étoiles.

Dahlia laissa choir sa robe de chambre par terre et se tint nue devant lui.

Cette vision le transperça comme la première fois et sa respiration se bloqua dans sa gorge. Dahlia avait de gros seins, leur courbe n'était pas celle d'un bol mais d'un dôme, et un sillon se creusait entre eux, même lorsqu'ils étaient libres. Ses mamelons s'assombrissaient lorsqu'ils se dressaient. Ses formes étaient opulentes, mais pas tabou, ses courbes et ses creux léchés par la lumière des bougies.

Lander éprouva un délicieux choc lorsqu'elle se tourna pour prendre le flacon d'huile parfumée, au-dessus de la lampe à alcool, et que la lumière joua sur elle. Elle se mit à genoux sur le lit et, le chevauchant, frotta d'huile tiède la poitrine et le ventre de Lander ; ses seins se balançaient un peu.

Lorsqu'elle se pencha vers lui, son ventre s'arrondit légèrement et il ne vit plus que le sombre triangle.

Il devint épais, doux et élastique, explosion noire projetant ses touffes comme pour essayer de grimper. Il le sentit caresser son propre nombril et, en baissant les yeux, vit suspendues dans ses volutes, telles des perles à la lumière de la bougie, les premières gouttes de l'essence de Dahlia.

Il savait que ce suc allait ruisseler, chaud, sur son scrotum, et qu'il aurait un goût de banane et de sel.

Dahlia prit une gorgée d'huile chaude, parfumée, et l'en oignit en remuant la tête doucement, profondément, au rythme de son sang, ses cheveux répandant leur tiédeur sur lui.

Et pendant tout ce temps ses yeux, écartés comme ceux d'un puma et pleins de lune, restèrent fixés sur lui.

3

QUELQUE chose comme un lent coup de tonnerre ébranla l'air de la chambre et la flamme des bougies frissonna, mais Dahlia et Lander, ancrés l'un à l'autre, ne le remarquèrent même pas. C'était un bruit familier — le dernier vol de New York à Washington. Le Boeing 727 était à mille huit cents mètres au-dessus de Lakehurst et continuait à monter.

Ce soir, il amenait le chasseur. C'était un homme aux épaules larges, en costume marron, assis dans l'allée centrale, près de l'aile. L'hôtesse faisait payer les places. Il lui tendit un billet neuf de cinquante dollars. Elle fronça les sourcils. « Vous n'avez pas de monnaie?

— Pour deux places, dit-il en montrant l'homme grand et fort endormi à côté de lui. La sienne et la mienne. »

Il avait un accent que l'hôtesse n'arrivait pas à identifier. Elle décida qu'il devait être Allemand ou Hollandais. Elle se trompait.

C'était le commandant David Kabakov du Mossad Aliyah Beth, le service secret israélien, et il espérait que les trois hommes assis de l'autre côté de l'allée, derrière lui, avaient de moins gros billets. Autrement l'hôtesse pourrait se souvenir d'eux. Il aurait dû y penser à Tel-Aviv, se dit-il. La correspondance à l'aéroport Kennedy avait été trop brève pour leur permettre de faire le change. C'était une petite erreur, mais qui le tracassait. Le commandant

Kabakov avait vécu jusqu'à l'âge de trente-sept ans parce qu'il ne commettait pas beaucoup d'erreurs.

A côté de lui, le sergent Robert Moshevsky ronflait doucement, la tête appuyée sur le dossier. Durant le long trajet depuis Tel-Aviv, ni Kabakov ni Moshevsky n'avaient donné l'impression qu'ils connaissaient les trois hommes assis derrière eux, ce qui était pourtant le cas depuis des années. Des costauds au visage tanné qui portaient des costumes sobres et mal coupés. C'était ce que le Mossad appelait une « équipe d'incursion tactique ». En Amérique, on aurait dit une escouade « coup de batte ».

Depuis qu'il avait tué Hafez Najeer, trois jours auparavant à Beyrouth, Kabakov avait très peu dormi, et il savait qu'il devait fournir un briefing détaillé en arrivant dans la capitale américaine. Le Mossad, en analysant le matériel rapporté du raid contre le chef de Septembre Noir, avait aussitôt réagi à la cassette enregistrée. Il avait en toute hâte organisé une conférence à l'ambassade américaine et envoyé Kabakov aux Etats-Unis.

A cette rencontre de Tel-Aviv entre les services secrets des deux pays, on avait dit que Kabakov se rendait aux Etats-Unis pour aider les Américains à déterminer si la menace existait vraiment, et pour identifier les terroristes, si on arrivait à les localiser. Ses ordres officiels étaient clairs.

Mais le haut commandement du Mossad lui avait donné une directive supplémentaire, catégorique et sans équivoque. Il devait à tout prix empêcher les Palestiniens d'agir.

Les négociations concernant la vente de Phantom et de Skyhawk supplémentaires à Israël étaient arrivées à un stade critique ; la pression des pays arabes contre cette vente se trouvait renforcée par la pénurie qui sévissait en Occident. Il fallait absolument qu'Israël obtienne ces avions. Le premier jour où l'on ne verrait plus de Phantom survoler le désert, les tanks arabes se mettraient en route.

Tout acte de terrorisme spectaculaire commis aux Etats-Unis ferait pencher la balance en faveur des isolationnistes. L'opinion américaine ne voulait pas que l'aide à Israël leur coûte trop cher.

Les départements d'Etat, tant israélien qu'américain, ignoraient tout des trois hommes assis derrière Kabakov. Ils s'installeraient dans un appartement près de l'aéroport et attendraient que le commandant leur téléphone. Kabakov espérait que ce coup de fil ne serait pas nécessaire. Il préférait régler cela lui-même, tranquillement.

Kabakov souhaitait que les diplomates ne viennent pas s'ingérer dans leurs affaires. Il n'avait confiance ni dans les diplomates, ni dans les policiers. Sa mentalité et sa méthode pouvaient se lire sur les traits slaves de son visage, carrés mais intelligents.

Kabakov croyait que les juifs insouciants mouraient jeunes et que les faibles finissaient derrière les fils de fer barbelés. C'était un enfant de la guerre qui avait quitté Latvia avec sa famille juste avant l'invasion allemande, pour fuir ensuite devant les Russes. Son père était mort à Treblinka. Sa mère les avait emmenés, sa sœur et lui, jusqu'en Italie, et ce voyage l'avait tuée. Tandis qu'elle luttait pour gagner Trieste, un feu brûlait en elle, qui lui donna la force de réussir, mais consuma sa chair.

Quand, trente ans plus tard, Kabakov évoquait la route menant vers cette ville, il voyait le bras décharné de sa mère qui marchait en le tenant par la main, son coude noueux visible au travers des haillons. Et il se souvenait de son visage, presque incandescent, lorsqu'elle réveillait ses enfants avant que les premiers rayons du soleil n'atteignent le fossé où ils dormaient.

A Trieste, elle les avait confiés à l'underground sioniste et était morte sur le seuil d'une porte, de l'autre côté de la rue.

David Kabakov et sa sœur, cessant enfin de fuir, étaient arrivés en Palestine en 1946. A dix ans, il faisait le guide pour la Palmach et avait combattu pour défendre la route Tel-Aviv-Jérusalem.

Après vingt-sept ans de guerre, Kabakov savait mieux que la plupart de ses hommes la valeur de la paix. Il ne haïssait pas les Arabes, mais croyait que toute tentative de négociations avec le Fatah n'était que de la merde. C'était le terme dont il se servait quand ses supérieurs lui demandaient son avis, ce qui n'était pas fréquent.

Le Mossad tenait Kabakov pour un bon agent secret, mais sa conduite au combat était remarquable et il était trop efficace dans ce domaine pour être gardé derrière un bureau. Sur le terrain, il risquait d'être pris, et se trouvait donc nécessairement exclu des conseils du Mossad. Il était resté le bras exécutif des services secrets, s'attaquant maintes et maintes fois aux bastions du Fatah au Liban et en Jordanie. Dans le cercle le plus secret du Mossad, on le surnommait « la solution finale ».

Personne ne l'aurait jamais appelé ouvertement ainsi.

Les lumières de Washington tournoyèrent sous l'aile lorsque l'avion vira pour accomplir le tour de piste de l'aéroport. Kabakov repéra le Capitole, d'un blanc pur sous les projecteurs. Il se demanda si c'était ça la cible.

Les deux hommes qui attendaient dans la petite salle de conférences de l'ambassade d'Israël dévisagèrent attentivement Kabakov lorsqu'il entra en compagnie de l'ambassadeur, Yoachim Tell. Le commandant israélien rappela à Sam Corley, du FBI, un capitaine de gendarmerie qui, vingt ans auparavant, avait été son commandant à Fort Benning.

Fowler, de la CIA, n'avait jamais fait de service militaire. Kabakov évoquait pour lui un bouledogue de combat. Les deux hommes avaient étudié à la hâte les dossiers des Israéliens ; mais ces vieilles photocopies provenant de la section Moyen-Orient de la CIA concernaient surtout la guerre des Six Jours et la guerre d'Octobre. Des coupures de presse. « Kabakov, le Tigre du défilé de Mitla » ... du journalisme.

Tell, qui avait gardé le smoking que sa charge l'obligeait à porter au dîner, fit de brèves présentations.

Puis Kabakov appuya sur la touche de son petit magnétophone et la voix de Dahlia brisa le silence qui venait de retomber sur eux. « Citoyens des Etats-Unis... »

Quand le message fut terminé, Kabakov prit lentement et soigneusement la parole, en pesant ses mots : « Nous croyons que l'Ailul al Aswad — Septembre Noir — se prépare à frapper. Cette fois-ci, ce qui les intéresse, ce n'est ni des otages, ni des négociations, ni un effet théâtral révolutionnaire. Ils veulent le maximum de morts et de blessés — ils veulent vous donner la nausée. Nous croyons que le plan est bien avancé et que cette femme en est l'élément principal. » Il se tut. « Nous pensons qu'elle est maintenant dans votre pays.

— Alors, vous devez avoir d'autres informations en plus de la cassette, dit Fowler.

— Nous savons qu'ils veulent frapper ici, et nous connaissons les circonstances de sa découverte. Ils ont essayé avant, répliqua Kabakov.

— Vous avez trouvé la cassette dans l'appartement de Najeer après l'avoir tué ?

— Oui.

— Vous ne l'avez pas questionné d'abord ?

— Questionner Najeer n'aurait servi à rien. »

Sam Corley vit la colère empourprer le visage de Fowler et il jeta un coup d'œil sur le dossier posé devant lui. « Pourquoi pensez-vous que c'est la femme que vous avez vue dans la chambre qui a enregistré le message ?

— Parce que Najeer n'a pas eu le temps de déposer la cassette en lieu sûr. C'était un homme prudent.

— Pas assez pour vous empêcher de le tuer, dit Fowler.

— Najeer a survécu longtemps. Assez longtemps pour que l'attentat de Munich, celui de l'aéroport de Lod se produisent... trop longtemps. Si vous n'y prenez pas garde, des Américains vont être massacrés.

— Pourquoi pensez-vous que l'exécution du plan va se poursuivre, maintenant que Najeer est mort ? »

Corley leva les yeux de la feuille agrafée qu'il examinait pour répondre lui-même à Fowler. « Parce que l'enregistrement était périlleux. Il devait constituer l'une des dernières étapes. Les ordres ont certainement été donnés. Ai-je raison, commandant ? »

Kabakov reconnaissait un expert en interrogatoire lorsqu'il en voyait un. Corley allait être son avocat. « Tout juste.

— On peut monter l'opération dans un autre pays et

venir ici au dernier moment, poursuivit Corley. Pourquoi estimez-vous que la femme est installée ici ?

— L'appartement de Najeer était sous surveillance depuis quelque temps, expliqua Kabakov. On ne l'a pas vue à Beyrouth avant ou après la nuit du raid. Deux linguistes du Mossad ont analysé séparément la cassette et sont arrivés à la même conclusion : elle a appris l'anglais étant enfant, en Grande-Bretagne, mais parle l'américain depuis un an ou deux. On a trouvé dans la chambre des vêtements de fabrication américaine.

— Ce n'était peut-être qu'un messager venu prendre les derniers ordres de Najeer, intervint Fowler. Des ordres à transmettre n'importe où.

— Si ce n'avait été qu'un messager, elle n'aurait jamais vu le visage de Najeer, dit Kabakov. Septembre Noir est cloisonné comme un nid de guêpes. La plupart des agents ne connaissent qu'un ou deux autres membres.

— Pourquoi n'avez-vous pas tué aussi la femme, commandant ? »

En lui disant cela, Fowler ne regardait pas Kabakov. Sinon, il aurait rapidement baissé les yeux.

L'ambassadeur prit la parole pour la première fois : « Parce qu'à ce moment-là, il n'avait pas de raison de la tuer, monsieur Fowler. J'espère que vous ne souhaitez pas qu'il l'ait fait. »

Kabakov cligna des yeux. Ces hommes ne comprenaient pas le danger. On ne les avait pas avertis. Kabakov vit les blindés arabes traverser le Sinaï dans un grondement de tonnerre et pénétrer dans les villes, poussant les civils juifs devant eux comme un troupeau. Parce qu'ils n'avaient pas d'avions. Parce que les Américains avaient été écœurés. Parce qu'il avait épargné cette femme. Ses centaines de victoires n'étaient que cendres dans sa bouche. Le fait qu'il n'avait pas pu savoir à l'avance que cette femme était importante ne l'excusait absolument pas à ses yeux. Sa mission à Beyrouth n'avait pas été parfaitement exécutée.

Kabakov fixa du regard les bajoues de Fowler. « Avez-vous un dossier sur Hafez Najeer ?

— Il apparaît dans nos fichiers, sur une liste des membres du Fatah révolutionnaire.

— Son dossier, complet, est inclus dans mon rapport. Regardez les photos. Elles ont été prises après certains des attentats de Najeer.

— J'ai déjà vu des atrocités.

— Sûrement pas comme celles-là. »

La voix de l'Israélien montait.

« Hafez Najeer est mort, commandant Kabakov.

— Si on ne retrouve pas cette femme, Septembre Noir vous mettra le nez dans la merde. »

Fowler jeta un coup d'œil à l'ambassadeur comme s'il s'attendait à ce que cet homme intervienne, mais les petits yeux pleins de sagesse de Yoachim Tell étaient impitoyables. Il soutenait Kabakov.

Quand le commandant reprit la parole, sa voix était presque trop calme : « Il faut me croire, Fowler.

— Vous la reconnaîtriez, commandant ? demanda Corley.

— Oui.

— Si elle est basée ici, pourquoi se serait-elle rendue à Beyrouth ?

— Elle avait besoin de quelque chose qu'elle ne pouvait pas trouver ici. Quelque chose que seul Najeer pouvait lui procurer, et elle a dû lui confirmer personnellement quelque chose afin de l'obtenir. »

Kabakov savait que tout cela semblait vague et il n'était pas satisfait de ses arguments. Et mécontent, aussi, d'avoir utilisé trois fois de suite l'expression « quelque chose ».

Fowler ouvrit la bouche, mais Corley l'interrompit : « Ce n'était certainement pas des fusils.

— Apporter des fusils ici, c'est ramener du charbon à Newcastle, fit remarquer sombrement Fowler.

— Ce devait être, soit du matériel, soit l'accès à une autre cellule ou à un agent plus haut placé, poursuivit Corley. Je doute que ce soit l'accès à un agent. Autant que je le sache, les services secrets des Républiques arabes unies installés ici sont une bande plutôt lamentable.

— Oui, intervint Tell. Le factotum de l'ambassade leur

41

vend le contenu de ma corbeille à papier. Il achète également à leur factotum le contenu des leurs. Nous remplissons les nôtres de prospectus et de correspondance fictive. Les leurs contiennent surtout des réclamations de créanciers et des publicités pour de drôles d'articles en caoutchouc. »

La réunion se poursuivit encore pendant une demi-heure. Puis les Américains se levèrent pour prendre congé.

« Je vais essayer de mettre ça à l'ordre du jour à Langley, dans la matinée, dit Corley.

— Si vous voulez, je pourrais... »

Fowler interrompit Kabakov. « Votre rapport et la cassette suffiront, commandant. »

Il était plus de trois heures du matin lorsque les Américains quittèrent l'ambassade.

« Attention, les Palestiniens arrivent, dit Fowler à Corley pendant qu'ils regagnaient leurs voitures.

— Qu'en penses-tu ?

— Je pense que je ne t'envie pas d'être obligé de présenter demain ce truc à Bennett les Yeux bleus qui va t'accuser de lui faire perdre son temps. S'il y a des cinglés ici, notre organisation n'est pas concernée, mon vieux. Elle ne fricote pas aux Etats-Unis. » La CIA souffrait encore de Watergate. « Si notre département Moyen-Orient déniche quelque chose, on vous le fera savoir.

— Pourquoi étais-tu si agressif ?

— J'en ai marre, dit Fowler. On a travaillé avec les Israéliens à Londres, à Paris, et même à Tokyo, une fois. Tu leur balances un Palestinien, tu les mets au parfum, et qu'est-ce qui se passe ? Est-ce qu'ils essaient de l'acheter ? Non. Est-ce qu'ils le suivent ? Oui. Juste assez longtemps pour découvrir qui sont ses amis. Puis il y a un grand bang. Les Palestiniens sont nettoyés et tu restes là, ton schwantz à la main.

— Ils n'avaient pas besoin d'envoyer Kabakov.

— Oh, si ! Tu remarqueras que Weisman, l'attaché militaire, n'était pas là. Nous savons tous deux qu'il appartient aux services secrets. Mais il s'occupe de la vente des Phantom. On ne veut pas qu'il y ait un lien officiel entre les deux affaires.

— Tu seras à Langley demain ?

— Bien sûr que j'y serai. Ne laisse pas Kabakov te foutre dans la merde. »

Tous les jeudis matin, des hommes des services secrets américains se rencontrent dans une pièce sans fenêtres, gainée de plomb, au quartier général de la CIA, à Langley, en Virginie. Sont représentés, la CIA, le FBI, l'agence de la Sécurité nationale, le *Secret Service*[1], le bureau de la Reconnaissance nationale et les conseillers militaires des services de renseignements auprès des chefs d'état-major. On y convoque des spécialistes lorsque cela s'avère nécessaire. L'ordre du jour comporte une liste de quatorze sujets approuvés à l'avance. Il y a beaucoup de choses à discuter et le temps est strictement limité.

Corley parla pendant dix minutes, Fowler pendant cinq, et le représentant du département des éléments subversifs de l'Immigration et de la Naturalisation disposa d'encore moins de temps.

Lorsque Corley revint de la réunion, Kabakov l'attendait dans son petit bureau du quartier général du FBI.

« Je suis censé vous remercier d'être venu, dit Corley. L'Etat a l'intention de remercier l'ambassadeur. Notre ambassadeur à Tel-Aviv va remercier Yigal Allon.

— Il n'y a pas de quoi, maintenant qu'allez-vous faire ?

— Bon Dieu, pas grand-chose, répondit Corley en allumant sa pipe. Fowler a apporté un tas d'enregistrements de la Radio du Caire et Radio-Beyrouth en disant que ce sont des menaces qui n'ont pas abouti. La CIA est en train de prendre l'empreinte vocale du vôtre pour les comparer.

— Ce message-là n'est pas une simple menace. Il a été enregistré pour être retransmis après l'attentat.

— La CIA collationne ses sources au Liban.

---

1. Le *Secret Service* est chargé d'assurer la protection du Président. Il n'a rien à voir avec l'*Intelligence Service*, l'équivalent de nos services secrets (N.d.T.).

— Au Liban, la CIA achète la même merde que nous, aux mêmes types. Le genre de truc qui est en avance de deux heures sur les journaux.

— Parfois même pas deux heures. Entre-temps, on peut regarder les photos. On a environ une centaine de sympathisants du Fatah fichés, des gens qui sont ici, dans le Mouvement du 5-Juillet. Les services de l'Immigration et de la Naturalisation ne le crient pas sur les toits, mais ils ont un dossier sur les Arabes suspects. Il faudra que vous alliez à New York pour cela.

— Vous ne pouvez pas de votre propre chef déclencher une alerte générale des douanes ?

— Je l'ai fait. C'est notre meilleure mise. Pour un gros coup, ils seront probablement obligés d'apporter la bombe de l'extérieur, si c'est une bombe. Nous avons eu, dans les deux années passées, trois petites explosions liées au Mouvement du 5-Juillet, toutes dans des bureaux israéliens de New York. En se basant sur...

— Une fois, ils se sont servis de plastic ; les deux autres, c'était de la dynamite, dit Kabakov.

— C'est exact. Vous vous tenez au courant, on dirait ? Apparemment, il n'y a pas beaucoup de plastic disponible ici, ou ils ne trimbaleraient pas de la dynamite et ne se feraient pas sauter en essayant d'extraire de la nitroglycérine.

— Le mouvement du 5-Juillet est bourré d'amateurs. Najeer ne leur aurait pas fait confiance pour fabriquer du matériel. L'explosif sera forcément importé. S'il n'est pas déjà là, ils vont l'introduire. » L'Israélien se leva et alla à la fenêtre. « Alors, votre gouvernement va mettre ses dossiers à ma disposition et dire aux douaniers de veiller à ce que des types ne passent pas avec des bombes, et c'est tout ?

— Je suis désolé, commandant, mais je ne vois pas ce qu'on pourrait faire d'autre avec les informations qu'on a.

— Les Etats-Unis pourraient demander à ses nouveaux alliés, l'Egypte par exemple, d'intervenir auprès de Kadhafi. Il finance Septembre Noir. Ce salaud, pour les récompenser de la tuerie de Munich, leur a donné cinq millions de dollars pris dans le trésor libyen. Il pourrait annuler le projet si l'Egypte faisait suffisamment pression sur lui. »

Le colonel Muammar al-Kadhafi, chef du Conseil révolutionnaire libyen, cherchait de nouveau à plaire à l'Egypte afin d'édifier solidement son pouvoir. Il pourrait réagir aux pressions égyptiennes.

« Le Département d'Etat veut rester en dehors de cela.

— Les services secrets des Etats-Unis ne croient pas qu'ils vont frapper ici, n'est-ce pas, Corley ?

— Non, répondit Corley d'un air las. Ils pensent que les Palestiniens n'oseront pas. »

4

En route pour les Açores, puis New York, le *Leticia* traversait, à ce moment même, le vingt et unième méridien. Au fond de la cale avant, dans un compartiment verrouillé, il y avait six cents kilos de plastic emballés dans des caisses grises.

A côté d'elles, Ali Hassan gisait à demi conscient, dans une obscurité totale. Un gros rat avait grimpé sur lui et trottinait vers son visage. L'homme était étendu là depuis trois jours, depuis que le capitaine Kemal Larmoso lui avait tiré une balle dans le ventre.

Le rat avait faim, mais modérément. Au début, les gémissements de Hassan l'avait effrayé, mais maintenant il n'entendait plus que sa respiration courte et saccadée. Il s'arrêta sur la croûte qui recouvrait son ventre distendu, renifla la blessure, puis s'engagea sur sa poitrine.

Hassan sentait les griffes au travers de sa chemise. Il valait mieux attendre encore. Il tenait dans sa main gauche la pince abandonnée par le capitaine Larmoso lorsque Hassan l'avait surpris près des caisses. L'automatique Walther PPK qu'il avait tiré trop tard de sa ceinture était dans sa main droite. Il ne s'en servirait pas maintenant. Quelqu'un pourrait entendre la détonation. Ce traître de Larmoso devait le croire mort lorsqu'il reviendrait dans la cale.

Le nez du rat touchait presque le menton d'Hassan. La

respiration laborieuse de l'homme faisait trembler ses moustaches.

De toute sa force, Hassan frappa le rat de côté avec sa pince. Il sauta de sa poitrine et les griffes s'enfoncèrent dans la chair de l'homme qui les entendit ensuite crisser sur le pont en métal pendant que l'animal s'enfuyait.

Les minutes passèrent. Puis Hassan perçut un faible bruit qui semblait venir de l'intérieur de son pantalon. Il ne sentait rien en dessous de la ceinture et s'en félicitait.

La tentation de se tuer ne le quittait plus. Il avait encore la force de lever le Walther jusqu'à sa tempe. Il pourrait le faire dès que Muhammad Fasil arriverait, se dit-il. Jusque-là, il devait garder les caisses.

Hassan ignorait depuis combien de temps il était couché dans les ténèbres. Mais il savait que, cette fois-ci, il ne resterait lucide que pendant quelques minutes, et il essaya de réfléchir. Le *Leticia* n'était qu'à trois jours environ des Açores lorsqu'il avait surpris Larmoso en train de rôder autour des caisses. Quand Muhammad Fasil ne recevrait pas le télégramme que lui-même aurait dû lui envoyer de là, il disposerait de deux jours pour agir avant que le *Leticia* ne reparte — et les Açores, c'était la dernière escale avant New York.

Fasil va se manifester, pensa Hassan. *Je ne le laisserai pas tomber.*

Le vieux moteur diesel du *Leticia* faisait vibrer les plaques du pont sous sa tête. Des vagues rouges se succédaient derrière ses paupières. Il tendit l'oreille pour écouter le moteur et pensa que c'était le pouls de Dieu.

A vingt mètres au-dessus de la cale où gisait Hassan, le capitaine Kemal Larmoso se prélassait dans sa cabine et vidait une bouteille de Sapporo en écoutant les nouvelles. L'armée libanaise et les guérilleros se battaient encore. *Bien,* pensa-t-il. *C'est tous des cons.*

Les Libanais lui faisaient des difficultés pour ses papiers, mais c'était sa vie que les guérilleros mettaient en danger. Quand il faisait escale à Beyrouth, ou à Tyr, ou à Tobrouk, il devait payer les uns et les autres. Les guérilleros pas autant que ces putains de douaniers libanais.

Maintenant, il était bon pour se faire descendre par les premiers. Il le savait depuis qu'Hassan l'avait pris sur le fait. Fasil et les autres seraient à ses trousses dès qu'il retournerait à Beyrouth. Peut-être que les Libanais avaient profité des leçons du roi Hussein et chasseraient les guérilleros. Alors, il n'y aurait plus qu'une seule faction à servir. Cela le rendait malade. « Conduisez ce type à tel endroit. » « Livrez les fusils. » « Ne parlez pas. » *Ne pas parler, ça me connaît,* pensa Larmoso. Une fois, il avait trouvé une mine-ventouse attachée à la coque incrustée de coquillages du *Leticia*. Elle aurait explosé s'il ne s'était pas plié aux exigences des guérilleros.

Larmoso était un grand homme poilu dont l'odeur corporelle faisait larmoyer même les membres de son équipage, et sous son poids la couchette fléchissait presque jusqu'au sol. Il ouvrit avec les dents une autre bouteille de Sapporo et continua à broyer du noir en la buvant, ses petits yeux fixés sur la page d'un magazine italien scotchée à la cloison, qui représentait une scène de sodomie hétérosexuelle.

Puis il prit la petite madone posée par terre à côté de sa couchette et la posa debout sur sa poitrine. Elle était éraflée, là où il l'avait grattée avec son couteau avant de comprendre de quoi il s'agissait.

Larmoso connaissait trois endroits où il pouvait obtenir de l'argent contre des explosifs. Il y avait un exilé cubain à Miami qui possédait plus d'argent que de bon sens. Dans la République dominicaine, un homme était prêt à payer en cruzeiros tout ce qui pouvait tirer ou exploser. Le gouvernement des Etats-Unis constituait le troisième client possible.

Il y aurait une récompense, bien sûr, mais Larmoso savait qu'en traitant avec les Américains il obtiendrait d'autres avantages. Le service des douanes oublierait peut-être les préventions qu'il nourrissait contre lui.

Larmoso avait ouvert les caisses parce qu'il voulait soutirer à l'importateur, Benjamin Muzi, un gros pot-de-vin inhabituel, et il avait besoin de connaître la valeur du fret qu'il passait en contrebande pour calculer combien il pourrait lui demander. Jusqu'à maintenant, le capitaine ne s'était jamais mêlé de la cargaison, mais des rumeurs persistantes couraient, disant que Muzi allait se retirer des affaires au Moyen-Orient et, si c'était vrai, les revenus illicites de Larmoso chuteraient dangereusement. C'était peut-être la dernière expédition de Muzi et Larmoso voulait en tirer le maximum.

Il s'attendait à trouver une énorme cargaison de marijuana, car Muzi s'approvisionnait souvent auprès du Fatah. Mais c'était du plastic qu'il avait découvert, et comme un imbécile, Hassan avait brandi son pistolet. Les explosifs, c'était un gros morceau, pas un trafic normal, comme la drogue, où des amis peuvent se forcer la main.

Larmoso espérait que Muzi résoudrait le problème avec les guérilleros et que lui-même tirerait du plastic un beau profit. Mais le type serait furieux contre lui parce qu'il avait ouvert les caisses.

Si Muzi ne voulait pas coopérer, s'il refusait de payer Larmoso et de dédommager les guérilleros à sa place, alors il garderait le plastic et le vendrait ailleurs. Mieux vaut être un fugitif riche qu'un fugitif pauvre.

Mais tout d'abord, il fallait faire l'inventaire de ce qu'il aurait à vendre et se débarrasser du déchet qui traînait dans la cale.

Larmoso savait qu'il avait salement atteint Hassan. Et il lui avait amplement laissé le temps de mourir. Il décida qu'il le mettrait dans un sac lesté lorsqu'ils auraient atteint le port de Ponta Delgada ; la plupart des marins étant descendus à terre, il n'y aurait plus que le quart de mouillage. Plus tard, il le jetterait en eau profonde au large des Açores.

Dès le matin, Muhammad Fasil prit contact toutes les heures avec le bureau de poste de Beyrouth. D'abord, il espéra que le télégramme qu'Hassan devait envoyer des Açores n'était que retardé. Les autres lui étaient toujours parvenus vers midi. Pendant que le vieux cargo avançait péniblement vers l'Occident, il en avait reçu trois — de Benghazi, de Tunis et de Lisbonne. La formulation variait à chaque fois, mais elle signifiait toujours la même chose — rien n'était venu perturber la cargaison. Le prochain devait dire : « Maman va beaucoup mieux aujourd'hui », et il serait signé José. A 18 heures, le télégramme n'était toujours pas arrivé, Fasil partit en voiture pour l'aérodrome avec les papiers d'un photographe algérien, ainsi qu'un appareil photo pourvu d'un viseur à réticule et contenant un Magnum 357. Par mesure de précaution, Fasil avait réservé une place quinze jours auparavant. Il débarquerait le lendemain à Ponta Delgada vers 16 heures.

Le capitaine Larmoso releva son second au gouvernail lorsque le *Leticia* fut en vue des pics de Santa Maria, le 2 novembre au petit matin. Il contourna la côte sud-ouest de la petite île, puis vira au nord en direction de San Miguel et du port de Ponta Delgada.

La cité portugaise était belle au soleil hivernal, avec ses maisons blanches aux toits de tuiles rouges entourées de résineux presque aussi hauts que les clochers. Derrière la ville, quelques champs bigarraient les pentes douces de la montagne.

Amarré au quai, le *Leticia,* semblait plus minable que jamais ; les mots *Compagnie Plimsoll* décolorés émergèrent un peu de l'eau lorsque l'équipage déchargea du matériel agricole léger reconditionné, et replongèrent lorsqu'il embarqua à bord des caisses de bouteilles d'eau minérale.

Larmoso ne s'inquiétait pas. Ce changement de cargaison s'effectuait dans la cale arrière. Le petit compartiment verrouillé de l'avant n'était pas concerné.

La plus grande partie du travail prit fin le lendemain après-midi et Larmoso permit à l'équipage de se rendre à terre, le commissaire du bord ne distribuant que l'argent nécessaire à chaque homme pour une soirée dans les bars et les bordels.

Les hommes, savourant à l'avance cette virée, s'empressèrent de descendre sur le quai ; le marin qui marchait en tête avait une grosse tache de crème à raser derrière l'oreille. Aucun d'eux ne remarqua l'homme maigre qui, au pied de la colonnade de la Banco Nacional Ultramarino, les compta lorsqu'ils passèrent.

Le silence qui régnait maintenant sur le navire fut rompu par les pas du capitaine Larmoso descendant à l'atelier de la chambre des machines, petit compartiment qu'éclairait faiblement une ampoule enfermée dans une cage en fil de fer. Fouillant dans une pile de pièces au rebut, il choisit une bielle encore pourvue de son axe qui avait coulée lorsque le moteur du *Leticia* grippa au départ de Tobrouk, ce printemps. Lorsqu'il le brandit, l'axe lui fit penser à un grand os de métal. Certain qu'il serait assez lourd pour entraîner le corps d'Hassan jusqu'au fond de l'Atlantique, Larmoso alla le ranger dans un coffre, près de la poupe, ainsi qu'une corde.

Avant de descendre dans la cale avant, il prit dans la cambuse l'un des grands sacs-poubelle en toile du cuisinier, et l'emporta vers le carré vide. Il l'avait drapé sur ses épaules comme un poncho et sifflotait entre ses dents. Ses pas résonnaient dans la coursive et lorsqu'il entendit un léger bruit derrière lui, Larmoso s'arrêta pour écouter. C'était probablement le vieil homme, de quart de mouillage, qui marchait sur le pont, au-dessus de sa tête. Larmoso franchit l'écoutille du carré et s'engagea dans l'escalier métallique jusqu'au niveau de la cale avant. Mais au lieu de pénétrer dans celle-ci, il ferma bruyamment la porte et resta à l'extérieur, appuyé contre la paroi, au pied de la cage de métal, les yeux levés vers le sommet des marches. Le Smith & Wesson Airweight cinq coups ressemblait, dans son énorme poing, à un pistolet d'enfant en réglisse.

L'écoutille du carré s'ouvrit et, aussi lentement qu'un serpent en chasse, la petite tête bien coiffée de Muhammad Fasil apparut.

Larmoso tira, l'explosion fit un bruit incroyable entre les murs de métal et la balle grinça en éraflant la main courante. Le capitaine, courbé en deux, fonça dans la cale et claqua l'écoutille derrière lui. Il suait maintenant et pendant qu'il attendait dans l'obscurité, son odeur fétide se mêlait aux senteurs de rouille et de graisse froide.

Les pas, dans l'escalier, résonnaient lentement et régulièrement. Larmoso comprit que Fasil tenait la rampe d'une main et gardait son arme braquée sur l'écoutille fermée. Il se dissimula avec difficulté derrière une caisse, à trois mètres cinquante de la porte par laquelle Fasil allait forcément entrer. Le temps jouait pour lui. Ses hommes finiraient par rentrer, les uns après les autres. Il pensa aux excuses et aux négociations qu'il pourrait proposer à Fasil. Rien ne marcherait. Il lui restait quatre coups à tirer. Il allait tuer Fasil quand il franchirait l'écoutille. C'était décidé.

Le silence régna une seconde dans l'escalier, puis le Magnum de Fasil rugit, les balles traversèrent l'écoutille en envoyant des fragments de métal voltiger dans la cale. Larmoso tira sur la porte fermée, mais la balle du 38 ne fit que s'enfoncer dans le métal ; il réitéra lorsqu'elle s'ouvrit à la volée et qu'une forme sombre apparut.

A l'éclair jaillissant de la gueule de son arme avec sa dernière balle, Larmoso s'aperçut qu'il avait tiré sur un oreiller pris dans le carré. Maintenant, jurant et trébuchant, il traversait en courant la cale obscure, vers le compartiment avant.

Il allait prendre le pistolet d'Hassan. Et s'en servir pour tuer Fasil.

Bien que gros, Larmoso se déplaçait avec agilité et il connaissait les lieux. En moins de trente secondes, il arriva à l'écoutille du compartiment et introduisit à tâtons la clef dans la serrure. Une puanteur l'enveloppa lorsqu'il ouvrit la porte et il eut un haut-le-cœur en plongeant à l'intérieur. Il ne voulait pas révéler sa position en allumant une lampe et rampa dans les ténèbres tâtonnant pour trouver Hassan ; il se parlait à voix basse. Il buta contre les caisses et en fit le tour à quatre pattes. Sa main toucha une chaussure et remonta une jambe de pantalon jusqu'au ventre. L'arme n'était plus à la ceinture. Il tâta de l'autre côté du corps. Il trouva le bras, le sentit bouger, mais ne découvrit le pistolet que lorsqu'il lui explosa au visage.

Les oreilles de Fasil tintaient encore et plusieurs minutes passèrent avant qu'il ne puisse entendre la respiration rauque qui résonnait dans le compartiment avant.

« Fasil, Fasil. »

Le guérillero alluma sa petite lampe de poche et de minuscules pattes s'enfuirent en toute hâte du faisceau lumineux. Fasil en balaya le masque rouge de Larmoso étendu sur le dos, mort, puis il entra.

S'agenouillant, il prit entre ses mains le visage d'Ali Hassan ravagé par les rats. Les lèvres remuèrent.

« Fasil.

— Tu as bien travaillé, Hassan. Je vais aller chercher un médecin. »

Fasil voyait bien que ce serait inutile. Hassan, le ventre gonflé par la péritonite, était fichu. Mais il pouvait toujours enlever un médecin une demi-heure avant que le *Leticia* ne reparte. Il le tuerait en mer avant d'arriver à New York. Hassan méritait bien cela. C'était la moindre des choses.

« Hassan, je reviens dans cinq minutes avec la trousse de secours. Je te laisse la lumière. »

Un faible soupir.

« Est-ce que j'ai rempli mes obligations ?

— Oui. Tiens bon, mon vieux. Je vais t'apporter de la morphine et après, un médecin. »

Fasil traversait à tâtons la cale obscure lorsqu'il entendit l'explosion du pistolet d'Hassan, derrière lui. Il s'arrêta et appuya la tête contre le fer froid du navire. « Vous me le paierez », chuchota-t-il. Il parlait à des gens qu'il n'avait jamais vus.

Le vieil homme de quart était encore inconscient, l'arrière de la tête déformé par une bosse, là où Fasil l'avait frappé. Celui-ci le tira jusqu'à la cabine du second, l'étendit sur la couchette, puis s'assit pour réfléchir.

Au départ, il était prévu que l'importateur, Benjamin Muzi, viendrait prendre les caisses au dock de Brooklyn ; impossible de savoir si Larmoso l'avait contacté et convaincu de l'aider à les trahir. N'importe comment, mieux vaudrait se débarrasser de lui car il en savait trop.

Les douaniers s'étonneraient de son absence. Ils poseraient des questions. Les autres membres de l'équipage ne connaissaient sans doute pas le contenu des caisses. Larmoso avait laissé ses clefs dans la serrure du compartiment avant. Maintenant, elles reposaient dans la poche de Fasil. Il ne fallait pas que le plastic entre dans le port de New York, c'était clair.

Mustapha Fawzi, le second, était un homme raisonnable et pas très courageux. A minuit, lorsqu'il rejoignit le navire, Fasil eut une brève conversation avec lui. Fasil tenait un gros revolver noir d'une main et avait dans l'autre deux mille dollars. Il s'enquit de la santé de la mère et de la sœur de Fawzi, à Beyrouth, puis laissa entendre que leur bien-être futur dépendait largement de la coopération de leur fils et frère. La chose fut rapidement réglée.

Il était 19 heures lorsque le téléphone sonna chez Michael Lander. Il travaillait au garage et décrocha le combiné du second poste. Dahlia était en train de mélanger de la peinture dans un pot.

Au bourdonnement de la ligne, Lander se dit que son correspondant devait l'appeler de très loin. Il avait une voix agréable et avalait les syllabes à l'anglaise, comme Dahlia. Il demanda à parler à « la dame de la maison ».

Dahlia s'empara aussitôt du combiné et engagea une conversation dépourvue d'intérêt, en anglais, sur des parents et des biens immobiliers. Puis l'entretien fut interrompu par vingt secondes d'un dialogue rapide en arabe argotique.

Dahlia se retourna en couvrant le micro de la main.

« Michael, il faut aller chercher le plastic en mer. Tu peux te procurer un bateau ? »

L'esprit de Lander s'activa furieusement. « Oui. Explique clairement l'endroit du rendez-vous. A cinquante kilomètres à l'est du phare de Barnegat, une demi-heure avant la tombée de la nuit. On établira le contact visuel aux derniers rayons du soleil et on ne se rapprochera qu'une fois l'obscurité venue. Si les vents dépassent la force cinq, on remettra le rendez-vous de vingt-quatre heures. Dis-lui d'en faire des paquets qu'un homme peut porter. »

Dahlia parla rapidement dans le combiné, puis raccrocha.

« Le mardi 12 », dit-elle. Elle le regarda avec curiosité. « Michael, tu as réglé cela plutôt rapidement.

— Non, je ne trouve pas », répondit Lander.

Dahlia avait, très vite, appris à ne jamais mentir à Lander. Cela aurait été aussi stupide que de programmer un ordinateur avec des demi-vérités et d'en attendre des réponses exactes. Et puis, il savait toujours lorsqu'elle était simplement tentée de mentir. Aujourd'hui, elle se réjouit de lui avoir confié dès le début les modalités de l'importation du plastic.

Il l'écouta calmement lorsqu'elle lui raconta ce qui s'était passé sur le navire.

« Tu crois que Muzi avait mis Larmoso au courant ? demanda-t-il.

— Fasil n'en sait rien. Il n'a pas pu questionner Larmoso. Il vaut mieux supposer que Muzi l'avait mis au courant. On ne peut pas faire autrement, n'est-ce pas, Michael ? Si Muzi a osé fourrer son nez dans la cargaison, s'il a décidé de garder l'argent qu'il a déjà reçu de nous et de vendre le plastic ailleurs, alors il a dû nous dénoncer aux autorités américaines. Il le faudrait, pour sa propre protection. Même s'il ne nous a pas trahis, on va être obligés de le liquider. Il en sait trop long et il t'a vu. Il pourrait t'identifier.

— Tu avais l'intention de le tuer dès le début ?

— Oui. Il ne partage pas nos convictions et a voulu se mêler d'une affaire dangereuse. Si les autorités l'agrafaient pour une autre histoire, qui sait ce qu'il pourrait leur dire. » Dahlia s'aperçut qu'elle était beaucoup trop péremptoire. « Je ne supporte pas l'idée qu'il puisse te mettre en danger, Michael, ajouta-t-elle d'une voix plus douce. Toi non plus tu ne lui faisais pas confiance, n'est-ce pas, Michael ? Tu avais préparé à l'avance le transfert en mer, à tout hasard, hein ? C'est curieux.

— Oui, curieux. Une chose. Rien ne doit arriver à Muzi tant que nous n'aurons pas le plastic. S'il nous a livrés aux autorités pour se protéger, les flics prépareront un piège à New York. Tant qu'ils nous y attendront, ils n'auront pas l'idée d'envoyer un hélicoptère survoler le navire. Si Muzi était tué avant l'arrivée du navire, ils devineraient que nous n'avions pas l'intention de venir au dock. Ils nous pinceraient à notre rendez-vous avec le navire. » Brusquement, Lander était furieux, et le tour de sa bouche blanchit. « Ce Muzi, c'était vraiment le meilleur truc que ton cerveau de merde pouvait trouver. »

Dahlia ne réagit pas. Elle ne fit pas remarquer que c'était lui qui avait contacté Muzi le premier. Elle savait qu'il refoulerait sa colère et que celle-ci viendrait augmenter sa réserve de rage pendant qu'irrésistiblement le problème mobilisait son esprit.

Il ferma les yeux un moment. « Il faut que tu fasses des courses, dit-il. Donne-moi un crayon. »

5

Maintenant qu'Hafez Najeer et Abou Ali étaient morts, seuls Dahlia et Muhammad Fasil connaissaient l'identité de Lander, mais Benjamin Muzi l'avait vu plusieurs fois, car c'était par son intermédiaire que l'Américain avait pris contact avec Septembre Noir, pour avoir le plastic.

Dès le début, le grand problème avait été d'obtenir l'explosif. Dans la première chaleur incandescente de son épiphanie, quand il sut ce qu'il ferait, il n'était pas venu à l'esprit de Lander qu'il aurait besoin d'aide. La beauté du geste, c'était qu'il agisse seul. Mais pendant que les plans fleurissaient dans sa tête, pendant qu'il regardait encore et encore la foule des supporters, il décida qu'ils méritaient plus que les quelques caisses de dynamite qu'il pourrait acheter ou voler. Ils méritaient plus que des shrapnels jaillissant au hasard d'une nacelle éclatée et quelques kilos de clous et de chaînes.

Parfois, lorsqu'il restait éveillé, les visages tournés bouche bée vers le ciel, remuant comme un champ de fleurs dans le vent, envahissaient le plafond de ses nuits. Beaucoup de ces visages devenaient celui de Margaret. Puis la grande boule de feu jaillissait de la chaleur de son propre visage, s'élevait vers eux en tourbillonnant comme la nébuleuse du Crabe, les transformait en charbon de bois, et cela l'apaisait jusque dans son sommeil.

Il fallait qu'il trouve du plastic.

Lander traversa deux fois le pays à sa recherche. Il visita trois arsenaux militaires afin d'estimer les possibilités de le voler, et vit que c'était impossible. Il visita l'usine d'une grande entreprise qui fabriquait du napalm, des adhésifs industriels et du plastic, et découvrit que les mesures de sécurité y étaient aussi sévères que chez les militaires et montraient que les agents de la sécurité y avaient infiniment plus d'imagination. L'instabilité de la nitroglycérine excluait qu'il tente de l'extraire de la dynamite.

Lander lut avidement les journaux à la recherche d'histoires d'attentats terroristes, d'explosions et de bombes. Dans sa chambre, la pile des coupures de presse ne cessait de monter. Cela l'aurait blessé d'apprendre qu'il s'agissait là d'un comportement typique, et que dans leur chambre à coucher de nombreux malades mentaux gardaient des coupures de presse en attendant le moment de passer à l'action. La plupart des gros titres présentaient des noms de lieux étrangers — Rome, Helsinski, Damas, La Haye, Beyrouth.

Au milieu du mois de juillet, dans un motel de Cincinnati, une idée l'illumina. Il avait survolé une foire, ce jour-là, et s'enivrait un peu dans un bar. Il était tard. A l'extrémité du zinc, un appareil de télévision était suspendu au plafond. Lander, assis presque en dessous, fixait son verre des yeux. La plupart des clients, à demi tournés sur leur tabouret, lui faisaient face ; la pâle lumière de la télé jouait sur leurs visages levés.

Soudain Lander s'émut, en alerte. Il y avait quelque chose dans l'expression de ces gens. De l'appréhension. De la colère. Pas vraiment de la peur, car ils étaient relativement en sécurité, mais ils avaient le regard d'un homme qui guette des loups. Lander prit son verre et se dirigea vers l'autre bout du bar afin de voir l'écran. Celui-ci montrait un Boeing 747 posé sur le désert et entouré d'un brouillard de chaleur. L'extrémité antérieure du fuselage explosa, puis la partie centrale, et l'avion tout entier disparut dans un volcan de flammes et de fumée. C'était la rediffusion d'une émission sur le terrorisme arabe, constituée d'actualités exceptionnelles.

Munich. L'horreur au village olympique. L'hélicoptère sur l'aéroport. A l'intérieur, la fusillade étouffée, les athlètes israéliens abattus. L'ambassade de Khartoum où l'on avait massacré les diplomates belges et américains. Yasser Arafat, le chef du Fatah, niant toute responsabilité.

Yasser Arafat de nouveau à une conférence de presse à Beyrouth, accusant amèrement l'Angleterre et les Etats-Unis d'aider les raids israéliens contre les Palestiniens. « Quand notre vengeance éclatera, elle sera terrible », proclamait Arafat, et les lunes jumelles des lumières de la télévision se reflétaient dans ses yeux.

Suivit une déclaration de soutien du colonel Kadhafi, disciple de Napoléon, fidèle allié et banquier du Fatah : « Les Etats-Unis méritent une claque en pleine figure. » Un commentaire ultérieur de Kadhafi : « Dieu condamne l'Amérique. »

« C'est tous des salauds, dit un homme en veste de bowling, assis à côté de Lander. Une bande de salauds. »

Lander rit tout haut. Plusieurs buveurs se tournèrent vers lui.

« Tu trouves ça drôle, crétin ?

— Non. Je vous assure que ce n'est pas drôle du tout, monsieur. Salaud vous-même. »

Lander mit l'argent sur le bar et sortit sous la bordée d'injures de l'homme.

Lander ne connaissait pas d'Arabes. Il se mit à lire des textes sur les groupes de musulmans américains sympathisants de la cause palestinienne, mais le seul meeting auquel il assista, à Brooklyn, le convainquit que les comités de citoyens arabo-américains étaient beaucoup trop respectueux de l'autorité. Ils discutaient de sujets comme « la justice » et « les droits individuels », et recommandaient d'écrire aux membres du Congrès. Il pensa à juste titre que s'il lançait là un ballon d'essai pour rencontrer de vrais militants, il serait bientôt contacté par un flic en civil avec un émetteur Kel dissimulé dans la jambe de son pantalon.

Les manifestations à Manhattan en faveur de la cause palestinienne ne valaient pas mieux. A United Nations Plaza et à Union Square, il trouva moins de vingt très jeunes Arabes entourés d'un océan de juifs.

Non, il lui fallait un escroc compétent et avide, possédant de bons contacts au Moyen-Orient. Et il réussit à le trouver. Un pilote de ligne qui ramenait de là-bas, dans sa trousse de toilette, des paquets intéressants à remettre personnellement à l'importateur Benjamin Muzi.

Lander découvrit le sinistre bureau de Muzi derrière un entrepôt minable, sur Sedgwick Street, à Brooklyn. Un grand Grec qui sentait mauvais et dont la tête chauve reflétait la faible lumière des ampoules suspendues au plafond lui fit suivre un chemin sinueux dans un labyrinthe de caisses.

Seule la porte du bureau valait cher. Elle était en acier et comportait deux pênes dormants et une serrure Fox. La petite ouverture pour les lettres était à hauteur de ceinture et comportait une plaque métallique pourvue de gonds intérieurs que l'on pouvait fermer au verrou.

Muzi était très gros et il gémit en enlevant une pile de factures posées sur une chaise avant de faire signe à Lander de s'y asseoir.

« Puis-je vous offrir quelque chose ? Une boisson ?

— Non. »

Muzi vida jusqu'à la dernière goutte sa bouteille de Perrier et en pêcha une autre dans la glacière. Il jeta dedans deux comprimés d'aspirine et but une longue gorgée. « Vous avez dit au téléphone que vous souhaitiez me parler d'une affaire très confidentielle. Puisque vous ne vous êtes pas présenté, ça ne vous ennuie pas que je vous appelle Hopkins ?

— Absolument pas.

— Très bien. Monsieur Hopkins, quand les gens prononcent le mot " confidentiel ", il s'agit généralement de choses en contravention avec la loi. Si c'est le cas, alors je n'ai rien à faire avec vous, vous comprenez ? »

Lander sortit une liasse de billets de sa poche et la posa

sur le bureau de Muzi. Celui-ci n'y toucha pas et ne regarda même pas l'argent. Lander reprit la liasse et se dirigea vers la porte.

« Attendez, monsieur Hopkins. »

Muzi fit signe au Grec qui s'avança et fouilla Lander des pieds à la tête. Le Grec regarda son patron et fit non de la tête.

« Asseyez-vous, je vous prie. Merci, Salop. Attends dehors. »

Le costaud ferma la porte derrière lui.

« C'est un vilain nom, dit Lander.

— Oui, mais il ne le sait pas », répliqua Muzi en s'essuyant la figure avec un mouchoir.

Il appuya son menton sur ses mains jointes et attendit.

« J'ai cru comprendre que vous étiez un homme très important, commença Lander.

— C'est exact.

— Sur le conseil de...

— Contrairement à ce que vous pourriez croire, monsieur Hopkins, il n'est pas nécessaire d'user de circonlocutions sans fin lorsqu'on traite avec un Arabe, étant donné que les Américains, pour la plupart, manquent de la subtilité qui pourrait rendre la chose intéressante. Il n'y a pas de micros cachés dans ce bureau. Vous n'êtes pas sur écoute. Dites-moi ce que vous voulez.

— Je veux expédier une lettre au chef des services secrets du Fatah.

— Et qui pourrait être... ?

— Je ne sais pas. A vous de le découvrir. On m'a dit qu'à Beyrouth vous pouvez faire tout ce que vous voulez. La lettre sera cachetée plusieurs fois, de manière compliquée, et devra parvenir à destination sans avoir été ouverte.

— Oui, je suppose que oui. »

Les yeux de Muzi étaient encapuchonnés comme ceux d'une tortue.

« Vous pensez à une lettre piégée. Elle ne le sera pas. Vous pourrez me regarder à trois mètres de là glisser le contenu dans l'enveloppe. Vous pourrez lécher le rabat, puis je mettrai les autres sceaux.

— Je traite avec des hommes que l'argent intéresse. Souvent, les gens qui s'occupent de politique ne paient pas leurs factures, ou bien ils meurent, à cause de leur ineptie. Je ne pense pas que...

— Deux mille dollars aujourd'hui. Deux mille après si le message est délivré d'une manière satisfaisante. » Lander reposa l'argent sur le bureau. « Autre chose. Je vous conseillerais d'ouvrir un compte bancaire numéroté à La Haye.

— Pour quelle raison ?

— Pour y mettre une bonne quantité d'argent libyen si vous décidez de prendre votre retraite. »

Il y eut un long silence. Pour finir, Lander reprit la parole.

« Il faut que vous compreniez que la lettre doit atteindre l'homme clef du premier coup. Il ne faut pas qu'elle se promène de main en main.

— Comme je ne sais pas ce que vous voulez, je travaille à l'aveuglette. Il faudrait poser des questions, mais c'est trop dangereux. Vous devez savoir que le Fatah est fragmenté, et qu'il y a des litiges en son sein.

— Transmettez-la à Septembre Noir, dit Lander.

— Pas pour quatre mille dollars.

— Combien ?

— Obtenir le renseignement sera difficile et coûteux, et même alors, vous ne serez jamais sûr...

— Combien ?

— Huit mille dollars, payables immédiatement. C'est ma meilleure offre.

— Quatre mille tout de suite et quatre mille après.

— Huit mille tout de suite, monsieur Hopkins. Après, je ne vous connaîtrai plus et vous ne reviendrez jamais ici.

— D'accord.

— Je vais me rendre à Beyrouth dans une semaine. Je ne veux recevoir votre lettre que juste avant mon départ. Apportez-la le 7 au soir. Elle sera cachetée en ma présence. Croyez-moi, je n'ai aucune envie de la lire. »

La lettre contenait le nom et l'adresse de Lander et disait qu'il pouvait rendre un grand service à la cause palestinienne. Il demandait à rencontrer un représentant de Septembre Noir quelque part en Occident. Elle renfermait un mandat postal de mille cinq cents dollars pour les frais.

Muzi accepta la lettre et les huit mille dollars avec une gravité presque solennelle. Il avait cette particularité de tenir sa parole lorsqu'il était payé à son prix.

Une semaine plus tard, Lander reçut une carte postale de Beyrouth. Sans rien d'écrit dessus. Il se demanda si Muzi avait ouvert la lettre et obtenu ainsi son nom et son adresse.

Une troisième semaine s'écoula. Il décolla quatre fois de Lakehurst. Deux fois cette semaine-là, en allant à l'aérodrome, il se crut suivi, mais ce n'était qu'une impression. Le jeudi 15 août, il effectua des vols publicitaires au-dessus d'Atlantic City, avec des messages contrôlés par ordinateur qui s'inscrivaient sur les panneaux lumineux accrochés aux flancs du dirigeable.

Quand, de retour à Lakehurst, il monta dans sa voiture, il aperçut une carte glissée sous l'essuie-glace de son pare-brise. Agacé, il ressortit et l'arracha, croyant avoir affaire à une publicité. Il examina la carte à la lumière du dôme. C'était un bon pour une entrée au club de natation de Maxie, près de Lakehurst. Au dos, il lut : « Demain à 15 heures. Faites un appel de phares si vous êtes d'accord. »

Lander examina le parking de l'aérodrome plongé dans l'obscurité. Il ne vit personne. Il fit un appel de phares et rentra chez lui.

Il y avait beaucoup de clubs de natation privés dans le New Jersey, bien entretenus et joliment chers, et qui proposaient différentes politiques d'exclusion. Celui-là avait surtout pour clients des juifs, mais à l'encontre de certains propriétaires, Maxie admettait quelques Noirs et quelques Portoricains s'il les connaissait. Lander arriva à la piscine à 14 heures 45 et se changea dans le vestiaire de parpaings ; il y avait des flaques sur le sol. Le soleil, la forte odeur de chlore et les cris des enfants lui rappelèrent une autre époque, lorsqu'il nageait au club des officiers avec Margaret et ses filles. Après, ils se désaltéraient au bord de la piscine ; Margaret faisait tourner le pied de son verre dans ses doigts ridés par l'eau, riait et rejetait ses cheveux noirs et mouillés en arrière, consciente du regard des jeunes lieutenants sur elle.

Lander se sentait très seul aujourd'hui et fut trop conscient de son corps blanc et de sa main mutilée lorsqu'il mit le pied sur le ciment brûlant. Il déposa ses affaires dans un panier métallique, en dressa la liste avec le gardien, puis fourra le ticket du vestiaire en plastique dans la poche de son maillot. La piscine était d'un bleu exagéré et la lumière qui dansait sur l'eau lui fit mal aux yeux.

Il se dit qu'il y avait pas mal d'avantages à donner rendez-vous dans un tel lieu. Impossible de porter sur soi une arme ou un magnétophone, et impossible de prendre en douce vos empreintes digitales.

Il nagea en long et en large pendant une demi-heure. Il y avait une quinzaine d'enfants dans l'eau, avec tout un arsenal d'hippocampes et de chambres à air. Plusieurs jeunes couples jouaient avec un ballon de plage rayé et un jeune homme aux muscles hypertrophiés se badigeonnait de lotion solaire au bord du bassin.

Lander se retourna sur le dos et se mit à crawler dans le grand bain, hors de portée des plongeurs. Il regardait un petit nuage passer lorsqu'il entra en collision avec une nageuse munie d'un tuba qui s'amusait à examiner le fond de la piscine au lieu de regarder où elle allait.

« Excusez-moi », dit-elle en nageant comme un petit chien.

Lander souffla de l'eau par le nez et s'éloigna sans répondre. Il resta dans la piscine une heure de plus, puis décida de partir. Il allait se hisser hors de l'eau lorsque la jeune fille au tuba refit surface devant lui. Elle ôta son masque et lui sourit.

« Vous n'auriez pas perdu ça ? Je l'ai trouvé au fond de la piscine. »

Elle lui tendit son ticket de vestiaire en plastique.

Lander baissa les yeux et vit que la poche de son maillot de bain était retournée.

« Vous feriez mieux de voir s'il ne manque rien dans votre portefeuille », dit-elle avant de replonger dans l'eau.

A l'intérieur de son portefeuille, il découvrit le mandat postal qu'il avait envoyé à Beyrouth. Il rendit son panier au gardien et rejoignit la jeune femme dans la piscine. Elle était en train de se batailler avec deux petits garçons. Ils protestèrent lorsqu'elle les quitta. Elle était splendide à voir dans l'eau, et cette vision irrita Lander qui se sentait tout froid et ratatiné à l'intérieur de son maillot.

« Allons parler dans la piscine, monsieur Lander », dit-elle en avançant jusqu'à ce que l'eau vienne clapoter sous ses seins.

« Qu'est-ce que vous attendez de moi ? Que je décharge dans mon pantalon et que je vous raconte tout ici ? »

Elle le regarda longuement ; de minuscules taches de lumière dansaient dans ses yeux. Brusquement, il posa sa main mutilée sur le bras de la jeune femme et la regarda fixement, s'attendant à ce qu'elle tressaille. La seule réaction qu'il put déceler, ce fut un doux sourire. Celle qu'il ne vit pas eut lieu sous l'eau. La main gauche de la jeune femme se retourna lentement, les doigts recourbés, prête à frapper si nécessaire.

« Puis-je vous appeler Michael ? Mon nom est Dahlia Iyad. C'est un très bon endroit pour parler.

— Ce qu'il y avait dans mon portefeuille vous a satisfait ?

— Cela devrait vous plaire que je l'aie fouillé. Je ne pense pas que vous traiteriez avec une imbécile.

— Vous en savez long à mon sujet ?

— Je sais quel métier vous exercez. Je sais que vous avez été prisonnier de guerre. Vous vivez seul, vous lisez tard le soir et vous fumez de la marijuana de qualité plutôt inférieure. Je sais que votre téléphone n'est pas sur écoute, du moins pas le poste de votre garage ou celui qui est à l'extérieur. Je ne sais pas vraiment ce que vous voulez. »

Tôt ou tard, il serait bien obligé de le lui dire. En plus de sa méfiance envers cette femme, c'était difficile à dire, aussi dur que de parler à un réducteur de têtes. Bon.

« Je veux faire exploser mille deux cents livres de plastic dans le Super Bowl. »

Elle le regarda comme s'il venait d'avouer une aberration sexuelle qu'elle aimait particulièrement. Une compassion calme et bienveillante, une excitation réprimée. Bienvenue à la maison.

« Vous n'avez pas de plastic, n'est-ce pas, Michael ?

— Non. » Il se détourna en posant la question : « Vous pouvez m'en procurer ?

— Ça fait une grosse quantité. C'est selon. »

L'eau s'égoutta de sa tête lorsqu'il se tourna brusquement pour lui faire face. « Je ne veux pas de ça. Ce n'est pas ce que je veux entendre. Parlez franchement.

— Si je suis certaine que vous pouvez le faire, si j'arrive à convaincre mon supérieur que vous pouvez le faire et que vous le ferez, alors oui, je peux avoir du plastic. Je l'aurai.

— Bien. C'est de bonne guerre.

— Je veux tout voir. Je veux aller chez vous.

— Pourquoi pas ? »

Ils ne s'y rendirent pas directement. Un vol de publicité lumineuse était prévu ce jour-là et Dahlia l'accompagna. Généralement, cela ne se faisait pas d'emmener des passagers pour ce genre de travail, car on enlevait la plupart des sièges de la nacelle afin de faire de la place à l'ordinateur qui contrôlait les huit mille lumières disposées sur les flancs du dirigeable. Mais en se serrant, c'était possible. Farley, le copilote, avait en deux occasions précédentes dérangé tout le monde en amenant sa petite amie de Floride et il abandonna son siège à la jeune femme sans murmurer. L'opérateur de l'ordinateur et lui se passèrent la langue sur les lèvres en voyant Dahlia ; installés à l'arrière de la nacelle, ils se livraient à des pantomimes lubriques dès que Lander et elle leur tournaient le dos.

Manhattan resplendissait dans la nuit comme un grand navire de diamants lorsqu'ils survolèrent la ville à sept cents mètres d'altitude. Ils descendirent vers la brillante couronne du Shea Stadium où les Mets jouaient un match en nocturne, et les flancs de l'appareil devinrent d'immenses panneaux d'affichage lumineux dont les lettres parcouraient les côtés. « Ne les oubliez pas, embauchez un vétéran », disait le premier message. « Le Winston, c'est un dél... ». Celui-là s'interrompit, le technicien jura et tripota la bande perforée.

Plus tard, à Lakehurst, Dahlia et Lander regardèrent l'équipe au sol attacher le dirigeable illuminé pour la nuit. Ils étudièrent la nacelle pendant que les hommes en combinaison enlevaient l'ordinateur et réinstallaient les sièges.

Lander montra du doigt le solide garde-fou qui courait autour de la base de la cabine. Il emmena Dahlia à l'arrière de la nacelle pendant que l'on détachait le turbo générateur alimentant les lumières. C'était un module lourd aux lignes aérodynamiques qui ressemblait à une perche et il possédait une solide fixation trois-points qui serait très utile.

Farley vint à eux, son clipboard à la main. « Hé ! vous n'allez tout de même pas rester là toute la nuit. »

Dahlia lui sourit d'un air bête. « C'est tellement excitant.

— Ça oui ! »

Farley gloussa et les quitta sur un clin d'œil.

Le visage de Dahlia s'était empourpré et ses yeux brillaient lorsqu'ils quittèrent l'aérodrome en voiture.

Elle laissa clairement entendre, dès la première fois, qu'elle n'attendait rien de particulier de Lander. Et elle fit bien attention de ne montrer, non plus, aucun dégoût. Son attitude semblait dire que son corps était là, qu'elle l'avait apporté parce que c'était plus commode ainsi. Elle montrait une certaine déférence physique envers lui, d'une manière si subtile qu'il n'y avait pas de mot pour définir ce comportement. Et elle était très, très douce.

En affaires, elle n'avait pas le même comportement. Lander s'aperçut rapidement qu'il ne pouvait pas l'intimider par ses grandes connaissances techniques. Il dut lui expliquer son plan dans les moindres détails, en définissant les termes au fur et à mesure. Elle n'était pas d'accord avec lui sur la façon de s'y prendre avec les gens ; il découvrit qu'elle portait sur eux un jugement très judicieux et possédait une grande expérience du comportement des hommes effrayés et soumis à de fortes tensions. Dans la discussion, elle restait inflexible et ne soulignait jamais ses arguments par un mouvement du corps ou une expression du visage qui reflétât autre chose que sa concentration.

Lorsque les problèmes techniques furent résolus, du moins en théorie, Dahlia vit que le plus grand danger que courait ce projet c'était l'instabilité de Lander. Cet être était une merveilleuse machine avec un enfant homicide aux commandes. Le rôle de Dahlia consistait à l'aider. Dans ce domaine, elle ne pouvait pas toujours calculer et elle était forcée de se fier à ses impressions.

Au fil des jours, il commença à lui dire des choses personnelles — des choses sans danger qui ne lui faisaient pas trop mal. Parfois le soir, un peu ivre, il épiloguait sans fin sur les injustices de la Navy jusqu'à ce qu'elle finisse par rejoindre sa propre chambre à minuit passé, le laissant seul, en train d'injurier la télévision. Et puis, un soir qu'elle était assise au bord de son lit, tel un cadeau, il lui offrit une histoire. Il lui raconta la première fois qu'il avait vu un dirigeable.

Il avait huit ans, de l'impétigo aux genoux, et jouait sur le sol argileux de la cour de récréation d'une école de campagne lorsqu'en levant les yeux, il aperçut un dirigeable. Argenté, luttant contre le vent, il flottait au-dessus de la cour, lâchant dans son sillage de minuscules objets qui descendaient lentement — des friandises accrochées à de petits parachutes. Courant pour se déplacer aussi vite que l'appareil, Michael resta dans son ombre sur toute la longueur de la cour ; les autres enfants couraient aussi en se bousculant, mais c'était pour ramasser les bonbons. Puis ils atteignirent le champ labouré et l'ombre s'éloigna en ondulant sur les sillons. Lander, en culottes courtes, tomba sur la terre et arracha les croûtes de ses genoux. Il se remit sur ses pieds et regarda le dirigeable disparaître, le menton barbouillé de sang, serrant dans sa main une friandise accrochée à un parachute.

Pendant qu'il était absorbé par son histoire, Dahlia s'allongea sur le lit à côté de lui pour l'écouter. Lorsque, revenant de la cour de récréation, il se pencha sur elle, l'émerveillement et la lumière des jours anciens se reflétaient encore sur son visage.

Après cela, il perdit toute pudeur. Elle connaissait son terrible désir et se l'était approprié. Elle l'avait reçu avec son corps. Non dans l'idée de le castrer, mais avec infiniment de grâce. Elle ne voyait aucune laideur en lui. Maintenant, il sentait qu'il pouvait *tout* lui dire, et il lui raconta des choses dont il n'avait parlé à personne, même à Margaret. Surtout pas à Margaret.

Dahlia l'écouta avec compassion, intérêt et inquiétude. Elle ne montra jamais la moindre trace de dégoût ou d'appréhension, bien qu'elle apprît à se méfier de lui quand il parlait de certaines choses, car il pouvait se mettre brusquement en colère contre elle, à cause des blessures que d'autres lui avaient faites. Il fallait qu'elle comprenne Lander, et elle apprit à très bien le connaître, mieux que personne ne l'avait fait et ne le ferait jamais — y compris la commission composée d'experts qui enquêta sur son acte final. Les enquêteurs n'avaient que leurs piles de documents et de photographies, et des témoins tout raides sur leur siège. Dahlia, elle, reçut cela directement de la bouche du monstre.

C'est vrai qu'elle apprit à connaître Lander afin de l'utiliser, mais qui écoutera jamais gratuitement ? Dahlia aurait pu faire beaucoup pour lui si son but n'avait pas été le meurtre.

L'absolue franchise de Lander et ses propres déductions ouvrirent à Dahlia de nombreuses fenêtres sur son passé. Par lesquelles, elle vit se forger son arme...

Willett-Lorance, école rurale regroupée de Willett et de Lorance, Caroline du Sud, 2 février 1941 :
« Michael, Michael Lander, viens ici nous lire ta copie.

Buddy Ives, je veux que tu écoutes attentivement. Et toi aussi, Atkins Junior. Vous deux, vous perdez votre temps pendant que Rome brûle. A six semaines de l'examen, cette classe va se diviser en deux, les bons et les mauvais. »

L'institutrice doit appeler Michael encore deux fois. Lorsqu'il s'engage dans l'allée, il est étonnamment petit. Willett-Lorance n'a pas de programme accéléré pour les surdoués. On fait simplement monter Michael de classe en cours d'année. Il a huit ans et il est en CM1.

Buddy Ives et Atkins Junior, douze ans, ont passé la récréation à plonger la tête d'un élève de CM2 dans les cabinets. Maintenant, ils font très attention. A Michael. Pas à sa copie.

Michael sait qu'il va devoir payer. Debout devant ses camarades, en culottes courtes trop larges, les seules de la classe, il lit d'une voix à peine audible et sait qu'il va être obligé de payer. Il espère que cela se passera dans la cour. Il aime mieux être battu que d'avoir la tête dans les cabinets.

Le père de Michael est pasteur et sa mère exerce un certain pouvoir dans l'Association des parents d'élèves. Il n'y a rien de gentil ou d'attirant en lui. Aussi longtemps qu'il remonte dans ses souvenirs, il est plein d'horribles sentiments qu'il ne comprend pas. Il ne peut pas encore identifier cela comme de la rage et du dégoût de soi. Il se voit constamment comme un petit garçon efféminé en culottes courtes et il déteste cette image. Il regarde les autres enfants de huit ans qui jouent aux cow-boys dans le bosquet. Plusieurs fois, il a essayé de faire comme eux, de crier : « bang, bang ! » en pointant son index. Il se sent idiot lorsqu'il fait ça. Les autres savent tout de suite qu'il n'est pas un vrai cow-boy et qu'il ne croit pas au jeu.

Il rejoint sans se presser ses camarades de classe, âgés de dix ou onze ans. Ils sont en train de former des équipes pour jouer au football. Il se mêle à eux et attend. Ce n'est pas trop mauvais d'être choisi en dernier, du moment qu'on l'est. Il se retrouve seul entre les deux camps. On n'a pas tenu compte de lui. Il sait quelle équipe a choisi le dernier joueur et il s'avance vers l'autre. Il se voit venir à eux. Il voit ses genoux noueux sortant de ses culottes courtes, sait qu'ils parlent de lui. Ils lui tournent le dos, exprès. Il ne peut tout de même pas les supplier. Il s'éloigne, le visage brûlant de honte. Il n'y a pas d'endroit, dans la cour au sol d'argile rouge, où il puisse se dissimuler.

Appartenant à une famille du Sud, Michael est profondément marqué par le code de l'honneur. Un homme se bat lorsqu'on le provoque. Un homme est brutal, franc, honorable et fort. Il joue au football, aime la chasse, et ne permet pas que l'on tienne des propos obscènes en présence des dames, bien qu'il parle d'elles en termes lubriques avec ses camarades.

Quand vous êtes enfant, le code sans les moyens nécessaires pour l'appliquer vous tue.

Michael a appris à ne pas se battre avec ceux de douze ans, s'il le peut. On lui dit qu'il est lâche. Il le croit. Il s'exprime bien et n'a pas encore appris à le cacher. On lui dit qu'il est une fille. Il croit que c'est vrai.

Il a fini de lire sa copie. Il sait l'odeur qu'aura l'haleine d'Atkins Junior sur son visage. L'institutrice dit à Michael qu'il est un « bon élément de la classe ». Elle ne comprend pas pourquoi il détourne la tête.

10 septembre 1947, le terrain de football derrière le Collège Willett-Lorance.

Michael Lander s'est mis au football en seconde ; il l'a fait en cachette de ses parents. Il sent qu'il le faut. Il désire partager l'enthousiasme de ses camarades pour le sport. Il est curieux de ses propres réactions. Son uniforme le rend merveilleusement anonyme. Quand il le porte, il ne peut plus se voir. Commencer à jouer au football en seconde, c'est un peu tard et il a beaucoup à apprendre. A sa grande surprise, les autres se montrent tolérants à son égard. Après quelques jours de maladresse, ils ont découvert que, bien que novice en la matière, il va tenir le coup et se mettre à leur école. C'est un bon moment de sa vie. Qui dure une semaine. Ses parents apprennent qu'il joue au football. Ils détestent l'entraîneur, un mécréant qui, paraît-il, a de l'alcool chez lui. Le révérend Lander appartient maintenant au Comité de l'enseignement primaire. Les Lander se rendent au stade dans leur Kaiser. Michael ne les voit pas jusqu'à ce qu'il entende appeler son nom. Sa mère, dans l'herbe jusqu'aux chevilles, s'approche de la ligne de touche. Le révérend Lander attend dans la voiture.

« Enlève ce costume de singe. »

Michael fait semblant de ne pas entendre. Il est posté à trois ou quatre mètres de la mêlée, avec les malingres. Il tient sa position. Il voit chaque brin d'herbe distinctement. Le plaqueur, en face de lui, a une égratignure rouge sur le mollet.

Sa mère longe la ligne de touche. Maintenant elle la traverse. Elle arrive. Cent kilos de rage ruminée. « Je te dis, enlève ce costume de singe et monte dans la voiture. »

Michael aurait pu se libérer à ce moment-là. Il aurait pu hurler ses quatre vérités à sa mère. L'entraîneur aurait pu venir à son aide, s'il avait été plus fin, s'il avait eu moins peur de perdre son poste. Michael ne veut pas que les autres entendent ça. N'importe comment, il ne pourra plus jouer avec eux. Ils se regardent d'un air qu'il ne peut pas supporter. Il part en courant vers le bâtiment préfabriqué qui leur sert de vestiaire. Des ricanements s'élèvent derrière lui.

L'entraîneur doit appeler deux fois les garçons pour qu'ils reprennent l'entraînement. « On n'a pas besoin d'un fifils à sa maman », dit-il.

Michael se comporte très calmement dans le vestiaire ; il laisse son équipement bien rangé sur le banc et met la clef de son placard sur la pile. Il se sent seulement très lourd à l'intérieur, sans manifestation extérieure de colère.

Pendant le retour à la maison, il reçoit un torrent d'injures. Il répond que, oui, il comprend qu'il a causé beaucoup d'embarras à ses parents, qu'il n'aurait pas dû être aussi égoïste. Il hoche solennellement la tête quand on lui rappelle qu'il doit préserver ses mains pour le piano.

18 juillet 1948 : Michael Lander est assis sur la terrasse, derrière la maison, un misérable presbytère attenant à l'église baptiste de Willett. Il regarde fixement la tondeuse à gazon. Il se fait un peu d'argent de poche en réparant les petits appareils électriques. A travers le rideau, il voit son père allongé sur le lit, les mains derrière la tête, qui écoute la radio. Quand il pense à son père, Michael évoque l'image de ses mains blanches et maladroites avec, à l'annulaire, la bague trop large du séminaire de Cumberland-Macon. Dans le Sud comme dans beaucoup d'autres endroits, l'église est une communauté de femmes, conçue par et pour les femmes. Les hommes la tolèrent afin d'avoir la paix à la maison. Ils n'ont aucun respect pour le révérend Lander parce qu'il est incapable de participer à la moisson, de faire quelque chose de pratique. Ses sermons sont ennuyeux et radoteurs, composés pendant que le chœur chante l'offertoire. Le révérend Lander passe une grande partie de son temps à écrire à une fille qu'il a connue au collège. Il ne poste jamais les lettres mais les cache dans une boîte en métal, dans son bureau. La combinaison de la serrure est d'une simplicité enfantine. Michael lit les lettres depuis des années. Pour s'en moquer.

La puberté a beaucoup apporté à Michael Lander. A quinze ans, il est grand et maigre. Avec des efforts considérables, il a appris à rendre, d'une manière convaincante, un travail scolaire médiocre. Alors que tout était contre lui, il a acquis une personnalité apparemment sympathique. Il connaît l'histoire du perroquet déplumé et la raconte bien.

Une fille qui a des taches de rousseur et deux ans de plus que lui a aidé Michael à découvrir qu'il était un homme. C'est un énorme soulagement pour lui après avoir entendu dire pendant tant d'années, qu'il était pédé, sans avoir aucune preuve pour en juger ni dans un sens ni dans l'autre.

Mais dans ce Michael Lander qui s'épanouit, quelqu'un d'autre s'est mis à l'écart, froid et vigilant. Celui qui reconnait l'ignorance de la classe, celui qui repasse constamment des petits tableaux du temps de l'école primaire qui font grimacer son nouveau visage, celui qui projette devant lui dans les moments de tension la silhouette du petit écolier ingrat et peut, lorsque sa nouvelle image est menacée, ouvrir sous les pieds de Michael un vide redoutable.

Le petit écolier est à la tête d'une légion de haine, il connaît à chaque fois la réponse, et son credo est *Que Dieu vous damne tous*. A quinze ans, Lander fonctionne très bien. Un observateur compétent pourrait observer à son sujet quelques réactions qui laissent deviner ses sentiments, mais n'ont en elles-mêmes rien de louche. Il ne supporte pas les situations de compétition. Il n'a jamais connu les gradients d'agressivité contrôlée qui permettent à la plupart d'entre nous de survivre. Il ne peut même pas endurer les jeux de société, il est incapable de miser. Lander comprend objectivement l'agressivité limitée, mais il ne peut y prendre part. Pour lui, émotionnellement, il n'y a pas de milieu entre une atmosphère agréable et totalement dépourvue de compétition et la guerre totale à mort où les cadavres sont profanés et brûlés. Aussi ne dispose-t-il d'aucun exutoire. Et pendant longtemps, il a avalé plus de poison que beaucoup d'autres ne pourraient le supporter.

Bien qu'il se dise qu'il déteste l'église, Michael prie souvent dans la journée. Il est convaincu qu'adopter certaines positions peut rendre ses prières efficaces. Toucher son genou du front est l'une des meilleures. Quand il est obligé de prier dans des lieux publics, il doit trouver un stratagème pour que personne ne le remarque. Faire tomber quelque chose derrière sa chaise et se pencher pour le ramasser, c'est un truc utile. Des prières prononcées sur le seuil d'une porte ou pendant que l'on touche une serrure sont également plus efficaces. Il prie souvent pour des gens qui apparaissent lors des rapides éclairs de mémoire qui le brûlent plusieurs fois par jour. Sans le vouloir, en dépit des efforts faits pour y mettre fin, il conduit des dialogues intérieurs qui durent souvent pendant des heures. C'est le cas aujourd'hui :

Il y a la vieille Miss Phelps qui est surveillante dans la cour de l'école. Je me demande quand elle va prendre sa retraite. Cela fait très longtemps qu'elle est là.

— Tu voudrais qu'elle ait un cancer ?

— Non ! Doux Jésus, pardonne-moi. Je n'ai pas envie qu'elle ait un cancer. J'aimerais mieux l'avoir à sa place ! (Il touche le bois.) Mon Dieu, laisse-moi plutôt l'avoir à sa place, ô Père.

— Tu aimerais mieux prendre ton fusil de chasse et lui faire sauter la cervelle, à cette vieille connasse ?

— Non ! Non ! Jésus, Père, non, j'en ai pas envie. Je veux qu'elle soit en bonne santé et heureuse. Elle ne peut pas se changer. C'est une gentille dame. Elle est très bien. Pardonne-moi d'avoir dit un gros mot.

— Tu aimerais mieux lui coller la tondeuse à gazon sur la figure ?

— Je ne le ferais pas, non, je ne le ferais pas. Christ aide-moi, il faut que j'arrête de penser à ça.

— Putain de merde de Saint-Esprit.

— Non ! Je ne dois pas penser ça, je ne dois pas penser ça, c'est un péché mortel. Je ne dois pas penser putain de merde de Saint-Esprit. Oh, je l'ai encore pensé.

Michael tend la main derrière lui pour toucher le loquet de la porte. Il pose le front sur son genou. Puis il se concentre de toutes ses forces sur la tondeuse à gazon. Il a hâte de la terminer. Il fait des économies pour pouvoir se payer une leçon de pilotage.

Dès son plus jeune âge, Lander a été attiré par la mécanique ; il a un don pour faire fonctionner les machines. Cela n'est devenu une passion que lorsqu'il a découvert que certaines pouvaient l'envelopper, devenir son propre corps. Quand il est dedans, il sent que ses actes sont ceux de la machine, et il ne voit jamais le petit écolier.

Le premier appareil fut un Piper Cub, sur une petite piste herbue. Aux commandes, il n'a rien vu de Lander, seulement le petit avion qui virait sur l'aile, décrochait, piquait ; cette forme était la sienne, sa grâce et sa force étaient les siennes, il sentait le vent le caresser et il était libre.

Quand il eut seize ans, Lander s'engagea dans la Navy

et ne revint plus jamais à la maison. La première fois qu'il posa sa candidature, il ne fut pas admis à l'école de vol, mais servit pendant la guerre de Corée comme artilleur à bord du porte-avions *Coral Sea*. Une photo de son album le montre devant l'aile d'un Corsair avec les mécaniciens de piste et un râtelier plein de bombes. Les autres sourient et se tiennent par les épaules. Lander ne sourit pas. Il porte un détonateur.

Le 1er juin 1953, Lander s'éveilla dans les baraquements des simples soldats, à Lakehurst, New Jersey, peu avant l'aube. Il avait rejoint sa nouvelle affectation au milieu de la nuit et une douche froide s'imposait. Ensuite, il s'habilla soigneusement. La Navy avait fait du bien à Lander. Il aimait l'uniforme, l'apparence et l'anonymat qu'il lui procurait. Il faisait preuve de compétence et on l'acceptait. Aujourd'hui, il allait se présenter à son nouveau poste, la manutention des détonateurs de grenades sous-marines activés par la pression de l'eau, que l'on préparait pour des expériences de lutte anti-sous-marine. Il s'y prenait bien avec les pièces d'artillerie. Comme beaucoup d'hommes souffrant d'une insécurité profondément enracinée, il adorait la nomenclature des armes.

Dans le matin froid, il se dirigea vers les bâtiments de l'artillerie, regardant autour de lui avec curiosité tout ce qu'il n'avait pas vu la veille au soir. Des hangars géants abritaient les dirigeables. Les portes du plus proche étaient en train de s'ouvrir avec fracas. Lander vérifia l'heure et s'arrêta. Le nez émergea lentement, puis le ballon apparut dans toute sa longueur. C'était un ZPG-1 d'une capacité de trente mille mètres cubes d'hélium. Lander n'en avait jamais vu de si près. Cent mètres de dirigeable argenté que le soleil levant éclairait de ses feux. Lander traversa en courant la plate-forme d'asphalte. Les mécaniciens fourmillaient sous l'appareil. L'un des moteurs de bâbord rugit et une bouffée de fumée bleue flotta dans le ciel, derrière lui.

Armer les dirigeables de grenades sous-marines, ce n'était pas cela que désirait Lander. Il n'avait pas envie

76

de travailler sur eux ou de les faire rentrer et sortir des hangars. Il ne voyait que les commandes.

Il passa haut la main le concours d'entrée à l'école des élèves officiers. Deux cent quatre-vingts inscrits subirent les épreuves par un chaud après-midi de juillet 1953. Lander fut reçu premier. Ce qui lui permit de choisir son affectation. Les dirigeables.

L'hyperdéveloppement du sens kinesthésique qui permet de contrôler les machines en mouvement n'a jamais été étudié d'une façon satisfaisante. Chez certaines personnes, on dit qu'il est « naturel », mais le terme est inadéquat. C'est le cas de Mike Hailwood, le grand coureur automobile. Et de Betty Skelton, comme tous ceux qui l'ont vu participer au Cuban Eight dans son petit biplan pourraient en témoigner. Lander était comme eux. Aux commandes d'un dirigeable, libéré de lui-même, il se sentait plein d'assurance, capable de surmonter les tensions. Lorsqu'il pilotait, une partie de son esprit était libre d'anticiper rapidement les événements, de peser les probabilités, de prévoir le nouveau problème qui allait se poser, puis celui d'après.

En 1955, Lander était l'un des meilleurs pilotes de dirigeables du monde. En décembre de cette même année, il fut le commandant en second d'une série de vols périlleux effectués pour la base navale aérienne de South Weymouth, dans le Massachusetts, en vue de tester les effets de l'accumulation de la glace par mauvais temps. Grâce à ces vols, l'équipage remporta le Harmon Trophy.

Puis, il y eut Margaret. Il la rencontra en janvier au club des officiers de Lakehurst où il était fêté comme une célébrité depuis la mission de South Weymouth. L'année qui suivit fut la plus belle de sa vie.

Elle avait vingt ans, c'était une jolie fille qui venait de débarquer de sa Virginie natale. Elle tomba amoureuse de ce personnage en vue, sanglé dans son uniforme impeccable. Curieusement, elle était vierge et, bien que la déniaiser apportât à Lander une immense satisfaction, le souvenir de ces moments-là rendit les choses plus difficiles lorsque, des années après, il s'imagina qu'elle avait des amants.

Ils se marièrent dans la chapelle de Lakehurst, qui portait en guise de plaque un vestige du dirigeable *Akron*.

Il ne se valorisait que par rapport à sa femme et à sa profession. Il pilotait le dirigeable le plus gros, le plus long, le plus aérodynamique du monde. Et Margaret était la plus belle femme du monde.

Elle était tellement différente de sa propre mère ! Parfois, quand il se réveillait après avoir rêvé de celle-ci, il regardait longtemps Margaret et l'admirait en énumérant les différences physiques existant entre les deux femmes.

Ils eurent deux filles ; ils allaient passer l'été sur la côte du New Jersey, avec leur bateau. Ils prenaient du bon temps. Margaret n'était pas très fine, mais peu à peu elle s'aperçut que Lander n'était pas exactement tel qu'elle l'avait cru. Elle avait besoin d'être constamment réconfortée, mais le comportement de son mari vis-à-vis d'elle passait d'un extrême à l'autre. Parfois, il faisait preuve d'une sollicitude agaçante. Quand il était contrarié dans son travail ou à la maison, il devenait froid et se repliait sur lui-même. De temps à autre, il avait des éclairs de cruauté qui la terrifiaient.

Ils ne pouvaient pas discuter de leurs problèmes. Soit il adoptait un ton pédant qui l'énervait, soit il refusait d'en parler. Ils ne profitaient pas de la catharsis qu'offre de temps à autre une bonne dispute.

Au début des années soixante, il fut souvent absent, en tant que pilote du ZPG-3W géant. Avec ses cent vingt mètres de long, c'était le plus grand dirigeable non rigide jamais construit. Son antenne radar de douze mètres tournant à l'intérieur de la vaste enveloppe constituait un chaînon essentiel dans le premier système d'alarme du pays. Lander était heureux et son attitude, lors de ses séjours à la maison, s'améliora en conséquence. Mais les installations radars permanentes en s'étendant de plus en plus s'attribuèrent peu à peu le rôle que tenaient les aérostats dans la défense, et en 1964, elles mirent fin à sa carrière de pilote de dirigeable de la Navy. Son équipage fut dispersé, les appareils démontés, et il se retrouva au sol. Il fut transféré dans l'administration.

. Son comportement envers Margaret se détériora. Des silences brûlants marquaient les heures passées ensemble. Le soir, il la soumettait à un véritable interrogatoire sur ses activités de la journée. Elle était innocente. Il ne la croyait pas. Elle ne l'excitait plus physiquement. Fin 1964, les activités diurnes de Margaret cessèrent d'être innocentes. Mais, plus que le sexe, elle cherchait de l'affection.

Lorsque éclata la guerre du Viêt-nam, il s'engagea comme pilote d'hélicoptère et fut aussitôt accepté. Son entraînement suffit à l'occuper. Il volait de nouveau. Il offrait à Margaret des présents coûteux. Cela la mettait mal à l'aise, mais c'était mieux qu'avant.

A sa dernière permission avant l'embarquement pour l'Orient, ils passèrent des vacances agréables aux Bermudes. Même si la conversation de Lander était lardée de termes techniques sur les hélicoptères, il se montrait du moins prévenant et parfois aimant. Margaret répondait à ses avances. Lander se disait qu'il ne l'avait jamais tant aimée.

Le 10 février 1967, Lander s'envola du porte-avions le *Ticonderoga* pour sa cent quatorzième mission de sauvetage air-mer dans la mer du Sud. Une demi-heure après le coucher du soleil, il planait au-dessus de l'océan obscur au large de Dong Hoi. Il était en circuit d'attente à vingt-cinq kilomètres en mer, car les F-4 et des Skyraider allaient revenir d'un bombardement aérien. L'un des Phantom fut touché. Le pilote signala que le moteur de tribord était tombé en panne et que l'un des voyants indiquait un incendie à bord. Il allait tenter d'amerrir avant de s'éjecter avec son second.

Lander, conscient de la masse sombre du continent, sur sa gauche, parla au pilote dans le bruit qui remplissait le cockpit de son hélicoptère.

« Ding Zéro Un, quand vous serez au-dessus de l'eau, envoyez-moi des signaux lumineux, si c'est possible. » Lander pouvait retrouver l'équipage du Phantom grâce à leur radiocompas, mais il voulait surtout gagner du temps. « Monsieur Dillon, dit-il au tireur posté à la porte de son appareil, nous allons descendre en nous maintenant face à la côte. L'avion d'observation confirme qu'il n'y a pas de vaisseaux amis dans le voisinage. Tout bateau autre qu'un radeau gonflable est à l'ennemi. »

La voix du pilote du Phantom résonna fortement dans son casque. « J'ai un second voyant d'incendie et le cockpit se remplit de fumée. On va s'éjecter. » Il hurla ses coordonnées et, avant que Lander ait pu les répéter pour confirmation, la radio se tut.

Lander savait ce qui était en train de se passer : les deux hommes fermaient leurs visières, le dais du cockpit s'ouvrait, ils montaient en chandelle dans l'air froid et tourbillonnaient dans leurs sièges éjecteurs en train de retomber, puis c'était la brusque secousse et la froide descente dans l'obscurité de la jungle.

Il tourna vers le continent le gros hélicoptère dont les pales giflaient le pesant air marin. Il avait un choix à faire. Il pouvait attendre la couverture aérienne qui le protégerait, rester sur place en essayant de contacter les hommes par radio, ou y aller.

« Le voilà ! » Le copilote montrait quelque chose du doigt.

Lander aperçut l'averse de feu du Phantom qui venait d'exploser à un kilomètre et demi dans les terres. Il survolait la plage lorsque le signal du radiocompas lui parvint. Il réclama la couverture aérienne, mais ne l'attendit pas. L'hélicoptère, tous feux éteints, rasa la double canopée de la forêt.

Le signal lumineux clignotait sur une route étroite, creusée d'ornières. Les deux hommes avaient eu le bon sens de marquer une zone d'atterrissage. Il y avait de la place pour la voilure tournante entre les rangées d'arbres qui flanquaient la route. Se poser serait plus rapide que de les remonter un par un avec le crochet du palan. Il descendit, s'enfonça entre les arbres en aplatissant les herbes des talus et, brusquement, la route fut pleine d'éclairs orangés et le cockpit se déchira autour de lui. Le sang du copilote l'éclaboussa, il se laissa tomber et se balança d'avant en arrière, comme un insensé, dans l'odeur de caoutchouc brûlé.

La cage de bambou n'était pas assez grande pour que Lander puisse s'y allonger. Une balle lui avait fracassé la main et la douleur, incessante, était épouvantable. La plupart du temps, il délirait. Ses ravisseurs n'avaient rien pour le soigner, sauf un peu de poudre de sulfamide provenant d'une vieille trousse médicale française. Ils arrachèrent une planchette d'une caisse et attachèrent sa main à plat dessus. La blessure l'élançait sans répit. Après trois jours passés dans la cage, Lander dut se mettre en marche vers Hanoi. Les petits hommes maigres et nerveux, vêtus de pyjamas noirs boueux, le forçaient à avancer du bout de leurs fusils automatiques AK-47, impeccablement propres.

Pendant le premier mois de son emprisonnement à Hanoi, la douleur de sa blessure le rendit à demi fou. Il partageait la cellule d'un navigateur de l'Air Force, professeur de zoologie dans le civil, appelé Jergens. Il mit des compresses humides sur sa main blessée et tenta de le réconforter, mais lui-même, emprisonné depuis trop longtemps, perdait peu à peu la tête. Trente-sept jours après l'arrivée de Lander, Jergens en arriva à ne plus pouvoir s'empêcher de hurler, alors ils l'emmenèrent. Quand il fut seul, Lander pleura.

Un après-midi de la cinquième semaine, un jeune médecin vietnamien, portant un petit sac noir, entra dans sa cellule. Lander eut un mouvement de recul. Deux gardes le tinrent pendant qu'on lui injectait un puissant anesthésiant local. Le soulagement coula en lui comme de l'eau froide. Dans l'heure qui suivit, alors qu'il était encore en état de réfléchir, on proposa un marché à Lander.

On lui expliqua que les équipements médicaux de la République démocratique du Viêt-nam s'avéraient terriblement insuffisants pour soigner leurs propres blessés. Mais on lui fournirait un chirurgien pour réparer sa main et on lui administrerait des médicaments pour soulager la douleur... à condition qu'il confesse publiquement ses crimes de guerre. Lander savait bien que si l'on n'opérait pas rapidement cette main déchiquetée, il faudrait l'amputer, et peut-être même le bras avec. Il ne pourrait plus jamais piloter. Il ne pensait pas qu'une confession effectuée dans de telles circonstances serait prise au sérieux dans son pays. Et même si c'était le cas, il préférait sa main à la bonne opinion des autres. L'anesthésie commençait à se dissiper. La douleur remontait de nouveau jusqu'à l'épaule. Il accepta.

Il n'avait pas prévu ce qui se passa ensuite. Quand il vit le lutrin, la salle pleine de prisonniers assis comme dans une classe, quand on lui dit qu'il devait leur lire sa confession, il s'arrêta pile.

On le tira sans ménagement dans une antichambre. Une main puissante qui sentait le poisson le bâillonna pendant qu'un garde pinçait ses métacarpes. Il faillit s'évanouir. Il hocha frénétiquement la tête tout en s'efforçant de repousser la paume plaquée sur sa bouche. On lui fit une autre piqûre pendant qu'on attachait sa main sous sa veste, hors de vue.

Aveuglé par les lumières, il lut sa confession qu'accompagnait le ronronnement d'une caméra.

Il y avait au premier rang un homme avec une tête parcheminée et couturée de faucon plumé. C'était le colonel Ralph DeJong, l'officier américain le plus gradé du camp de prisonniers de Plantation. Durant ses quatre années de captivité, il avait subi deux cent cinquante-huit jours de régime cellulaire. Lorsque Lander eut terminé sa confession, le colonel DeJong prit soudain la parole d'une voix qui porta dans toute la salle : « Cet homme ment. »

Aussitôt deux gardiens sautèrent sur DeJong. Ils le traînèrent hors de la pièce. On obligea Lander à relire sa conclusion. DeJong purgea cent jours de régime cellulaire avec rations réduites.

Les Nord-Vietnamiens opérèrent la main de Lander dans un hôpital des faubourgs de Hanoi, un bâtiment austère aux murs intérieurs blanchis à la chaux ; des stores de rotin fermaient les ouvertures dont les fenêtres avaient été arrachées par les explosions. Ce ne fut pas un très bon travail. Le chirurgien aux yeux rougis n'avait pas les connaissances de chirurgie esthétique nécessaires pour opérer l'araignée rouge attachée sur sa table, et il disposait de peu de médicaments. Mais il avait des fils en acier inoxydable pour les ligatures et beaucoup de patience, aussi pour finir, cette main put refonctionner. Le médecin parlait anglais et tout en travaillant, il s'exerça en imposant à Lander une conversation follement ennuyeuse.

Lander, éprouvant désespérément le besoin de penser à autre chose, regardait autour de lui pour ne pas voir sa main et aperçut dans un coin de la salle d'opération un vieil appareil de réanimation fabriqué en France, visiblement inutilisé. Il était pourvu d'un moteur à courant continu, et d'un volant excentré qui actionnait la soufflerie. Suffoquant de souffrance, il posa des questions à son sujet.

Le moteur était grillé, dit le médecin. Personne n'était capable de le réparer.

Pour essayer d'échapper à la douleur, Lander parla d'induits et de la manière de les rembobiner. Des gouttes de sueur perlaient sur son visage.

« Vous pourriez le réparer ? »

Le médecin fronçait les sourcils. Il était en train d'attacher un nœud minuscule. Pas plus gros que la tête d'une fourmi rouge, pas plus gros que la pulpe d'une dent, plus gros que le soleil ardent.

« Oui. »

Lander parla de fils de cuivre et de bobines, et dut parfois s'interrompre au milieu d'un mot.

« Là, dit le médecin. J'en ai terminé avec vous pour le moment. »

La majorité des prisonniers de guerre se comportaient d'une manière admirable aux yeux de l'armée américaine. Ils souffraient pendant des années avant de rentrer dans leur pays et de faire le salut militaire en fixant le drapeau de leurs pauvres yeux creux. C'étaient des hommes déterminés, possédant une forte personnalité, et qui se relevaient toujours. C'étaient des hommes capables de foi.

Le colonel DeJong était comme cela. Quand il émergea du régime cellulaire pour reprendre le commandement des prisonniers politiques, il pesait soixante-trois kilos. Une lueur rouge dansait au fond de ses yeux caves, comme ceux d'un martyr reflètent le feu. Il ne rendit pas de jugement contre Lander jusqu'au jour où il l'aperçut dans une cellule, en train de rembobiner avec du fil de cuivre l'induit d'un moteur nord-vietnamien ; sur une assiette posée à côté de lui, il y avait des arêtes de poisson.

Le colonel DeJong apprit la chose aux autres et Lander fut mis en quarantaine dans l'enceinte du camp. Il devint un paria.

Lander n'avait jamais su mettre son haut niveau de compétence professionnelle au service du système de défenses en carton-pâte qui lui permettait de survivre. L'humiliation subie devant les autres prisonniers, l'isolement qui s'ensuivit, c'était le retour de l'horrible ancien temps. Seul Jergens lui parlait, mais il était souvent enfermé seul dans une cellule. On l'emmenait lorsqu'il se mettait à hurler sans pouvoir s'arrêter.

Affaibli par sa blessure, le visage marqué par la malaria, Lander se retrouva scindé en deux personnes incompatibles, l'enfant détesté et plein de haine, et l'homme qu'il avait créé à l'image de ce qu'il voulait être. Les vieux dialogues reprirent dans sa tête, mais la voix de l'homme, la voix de la raison, restait la plus forte. Il endura cet état pendant six ans. Pour que Lander laisse l'enfant apprendre à l'homme comment tuer, il fallait plus que la prison.

Lors du dernier Noël passé en captivité, il reçut une lettre de Margaret. Elle avait trouvé un emploi. Les petites allaient bien. Il y avait une photo de Margaret et des enfants prise devant la maison. Les filles avaient grandi. Margaret avait pris un peu de poids. L'ombre de la personne qui prenait la photo était visible sur le sol. L'ombre était grande. Elle barrait leurs jambes. Lander se demanda qui c'était. Il contempla bien plus cette ombre que sa femme et ses enfants.

Le 15 février 1973, à Hanoi, on fit monter Lander à bord d'un C-141 de l'Air Force. Un planton attacha sa ceinture. Il ne regarda pas par le hublot.

Le colonel DeJong était aussi dans l'avion, bien qu'il fût difficile de le reconnaître. On lui avait cassé le nez et les dents au cours des deux dernières années pour que cela serve de leçon à ses hommes. Maintenant, c'était lui qui donnait l'exemple en ignorant l'existence de Lander. Si celui-ci s'en aperçut, il ne le montra pas. Il était décharné, cireux, et frissonnait de paludisme. Le médecin de l'Air Force qui était à bord ne le quittait pas des yeux. Un chariot de rafraîchissements passait constamment dans l'allée.

Des psychologues de l'armée avaient été envoyés pour converser avec les prisonniers pendant le trajet, si ceux-ci le voulaient bien. L'un de ces hommes vint s'asseoir à côté de Lander. Qui n'avait pas envie de parler. L'homme attira son attention sur le chariot. Lander prit un sandwich et mordit dedans. Il mâcha plusieurs fois puis cracha le morceau dans le sac en plastique mis à sa disposition. Il fourra le sandwich dans sa poche. Auquel il en ajouta un autre.

Son voisin fut tenté de le rassurer en lui disant qu'il y avait encore beaucoup de sandwiches, puis décida que cela ne servirait à rien. Il tapota le bras de Lander. Pas de réaction.

La base de l'Air Force à Clark, aux Philippines. Il y avait un orchestre et un commandant prêt à accueillir les hommes. Les caméras de télévision les attendaient. Le colonel DeJong devait descendre le premier. Il parcourut l'allée en direction de la porte, vit Lander et s'arrêta. Durant une seconde, une expression de haine se peignit sur son visage. Lander le regarda, puis s'empressa de détourner les yeux. Il tremblait. DeJong ouvrit la bouche, puis son expression s'adoucit un peu et il reprit sa marche pour plonger, sous les applaudissements, dans la lumière du soleil.

On conduisit Lander à l'hôpital militaire de Saint-Alban, à Queens, dans l'Etat de New York. Là, il commença à tenir son journal, projet qu'il ne poursuivrait

85

pas longtemps. Il écrivait très lentement et soigneusement. Il craignait qu'en allant trop vite, sa plume puisse
lui échapper et écrire quelque chose qu'il ne souhaitait
pas lire. Voici le premier de ses quatre textes :

Saint-Alban, 2 mars
Je suis libre. Margaret est venue me voir tous les jours
pendant la première semaine. Elle est venue trois fois
cette semaine. Les autres jours, elle tient sa voiture à la
disposition du pool de transport. Margaret a bonne mine,
mais elle n'est pas comme je l'imaginais là-bas. On dirait
qu'elle est tout le temps contente. Elle a amené les filles
deux fois. Elles étaient là aujourd'hui. Elles restent
assises à me regarder et à contempler la pièce. Je garde
ma main sous le drap. Il n'y a pas grand-chose pour les
occuper ici. Elles peuvent descendre à la salle de récréation pour boire un Coca. Il ne faut pas que j'oublie
d'avoir de la monnaie. Margaret a dû leur en donner. Je
suppose que je dois leur paraître bizarre. Margaret est
très bonne et patiente, et elles lui obéissent. J'ai encore
rêvé de la Fouine cette nuit et j'avais la tête ailleurs en
leur parlant aujourd'hui. C'est Margaret qui a entretenu
la conversation.

Saint-Alban, 12 mars
Les médecins disent que j'ai le paludisme falciparum,
et c'est pour ça que les crises de frissons reviennent
régulièrement. Ils me donnent de la Chloroquine, mais
cela ne fait pas effet tout de suite. J'ai eu une crise
aujourd'hui pendant que Margaret était là. Elle a les
cheveux coupés court. Cela ne lui ressemble pas beaucoup, mais elle sent bon. Elle m'a tenu dans ses bras
pendant les frissons. Elle était chaude, mais elle a
détourné le visage. J'espère que je ne sens pas mauvais.
C'est peut-être mes gencives. J'ai peur qu'on dise quelque
chose à Margaret. J'espère qu'elle n'a jamais vu le film.

Bonnes nouvelles. Les toubibs ont estimé que ma main
n'était abîmée qu'à dix pour cent. Cela ne devrait pas

affecter mon statut de pilote. Margaret et les filles finiront tôt ou tard par la voir.

Saint-Alban, 20 mars

La chambre de Jergens est un peu plus loin, dans le couloir. Il espère enseigner de nouveau, mais il va vraiment mal. On a partagé la même cellule pendant deux ans, je crois. Pendant sept cent quarante-cinq jours, dit-il. Lui aussi, il rêve. Parfois de la Fouine. Il ne peut pas supporter que la porte de sa chambre soit fermée. C'est cet isolement qui a fini par le fiche en l'air. Ils croyaient qu'il faisait exprès de crier toute la nuit, dans notre cellule. La Fouine l'a injurié et a appelé le général Smegma. C'est le vrai nom du capitaine Lebron Nhu, il faut que je m'en rappelle. A moitié français, à moitié vietnamien. Ils ont poussé Jergens contre le mur et l'ont frappé, et voilà ce qu'il a dit :

« Diverses espèces de plantes et d'animaux sont porteurs de facteurs mortels qui, lorsqu'ils sont homozygotes, bloquent le développement à un certain stade, et alors l'individu meurt. C'est le cas de la race jaune de la souris domestique, *mus musculus,* qui n'a pas de véritable descendance. Cela devrait vous intéresser, Smegma. (C'est là qu'ils ont commencé à essayé de le sortir de la cellule.) Si on accouple une souris jaune à une non-jaune, la moitié des petits est jaune et l'autre moitié non jaune (Jergens se cramponnait aux barreaux et la Fouine est sorti pour lui donner des coups de pied sur les doigts), pourcentage auquel on peut s'attendre lorsqu'il s'agit de l'accouplement d'un animal hétérozygote, le jaune, avec un homozygote récessif, n'importe quel animal non jaune, comme l'agouti, un petit rongeur vorace, aux pattes élancées, qui ressemble à un lapin, mais avec des oreilles plus petites. Si deux jaunes s'accouplent, il y aura parmi les petits, deux jaunes pour un non-jaune, et le pourcentage prévu sera d'un jaune pur pour deux jaunes hétérozygotes et un non-jaune. (Ses mains saignaient et ils l'ont traîné dans le couloir, et lui continuait à crier.) *Mais,* le " jaune homozygote " meurt à l'état d'embryon. C'est vous, Smegma. Le

« spécimen anormal » aux jambes courtes et tordues qui se comporte génétiquement comme la souris jaune. »

Jergens a été condamné à six mois de régime cellulaire et a perdu toutes ses dents à cause des carences alimentaires. Il avait gravé cette histoire de souris jaune sur les lattes de sa couchette et je la lisais pendant son absence.

Je ne vais plus penser à tout ça. Non. Je peux me le dire pendant d'autres choses. Il faut que je soulève mon matelas pour voir si quelqu'un n'a pas écrit sur les lattes.

Saint-Alban, 1ᵉʳ avril 1973

Dans quatre jours, on va me laisser rentrer à la maison. Je l'ai dit à Margaret. Elle va s'arranger avec son pool de transport pour venir me chercher. Il faut que je me contrôle, maintenant que je suis plus fort. J'ai piqué une crise quand Margaret m'a dit qu'elle avait décidé de changer de voiture. Elle a commandé le break en décembre, aussi c'est déjà fichu. Elle aurait mieux fait d'attendre. J'aurais pu conclure une meilleure affaire. Elle a dit que le vendeur lui faisait des conditions particulières. Elle a pris un air supérieur.

Si j'avais un rapporteur, un niveau à bulle, des tables de navigation et une ficelle, je pourrais calculer la date sans calendrier. Pendant une heure, la lumière du soleil rentre tout droit par ma fenêtre. Les bandes de bois entre les carreaux dessinent une croix sur le mur. Je sais l'heure, et je connais la latitude et la longitude de l'hôpital. Cela, plus l'angle du soleil, suffirait à me donner la date. Je pourrais la mesurer sur le mur.

Le retour de Lander fut une épreuve pour Margaret. Pendant son absence, elle avait mené une vie différente avec d'autres gens et dut l'interrompre pour le reprendre à la maison. Il est probable qu'elle l'aurait quitté s'il était rentré de sa dernière mission en 1968, mais elle n'avait pas voulu demander le divorce pendant qu'il était prisonnier. Elle essayait d'être juste et ne pouvait supporter l'idée de l'abandonner, malade comme il était.

Le premier mois fut un enfer. Lander était très angoissé

et ses pilules ne l'aidaient pas toujours. Il ne pouvait pas supporter une porte fermée, même la nuit, et rôdait dans la maison passé minuit pour voir qu'elles étaient toutes ouvertes. Il allait vérifier le contenu du réfrigérateur vingt fois dans une journée, pour s'assurer qu'il était plein d'aliments. Les filles étaient polies avec lui, mais parlaient de gens qu'il ne connaissait pas.

Comme il reprenait régulièrement des forces, il parla de reprendre du service actif. Les fiches de l'hôpital de Saint-Alban montraient qu'il avait grossi de huit kilos au cours des deux premiers mois.

Les rapports de l'avocat général des services de la Navy révèlent que Lander dut comparaître en audience à huis clos, le 24 mai, pour répondre de l'accusation de collaboration avec l'ennemi déposée par le colonel Ralph DeJong.

La transcription des notes prises en sténographie durant l'audience prend acte que tout de suite après la présentation de la pièce à conviction numéro 7, un film de propagande nord-vietnamienne, l'accusé a demandé à sortir et l'audition a été suspendue pendant un quart d'heure. Suivent les dépositions de l'accusé et du colonel DeJong.

La transcription rapporte que l'accusé s'est adressé par deux fois au conseil de l'audience en l'appelant « Maman ». Beaucoup plus tard, la commission, dont les membres étaient triés sur le volet, a considéré ces citations comme des fautes typographiques.

Etant donné le dossier exemplaire de l'accusé avant sa capture et la décoration qu'il avait reçue pour s'être porté au secours d'un équipage abattu par l'ennemi, action qui a provoqué sa capture, les officiers du tribunal s'étaient montrés indulgents.

Une note signée par le colonel DeJong est attachée à la transcription. Il établit que, le ministère de la Défense ayant exprimé le désir d'éviter toute publicité défavorable concernant l'inconduite des prisonniers de guerre, celui-ci était prêt à abandonner le chef d'accusation « pour le plus grand bien de l'armée », à condition que Lander offre sa démission.

C'était ça ou la cour martiale. Lander se dit qu'il ne pourrait pas survivre à une autre projection de ce film.

Un exemplaire de sa démission de la Navy est attaché à la transcription de la séance.

Lander était plongé dans un profond état d'engourdissement en quittant la salle d'audience. Il avait l'impression qu'on venait de lui trancher un membre. Il allait être obligé de se confesser à Margaret. Bien qu'elle n'ait jamais parlé du film, elle apprendrait forcément la cause de sa démission. Il erra sans but dans Washington, solitaire en ce beau jour de printemps, très élégant dans cet uniforme qu'il ne porterait plus jamais. Le film ne cessait de passer et repasser dans sa tête. Chaque détail était là, sauf que son uniforme de prisonnier de guerre était remplacé par des culottes courtes. Il s'assit sur un banc près de l'Ellipse, à proximité du pont d'Arlington, non loin de la rivière. Il se demanda si le croque-mort lui croiserait les mains sur la poitrine. Et se dit qu'il pourrait écrire un petit mot lui demandant de mettre sa bonne main sur l'autre. Mais peut-être que le papier allait se dissoudre dans sa poche. Il regardait fixement le monument au général Washington sans le voir vraiment. Il le percevait dans la vision en tunnel d'un suicide ; l'édifice se dressait dans un cercle brillant, tel le réticule d'une mire télescopique. Quelque chose se déplaça dans son champ de vision, traversa le cercle brillant, par-dessus la mire inexorable.

C'était le dirigeable argenté de son enfance, celui de l'Aldrich. Derrière le sommet immobile du monument, Lander le voyait marsouiner doucement dans un vent debout, et il s'accrocha au bout du banc comme si c'était le gouvernail d'altitude. Le vaisseau tournait, tournait plus vite maintenant qu'il était poussé à tribord par le vent, et il effectua un petit angle de dérive lorsqu'il passa au-dessus de lui en vrombissant. L'espoir descendit lentement sur Lander dans l'air clair du printemps.

L'Aldrich fut ravie d'engager Michael Lander. Si les cadres de l'entreprise apprirent qu'il était apparu pendant quatre-vingt-dix-huit secondes sur le réseau télévisé pour dénoncer son pays, ils n'en parlèrent jamais. Ils constatèrent que c'était un merveilleux pilote et cela leur suffit.

Il passa la moitié de la nuit qui précéda l'examen à trembler des pieds à la tête. Margaret était pleine de doutes lorsqu'elle le conduisit à l'aérodrome, qui n'était qu'à huit kilomètres de chez eux. Elle n'aurait pas dû s'inquiéter. Lorsqu'il s'avança vers le dirigeable, il n'était déjà plus le même. Toutes les anciennes impressions vinrent l'envahir et le tonifier, lui laissant l'esprit calme et les mains sûres.

Dans son cas, piloter constituait, semblait-il, une merveilleuse thérapie, et c'était vrai pour une partie de son être. Mais l'esprit de Lander était articulé comme un fléau à battre le grain et, au fur et à mesure qu'il reprenait confiance, la partie de son esprit stabilisée par cette confiance nourrissait l'agressivité de l'autre moitié. L'humiliation subie à Hanoi et à Washington parut prendre encore plus d'importance au cours de l'automne et de l'hiver 1973. Le contraste entre l'image de lui-même et la manière dont on l'avait traité s'accrut et devint plus révoltant.

Dans l'obscurité, toute assurance l'abandonnait. Il suait, rêvait, demeurait impuissant. C'était pendant la nuit qu'en lui, l'enfant plein de haine qui se nourrissait de sa souffrance chuchotait à l'homme.

« *Qu'est-ce que cela t'a coûté de plus ? Quoi d'autre ? Margaret s'agite dans son sommeil, hein ? Tu crois qu'elle t'a trompé pendant que tu n'étais pas là ?*

— *Non.*

— *Imbécile. Questionne-la.*

— *Je n'ai pas besoin de la questionner.*

— *Stupide couille molle.*

— *Ferme ta gueule.*

— *Pendant que tu hurlais dans ta cellule, elle écartait les cuisses pour un mec.*

— *Non. Non. Non. Non. Non. Non.*

— *Questionne-la.* »

Il lui posa la question par une froide soirée de la fin d'octobre. Les yeux de Margaret se remplirent de larmes et elle quitta la pièce. Coupable ou non ?

L'idée qu'elle lui avait été infidèle se mit à l'obséder. Il demanda à son pharmacien si l'ordonnance de pilules anticonceptionnelles de sa femme avait été régulièrement renouvelée durant les deux dernières années, et on lui répondit que cela ne le regardait pas. Allongé à côté d'elle, après une de ses tentatives ratées, il se tourmentait en l'imaginant en train de faire l'amour avec d'autres hommes. Parfois, c'était Buddy Ives et Atkins Junior, l'un sur Margaret, l'autre attendant son tour.

Il apprit à l'éviter lorsqu'il était rempli de soupçons et de colère, et passait certaines de ses soirées à broyer du noir dans son atelier. La plupart du temps, il essayait d'avoir avec elle des conversations banales, feignant de s'intéresser aux détails de sa vie quotidienne, aux faits et gestes des filles à l'école.

Son bon rétablissement physique et sa réussite professionnelle abusaient Margaret. Elle pensait qu'il était pratiquement guéri. Elle lui dit que son impuissance finirait par passer. Que le psychologue de la Navy lui en avait parlé lorsqu'il était venu la voir. Elle employa le mot impuissance.

La première tournée de printemps du dirigeable, en 1974, se limita à Northeast, si bien que Lander put rester à la maison. La seconde devait l'emmener le long de la côte Est, jusqu'en Floride. Il serait absent pendant trois semaines. Des amis de Margaret donnaient une fête la veille de son départ et les Lander étaient invités. Ce soir-là, il se sentait d'excellente humeur. Il insista pour qu'ils y aillent.

C'était huit couples qui comptaient passer une bonne soirée ensemble. Ils mangèrent et dansèrent. Lander ne dansa pas. Parlant rapidement, la sueur au front, il obligea un groupe de maris à l'écouter discourir de ballonnets compensateurs et de systèmes d'amortisseurs. Margaret l'interrompit pour lui faire visiter le patio. Quand il revint, la conversation avait viré au football. Il poursuivit sa conférence où il l'avait laissée.

Margaret dansa avec leur hôte. Deux fois. La seconde, l'homme garda sa main dans la sienne quelques secondes après que la musique se fut tue. Lander les épiait. Ils conversaient tranquillement. Il savait qu'ils parlaient de lui. Il expliqua tout sur les caténaires pendant que ses auditeurs regardaient le fond de leur verre. Margaret faisait attention, se dit-il. Mais il voyait bien qu'elle se nourrissait de l'attention des hommes. Elle aspirait leur désir par tous les pores de sa peau.

Sur le chemin du retour, il conduisit en silence, blanc de rage.

Pour finir, quand ils se retrouvèrent dans leur cuisine, Margaret, incapable de supporter plus longtemps son silence, prit les devants.

« Pourquoi tu ne te mets pas simplement à m'injurier, pour qu'on en finisse un bon coup ? Vas-y, dis ce que tu as sur le cœur. »

Son petit chat entra dans la cuisine et se frotta contre les jambes de Lander. Elle le prit dans ses bras, de peur qu'il lui donne un coup de pied.

« Dis-moi ce que j'ai fait, Michael. On s'est bien amusés, non ? »

Elle était si jolie. Sa beauté la déclarait coupable. Lander ne dit rien. Il s'approcha d'elle d'un pas vif, et étudia son visage. Elle ne recula pas. Il ne l'avait jamais frappée, il ne la frapperait jamais. Il s'empara du chaton et s'avança vers l'évier. Quand elle comprit ce qu'il voulait faire, le chat était déjà dans le broyeur à ordures. Elle se précipita et lui tordit le bras au moment où il appuyait sur le bouton. Elle entendit le chaton hurler jusqu'à ce que les pales lui aient tranché les membres et atteint les organes vitaux. Pendant tout ce temps-là, Lander ne quitta pas son visage des yeux.

Les cris de Margaret réveillèrent les petites. Elle alla dormir dans leur chambre. Il partit peu après le lever du jour.

Il lui envoya des fleurs de Norfolk. Il essaya de l'appeler d'Atlanta. Elle ne répondit pas à la sonnerie du téléphone. Il voulait lui dire qu'il savait que ses soupçons n'étaient pas fondés, que c'était le fruit de son imagination malade. Il lui écrivit une longue lettre de Jacksonville, où il disait

93

qu'il s'excusait, qu'il savait qu'il avait été cruel, injuste et fou, et qu'il ne se comporterait plus jamais ainsi.

Le dixième jour de la mission, qui devait durer trois semaines, le copilote effectuait l'atterrissage lorsqu'un coup de vent saugrenu lança le dirigeable contre le camion de maintenance, déchirant la carène. Les réparations allaient prendre un jour et une nuit. Lander ne pouvait pas passer tout ce temps-là dans un motel sans un mot de Margaret.

Il prit le premier vol pour Newark. Là, il acheta un beau chaton persan et arriva chez lui à midi. La maison était silencieuse, les petites dans un camp de vacances, la voiture de Margaret garée dans l'allée. La bouilloire chauffait à petit feu. Il allait lui donner le chaton et lui dire qu'il était désolé, ils s'embrasseraient et elle lui pardonnerait. Il sortit l'animal du sac et rajusta le ruban attaché autour de son cou. Il gravit l'escalier.

L'étranger était allongé sur la banquette-lit, Margaret le chevauchait. Ses seins dansaient. Ils ne s'aperçurent de la présence de Lander que lorsqu'il se mit à hurler. La lutte fut brève. Lander n'avait pas récupéré toute sa force et l'étranger était grand, musclé, vif et effrayé. Il frappa Lander à la tempe comme une brute, deux fois de suite, puis Margaret et lui s'enfuirent.

Lander resta assis par terre, dans la salle de jeux de ses filles, le dos au mur. Le sang coulait de sa bouche ouverte et ses yeux étaient vides. La bouilloire siffla pendant une demi-heure. Il ne bougea pas, et quand l'eau se fut évaporée, la maison se remplit d'une odeur de métal brûlant.

Quand la douleur et la rage atteignent des niveaux supérieurs à la capacité qu'a l'esprit d'y faire face, un étrange soulagement survient parfois, mais il exige une mort partielle de la personnalité.

Lander sourit d'un terrible sourire, un rictus ensanglanté, quand il sentit son libre arbitre mourir. Il crut le voir sortir de sa bouche et de son nez en une mince fumée chevauchant un soupir. Alors, le soulagement l'envahit. C'était fini. Oh, c'était fini ! Pour cette moitié de lui.

Les restes de l'homme Lander pouvaient encore souffrir, s'agiter par saccades comme les pattes d'une grenouille dans un poêlon, crier pour appeler au secours. Mais plus jamais il n'enfoncerait ses dents dans le cœur palpitant de la rage. La rage. Plus jamais la rage ne lui arracherait le cœur pour lui frotter le visage avec, encore tout palpitant.

Ce qui restait pouvait vivre sans la rage parce que c'était fait de la rage, et que la rage était son élément, et qu'il y prospérait comme un mammifère prospère dans l'air.

Il se releva, se lava le visage puis quitta la maison, et quand il arriva en Floride, il avait retrouvé son calme. Son esprit était aussi froid que le sang d'un serpent. Il n'y avait plus de dialogues dans sa tête. Une seule voix s'y faisait entendre, maintenant. L'homme fonctionnait parfaitement parce que l'enfant avait besoin de lui, avait besoin de son cerveau rapide et de ses doigts habiles. Pour se procurer son propre soulagement. En tuant, et en tuant, et en tuant, et en tuant. Et en mourant.

Il ne savait pas encore ce qu'il ferait, mais l'idée allait lui venir, à rester ainsi, semaine après semaine, suspendu au-dessus des stades combles. Et quand il sut ce qu'il devait faire, il chercha les moyens d'y arriver, et avant les moyens, c'est Dahlia qui survint. Et Dahlia entendit certaines de ces choses et devina une bonne partie du reste.

Il était ivre le jour où il lui raconta comment il avait surpris Margaret et son amant dans la maison, et ensuite il devint violent. Elle le frappa derrière l'oreille, du plat de la main, le plongeant dans l'inconscience. Le lendemain matin, il ne se souvint de rien.

Deux mois passèrent avant que Dahlia se sentît sûre de lui ; deux mois où elle l'écouta, le regarda combiner son plan, l'édifier, et piloter ; elle coucha avec lui tous les soirs.

Quand il l'eut convaincue, elle parla du projet à Hafez Najeer, et Najeer le trouva bon.

Maintenant que les explosifs étaient en mer, à bord du

95

cargo le *Leticia,* en route vers les Etats-Unis à la vitesse régulière de 12 nœuds, la traîtrise du capitaine Larmoso, et peut-être aussi celle de Benjamin Muzi, mettait le projet tout entier en danger. Est-ce que Larmoso avait ouvert les caisses sur les ordres de Muzi? Peut-être Muzi avait-il décidé de garder les arrhes, de livrer Lander et Dahlia aux autorités américaines et de vendre le plastic ailleurs. S'il en était ainsi, ils ne pouvaient pas courir le risque d'aller chercher les explosifs sur les quais de New York. Il fallait les récupérer en mer.

6

Le bateau était assez ordinaire — vingt mètres de long, des lignes pures — du genre qu'utilisent les pêcheurs qui disposent de beaucoup d'argent et de peu de temps. Tous les week-ends d'été, de nombreuses embarcations comme celle-ci, chargées d'hommes ventripotents en bermuda, fendent la houle vers les grands fonds de la côte du New Jersey où se nourrissent les gros poissons.

Mais à l'âge des coques d'aluminium et de fibres de verre, celui-là était en bois, avec un double bordage d'acajou des Philippines. Beau et solidement construit, il avait coûté très cher. Les superstructures aussi étaient en bois, mais cela ne se remarquait pas parce qu'elles étaient recouvertes d'une couche de peinture. Le bois réfléchit très mal les ondes radar.

Deux gros diesels-turbo tenaient tout juste dans la salle des machines ; une grande partie de l'espace consacré ordinairement aux repas et au repos avait été sacrifiée afin d'embarquer plus d'eau et de carburant. Durant presque tout l'été, le propriétaire naviguait dans la mer des Caraïbes afin de transporter du haschisch et de la marijuana de la Jamaïque à Miami, par les nuits sans lune. L'hiver, ce monsieur partait pour le Nord et le bateau était à louer, et pas à des pêcheurs. Il vous en coûtait deux mille dollars par jour, plus une énorme caution, mais on ne vous posait aucune question. Lander avait dû hypothéquer sa maison pour se procurer la somme.

Le bateau, ravitaillé en carburant, l'attendait dans un hangar, tout au bout d'une rangée d'appontements vides de la Toms, rivière qui se jette dans Barnegat Bay.

Le 12 novembre à 10 heures du matin, Lander et Dahlia arrivèrent dans une camionnette louée. Il tombait une bruine froide et les jetées étaient désertes. Lander ouvrit la porte à deux battants donnant sur la terre, fit reculer la camionnette et l'arrêta à deux mètres de la poupe du grand bateau de pêche. Dahlia s'exclama en le voyant, mais Lander trop absorbé dans sa check-list n'y fit pas attention. Pendant vingt minutes, ils chargèrent l'équipement : des rouleaux de corde, un petit mât, deux fusils de chasse à long canon, un troisième au canon scié à cinquante centimètres, une carabine très puissante, une petite plate-forme arrimée à quatre flotteurs creux, des cartes pour compléter le casier déjà abondamment garni, et plusieurs colis bien ficelés, dont un pique-nique.

Lander arrima chaque objet avec tant de soin que même si le bateau se retournait, rien ne tomberait à l'eau.

Il tourna un commutateur et la grande porte qui donnait sur l'eau se releva en grinçant et laissa entrer la grise lumière hivernale. Il grimpa sur la passerelle. Le diesel de bâbord rugit le premier, puis celui de tribord, et une fumée bleue s'éleva dans le sombre hangar. Les yeux de Lander voletaient d'un indicateur à l'autre pendant que les moteurs se réchauffaient.

Sur un signe de Lander, Dahlia largua les amarres de la poupe et le rejoignit sur la passerelle. Il mit doucement les gaz, l'eau se gonfla comme un muscle à l'arrière, les sabords d'échappement, maintenant à fleur d'eau, gargouillèrent et le bateau sortit lentement sous la pluie.

Lorsqu'ils émergèrent du cours de la Toms, Lander et Dahlia se rendirent au poste de commande inférieur, dans la cabine chauffée, pour descendre la baie jusqu'à Barnegat Inlet et la pleine mer. Le vent du nord soulevaient de petites vagues. Ils les fendaient aisément ; les essuie-glaces effaçaient lentement les fines gouttes de pluie. Aucune autre embarcation n'était sortie, semblait-il. A bâbord, le long cordon sablonneux qui protégeait la baie se profilait à peine dans la brume venue du port, et de l'autre côté, ils purent distinguer une cheminée, à la pointe de l'Oyster Creek.

En moins d'une heure, ils atteignirent Barnegat Inlet. Le vent avait tourné au nord-est et les lames de fond montaient dans le bras de mer. Lander rit lorsqu'ils rencontrèrent les premiers grands rouleaux de l'Atlantique et que l'écume jaillit à l'avant. Ils étaient remontés au poste de commande supérieur et les embruns glacés leur fouettaient le visage.

« Les vagues ne seront pas aussi fortes au large », dit Lander lorsque Dahlia s'essuya la figure d'un revers de main.

Visiblement, il s'amusait. Il aimait sentir le bateau danser sous ses pieds. Tout ce qui flottait fascinait Lander. La force d'un fluide cédant puis poussant contre un support solide comme le roc. Il tournait lentement la roue du gouvernail, modifiant légèrement l'angle sous lequel le bateau rencontrait les lames, projetant son sens kinesthésique pour sentir les forces changeantes qui s'exerçaient sur la coque. Maintenant, la terre disparaissait à l'arrière, de chaque côté, et le phare de Barnegat clignotait à tribord.

Laissant la côte loin derrière, ils émergèrent de la bruine dans la pâle lumière hivernale et Dahlia, regardant par-dessus son épaule, vit les mouettes tournoyer, très blanches sur les nuages gris amoncelés derrière eux. Tournoyant comme elles le faisaient au-dessus de la plage de Tyr lorsque, petite fille, elle enfonçait ses pieds bruns dans le sable chaud, sous l'ourlet déchiré de sa jupe. Elle avait, pendant trop longtemps, suivi beaucoup trop d'étranges couloirs dans l'esprit de Michael Lander. Elle se demanda en quoi la présence de Muhammad Fasil allait modifier le courant qui passait entre eux; si Fasil était encore vivant et attendait avec les explosifs, au large, par-delà cette courbe de cent cinquante mètres de fond. Il faudra qu'elle parle vite à Fasil et lui fasse comprendre certaines choses avant qu'il ne commette une erreur mortelle.

Quand elle se retourna vers la pleine mer, Lander la contemplait du poste de pilotage, la main sur la roue. L'air de la mer avait coloré les joues de Dahlia et ses yeux brillaient. Le col relevé de sa veste en peau de mouton encadrait son visage et son Levis moulait ses cuisses lorsqu'elle se balançait pour compenser le mouvement du bateau. Lander, avec deux gros diesels à portée de main, fit quelque chose et le fit bien : il rejeta la tête en arrière et rit, rit aux éclats. C'était un vrai rire, qui la surprit. Elle ne l'avait pas entendu souvent.

« Jolie dame, tu pètes le feu, sais-tu ? » fit-il en s'essuyant les yeux du revers de la main.

Elle baissa les yeux vers le pont, puis releva la tête en souriant et l'étudia. « Allons chercher du plastic.

— Ouais, dit Lander en hochant la tête. Tout le plastic du monde. »

Il maintint le cap à 110° magnétiques, un peu nord-est à cause de la variation du compas, puis le poussa cinq degrés de plus au nord lorsque la cloche et le sifflet des balises, au large de Barnegat, lui montrèrent plus précisément l'effet du vent. Les lames, qui venaient mourir sur le sabord avant, étaient en train de se calmer ; quelques embruns seulement se rabattaient sur eux lorsque le bateau les fendait. Là-bas, passé l'horizon, le cargo attendait, voguant sur la mer hivernale.

Ils coupèrent les moteurs en milieu d'après-midi, pendant que Lander relevait leur position avec le radiogoniomètre. Il s'y prenait à l'avance pour éviter la distorsion liée au coucher du soleil, et le fit très soigneusement en prenant trois relèvements, en les pointant sur la carte et en notant l'heure ainsi que la distance en petits chiffres méticuleusement tracés.

Lorsqu'ils repartirent plein est en vrombissant, vers l'X dessiné sur la carte, Dahlia fit du café dans la coquerie pour accompagner les sandwiches qu'elle avait apportés, puis elle débarrassa le comptoir. Avec des petits morceaux de scotch, elle y fixa une paire de ciseaux chirurgicaux, des compresses, trois petites seringues jetables pleines de morphine et une seule seringue de Ritaline. Elle disposa une série d'éclisses le long de l'égouttoir, au bord du comptoir, et les attacha aussi avec du scotch.

Ils atteignirent le point approximatif du rendez-vous, bien au-delà de la ligne d'horizon nord Barnegat-Ambrose, une heure avant le coucher du soleil. Lander vérifia sa position avec le radiogoniomètre et la corrigea légèrement au nord.

Ils aperçurent d'abord la fumée, une traînée à l'horizon est. Puis deux petits points sous la fumée, lorsque les superstructures du cargo se montrèrent. Bientôt ils distinguèrent la coque, avançant lourdement sur la mer. Le soleil était bas, derrière Lander, tandis qu'il courait droit au navire. Tout se passait comme il l'avait prévu. Il allait apparaître à contre-jour et tout tireur pourvu d'un viseur télescopique serait ébloui par la lumière du couchant.

Mettant le moteur au ralenti, Lander s'approcha lentement du minable cargo pour pouvoir l'examiner à la jumelle. C'est ainsi qu'il vit hisser deux pavillons de signalisation à la drisse de bâbord. Il distingua un « X » blanc sur champ d'azur et, en dessous, un diamant rouge sur champ blanc.

« M.F., décrypta Lander.

— C'est cela. Muhammad Fasil. »

Il ne restait plus que quarante minutes de lumière. Lander décida d'en profiter. Puisqu'il n'y avait pas d'autre bateau en vue, il valait mieux tenter le transfert tout de suite de crainte que, de nuit, le cargo ne leur joue un mauvais tour. Tant qu'il ferait jour, Dahlia et lui pourraient braquer une arme sur le bastingage.

Dahlia hissa le pavillon du Delta qui, ses sabords d'échappement gargouillant, réduisait de plus en plus la distance les séparant du cargo. Lander et Dahlia enfilèrent les masques faits avec des bas.

« Le grand fusil de chasse », dit Lander.

Elle le lui mit dans la main. Il ouvrit le pare-brise et posa l'arme sur le tableau de bord, la bouche reposant sur le pont avant. C'était un Remington automatique calibre 12 avec un long canon à étranglement, chargé de chevrotines 00. Lander savait qu'il est impossible de tirer à la carabine avec précision sur un bateau en mouvement. Dahlia et lui avaient vérifié plusieurs fois ce fait. Si Fasil avait perdu le contrôle du navire et si on les canardait, Lander répondrait en balayant l'avant puis il foncerait vers le soleil pendant que Dahlia viderait l'autre fusil de chasse à long canon sur le cargo. Elle passerait à la carabine lorsque l'écart augmenterait entre les embarcations.

« Avec le tangage du bateau, n'essaie pas de viser quelqu'un en particulier, lui avait-il dit. Fais siffler assez de balles à leurs oreilles pour qu'ils cessent de tirer. »

Puis il se souvint qu'elle avait plus d'expérience que lui des petites armes légères.

Le cargo tourna lentement et déhala vers eux, presque en travers des lames. A trois cents mètres, Lander ne pouvait voir que trois hommes sur le pont et une seule vigie sur la passerelle. L'un d'eux courut à la drisse et agita une fois les drapeaux pour montrer qu'il reconnaissait le Delta piloté par Lander. Il aurait été plus facile de communiquer par radio, mais Fasil ne pouvait pas être en même temps sur le pont et dans la cabine radio.

« C'est lui, c'est Fasil, l'homme à la casquette bleue », dit Dahlia en baissant les jumelles.

Quand Lander fut à environ cent mètres, Fasil dit quelque chose aux deux hommes qui étaient à côté de lui. Ils préparèrent le bossoir du canot de sauvetage, puis restèrent les mains bien en vue, posées sur le bastingage.

Lander fit tourner ses moteurs au ralenti et se rendit tant bien que mal à l'arrière pour gréer un bourrelet protecteur à tribord, puis il monta sur la passerelle en emportant le fusil à canon scié.

Fasil semblait être aux commandes du navire. Lander vit qu'il portait un revolver glissé dans sa ceinture. Il avait sûrement ordonné à l'équipage de quitter le pont, ne retenant auprès de lui que le second et un marin. Les zébrures de rouille, sur le flanc du cargo, luisaient, orange, à la lumière du soleil couchant tandis que Lander amenait son embarcation sous le vent. Dahlia lança une corde à l'homme d'équipage qui commença à l'amarrer à un taquet du pont, mais elle hocha la tête en signe de refus. Il comprit, passa la corde autour du taquet et lui renvoya l'extrémité.

Lander et Dahlia avaient répété tout cela soigneusement, et elle gréa rapidement une embossure double à l'arrière — liaison qu'ils pourraient larguer instantanément. Avec le gouvernail barre toute, les moteurs maintenaient la poupe du bateau de pêche contre le cargo.

Fasil avait emballé le plastic dans des sacs de vingt-cinq livres. Quarante-huit étaient empilés sur le pont, à côté de lui. Le bourrelet protecteur grattait le flanc du cargo lorsque le bateau se soulevait et retombait sur la mer accalmie par l'abri du gros navire. On lança une échelle par-dessus le bastingage du *Leticia*.

Fasil cria à Lander : « Le second va venir vous rejoindre. Il n'est pas armé. Il va vous aider à arrimer les sacs. »

Lander hocha la tête et l'homme descendit le long du flanc du cargo. Il s'efforçait manifestement de ne pas regarder Dahlia ou Lander, sinistres sous leurs masques. Se servant du bossoir du canot de sauvetage comme d'une grue miniature, Fasil et le marin firent descendre un filet contenant les six premiers sacs et les armes automatiques enveloppées dans une toile. C'était une besogne délicate, dans le bateau qui tanguait, que de minuter exactement le moment où il fallait détacher le fardeau du crochet, et une fois, Lander et le second tombèrent les quatre fers en l'air.

Lorsque douze sacs reposèrent dans le cockpit, on fit une pause dans le déchargement pendant laquelle les trois hommes qui étaient sur le Delta se passèrent les sacs afin de les entreposer dans la cabine avant. Lander avait terriblement envie de fendre un sac d'un coup de couteau pour regarder le plastic, et dut lutter pour résister à la tentation. Puis on leur envoya douze autres sacs, et enfin les douze derniers. Lander, Dahlia et l'homme du *Leticia* étaient mouillés de transpiration en dépit du froid.

Les cris de la vigie, sur la passerelle, furent presque emportés par le vent. Fasil pivota sur ses talons et mit les mains derrière ses oreilles. L'homme faisait de grands gestes et montrait quelque chose. Fasil se pencha sur le bastingage et cria : « Une embarcation arrive droit sur nous, de l'est. Je vais regarder ce que c'est. »

En moins de quinze secondes, il était sur la passerelle et arrachait les jumelles des mains de la vigie effrayée. En un instant, il était de retour sur le pont et se débattait avec le filet en criant par-dessus bord :

« A la proue, il porte un fanion blanc rayé.

— Un garde-côte, dit Lander. A quelle distance de tir... à combien est-il ?

— Environ huit kilomètres, il avance vite.

— Balancez le reste, bon Dieu ! »

Fasil gifla l'homme d'équipage et lui mit les mains sur l'appareil de levage. Le filet chargé des douze derniers sacs de plastic se balança au-dessus de l'océan et descendit rapidement, les cordes crissant dans les moufles. Il tomba dans le cockpit avec un bruit sourd et fut rapidement arrimé.

Sur le pont du cargo, Muhammad Fasil se tourna vers le marin en sueur. « Garde les mains bien en vue sur le bastingage. » L'homme fixa l'horizon et retint sa respiration lorsque Fasil passa par-dessus bord.

Le second debout dans le cockpit ne quittait pas Fasil des yeux. L'Arabe lui tendit une liasse de billets, sortit son revolver et apuya la gueule contre la lèvre supérieure de l'homme. « Tu as fait ton travail. Le silence et la santé ne font qu'un. Tu comprends ? »

L'homme aurait bien voulu hocher la tête, mais ne pouvait pas à cause de l'arme plantée sous son nez.

« Va en paix. »

L'homme grimpa à la corde aussi vite qu'un singe. Dahlia était déjà en train de larguer l'embossure.

Pendant tout cela, Lander semblait presque pensif. Il avait demandé à son esprit une projection des éventualités, basée sur ce qu'il savait.

Le patrouilleur, arrivant de l'autre côté du navire, ne le voyait pas encore. Probablement que la présence de ce cargo en panne avait éveillé la curiosité des gardes-côtes, à moins que quelqu'un ne les ait avertis. Le patrouilleur. Il y en avait dix dans ces eaux, tous de vingt-cinq mètres de long, avec des bimoteurs diesels seize cents chevaux sur l'arbre, capables de filer 20 nœuds. Un radar SPB-5 Sperry-Rand. Une mitrailleuse calibre 50 et un mortier de 81 mm. En un éclair, Lander envisagea de mettre le feu au cargo, d'obliger le cotre à s'arrêter et à lui prêter assistance. Non, le second crierait à la piraterie et ce serait l'escalade. On enverrait des avions de secours dont certains, équipés à l'infrarouge, détecteraient la chaleur de ses moteurs. L'obscurité allait venir. Pas de lune avant cinq heures. Mieux valait une poursuite.

Lander revint instantanément à la situation présente. Ses réflexions avaient pris cinq secondes.

« Dahlia, il faut gréer le réflecteur. » Il mit les gaz d'un coup de poing et le gros bateau donna de la bande en s'éloignant du cargo dans une gerbe d'écume. Il mit le cap vers la terre, distante de soixante-cinq kilomètres ; les moteurs rugissaient à pleins gaz et l'écume volait derrière eux tandis qu'ils fendaient la mer accalmie. Même lourdement chargée, la puissante embarcation avoisinait les 10 nœuds. Le cotre était un tout petit peu plus rapide. Lander garderait le cargo entre eux tant qu'il le pourrait. Du cockpit, il cria à Fasil : « Mettez-vous à l'écoute sur 2 182 kilocycles. » C'était la fréquence de détresse du radio-téléphone international et une « fréquence d'appel » utilisée pour les premiers contacts entre navires.

Le cargo était maintenant à l'arrière ; ils virent le patrouilleur apparaître de l'autre côté du *Leticia,* lancé à pleine vitesse et soulevant une grande vague à l'avant lorsque Lander jeta encore un coup d'œil par-dessus son épaule, il vit la proue du cotre tourner lentement jusqu'à ce qu'elle soit pointée droit sur lui.

Fasil grimpa à l'échelle en ne laissant que sa tête dépasser le niveau du pont. « Il nous ordonne de nous arrêter.

— Qu'il aille se faire foutre. Mettez-vous sur la fréquence des gardes-côtes. Elle est indiquée sur le cadran. Nous allons voir s'il demande de l'aide. »

Toutes lumières éteintes, le bateau fonçait vers le couchant. Derrière eux, le cotre chargeait comme un

105

terrier ; sa gracieuse proue blanche et la vague qu'elle soulevait scintillaient dans les derniers feux du soleil.

Dahlia avait fini de visser le réflecteur radar passif au bastingage. C'était un assemblage de tiges métalliques en forme de cerf-volant qu'elle avait payé douze dollars dans une boutique de fournitures pour la marine et qui tremblait à chaque plongeon du bateau dans les lames.

Lander envoya la jeune femme vérifier les amarres. Il ne voulait pas que quelque chose se détache dans les coups de boutoirs que l'embarcation allait subir.

Elle inspecta le cockpit en premier, puis pénétra dans la cabine où Fasil regardait la radio, l'air furieux.

« Rien pour le moment, dit-il en arabe. Pourquoi le réflecteur radar ?

— Le garde-côte nous aurait vus n'importe comment », répliqua Dahlia. Elle était obligée de lui crier dans l'oreille pour être entendue dans le fracas du moteur et des vagues. « Quand le capitaine du patrouilleur verra que la poursuite continue dans l'obscurité, il demandera à son radariste d'établir notre position et de garder notre piste pendant qu'il nous suit à vue, ensuite, lorsqu'il fera nuit, il n'aura aucun problème pour identifier sur son écran le top que nous émettons. » Lander lui avait expliqué tout cela à fond et *ad nauseum*. « Avec le réflecteur, c'est un gros top bien gras, impossible à confondre avec de l'interférence des vagues. Comme l'image d'un bateau en métal.

— Est-ce...

— Ecoute-moi, dit-elle instamment, en levant les yeux vers le pont, au-dessus de leurs têtes. Il ne faut pas être familier avec moi, ni me toucher, tu comprends ? En sa présence, il ne faut parler qu'en anglais. Chez lui, ne jamais monter au premier étage. Ne jamais le surprendre. Pour le bien de notre mission. »

Les cadrans de la radio éclairaient le visage de Fasil par en dessous, ses yeux luisaient dans leurs orbites enténébrées. « Pour notre mission, alors, camarade Dahlia. Aussi longtemps qu'il jouera son rôle, je le ménagerai. »

Dahlia acquiesça d'un signe de tête. « Si tu ne le ménageais pas, tu découvrirais peut-être trop vite à quoi il sert », répliqua-t-elle, mais ses paroles se perdirent dans le vent tandis qu'elle grimpait à l'arrière.

Il faisait nuit maintenant. Il n'y avait plus, sur le pont, que la faible lumière de l'habitacle, visible seulement pour Lander. Il voyait clairement les feux de position, rouge et vert, du cotre, et son gros projecteur qui fouillait les ténèbres. Il estima que le vaisseau du gouvernement avait sur eux un avantage d'environ un demi-nœud et une avance de sept kilomètres. Fasil se hissa à côté de lui. « Il a envoyé un message radio aux douaniers qui sont montés sur le *Leticia*. Il a dit qu'il allait nous capturer et n'avait pas besoin d'aide.

— Avertissez Dahlia que le moment approche. »

Ils avançaient maintenant péniblement vers les couloirs maritimes. Lander savait que les hommes du cotre ne pouvaient pas les voir, cependant le vaisseau imitait aussitôt la plus légère modification qu'il apportait à leur course. Il pouvait presque sentir les doigts du radar sur son dos. Ce serait mieux s'il y avait d'autres navires... Oui ! A bâbord, il aperçut les feux blancs d'alignement d'un bateau, et au bout de quelques minutes, il releva ses feux de marche. Un cargo qui se dirigeait vers le nord et fendait la houle à belle allure. Lander modifia légèrement sa course pour passer sous sa proue d'aussi près que possible. Il vit en imagination l'écran radar du patrouilleur, sa lumière verte illuminant le visage du radariste qui regardait converger la grosse image du cargo et celle plus petite du hors-bord, les tops scintillant à chaque balayage.

« Tu es prête ? cria-t-il à Dahlia.

— Allons-y », dit-elle à Fasil.

Il ne posa pas de questions. Tous deux dégagèrent des explosifs arrimés la petite plate-forme équipée de flotteurs. Chacun des flotteurs était fait d'un bidon de vingt litres avec un trou d'épingle au sommet et un robinet ordinaire en dessous. Dahlia sortit le mât de la cabine et apporta le réflecteur radar qui était sur le pont. Ils fixèrent le réflecteur en haut du mât et plantèrent ce dernier dans un trou prévu à cet effet sur la plate-forme. Aidée par Fasil, elle attacha une corde de deux mètres de long sous la plate-forme et attacha à son autre extrémité un gros poids de plomb. Ils s'arrêtèrent de travailler pour regarder les lumières du cargo suspendues au-dessus d'eux, et sa proue dressée comme une falaise. En un éclair, ils l'avaient dépassée.

Lander se dirigeait vers le nord en jetant de fréquents coups d'œil derrière lui, afin de garder le cargo entre le patrouilleur et lui. Maintenant leurs tops ne formaient plus qu'une seule tache et la masse du cargo protégeait le bateau de Lander des impulsions radar.

Il estima à quelle distance se trouvait le cotre. « Ouvrez à moitié les robinets. » Un peu plus tard, il coupa les moteurs. « Jetez-la par-dessus bord. »

Dahlia et Fasil mirent la plate-forme flottante à la mer ; le mât s'agita follement jusqu'à ce que le poids l'équilibre comme une quille en maintenant le réflecteur radar au-dessus de l'eau. L'engin se balança de nouveau lorsque Lander mit les gaz à fond et lança le bateau plongé dans l'obscurité la plus totale, droit vers le sud.

« Le radariste ne peut pas savoir si l'image du réflecteur, c'est nous ou quelque chose de nouveau, ou bien si nous naviguons de l'autre côté du cargo, de concert avec lui, fit remarquer Fasil. Combien de temps va-t-elle flotter ?

— Quinze minutes avec les robinets à moitié ouverts, répondit Dahlia. Elle aura sombré lorsque le cotre arrivera sur les lieux.

— Alors, il se lancera à la poursuite du cargo pour voir si nous naviguons bord à bord ?

— Peut-être.

— Peut-il nous voir, en ce moment ?

— Un bateau en bois, à cette distance, à peine, ou pas du tout. Même la peinture ne comporte pas de plomb. Il y a un peu d'interférences dues aux remous du navire. Le bruit de ses moteurs nous aidera aussi, si le garde-côte s'arrête pour écouter. Nous ne savons pas encore s'il a mordu à l'hameçon. »

De la passerelle, Lander regardait les lumières du patrouilleur. Il apercevait les deux grands feux d'alignement blancs et à bâbord, la lumière de marche, rouge. Si le garde-côte s'était tourné vers lui, il aurait vu apparaître sa lumière verte de tribord.

Dahlia l'avait rejoint et ils observèrent de concert les lumières du cotre. Ils ne virent que la rouge et, lorsque la distance s'accrut, ils ne distinguèrent plus que les feux blancs d'alignement, puis plus rien, sauf le rayon du projecteur qui sondait l'obscurité et qu'une vague révélait parfois en se creusant.

Lander sentit une troisième présence sur la passerelle.

« Du beau travail », remarqua Muhammad Fasil.

Lander ne répondit pas.

7

L E commandant Kabakov avait les yeux rouges et était d'une humeur massacrante. Les employés du bureau new-yorkais des services de l'Immigration et de la Naturalisation avaient appris à marcher comme des chats en sa présence pendant qu'il étudiait, jour après jour, les photos d'identité des Arabes de nationalité étrangère vivant aux Etats-Unis.

Les albums empilés à sa droite et à sa gauche, sur la longue table, contenaient cent trente-sept mille photos plus les signalements. Il était décidé à les regarder toutes. Si la femme avait été envoyée en mission dans ce pays, elle s'était constitué une couverture, il en était convaincu. Les dossiers d'Arabes suspects conservés *sub rosa* par l'Immigration contenaient quelques femmes, mais aucune ne ressemblait à celle aperçue dans la chambre à coucher d'Hafez Najeer. On estimait à environ quatre-vingt-cinq mille les Arabes entrés illégalement et installés sur la côte Est ; ils n'apparaissaient évidemment sur aucune fiche. La plupart travaillaient au noir, ne causaient d'ennui à personne et se faisaient rarement remarquer des autorités. La possibilité qu'il en soit ainsi pour cette femme le tracassait.

Avec lassitude, il tourna la page. Une femme. Katherine Ghalib. Qui travaillait à Phoenix dans un institut pour enfants arriérés. Cinquante ans, et elle les faisait.

Une employée s'approcha de lui.

« Commandant, on vous demande au téléphone.

— Très bien. Ne touchez pas à ces fichus registres. Je ne saurais plus où j'en suis. »

C'était Sam Corley, qui l'appelait de Washington.

« Comment ça se passe ?

— Encore rien. J'ai quatre-vingt mille Arabes à voir.

— J'ai eu un rapport des gardes-côtes. Ce n'est peut-être pas important, mais un de leurs patrouilleurs a repéré un hors-bord près d'un cargo libyen, au large du New Jersey, hier après-midi. Il a pris la fuite quand ils ont voulu y jeter un coup d'œil.

— *Hier ?*

— Oui, un incendie de navire les avaient retenus en haute mer et ils rentraient. Le cargo venait de Beyrouth.

— Où est-il maintenant ?

— En saisie, à Brooklyn. Le capitaine a disparu. Je ne connais pas encore les détails.

— Et le petit bateau ?

— Il leur a échappé dans l'obscurité. »

Kabakov jura violemment.

« Pourquoi ont-ils mis autant de temps à nous en parler ?

— Je n'en sais foutre rien, mais c'est comme ça. Je vais appeler les Douanes. Ils vont vous mettre au courant. »

Le second du *Leticia,* capitaine par intérim, Mustapha Fawzi, parla avec les douaniers pendant une heure, dans sa petite cabine, en faisant de grands gestes dans l'air épaissi par la fumée âcre de ses cigarettes turques.

Oui, le bateau les avait abordés, leur dit Fawzi. Il était à court d'essence et demandait leur aide. Suivant la loi de la mer, il les avait dépannés. Sa description de l'embarcation et de ses occupants était vague. Cela avait eu lieu dans les eaux internationales, soulignait-il. Non, il ne leur accorderait pas la permission de fouiller son navire. D'après la loi internationale, c'était une parcelle du territoire libyen et lui, Fawzi, en assumait la responsabi-

111

lité depuis que le capitaine Larmoso était malheureusement tombé par-dessus bord.

Les douanes n'avaient pas envie d'un incident avec le gouvernement de la Libye, surtout en ce moment où le Moyen-Orient était en feu. Ce que le patrouilleur avait vu ne constituait pas une preuve suffisante pour qu'on leur délivre un mandat de perquisition. Fawzi promit de faire une déposition sur l'accident survenu à Larmoso et les douaniers quittèrent le cargo pour s'entretenir avec les départements d'Etat et de la Justice.

Fawzi vida l'une des bouteilles de bière du capitaine défunt et tomba profondément endormi pour la première fois depuis des jours.

Une voix semblait appeler Fawzi de très loin. Elle répétait son nom et quelque chose lui faisait mal aux yeux. Il se réveilla et leva la main pour se protéger du faisceau éblouissant d'une lampe de poche.

« Bonsoir, Mustapha Fawzi, dit Kabakov. Je vous en prie, gardez les mains posées sur le drap. »

Le sergent Moshevsky qui se profilait, gigantesque et menaçant, derrière Kabakov, alluma les lumières de la cabine d'une chiquenaude. Fawzi s'assit dans son lit et invoqua Dieu.

« Pas un geste », dit Moshevsky en posant la pointe de son couteau sous l'oreille de Fawzi.

Kabakov tira une chaise et s'installa à son chevet. Il alluma une cigarette. « J'aimerais bien avoir un paisible entretien avec vous. Sera-t-il paisible ? »

Fawzi hocha la tête et Kabakov fit signe à Moshevsky de s'écarter. « Maintenant, Mustapha Fawzi, je vais vous expliquer comment vous allez m'aider sans courir aucun risque. Vous voyez, je n'hésiterai pas à vous tuer si vous ne voulez pas coopérer, mais dans le cas contraire, je n'ai aucune raison de le faire. C'est très important que vous compreniez cela. »

Moshevsky remua d'un air impatient et émit son opinion. « Laissez-moi d'abord lui faire une boutonnière dans...

112

— Non, non, l'interrompit Kabakov en levant la main. Vous voyez, Fawzi, avec des hommes moins intelligents que vous, il est souvent nécessaire de démontrer premièrement que vous subirez de terribles douleurs et des mutilations si vous me mécontentez et, deuxièmement, que vous recevrez une merveilleuse récompense si vous m'êtes utile. Nous savons tous deux en quoi consiste généralement la récompense. » Kabakov fit tomber la cendre de sa cigarette avec l'extrémité de son petit doigt. « D'ordinaire, j'aurais laissé mon ami vous casser les deux bras avant que nous parlions. Mais voyez-vous, Fawzi, vous n'avez rien à perdre à me dire ce qui s'est passé. Votre non-coopération avec la douane va être enregistrée. Votre coopération avec moi restera notre secret. » Il jeta, d'une pichenette, sa carte d'identité israélienne sur le lit. « Etes-vous prêt à m'aider ? »

Fawzi regarda la carte et déglutit. Il ne répondit rien.

Kabakov se leva et soupira. « Sergent, je vais respirer une bouffée d'air frais. Peut-être Mustapha Fawzi aimerait-il quelque rafraîchissement. Appelez-moi lorsqu'il aura mangé ses testicules. »

Il se tourna vers la porte de la cabine.

« J'ai de la famille à Beyrouth ».

Fawzi avait du mal à maîtriser sa voix. Kabakov voyait battre le cœur de ce maigre corps assis demi-nu dans la couchette.

« Je le sais bien. Et on l'a menacée, j'en suis sûr. Mentez à la douane tant que vous voulez. Mais pas à moi, Fawzi. Nulle part, vous serez hors de portée de mes mains. Ni ici, ni chez vous, ni dans aucun port de la terre. J'ai du respect pour votre famille. Je comprends vos sentiments et je la protégerai pour vous.

— Aux Açores, un Libanais a tué Larmoso », commença Fawzi.

Moshevsky n'avait aucun goût pour la torture. Il savait que Kabakov la détestait au moins autant. Le sergent dut faire un gros effort pour s'empêcher de sourire tandis qu'il fouillait la cabine. Chaque fois que le débit de Fawzi faiblissait, Moshevsky s'arrêtait dans son travail pour lui jeter un regard mauvais et essayait d'avoir l'air déçu de ne pouvoir l'amocher.

« Décrivez-moi le Libanais.

— Mince, poids moyen. Une balafre, avec une croûte.

— Qu'y avait-il dans les sacs ?

— Je l'ignore. Allah m'en est témoin. Le Libanais a fourré dedans le contenu des caisses qu'il y avait dans la cale avant. Il n'a permis à personne de s'approcher.

— Ils étaient combien dans le bateau ?

— Deux.

— Décrivez-les.

— Un grand mince, l'autre plus petit. Ils portaient des masques. J'avais peur, je ne les ai pas regardés.

— Quelle langue parlaient-ils ?

— Le plus costaud parlait anglais avec le Libanais.

— Et le plus petit ?

— Le plus petit ne disait rien.

— Est-ce que le plus petit ne serait pas une femme ? » L'Arabe rougit. Il ne voulait pas reconnaître qu'il avait eu peur d'une femme. C'était impensable.

« Le Libanais au fusil, votre famille menacée — voilà des pensées qui devraient vous pousser à coopérer, Fawzi, dit doucement Kabakov.

— Le plus petit aurait pu être une femme, finit par reconnaître Fawzi.

— Vous avez vu ses mains sur les sacs ?

— Elle portait des gants. Mais il y avait une bosse à l'arrière de son masque ; ç'aurait pu être ses cheveux. Et puis, son derrière...

— Oui ?

— Il était rond, vous comprenez. Plus gros que celui d'un homme. C'était peut-être un garçon bien roulé ? »

Moshevsky, qui farfouillait dans le réfrigérateur, s'attribua une bouteille de bière. Il y avait quelque chose derrière. Il tendit l'objet à Kabakov.

« Est-ce que la religion du capitaine Larmoso exigeait qu'il garde ses objets de piété dans son réfrigérateur ? » demanda Kabakov en brandissant la statuette balafrée de la Madone à quelques centimètres du visage de Fawzi.

Il la regarda avec un étonnement qui n'avait rien de feint, et le dégoût qu'un musulman éprouve envers la statuaire religieuse. Kabakov, perdu dans ses pensées, renifla la statue et la gratta de l'ongle. Larmoso avait su ce que c'était, mais ne connaissait pas bien ses propriétés, se dit-il. Le capitaine avait pensé qu'il valait mieux garder l'explosif au froid, comme le reste, en bas, dans la cale. Il n'avait pas besoin de s'inquiéter, pensa Kabakov. Il fit tourner la statuette entre ses mains. S'ils se donnaient tant de mal pour déguiser le plastic, c'est qu'à l'origine ils avaient prévu de lui faire passer la douane.

« Donnez-moi les registres du navire », ordonna sèchement Kabakov.

Assez rapidement, Fawzi trouva le manifeste avec l'état de la cargaison. De l'eau minérale, des peaux que l'on pouvait passer librement, de la vaisselle — voilà. Trois caisses de statues religieuses. Fabriquées à Taiwan. Expédiées à Benjamin Muzi.

Des hauteurs de Brooklyn, Muzi regardait le *Leticia,* escorté par les garde-côtes, pénétrer avec difficulté dans le port de New York. Il jura en plusieurs langues. Qu'est-ce que Larmoso avait fait ? Il se précipita vers une cabine téléphonique, à la vitesse approximative de quatre kilomètres à l'heure. Il se déplaçait avec la dignité d'un éléphant, et comme cet animal, il avait des extrémités d'une grâce étonnante et aimait progresser d'une façon méthodique. Cette affaire était fort désorganisée.

Son gabarit l'empêchait d'entrer dans la cabine, mais il tendit le bras à l'intérieur et put atteindre le cadran. Il appela le service des recherches et sauvetage de la douane et se présenta comme un journaliste d'*El Diario-La Prensa.* Le serviable jeune homme des relations publiques des gardes-côtes lui apprit ce qu'on pouvait glaner aux communications radio, concernant le *Leticia* et son capitaine disparu, ainsi que la poursuite du hors-bord.

Muzi s'engagea dans la voie express Brooklyn-Queens qui donnait sur les docks de Brooklyn. Il vit sur l'appontement, à côté du *Leticia,* et la police des Douanes et celle de l'administration du port. Il fut soulagé de constater que ni le cargo ni le cotre ne portaient le fanion rouge à queue d'hirondelle qui indique la présence d'une cargaison dangereuse à bord. Ou la police n'avait pas encore découvert les explosifs, ou le hors-bord avait emporté le plastic. Dans ce dernier cas, le plus probable d'ailleurs, il disposait d'un peu de temps, si l'on en croyait la loi. Il faudrait des jours aux autorités pour inventorier la cargaison du *Leticia* et mettre le doigt sur ce qui manquait. La police ne s'intéressait pas encore à lui. Mais cela n'allait pas tarder, il le sentait bien.

Quelque chose avait horriblement mal tourné. Peu importe qui avait commis la faute, il serait tenu pour responsable. Il avait déposé un quart de million de dollars dans une banque des Pays-Bas et ses employeurs n'accepteraient aucune excuse. Si l'on avait transbordé le plastic en mer, c'est qu'ils croyaient qu'il allait les trahir, qu'il les avait trahis. Qu'est-ce que cet imbécile de Larmoso avait bien pu faire ? Quoi que ce fût, Muzi savait qu'il n'avait aucune chance d'expliquer son innocence. Septembre Noir le tuerait à la première occasion. Il était forcé de prendre une retraite anticipée.

De son coffre d'une banque de Manhattan, Muzi sortit une épaisse liasse de billets et un certain nombre de carnets de chèques. L'un d'eux portait le nom de la plus vieille et la plus prestigieuse maison financière des Pays-Bas. Il montrait un solde de deux cent cinquante mille dollars que lui seul pouvait toucher.

Muzi soupira. Cela aurait été si beau de recueillir la même somme à la livraison du plastic. Maintenant les guérilleros garderaient la banque hollandaise sous surveillance pendant un bon moment, il en était sûr. Qu'ils le fassent. Il allait transférer son compte et tirer l'argent ailleurs.

Ce qui l'ennuyait le plus n'était pas dans le coffre. Ses passeports. Pendant des années, ils y étaient restés, mais après son dernier voyage au Moyen-Orient, il les avait laissés chez lui ; c'était impardonnable. Il fallait qu'il les récupère. Il prendrait ensuite à Newark un avion à destination de Chicago et Seattle, puis survolerait le pôle pour se rendre à Londres. Où Farouk dînait-il, lorsqu'il était à Londres ? Muzi, qui admirait énormément le goût et le style de Farouk, était décidé à le découvrir.

Il n'avait pas l'intention de retourner à son bureau. Qu'ils aillent interroger le Grec. Son ignorance ne pouvait que les étonner. Il y avait beaucoup de chances pour que les terroristes soient déjà en train de surveiller sa maison. Mais cela ne durerait pas longtemps. Une fois les explosifs en leur possession, ils auraient autre chose à faire. Ce serait stupide de se précipiter chez lui. Il valait mieux leur laisser croire qu'il avait déjà pris l'avion.

Il s'arrêta dans un motel du West Side et inscrivit sur le registre : « Chesterfield Pardue ». Il mit douze bouteilles de Perrier à rafraîchir avec des glaçons dans le lavabo de la salle de bains. Il eut un frisson nerveux et éprouva une violente envie de s'installer dans la baignoire vide, rideau fermé, mais il eut peur que son large derrière ne reste coincé, comme c'était arrivé, un jour, à Atlantic City.

L'impression de froid passa et il s'étendit, les mains croisées sur l'éminence de son ventre ; il regardait le plafond d'un air mauvais. Quel idiot il avait été de s'associer à ces méprisables terroristes. Des rustres décharnés qui ne s'occupaient que de politique. Beyrouth lui avait déjà attiré des ennuis, avec le fiasco de l'Intra Bank, en 1967. Cette faillite avait creusé un fameux trou dans son fonds de retraite. Sans elle, il se serait déjà retiré des affaires.

L'offre des Palestiniens aurait pu le dédommager de ses pertes. L'énorme somme qu'on lui avait offerte pour réceptionner le plastic dépassait ses prévisions. C'est pour cette raison qu'il avait décidé de prendre de tels risques. Eh bien, il se contenterait de la moitié.

La retraite. Dans cette exquise petite villa près de Naples, sans escalier à gravir. Cela faisait longtemps qu'il attendait cela.

Il avait débuté comme mousse sur le cargo *Ali Bey*. A seize ans, sa corpulence faisait, déjà, des escaliers à monter et à descendre, une véritable torture. Quand l'*Ali Bey* était arrivé à New York en 1938, Muzi avait déserté le navire. Parlant couramment quatre langues et se débrouillant très bien avec les chiffres, il trouva vite un emploi sur les quais de Brooklyn et devint contrôleur d'entrepôt pour un Turc appelé Jahal Bezir, un homme doué d'une ruse presque satanique qui fit son beurre dans le marché noir pendant la Seconde Guerre mondiale.

Muzi impressionna énormément Bezir, car celui-ci ne le surprit jamais en train de voler. En 1947, il commença à tenir les livres de comptes de son patron qui se reposa de plus en plus sur lui.

L'esprit du vieux Turc restait clair et actif, mais il ne voulait plus employer que sa langue maternelle, dictant sa correspondance en turc et laissant à Muzi le soin de la traduire. Il faisait semblant de relire les traductions, mais s'il y avait plusieurs lettres, il paraissait parfois ne pas savoir laquelle il avait en mains. Cela intriguait Muzi. La vue du vieil homme était bonne. Il était loin d'être sénile. Il parlait couramment l'anglais. Quelques tests judicieux confirmèrent Muzi dans l'idée que Bezir ne pouvait plus lire. Une visite à une bibliothèque municipale lui apprit beaucoup de choses sur l'aphasie. Le vieil homme était bien atteint de cette maladie. Muzi réfléchit aux complications que cela entraînerait à long terme. Il commença alors à faire de modestes spéculations sur le change des monnaies étrangères en utilisant le crédit du Turc, sans que celui-ci donne son consentement ou même apprenne la chose.

Après la guerre, les fluctuations de la monnaie favorisèrent ces opérations. La seule exception, ou presque, fut une effroyable période de trois jours durant lesquels un cartel spécula contre des titres relatifs à l'armement de l'émirat d'Osman, alors que Muzi tenait dix mille certificats à vingt-sept points la livre sterling ; pendant ce temps-là, le Turc ronflait paisiblement au premier. L'affaire lui coûta trois mille dollars qu'il paya de sa poche, mais à cette époque, il pouvait déjà se le permettre.

En attendant, il avait ravi Bezir en concevant une haussière d'amarrage creuse pour l'importation du haschisch. Quand le Turc mourut, des parents éloignés surgirent pour s'emparer de l'affaire et la ruinèrent. Il restait à Muzi soixante-cinq mille dollars qu'il avait gagnés en spéculant sur la monnaie, et d'excellents contacts dans le milieu de la contrebande. C'était tout ce dont il avait besoin pour devenir un négociant qui acceptait n'importe quelle marchandise capable de se transformer en dollars, sauf les drogues dures. Les possibilités financières astronomiques de l'héroïne le tentèrent, mais Muzi voyait plus loin que le simple fait de gagner rapidement de l'argent. Il n'avait pas envie d'être étiqueté pour le reste de sa vie. Et ne voulait pas se coucher tous les soirs dans une chambre forte. Il n'aimait pas les risques, ni les gens qui vendaient de l'héroïne. Le haschisch, c'était une autre affaire.

En 1972, la section Jihaz al-Rasd du Fatah était très impliquée dans le trafic du haschisch. Parmi les sacs d'une livre que Muzi achetait au Liban, beaucoup portaient sa marque : un fedayin tenant une mitraillette. C'était grâce à ces relations-là que Muzi avait pu expédier la lettre de l'Américain, et c'était par leur entremise qu'il avait été contacté pour faire passer le plastic en fraude.

Durant ces derniers mois, Muzi s'était sorti du commerce du haschisch et avait systématiquement liquidé ses autres intérêts au Moyen-Orient. Il voulait le faire graduellement et ne laisser personne en plan. Il ne souhaitait pas se faire d'ennemis qui pourraient gâcher une paisible retraite et une succession de dîner *al fresco* sur sa terrasse surplombant la baie de Naples. Maintenant, cette affaire du *Leticia* mettait tout en danger. Peut-être que les terroristes n'avaient plus confiance en lui parce qu'il était en train de couper tous ses liens avec le Moyen-Orient. Larmoso, aussi, avait eu vent de ses liquidations et s'était senti inquiet, prêt qu'il était à s'impliquer à son compte dans cette affaire. Quoi qu'ait pu faire le capitaine, il avait sérieusement effrayé les Palestiniens.

Muzi savait qu'il se débrouillerait très bien, une fois en Italie. Il lui suffisait de prendre quelques risques, ici, à New York, et après il se retrouverait chez lui, libre.

Couché sur le lit du motel, attendant le moment d'agir, l'estomac tout gargouillant, Muzi rêva qu'il était en train de dîner au Lutèce.

Kabakov, assis sur un rouleau de tuyau d'arrosage, frissonna. Un courant d'air froid sifflait dans la cabane à outils, sur le toit de l'entrepôt, et les murs étaient couverts de givre, mais cette excellente cachette donnait sur la maison de Muzi qui se trouvait de l'autre côté de la rue. L'homme recru de fatigue qui guettait à la fenêtre latérale de la cabane ôta l'emballage d'une barre de chocolat et mordit dedans ; elle se brisa avec un petit bruit sec. Lui et les deux autres membres de l'unité d'intervention étaient venus de Washington dans une camionnette de location, après un coup de téléphone de Kabakov.

Ce trajet très fatigant de cinq heures sur l'autoroute à péage était inévitable car leurs bagages auraient éveillé beaucoup trop d'intérêt en passant au fluoroscope de l'aéroport — des mitraillettes, des fusils compacts, des grenades. Un deuxième membre de l'équipe était posté sur le toit d'un immeuble, de l'autre côté de la rue. Le troisième montait la garde avec Moshevsky, au bureau de Muzi.

L'Israélien qui luttait contre l'envie de dormir offrit du chocolat à Kabakov. Celui-ci hocha la tête en signe de refus et continua à surveiller la maison avec ses jumelles, par la porte entrouverte de la cabane. Il se demandait s'il avait eu raison de ne pas parler de Muzi et de la madone à Corley et aux autres responsables. Bien sûr qu'il avait eu raison. Au mieux, les Américains auraient pu le laisser parler à Muzi dans le vestibule d'un commissariat de quartier, en présence d'un avocat. Là, il allait le questionner dans des conditions plus favorables — si les Palestiniens ne l'avaient pas déjà tué.

Muzi habitait une rue agréable, bordée d'arbres, dans le quartier de Brooklyn appelé Cobble Hill. Sa maison, en briques brunes, comptait quatre appartements. Le sien, le plus grand, se trouvait au rez-de-chaussée et n'avait qu'une seule porte, sur la rue. Kabakov était sûr que Muzi passerait par là. D'après les vêtements suspendus dans sa penderie, il était beaucoup trop gros pour passer par une fenêtre.

Si Muzi lui fournissait une bonne piste pour trouver les explosifs, Kabakov espérait conclure cette affaire très rapidement. Il en parlerait à Corley quand ce serait terminé. Les yeux rouges de fatigue, il regarda sa montre : 7 heures 30. Si ce soir, Muzi n'était toujours pas apparu, il lui faudrait établir des tours de garde pour que ses hommes puissent dormir. Kabakov se répétait, périodiquement, que Muzi allait venir Les passeports de l'importateur — trois, à des noms différents — étaient dans la poche de poitrine de Kabakov. Il aurait préféré l'attendre dans l'appartement, mais il savait que c'était dans la rue que Muzi serait le plus en danger, et il voulait être capable de le couvrir.

Une fois de plus, il scruta les fenêtres d'en face. Dans un immeuble, à gauche, quelqu'un releva un store. Kabakov fut aussitôt en alerte. Une femme en combinaison apparut. Lorsqu'elle se retourna, il aperçut un enfant assis à une table de cuisine.

Quelques banlieusards matinaux, encore pâles de sommeil, circulaient maintenant sur le trottoir et se hâtaient vers l'arrêt d'autobus, sur Pacific Street, à un pâté de maisons de là. Kabakov sortit les passeports et étudia, pour la cinquantième fois, le visage gras de Muzi. Il avait des crampes dans les jambes et se leva pour les étirer. Le talkie-walkie, à côté de lui, crépita.

« Jerry Dimples, un homme avec des clefs à la porte qui est en face de vous.

— Compris, Dimples », répondit Kabakov dans le micro.

C'était sans doute la relève du gardien qui avait passé la nuit à ronfler sur le sol de l'entrepôt. Un peu plus tard, la radio cracha de nouveau, et l'Israélien qui était sur le toit confirma que le veilleur de nuit avait quitté le bâtiment. L'homme traversa la rue dans le champ de vision de Kabakov et se dirigea vers l'arrêt d'autobus.

Kabakov retourna à la fenêtre et quand il regarda de

nouveau l'arrêt, le grand autobus vert déchargeait une flopée de femmes de ménage. Elles commencèrent par longer le pâté de maisons en se dandinant, des femmes mûres, robustes, portant des sacs à provisions. Beaucoup d'entre elles avaient des traits slaves, comme Kabakov. Elles ressemblaient énormément aux voisines qu'il avait connues étant enfant. Il les suivit avec ses jumelles. Le groupe s'amenuisait au fur et à mesure que les femmes s'engouffraient dans l'immeuble où elles travaillaient. Elles passaient maintenant devant la maison de Muzi et une grosse femme quitta le centre de la troupe et traversa le trottoir pour s'arrêter devant la porte, un parapluie sous le bras, un cabas dans chaque main. Kabakov garda les yeux fixés sur elle. Il y avait quelque chose de bizarre... les chaussures. C'était des Cordovan, une grande pointure, et l'un des gros mollets portait une coupure de rasoir récente.

« Dimples Jerry, dit Kabakov dans le talkie-walkie. Je pense que la grosse, c'est Muzi. J'y vais. Couvrez-moi. »

Kabakov dédaigna son fusil rayé et prit un marteau de forgeron, posé dans l'un des coins de la cabane. « Couvrez-moi », répéta-t-il à l'homme qui était à ses côtés. Puis, il descendit l'escalier en courant, bruyamment, sans s'occuper si le veilleur de jour l'entendait. Un rapide coup d'œil à l'extérieur, et il traversa la rue comme une flèche, en brandissant son marteau.

L'entrée de l'immeuble n'était pas fermée. Il s'arrêta devant la porte de Muzi et tendit l'oreille. Puis il abattit le marteau de toute sa force, en plein sur la serrure.

La porte brisée s'ouvrit en emportant une partie du chambranle avec elle ; Kabakov se retrouva à l'intérieur avant que les éclats de bois ne soient tombés sur le plancher et braqua un pistolet sur le gros homme en robe.

Muzi apparut sur le seuil de sa chambre à coucher, les mains pleines de papiers. Ses bajoues tremblotaient et il regarda Kabakov d'un air dégoûté, déprimé. « Je vous jure que je ne...

— Tournez-vous, les mains posées sur le mur. »

Kabakov fouilla soigneusement Muzi et sortit un petit automatique de son sac à main. Puis il repoussa la porte et la maintint fermée avec une chaise.

Muzi s'était repris à la vitesse de la pensée. « Vous permettez que j'enlève ma perruque ? Ça me gratte, vous savez.

— Non. Asseyez-vous. » Kabakov parla dans la radio. « Dimples Jerry. Allez voir Moshevsky. Dites-lui d'amener la camionnette. » Il sortit les passeports de sa poche. « Muzi, voulez-vous vivre ?

— Quelle question ! Bien entendu. Puis-je vous demander qui vous êtes ? Vous ne m'avez pas montré de mandat de perquisition et vous ne m'avez pas tué. Ce sont les seules références que je crédite immédiatement. »

Kabakov passa à Muzi ses papiers d'identité. L'expression du gros homme ne changea pas, mais dans sa tête, les éléments d'un plan se mirent aussitôt en place, car il comprit qu'il avait une chance de survivre. Il croisa les mains sur son tablier et attendit.

« Ils vous ont déjà payé, n'est-ce pas ? »

Muzi hésita. Le pistolet de Kabakov se cabra, le silencieux siffla, et une balle traversa le dossier de la chaise, à quelques millimètres de son cou.

« Muzi, si vous ne m'aidez pas, vous êtes un homme mort. Ils ne vous laisseront pas vivre. Si vous restez ici, vous irez en prison. Je suis votre seul espoir, et vous le savez. Je ne vous ferai cette proposition qu'une seule fois. Dites-moi tout et je vous mets dans un avion à l'aéroport Kennedy. Mes hommes et moi sommes les seuls à pouvoir vous y amener vivant.

— Je connais votre nom, commandant Kabakov. Je sais ce que vous faites et je trouve plutôt invraisemblable que vous me laissiez vivre.

— Est-ce qu'en affaires vous tenez votre parole ?

— La plupart du temps.

— Moi aussi. Vous avez déjà leur argent, ou du moins une bonne partie de la somme, je suppose. Parlez-moi et vous pourrez le dépenser.

— En Islande ?

123

— C'est votre problème.

— Bon, dit Muzi d'une voix accablée. Je vais parler. Mais je veux m'envoler ce soir.

— Si l'information le vaut, d'accord.

— Je ne sais pas où est le plastic ; c'est la vérité. On m'a contacté deux fois, une fois ici et une fois de Beyrouth. » Muzi s'essuya le visage avec son tablier, le soulagement se répandant dans son corps comme de l'eau-de-vie. « Cela vous ennuierait si je prenais un Perrier ? Cet entretien difficile me donne soif.

— Vous savez que la maison est cernée.

— Croyez-moi, commandant, je n'ai pas envie de m'enfuir. »

La cuisine n'était séparée de la salle de séjour que par un comptoir. Kabakov ne le quitterait pas des yeux. Il acquiesça d'un signe de tête.

« D'abord, il y a eu l'Américain, dit Muzi tourné vers le réfrigérateur.

— L'*Américain ?* »

Muzi ouvrit la porte et vit l'engin un instant avant que l'explosion ne l'envoie s'écraser, déchiqueté, sur le mur de la cuisine. Le plancher se souleva, Kabakov tournoya dans les airs et retomba ; le sang coulait à flots de son nez, les meubles fracassés s'entrechoquaient autour de lui. Les ténèbres. Un silence vibrant, puis le crépitement des flammes.

L'alarme se déclencha à 8 heures 05. Le planton des pompiers signala un « bâtiment en brique de quatre appartements, en flammes. Engin-pompe numéro 224, échelle numéro 118, intervention en cours. »

Les fax de la police crépitèrent dans les postes de police, imprimant ce message :

Fiche 12 heures 0820 commissariat 76 signale explosion suspecte et incendie 382 rue Saint-Vincent deux morts au Kings County Hospital opérateur 24.

ZZZZZZZZZZZZZZZZZZZZZZZZZZZZZZ

Le chargeur cliqueta deux fois, le chariot revint, puis un autre message s'imprima :

Fiche 13 heures 0820 suite fiche 12 un mort un blessé admis à l'hôpital du Long Island College opérateur 24.

zzzzzzzzzzzzzzzzzzzzzzzzzzzzzzzzzzzzzzz

Des journalistes du *Daily News*, du *New York Times* et de l'*Associated Press* attendaient dans le couloir de l'hôpital lorsque le capitaine des pompiers sortit de la chambre, le visage rouge de colère, en compagnie de Sam Corley et d'un inspecteur de police.

« Je pense que c'est une explosion de gaz dans la cuisine, dit le capitaine qui ne regardait pas les caméras en face. Nous sommes en train d'effectuer des recherches.

— Des papiers d'identité ?

— Seulement sur celui qui est mort. » Il consulta le papier qu'il tenait à la main. « Benjamin Muzi ; il était peut-être ivre. Vous aurez les détails au commissariat. »

Il frôla les journalistes en passant et sortit d'un air digne. Sa nuque était vraiment rouge.

8

LA bombe qui, jeudi matin, tua Benjamin Muzi avait été installée dans le réfrigérateur vingt-huit heures auparavant par Muhammad Fasil, et enfoncer le détonateur dans le plastic avait failli lui coûter la main. Fasil avait commis une erreur, non avec l'explosif, mais avec Lander.

Mardi, il était près de minuit lorsque Lander, Fasil et Dahlia arrimèrent le bateau, et presque deux heures du matin quand ils arrivèrent chez Lander avec le plastic.

Dahlia sentait encore le bateau tanguer sous ses pieds lorsqu'elle entra dans la maison. Elle prépara un repas chaud et rapide que Fasil, le visage gris de fatigue, dévora assis à la table de cuisine. Elle dut apporter sa part à Lander dans le garage. Il ne voulait pas abandonner le plastic. Il avait ouvert un sac et aligné six madones sur l'établi. Tel un raton laveur avec une palourde, il en tourna une dans sa main, la huma et la goûta. Ce devait être de l'hexogène fabriqué par des Russes ou des Chinois, mélangé à du TNT ou de la kamnikite et à une sorte d'agglomérant synthétique du caoutchouc, décida-t-il. La substance d'un blanc bleuâtre avait une faible odeur qui, effleurant l'arrière de ses conduits olfactifs, lui rappela celle d'un tuyau d'arrosage resté au soleil, celle d'un sac à dépouille. Lander savait qu'il n'avait que six semaines pour tout régler avant le Super Bowl. Il posa la statuette et se força à déguster sa soupe jusqu'à que ses mains cessent

126

de trembler. Il ne jeta qu'un bref coup d'œil sur Dahlia et Fasil lorsqu'ils entrèrent dans le garage ; ce dernier se fourra un cachet d'amphétamines dans la bouche. Le terroriste allait s'avancer vers l'établi et la rangée de madones, mais Dahlia le retint en lui effleurant le bras.

« Michael, s'il te plaît, j'ai besoin d'une livre de plastic, dit-elle. Pour exécuter ce dont nous avons discuté. »

Elle parlait comme une femme qui s'adresse à son amant, en laissant des choses à moitié exprimées, en présence d'un tiers.

« Pourquoi ne pas abattre Muzi d'une balle ? »

Fasil avait été soumis à de fortes tensions pendant la semaine où il avait gardé le plastic, à bord du cargo, et ses yeux injectés de sang se plissèrent au ton indifférent de Lander. « Pourquoi ne pas abattre Muzi d'une balle ? singea-t-il. Vous n'êtes pas obligés d'intervenir, contentez-vous de me fournir le plastic. » L'Arabe s'avança vers l'établi. Le bras de Lander devint flou lorsqu'il s'empara, à la vitesse de l'éclair, de la scie électrique posée sur l'étagère supérieure ; il appuya sur le bouton et approcha la lame hurlante à deux centimètres de la main tendue de Fasil.

Ce dernier resta totalement immobile. « Excusez-moi, monsieur Lander. Je n'avais pas l'intention de vous manquer de respect. » Prudence. Prudence. « Nous ne pouvons pas tirer sur lui. Je veux éviter toute complication. Rien ne doit se mettre en travers de votre projet.

— Bien », dit Lander. Il parlait si bas que Dahlia ne l'entendit pas, à cause du bruit de la scie. Il relâcha le bouton et la lame ronronna doucement en s'arrêtant, chaque dent noire devenant bien visible. Lander coupa une madone en deux avec un couteau. « Vous avez un détonateur et du fil ?

— Oui, merci.

— Avez-vous besoin d'une batterie ? J'en ai plusieurs.

— Non, merci. »

Lander retourna à son travail et ne leva pas les yeux lorsque Dahlia et Fasil démarrèrent dans sa voiture, en route vers Brooklyn pour préparer la mort de Muzi.

Radio-infos 88, de WCCBS, transmit le premier bulletin sur l'explosion qui se produisit jeudi à 8 heures 30, et confirma l'identité de Muzi à 9 heures 45. Maintenant, c'était fait. Le dernier lien entre le plastic et lui était tranché. Jeudi commençait sous d'heureux auspices. Lander entendit Dahlia pénétrer dans l'atelier. Elle lui apportait une tasse de café. « Bonnes nouvelles », dit-il.

Elle écouta soigneusement le bulletin, lorsqu'il repassa. Elle était en train de manger une pêche. « J'aurais bien voulu qu'ils identifient le blessé. Il y a de fortes chances pour que ce soit le Grec.

— Je ne me fais aucun souci au sujet du Grec. Il ne m'a vu qu'une fois et il n'a pas entendu ce que nous disions. Muzi le traitait avec désinvolture. Je doute qu'il lui ait fait confiance. »

Lander s'arrêta dans son travail pour la regarder manger sa pêche, appuyée contre le mur. Dahlia savourait le fruit. Il aimait la voir plongée dans un plaisir simple. Qu'elle montre de l'appétit. Cela lui donnait l'impression qu'elle n'était pas compliquée, pas menaçante, qu'il pouvait se déplacer autour d'elle sans qu'elle le voie. Il était l'ours bienveillant qui regarde le campeur décharger ses provisions à la lueur du feu. Au début de leurs relations, il se retournait parfois brusquement pour la regarder, s'attendant à voir dans ses yeux de la malice, de la ruse ou du dégoût. Mais elle était toujours la même — des postures insolentes, le visage chaleureux.

Dahlia était consciente de tout cela. Elle semblait le contempler avec intérêt lorsqu'il se remit à la fabrication du harnais en fils métalliques. En réalité, elle se faisait du mauvais sang.

Fasil avait dormi pendant presque toute la journée d'hier. Bientôt, il se réveillerait. Le succès de son engin le transporterait de joie et il fallait l'empêcher de montrer sa satisfaction. Dahlia regrettait que Fasil ait terminé son entraînement avant 1969, date à laquelle les instructeurs chinois débarquèrent au Liban. Ils lui auraient donné des leçons de modestie, quelque chose qu'il n'avait jamais appris au Nord-Viêt-nam et certainement pas en Alle-

128

magne de l'Est. Elle regardait les longs doigts de Lander manipuler adroitement le fer à souder. Fasil avait commis, avec Lander, une erreur qui aurait pu lui être fatale, et elle devait éviter que cela ne se reproduise. Il fallait faire comprendre à Fasil que s'il ne se montrait pas très prudent, le projet aurait une issue sanglante, ici même, dans la maison de Lander. Ils avaient besoin de l'esprit rapide, violent de Fasil ; ses muscles et sa puissance de feu seraient essentiels au dernier moment, quand ils attacheraient l'explosif au petit dirigeable. Mais il fallait le mettre au pas et qu'il y reste.

Fasil était son supérieur dans l'organisation terroriste, mais tous avaient reconnu que cette mission appartenait autant à Dahlia Iyad qu'à Hafez Najeer. En outre, elle était irremplaçable auprès de Lander, et Lander lui-même était irremplaçable. D'autre part, Hafez Najeer était mort et Fasil ne craignait plus sa colère. Son opinion sur les femmes n'était guère progressiste. Les choses auraient été beaucoup plus faciles s'ils avaient tous parlé français. Une petite différence inestimable, pensa-t-elle.

Comme beaucoup de musulmans instruits, Fasil pratiquait deux types de comportements sociaux. Dans des situations de style occidental, il parlait français et traitait les femmes en égales, avec courtoisie. Revenu parmi les siens, son chauvinisme sexuel inné reprenait le dessus. Une femme était un instrument, une servante, un animal incapable de contrôler ses désirs sexuels, une truie perpétuellement en chaleur.

Fasil pouvait être cosmopolite dans ses manières, politiquement à gauche, mais Dahlia savait que dans le flux et le reflux de ses émotions, il n'avait pas quitté l'époque de son grand-père, le temps de la circoncision féminine, de la clitoridectomie et de l'infibulation, ces rites sanglants qui assuraient que les filles n'apporteraient pas le déshonneur à leur famille. Elle détectait toujours une pointe de sarcasme dans sa voix lorsqu'il l'appelait camarade.

« Dahlia. » La voix de Lander ramena l'attention de la jeune femme sur lui. Elle n'en montra rien sur son visage. « Passe-moi les pinces à bec effilé. » Sa voix était calme,

9

KABAKOV luttait pour reprendre conscience tel un plongeur désespéré qui se débat pour remonter à la surface. Sa poitrine était en feu et il essaya de porter les mains à sa gorge brûlante, mais on tenait ses poignets d'une main de fer dans un gant de velours. Il comprit qu'il était à l'hôpital. Il sentait sous lui des draps rêches et la présence indistincte de quelqu'un, debout à côté de son lit. Il n'avait pas envie d'ouvrir ses yeux irrités. Il reprit la maîtrise de son corps. *Il devait se détendre. Il ne fallait pas se débattre et saigner.* Ce n'était pas la première fois qu'il se réveillait à l'hôpital.

Moshevsky, penché sur le lit, relâcha les poignets de Kabakov et se tourna vers l'infirmier resté à la porte de la chambre. Il gronda le plus doucement qu'il put. « Il revient à lui. Dites au médecin de venir. Allez ! »

Kabakov ouvrit et ferma une main, puis l'autre. Il remua la jambe droite, puis la gauche. Moshevsky sourit presque de soulagement. Il savait ce que Kabakov était en train de faire : l'inventaire. Lui-même s'était à plusieurs reprises adonné au même exercice.

Les minutes passèrent tandis que Kabakov dérivait entre les ténèbres et la chambre d'hôpital. Moshevsky, jurant à voix basse, s'avançait à grands pas vers la porte lorsque le médecin entra, suivi d'une infirmière. C'était un jeune homme mince avec des rouflaquettes.

Il jeta un coup d'œil sur la courbe de température et de

tension pendant que l'infirmière ouvrait la tente à oxygène et rabattait le drap suspendu à une armature métallique afin qu'il ne touche pas le patient. Le médecin braqua un mince faisceau lumineux sur les yeux de Kabakov. Ils étaient rouges et des larmes coulèrent lorsqu'il les ouvrit. L'infirmière lui mit un collyre et secoua le thermomètre pendant que le médecin écoutait sa respiration.

Sa peau frissonna sous le froid du stéthoscope; le sparadrap qui couvrait la partie gauche de sa cage thoracique gênait l'auscultation. Le service de réanimation avait bien travaillé. Le médecin regarda avec une curiosité toute professionnelle les vieilles cicatrices qui parsemaient et couturaient le corps de Kabakov. « Ça vous ennuierait de ne pas vous mettre entre la lumière et moi? » dit-il à Moshevsky.

Celui-ci se balançait d'un pied sur l'autre. Pour finir, dans une position qui ressemblait au repos d'une parade, il alla regarder par la fenêtre jusqu'à la fin de l'examen. Il suivit le médecin lorsqu'il sortit.

Sam Corley attendait dans le couloir. « Eh bien? »

Le jeune médecin leva les sourcils et prit un air ennuyé. « Ah, oui! Vous êtes du FBI. » Il dit cela comme il aurait identifié une plante. « Il est un peu commotionné. Les radios sont bonnes. Trois côtes fracturées. Des brûlures au second degré sur la cuisse gauche. L'inhalation de la fumée a provoqué une grosse irritation de la gorge et des poumons. La rupture d'un sinus nécessitera peut-être la pose d'un drain. Un ORL viendra le voir cet après-midi. Les yeux et les oreilles semblent en bon état, mais je suppose que ces dernières doivent tinter constamment. Cela n'a rien d'exceptionnel.

— L'administrateur de l'hôpital vous a dit de qualifier son état de critique?

— L'administrateur peut le cataloguer comme il veut. Je dirai, moi, que son état est assez bon, et même bon. Il a un organisme remarquablement résistant, mais il l'a beaucoup maltraité.

— Pourtant vous allez...

— Monsieur Corley, l'administrateur peut déclarer que

cet homme attend un bébé, je m'en fiche. Je ne le contredirai pas. Comment est-ce arrivé, si je peux me permettre de le demander ?

— Je crois qu'un fourneau à gaz a explosé.

— Oui, c'est sûrement ça. »

Le médecin exprima ses doutes en soufflant par le nez, puis s'éloigna dans le couloir.

« Qu'est-ce que c'est, un ORL ? demanda Moshevsky.

— Un spécialiste nez-gorge-oreilles, répondit Corley. Au fait, je croyais que vous ne parliez pas anglais.

— Bien mal, et encore. »

Moshevsky se hâta de rentrer dans la chambre tandis que Corley regardait son dos d'un œil torve.

Kabakov dormit pendant presque tout l'après-midi. Lorsque l'effet des calmants se dissipa, ses yeux commencèrent à s'agiter sous ses paupières et il rêva ; les médicaments prêtaient à ses rêves des couleurs éclatantes. Il était chez lui, à Tel-Aviv, et le téléphone rouge sonnait. Il ne pouvait pas l'atteindre. Il était couché par terre, empêtré dans une pile de vêtements qui puaient la cordite.

Les mains de Kabakov agrippèrent le drap. Moshevsky entendit l'étoffe se déchirer et il jaillit de son fauteuil avec la rapidité d'un buffle du Cap. Il desserra les poings de Kabakov et les reposa sur le lit, soulagé de voir que seul le drap était déchiré, et pas le pansement.

Lorsque Kabakov se réveilla, il essaya aussitôt de se souvenir. Ce qui s'était passé chez Muzi ne lui revenait pas dans l'ordre, et c'était exaspérant d'être obligé de réarranger les morceaux au fur et à mesure qu'il se les rappelait. A la tombée de la nuit, on avait ôté la tente à oxygène ; les tintements d'oreilles s'étaient suffisamment atténués pour qu'il puisse écouter Moshevsky le mettre au courant des suites de l'explosion : l'ambulance, les cameramen, la presse provisoirement abusée, mais pleine de soupçons.

Kabakov n'eut aucun mal à entendre Corley lorsqu'il fut admis dans la chambre. Ce dernier était pâle de colère.

« Et Muzi ? »

Kabakov n'avait pas envie de parler. Cela le faisait tousser, et la toux attisait le feu dans sa poitrine. Il fit un signe de tête à Moshevsky. « Dis-lui », dit-il d'une voix rauque.

L'accent de Moshevsky s'était nettement amélioré. « Muzi était un importateur de...

— Bon Dieu, je sais tout cela. J'ai lu l'article sur lui. Dites-moi ce que vous avez vu et entendu. »

Moshevsky glissa un coup d'œil sur Kabakov qui esquissa un léger hochement de tête. Il se mit alors à raconter l'interrogatoire de Fawzi, la découverte de la madone, et l'examen des papiers du navire. Kabakov compléta avec ce qui s'était passé chez Muzi. Quand ils eurent terminé, Corley décrocha le téléphone et lança une rapide série d'ordres — le mandat de perquisition du *Leticia,* l'arrestation de l'équipage, l'envoi d'une équipe du laboratoire à bord du navire. Kabakov l'interrompit une fois :

« Dites-leur de maltraiter Fawzi devant l'équipage.

— Quoi ? »

Corley avait mis sa main devant le micro.

« Dites qu'il est arrêté parce qu'il a refusé de coopérer avec la police. Bousculez-le un peu. Je lui dois une faveur. Il a de la famille à Beyrouth.

— Ça vous fera une belle jambe s'il porte plainte.

— Il ne le fera pas. »

Corley revint au téléphone et lança des instructions durant plusieurs minutes : « ... oui, Pearson, et traite Fawzi de...

— ... cannibale de mes couilles mangeur de cochon, l'interrompit Moshevsky.

— Oui, c'est comme ça que j'ai dit de l'appeler. Quand vous l'aviserez de ses droits, oui. Ne posez pas de questions, Pearson, contentez-vous de faire ce que je dis. »

Il raccrocha.

« D'accord, Kabakov. Deux types avec des sacs de golf qui passaient là *par hasard* vous ont sorti de cette maison, dit le rapport des pompiers. Des *joueurs de golf.* » Corley debout au milieu de la chambre, dans son costume fripé, faisait sauter ses clefs. « Ces types ont quitté les lieux dans une camionnette, comme *par hasard,* dès que l'ambulance est arrivée. Qu'est-ce que c'était que cette camionnette — celle d'un club de golf où tout le monde avait un drôle d'accent ? Je vous cite le rapport de police : " Ils avaient tous les deux un drôle d'accent. " Comme vous. Qu'est-ce que vous fabriquez, Kabakov ? Vous voulez me faire chier ou quoi ?

— Je vous aurais appelé quand j'aurais su quelque chose. »

Il n'y avait pas la moindre trace d'excuse dans le croassement de Kabakov.

« Vous m'auriez envoyé une carte postale de votre foutu Tel-Aviv : " Désolé pour le cratère et le raz de marée. " » Corley regarda par la fenêtre pendant une bonne minute. Quand il se retourna vers le lit, la colère l'avait quitté. Il avait vaincu sa rage et semblait prêt à continuer. C'était une capacité que Kabakov appréciait. « Un Américain, murmura Corley. Muzi a dit, un Américain. Au fait, nous n'avons rien trouvé contre Muzi. Son casier judiciaire ne comportait qu'une seule arrestation. Coups et blessures, conduite contraire aux bonnes mœurs, dans un restaurant français. La plainte avait été retirée.

« Nous n'avons pas sorti grand-chose de la maison. La bombe, c'était du plastic, un peu plus d'une livre. Nous pensons que l'explosif était relié à la prise de l'ampoule du réfrigérateur. Quelqu'un a débranché l'appareil, a installé le fil, a refermé la porte et l'a rebranché. C'est inhabituel.

— J'ai entendu parler de cela, un jour, dit Kabakov tranquillement, trop tranquillement.

— Je vais vous faire transporter à l'hôpital de la marine de Bethesda demain matin, de bonne heure. Là-bas, nous pourrons prendre des mesures de sécurité.

— Je ne vais pas rester...

— Oh, si ! » Corley sortit de la poche de sa veste la dernière édition du *New York Post* et la brandit. La photo de Kabakov trônait en page trois. Elle avait été prise par-dessus l'épaule d'un ambulancier pendant qu'on le transportait en salle de réanimation. Bien que noircis par la fumée, ses traits étaient bien visibles. « On dit que vous vous appelez " Kabov ", pas d'adresse, pas de profession.

Nous avons muselé les relations publiques de la police avant que votre identité ne soit tirée au clair. J'ai Washington aux fesses, moi. Le directeur pense que les Arabes vont vous reconnaître sur la photo et vous descendre.

— Splendide. On pourra en prendre un vivant et discuter avec lui.

— Oh, non ! Pas dans cet hôpital, impossible. Toute l'aile devrait être évacuée d'abord. Et puis, ils pourraient réussir. Mort, vous ne m'êtes plus d'aucune utilité. Nous n'avons pas envie que vous deveniez un second Yosef Alon. »

Alon, colonel de l'armée de l'air, attaché israélien à Washington, avait été abattu au volant de sa voiture à Chevy Chase, dans le Maryland, par des terroristes palestiniens, en 1973. Kabakov, qui avait entretenu des relations amicales avec Alon, était à côté de Moshe Dayan lorsque le cercueil, enveloppé d'un drapeau claquant au vent, était descendu de l'avion, à l'aéroport de Lod.

« Peut-être qu'ils enverront les assassins du colonel Alon », dit Moshevsky avec un sourire de crocodile.

Corley secoua la tête d'un air las.

« Ils enverront des gangsters et vous le savez. Non. Nous ne voulons pas d'une fusillade à l'hôpital. Plus tard, si vous en avez envie, vous pourrez faire un discours sur les marches de la mission des Républiques arabes unies en combinaison de saut rouge, je m'en fiche. J'ai reçu l'ordre de vous garder en vie. Le médecin dit que vous devez rester couché pendant une semaine, minimum. Demain matin, emballez votre bassin. On vous emmène à Bethesda. On dira aux médias que vous avez été transféré au service des brûlés de Brook Army, à San Antonio. »

Kabakov ferma les yeux durant plusieurs secondes. S'il allait à Bethesda, il tomberait aux mains des bureaucrates. Ils l'obligeraient à regarder des photos de marchands de pâtisseries orientales suspects pendant six mois.

Mais il n'avait pas l'intention d'aller à Bethesda. Ce qu'il lui fallait, c'était un minimum de surveillance médicale, totalement privée, et d'un endroit où se reposer un jour ou deux, sans personne pour se mêler de sa convalescence. Et il savait où se procurer cela. « Corley, je peux trouver beaucoup mieux tout seul. Vous a-t-on expressément dit Bethesda ?

— On m'a dit que c'était à moi de vous garder sain et sauf. Et vous le *serez*. »

La menace tacite était présente. Si Kabakov ne coopérait pas, le département d'État le ferait renvoyer en Israël.

« Bon. D'ici demain matin, j'aurai arrangé les choses. Vous pourrez vérifier mes dispositions jusqu'à ce que vous voyez satisfait.

— Je ne vous promets rien.

— Mais vous écouterez mes suggestions ? »

Kabakov détestait cajoler.

« On verra. En attendant, je vais poster cinq hommes à l'étage. Ça vous fait vraiment mal au ventre de perdre une manche, n'est-ce pas ? »

Kabakov le regarda fixement et, soudain, Corley se souvint d'un blaireau qu'il avait pris au piège dans le Michigan, lorsqu'il était gamin. L'animal l'avait chargé en traînant le piège derrière lui, l'extrémité de son fémur labourant la terre. Il avait le même regard.

Dès que l'agent du FBI eut quitté la pièce, Kabakov essaya de s'asseoir, puis retomba, pris de vertige.

« Moshevsky, appelez Rachel Bauman. »

Bauman, Rachel, docteur en médecine, figurait dans les pages de l'annuaire professionnel de Manhattan. Moshevsky composa le numéro avec son petit doigt, le seul qui pouvait passer dans les trous du cadran, et obtint le service des abonnés absents. Le Dr Bauman était partie pour trois jours.

Il trouva « Bauman, R. » dans l'annuaire des abonnés de Manhattan. La même employée lui répondit. Oui, dit-elle, le Dr Bauman appellerait peut-être pour savoir s'il y avait des messages, mais ce n'était pas sûr. Y avait-il un numéro où l'on pouvait joindre le Dr Bauman ? Désolée, mais elle ne pouvait pas donner cette information.

Moshevsky fit appeler les abonnés absents par l'un des

fédéraux de garde dans le couloir. La préposée vérifia son identité et rappela.

« Le Dr Bauman est à la maison forestière du mont Murray, dans les monts Pocono, dit enfin le fédéral. Elle a dit aux abonnés absents qu'elle rappellerait plus tard pour donner le numéro de sa chambre. C'était hier. Elle ne l'a pas encore fait. Si elle prévoyait de rappeler pour donner le numéro de sa chambre, c'est qu'elle savait qu'elle ne s'inscrirait pas sous son propre nom.

— Oui, oui, croassa Kabakov.

— Elle est probablement avec un type. »

L'homme ne se tairait pas.

Bon, se dit Kabakov, à quoi peut-on s'attendre quand on n'a pas appelé quelqu'un depuis sept ans ? « C'est à combien d'ici ?

— Environ trois heures de route.

— Moshevsky, allez la chercher. »

A cent dix kilomètres de l'hôpital, dans le New Jersey, Michael Lander tripotait les commandes de sa télévision. L'image était excellente — tous ses appareils fonctionnaient impeccablement — mais il n'était jamais satisfait. Dahlia et Fasil ne montraient aucun signe d'impatience. Le journal de dix-huit heures avait commencé depuis un bon moment lorsque Lander laissa enfin l'appareil tranquille.

« Une explosion à Brooklyn, tôt ce matin, a provoqué la mort d'un importateur, Benjamin Muzi. Un deuxième homme a été sérieusement brûlé. Notre correspondant Frank Frizzell était sur les lieux. »

Le présentateur regarda fixement la caméra durant quelques secondes embarrassantes, avant que le film ne se décide à passer. Frank Frizzell se tenait au centre d'un enchevêtrement de manches à incendie, devant la maison de Muzi.

« ... qui fit voler en éclats le mur de la cuisine et provoqua des dégâts mineurs à la maison voisine. Trente-cinq pompiers armés de six lances ont combattu l'incendie pendant plus d'une demi-heure avant de le maîtriser. Six

138

d'entre eux qui avaient inhalé de la fumée ont été soignés à l'hôpital ».

L'image suivante montra le côté de la maison et le trou béant dans le mur. Lander se pencha avidement vers l'écran, en essayant de mesurer la force de l'explosion. Fasil regardait, comme hypnotisé.

Les pompiers ramassaient leurs tuyaux. Il était clair que la télévision était arrivée à la fin de l'opération. Maintenant, on voyait l'entrée des urgences. Un employé intelligent de la télévision, sachant qu'on expédiait toujours les victimes des accidents de la 76ᵉ circonscription à l'hôpital du Long Island College, avait dû envoyer une équipe de prises de vues sur les lieux tout de suite après l'alerte. Elle était arrivée juste avant l'ambulance. La civière apparut, poussée par deux ambulanciers et accompagnée par un troisième qui tenait une bouteille de perfusion. L'image sauta lorsque le cameraman fut bousculé par la foule. Il trottait maintenant à côté du brancard. L'image s'arrêta lorsqu'ils atteignirent la rampe menant à la salle de réanimation. Un gros plan sur le visage noirci par la fumée. « David Kabov, sans adresse, admis à l'hôpital du Long Island College, son état est très critique.

— Kabakov ! » s'écria Fasil. Ses lèvres se retroussèrent en un rictus et il débita en arabe un chapelet de jurons orduriers. Dahlia aussi se mit à parler en arabe. Elle avait pâli, au souvenir de la chambre de Beyrouth, de la bouche noire de la mitraillette pointée vers elle, de Najeer affalé contre le mur éclaboussé de sang.

« Parlez anglais. » Lander dut répéter deux fois avant qu'ils ne l'entendent. « Qui est-ce ?

— Je n'en suis pas sûre, dit Dahlia en respirant à fond.

— Moi, si. » Fasil tenait l'arête de son nez entre le pouce et l'index. « C'est un sale chien d'Israélien qui arrive de nuit pour tuer, massacrer, assassiner, des femmes, des enfants... il s'en fout. Ce salaud de juif a descendu notre chef, et pas mal d'autres, il a failli tuer Dahlia. »

Inconsciemment, la main de Fasil se déplaça vers la marque de la balle qui lui avait balafré la joue, pendant le raid de Beyrouth.

Le mobile principal de Lander était la haine, mais elle avait son origine dans le mal qu'on lui avait fait et dans la folie. Là, c'était la haine issue d'un dressage, et même si Lander ne pouvait définir ce qui les différenciait, et n'était même pas vraiment conscient de cette différence, elle le mit mal à l'aise. « Il mourra peut-être, dit-il.

— Oh, oui ! affirma Fasil. Il mourra. »

10

KABAKOV resta éveillé pendant des heures, bien après que les bruits de l'hôpital se furent réduits au bruissement des blouses en nylon, au frottement des semelles de feutre sur les parquets cirés, et au cri sorti de la bouche édentée d'une patiente âgée qui appelait Jésus, au bout du couloir. Il prenait sur lui, comme il l'avait déjà fait, immobile dans son lit, à écouter la circulation dans un couloir d'hôpital. Les hôpitaux nous menacent tous des anciens désordres de l'enfance, les intestins incontrôlés, le besoin de pleurer.

Kabakov ne pensait pas en termes de bravoure ou de couardise. Les rares fois où il y réfléchissait, c'était en béhavioriste. Ses citations militaires lui prêtaient diverses vertus dont certaines à tort, croyait-il. Le fait que ses hommes lui portent un respect craintif et presque religieux lui était fort utile pour les commander, mais ne constituait pas pour lui une source de fierté. Beaucoup trop d'entre eux étaient morts à ses côtés.

Il avait vu le courage en action. Pour le définir, il aurait dit que c'était faire, quand même, ce qui était nécessaire. Mais le mot clé était « nécessaire ». Et pas « quand même ». Il avait rencontré deux ou trois hommes qui ne connaissaient pas la peur. Ils étaient psychotiques. La peur pouvait être contrôlée et canalisée. C'était le secret du vrai soldat.

Kabakov aurait ri de s'entendre traiter d'idéaliste, mais

il y avait en lui une dichotomie bien proche de ce qu'on appelle la judaïté. Il pouvait être totalement pragmatique dans son analyse du comportement humain, et sentir tout de même, au plus secret de son cœur, l'index chauffé à blanc de Dieu.

Kabakov n'était pas un homme religieux au sens où l'entend le monde. Il n'avait pas appris les rites du judaïsme. Mais à tout moment de sa vie, il savait qu'il était juif. Il croyait en Israël. Il faisait de son mieux et laissait le reste aux rabbins.

Cela le démangeait sous le pansement. Il découvrit qu'en se tortillant un peu dans le lit, le sparadrap tiraillait sur la peau. Ce n'était pas aussi satisfaisant que de se gratter, mais cela valait mieux que rien. Le médecin, le jeune machin-truc, s'était entêté à lui poser des questions sur ses cicatrices. Kabakov rit tout seul en se rappelant combien cette curiosité avait blessé Moshevsky. Il avait dit au médecin que Kabakov était un professionnel de la course de moto. Il ne lui avait pas parlé de la bataille dans le défilé de Mitla, en 1936, ou des bunkers syriens à Rafid, en 1967, ou de quelques autres champs de bataille, moins conventionnels, qui avaient laissé leur empreinte sur Kabakov — un toit d'hôtel à Tripoli, les docks de la Crète où les balles brisaient les planches — tous les endroits où des terroristes arabes avaient niché.

C'étaient les questions du médecin sur ses vieilles blessures qui avaient rappelé Rachel à la mémoire de Kabakov. Maintenant, étendu dans l'obscurité, il pensait à la manière dont tout avait commencé entre eux.

9 juin 1967 : Moshevsky et lui couchés sur des brancards, à la porte d'une antenne chirurgicale, en Galilée ; le sable poussé par le vent, sifflant contre les parois de toile, et le grondement du générateur étouffant les gémissements des blessés. Un médecin, dressé comme un ibis au-dessus des civières, accomplissait la terrible tâche du tri. Kabakov et Moshevsky, tous deux atteints par le feu des petites armes qui faisaient rage, dans les ténèbres, sur les sommets syriens, furent transportés à l'intérieur, à la lumière des lanternes de secours qui se balançaient au-dessus des lampes de la salle d'opération. Tandis que la torpeur coulait de l'aiguille, le médecin masqué se pencha sur lui. Kabakov, guettant tout cela comme un étranger, ne se regardant même pas lui-même, fut légèrement surpris de voir que les mains du médecin qui se tendaient pour recevoir des gants stériles neufs étaient des mains de femme. Le Dr Rachel Bauman, interne en psychiatrie à l'hôpital du Mont-Sinaï de New York, qui s'était portée volontaire comme chirurgien de campagne, extirpa la balle qui avait ébréché la clavicule de Kabakov.

Il se rétablissait à l'hôpital de Tel-Aviv lorsqu'elle entra dans la salle pour effectuer des examens post-opératoires. C'était une femme séduisante d'environ vingt-six ans, aux cheveux roux foncés rassemblés en chignon. Les yeux de Kabakov ne la quittèrent pas dès le début de sa visite en compagnie d'un médecin plus âgé, attaché à l'établissement, et d'une infirmière.

Celle-ci rabattit le drap. Le Dr Bauman n'adressa pas la parole à Kabakov. Elle était captivée par sa blessure, pressant de ses doigts la peau avoisinante. Le médecin du service l'examina à son tour.

« Un très beau travail, docteur Bauman, dit-il.

— Merci, docteur. On m'avait donné les opérations les plus faciles.

— C'est vous qui avez fait cela ? » demanda Kabakov.

Elle le regarda comme si elle venait seulement de s'apercevoir de sa présence. « Oui.

— Vous avez l'accent américain.

— Oui, je suis américaine.

— Merci d'être venue. »

Un silence, un clignement d'yeux, elle rougit. « Merci de bien vouloir respirer », dit-elle puis elle continua sa ronde. Le visage de Kabakov montra sa surprise.

« Imbécile, dit le médecin plus âgé. Ça vous plairait qu'un juif vous dise actuellement : " Merci d'agir en juif à longueur de journée " ? »

Il tapota le bras de Kabakov en le quittant.

Une semaine plus tard, alors qu'il sortait de l'hôpital en uniforme, il la croisa sur les marches du perron.

« Docteur Bauman.

— Commandant Kabakov. Je suis contente de vous voir sortir. »

Elle ne sourit pas. Le vent chassa une boucle de ses cheveux en travers de sa joue.

« Venez dîner avec moi.

— Pas le temps, merci. Il faut que j'y aille. »

Elle disparut dans l'hôpital.

Kabakov resta absent de Tel-Aviv pendant deux semaines ; il rétablissait le contact avec les agents secrets, le long du front syrien. Puis il dirigea des recherches de l'autre côté de l'ex-ligne de combat, par une nuit sans lune, jusqu'à un site syrien de lancement de fusées toujours en action, en violation de la trêve et en dépit de la surveillance des Nations-Unies. Les fusées fabriquées en Russie explosèrent toutes simultanément dans leurs silos, en creusant un cratère à flanc de coteau.

Quand ses ordres le ramenaient en ville, il recherchait certaines femmes qu'il connaissait et les trouvait aussi satisfaisantes qu'à l'ordinaire. Et il persistait à inviter Rachel Bauman. Elle était assistante en salle d'opération et soignait des blessures à la tête au moins seize heures par jour. Elle finit par accepter de rencontrer Kabakov près de l'hôpital pour des repas hâtifs ; elle avait l'air lasse et sentait le désinfectant. C'était une femme réservée et elle se protégeait ; elle protégeait la vie qu'elle avait choisie de mener. Parfois, après la dernière opération de la soirée, ils s'installaient sur un banc du parc et sirotaient un peu de cognac bu à la flasque. Elle était trop fatiguée pour bavarder, mais tirait un certain réconfort de la grande forme sombre de Kabakov assis à côté d'elle. Elle refusait d'aller chez lui.

Ce modus vivendi prit brusquement fin. Ils étaient dans le parc et elle était au bord des larmes, mais Kabakov ne s'en aperçut pas, dans les ténèbres. Une opération désespérée d'une durée de quatre heures avait échoué, un cas de blessure au cerveau. Très au courant des traumatismes crâniens, elle avait été appelée à l'aide pour le diagnostic et avait confirmé les signes d'un hématome sous-dural

144

chez un soldat arabe de dix-sept ans. La pression accrue du fluide cérébro-spinal et la présence de sang dans ce fluide ne laissaient aucun doute. Elle avait assisté le neurochirurgien. Il y avait eu une inévitable hémorragie intracérébrale et le jeune homme était mort. Elle avait vu cela arriver en regardant son visage.

Kabakov, riant et inconscient, lui racontait l'histoire d'un conducteur de tank qui avait aplati un préfabriqué parce qu'un scorpion s'était introduit dans son slip. Elle ne réagit pas.

« Pensive ? » dit-il.

Une colonne de véhicules blindés de transport de troupes passa dans la rue, derrière eux, et elle dut parler fort pour se faire entendre. « Je pense que dans un hôpital du Caire, ils sont en train de se donner autant de mal que moi pour réparer le gâchis que vous faites. Même en temps de paix, c'est votre travail, n'est-ce pas ? A vous et aux fedayin.

— Le temps de paix, ça n'existe pas.

— On bavarde à l'hôpital. Vous êtes une sorte de super-franc-tireur, n'est-ce pas ? » Elle ne pouvait plus s'arrêter, maintenant, et sa voix était stridente : « Vous voulez que je vous dise ? Je traversais le salon de l'hôtel, pour regagner ma chambre, et j'ai entendu votre nom. Un petit bonhomme gras, le second secrétaire de l'une des ambassades, buvait en compagnie d'officiers israéliens. Il a dit que si la paix survenait réellement un jour, il faudrait vous gazer comme une bête de combat. »

Rien. Kabakov, silencieux et immobile, son profil indistinct sur les arbres sombres.

La colère l'avait brusquement abandonnée, la laissant affaiblie, malade à l'idée qu'elle l'avait blessé. Elle dut faire un effort pour continuer, mais elle lui devait le reste de l'histoire. « Les officiers se sont levés. L'un d'eux a giflé l'homme gras et ils sont partis en laissant leurs verres sur la table », termina-t-elle pitoyablement.

Kabakov se leva. « Allez dormir, docteur Bauman », dit-il, et il disparut.

Le mois suivant, les obligations de Kabakov l'agacèrent

145

prodigieusement... c'était du travail de bureau. Il avait été retransféré au Mossad qui s'acharnait à déterminer les dommages réels causés aux ennemis d'Israël pendant la guerre des Six Jours, et à estimer leur potentiel de destruction en cas d'une seconde attaque. Il y eut d'épuisants comptes rendus de pilotes, de commandants d'unité et de simples soldats. Kabakov dirigea la plupart de ces séances, collationnant le matériel avec l'information fournie par ses informateurs en pays arabes, et résumant les résultats en notes laconiques soigneusement épluchées par ses chefs. C'était une besogne assommante et Rachel Bauman n'apparaissait que rarement dans ses pensées. Il ne la vit pas, il ne lui téléphona pas. Il limita ses attentions à un sergent sabra, une femme mûre douée d'une opulente poitrine qui aurait pu chevaucher un taureau sans tenir la bride. Sa sabra fut bientôt transférée et il se retrouva de nouveau seul, le resta volontairement, tout engourdi par la routine de son travail jusqu'à ce qu'une certaine soirée vienne l'en tirer.

Sa première vraie célébration de la fin de la guerre, organisée par deux douzaines d'hommes qui avaient servi dans la section de parachutistes de Kabakov, à laquelle assista un groupe amical et bruyant d'une cinquantaine d'hommes et de femmes, tous soldats. Ils avaient les yeux brillants, ils étaient bronzés et plus jeunes que lui, pour la plupart. La guerre des Six Jours avait de sa main brûlante effacé la jeunesse de leur visage mais, maintenant, aussi indomptable qu'une plante vivace, elle avait reparu. Les femmes étaient heureuse de se retrouver en jupes, en corsages aux brillantes couleurs, en sandales, et c'était bon de les voir ainsi. On parla peu de la guerre, on ne mentionna pas les hommes qu'on avait perdus. On avait dit le kaddisch et on le redirait.

La joyeuse troupe avait investi un café des faubourgs de Tel-Aviv, près de la route d'Haïfa, un bâtiment isolé blanc bleuté sous la lune. Kabakov qui arrivait en jeep entendit la fête à trois cents mètres de là. On aurait dit une émeute accompagnée de musique. Des couples dansaient à l'intérieur et sous une charmille, sur la terrasse. Toutes les têtes se tournèrent vers Kabakov lorsqu'il entra, se fraya un chemin parmi les danseurs et répondit à une douzaine de saluts hurlés par-dessus la musique fracassante. Quelques très jeunes soldats le montrèrent du doigt à leurs camarades, avec un coup d'œil et un hochement de tête. Cela lui fit plaisir, bien qu'il s'efforçât de ne pas le montrer. Il savait que c'était une erreur de le croire différent des autres. Tout homme prenait ses propres risques. Ces gens étaient justes assez jeunes pour s'adonner à ce genre de foutaises, pensa-t-il. Il aurait bien voulu que Rachel soit là, qu'elle entre avec lui, et il crut innocemment que ce désir n'avait rien à faire avec l'accueil qu'il venait de recevoir. Que Rachel aille se faire foutre !

Il gagna une longue table, au bout de la terrasse, où Moshevsky était en compagnie de quelques filles pétulantes. Le géant avait un assortiment de bouteilles devant lui et racontait un chapelet de blagues particulièrement salaces. Kabakov se sentait bien et le vin ne fit qu'améliorer les choses. Les hommes, officiers ou non, avaient des grades très différents, et personne ne trouvait étrange qu'un commandant et un sergent fassent ribote coude à coude. La discipline, née d'un respect mutuel, qui avait emporté les Israéliens de l'autre côté du Sinaï s'était nourrie de l'*esprit,* et elle ressemblait à une cotte de mailles que l'on pouvait suspendre à côté de la porte, en des occasions comme celle-ci. C'était une belle fête ; les gens se comprenaient, le vin était israélien et les danses, c'étaient celles des kibboutsim.

Juste avant minuit, dans le tourbillonnement des danseurs, Kabakov aperçut Rachel hésitant au bord du cercle de lumière. Elle se dirigea vers la charmille où les couples dansaient en tapant dans leurs mains et en chantant.

L'air était doux sur ses bras et caressait ses jambes sous la courte jupe de jean, l'air embaumait le vin, le tabac fort et les fleurs tiédies. Elle vit Kabakov se prélassant comme Néron à sa longue table. Quelqu'un lui avait mis une fleur à l'oreille et un cigare entre les dents. Une jeune fille se penchait vers lui en parlant.

Timidement, Rachel s'avança vers sa table, entre les

147

danseurs, dans les flots de musique. Un très jeune lieutenant l'arrêta et l'entraîna dans la danse et, quand la salle cessa de tournoyer, Kabakov était à côté d'elle, les yeux brillants de vin. Elle avait oublié combien il était grand et fort. « David, dit-elle en levant les yeux vers lui. Je voulais vous dire que...

— Que vous avez envie de boire quelque chose, répliqua Kabakov en lui tendant un verre.

— Je rentre chez moi demain... on m'a dit que vous étiez ici et je ne peux pas partir sans...

— Sans danser avec moi ? Bien sûr que non. »

Rachel avait dansé durant ses étés passés dans un kibboutz et les pas lui revinrent. Kabakov tournait, un verre à la main, avec une remarquable aisance, obtenant de le faire remplir sans cesser de danser, et ils y buvaient à tour de rôle. De l'autre main, il défit les épingles qui retenaient les cheveux de la jeune femme. La masse auburn tomba sur sa nuque et autour de son visage, plus de cheveux que Kabakov n'aurait pensé. Le vin réchauffa Rachel qui se retrouva en train de rire en dansant. Le reste, les douleurs et les mutilations dans lesquels elle avait mariné, semblait très lointain.

Brusquement, il fut très tard. Le bruit avait diminué et beaucoup de fêtards étaient partis sans que Kabakov ou Rachel s'en aperçoivent. Seuls quelques couples dansaient encore sous la charmille. Les musiciens s'étaient endormis, la tête sur une table, non loin du kiosque. Les danseurs, étroitement enlacés, se déplaçaient au rythme d'une chanson d'Edith Piaf diffusée par le juke-box, près du bar. La terrasse était jonchée de fleurs écrasées, de mégots de cigare, de flaques de vin. Un très jeune soldat, une bouteille à la main, son pied plâtré posé sur une chaise, chantait en même temps que le disque. Il était tard, très tard ; c'était l'heure où la lune se décolore et où les objets, se durcissant dans la pénombre, prennent le poids du jour. Kabakov et Rachel bougeaient à peine avec la musique. Ils s'arrêtèrent tout à fait, chauds de la chaleur de l'autre. Il l'embrassa dans le cou en léchant un petit filet de sueur, savoura cette goutte de mer en mouvement. L'air qu'elle avait échauffé et parfumé montait pour caresser les yeux et la gorge de Kabakov. Elle vacilla, fit un petit pas de côté afin de garder son équilibre, sa cuisse glissa sur la sienne, contre la sienne ; elle l'étreignit et se souvint absurdement de la première fois où elle avait posé sa joue sur le cou chaud et ferme d'un cheval.

Ils se séparèrent lentement en un V qui s'approfondit et laissa la lumière se glisser entre eux ; ils sortirent dans l'aube silencieuse et Kabakov rafla une bouteille de cognac sur une table, en passant. L'herbe emperlée mouilla les chevilles de Rachel tandis qu'ils gravissaient le chemin à flanc de colline ; ils voyaient tous les détails des rochers et des broussailles avec cette netteté de vision anormale qui suit une nuit blanche.

Assis le dos appuyé contre un rocher, ils regardèrent le soleil se lever. A la lumière de cette journée sans nuages, Kabakov pouvait voir les minuscules défauts de son teint, les taches de rousseur, les rides de fatigue sous les yeux, les belles pommettes. Il la désirait très fort et le temps avait fui.

Il l'embrassa pendant plusieurs minutes, sa main chaude glissée sous ses cheveux.

Un couple descendit des halliers, au-dessus d'eux, intimidé par la lumière, des feuilles tombant de leurs vêtements. Ils trébuchèrent sur les pieds de Kabakov et de Rachel, assis au bord du chemin, et passèrent sans que ceux-ci les remarquent.

« David, je suis toute remuée, dit enfin Rachel en déchiquetant un brin d'herbe. Je n'avais pas l'intention que les choses tournent comme ça, tu sais ?

— Remuée ?

— Troublée, chavirée. Fichue en l'air.

— Eh bien, je... » Kabakov essaya de trouver une phrase gentille, puis grogna contre lui-même. Il l'aimait bien. Parler, ce n'était rien. Au diable les paroles. Il parla : « Caleçons mouillés et regrets vagues sont des inepties d'adolescents. Viens avec moi à Haïfa. Je peux obtenir un congé d'une semaine. J'ai envie que tu viennes avec moi. Nous parlerons de tes obligations la semaine prochaine.

— La semaine prochaine. La semaine prochaine j'aurai

peut-être complètement perdu la tête. J'ai des engagements à remplir à New York. Qu'est-ce qui aura changé, la semaine prochaine?

— Défoncer le sommier, se coucher au soleil et se regarder l'un l'autre, cela ferait peut-être toute la différence. »

Elle se détourna rapidement.

« Il ne faut pas que tu fasses la gueule, non plus.

— Je ne fais pas la gueule, dit-elle.

— Arrête de dire ça, alors. On dirait que tu fais vraiment la gueule. »

Il souriait. Elle fit de même. Un silence embarrassé.

« Tu reviendras? demanda Kabakov.

— Pas tout de suite. J'ai mon internat à terminer. Sauf si la guerre reprenait. Mais cela ne t'a pas arrêté, pas même un peu, hein, David? Ce n'est jamais fini pour toi. »

Il ne répondit rien.

« C'est drôle, David. Les femmes sont censées avoir une petite vie active aménageable, les hommes ont leur devoir à faire. Ce que je fais est réel, valable, important. Et si je dis que c'est mon devoir parce que je veux qu'il en soit ainsi, alors il est tout aussi réel que ton uniforme. Nous n'en parlerons pas la semaine prochaine.

— Bien. Va faire ton devoir.

— Ne fais pas la gueule, toi non plus.

— Je ne fais pas la gueule.

— David. Merci de me l'avoir demandé. Si je pouvais, je te le demanderais. D'aller à Haïfa. Ou ailleurs. Et de défoncer le sommier. » Un silence, puis rapidement : « Adieu, commandant David Kabakov. Je ne vous oublierai pas. »

Et elle partit en courant, dans le sentier. Elle ne s'aperçut qu'elle pleurait que lorsque sa jeep accéléra et que le vent sécha les larmes en plaques froides sur ses joues. Les larmes que le vent avait séchées, sept ans auparavant, en Israël.

Une infirmière interrompit le cours des pensées de Kabakov en entrant dans sa chambre, et les murs de l'hôpital se refermèrent de nouveau sur lui. Elle apportait une pilule dans une coupelle en carton. « Je pars maintenant, monsieur Kabakov, dit-elle. Je vous verrai demain après-midi. » Il regarda sa montre. Moshevsky aurait déjà dû l'appeler de là-bas, il était presque minuit.

Dans une voiture garée de l'autre côté de la rue, Dahlia Iyad observait le groupe d'infirmières qui franchissaient la porte de l'hôpital. Elle nota aussi l'heure qu'il était. Puis, elle mit le moteur en marche et s'en alla.

11

Pendant que Kabakov prenait son médicament, Moshevsky franchissait la porte du Boom-Boom-Room, le night-club de la maison forestière du mont Murray. Il jeta des regards noirs sur la foule. Les trois heures de conduite dans ces monts Pocono chétifs, sous une légère chute de neige, avaient été fatigantes et il était de mauvaise humeur. Comme il s'y attendait, le nom de Rachel Bauman ne figurait pas sur le registre des arrivées. Il ne l'avait pas repérée parmi les clients en train de dîner, bien que sa surveillance ait par trois fois attiré le maître d'hôtel qui lui proposa anxieusement une table. L'orchestre du Boom-Boom-Room jouait trop fort, mais pas trop mal, et le « directeur des activités » était un simple animateur. Un projecteur se déplaçait de table en table en s'arrêtant sur chacune. Souvent, les clients saluaient quand la lumière les atteignait.

Rachel Bauman, assise avec son « fiancé » du moment et un couple qu'ils avaient rencontré à la maison forestière, ne saluait pas sous le projecteur. Elle trouvait cet endroit fort laid. Elle pensait que les Pocono étaient de stupides petites montagnes. Elle pensait que le public était affreusement mal fagoté. Les nombreuses bagues de fiançailles et les alliances taillées à la dernière mode faisaient scintiller la salle comme une constellation fangeuse. Cela la déprima parce qu'elle se souvint qu'elle avait, pour ainsi dire, accepté d'épouser le jeune juriste, beau garçon et assommant, assis à côté d'elle. Il n'était pas du genre à empiéter sur sa vie.

En outre, leur chambre, tout à fait quelconque, coûtait soixante dollars par jour, et il y avait des poils dans la baignoire. Le mobilier oriental venait de Brooklyn et les poils provenaient indubitablement d'un pubis. Son fiancé, ou presque, arborait un foulard de soie avec sa robe de chambre et portait sa montre au lit. Dieu saint, regarde-moi, pensait Rachel. J'ai des petites bagues émaillées aux doigts.

Moshevsky surgit à leur table comme une baleine qui plonge ses regards dans un canot. Il avait répété ce qu'il dirait. Il commencerait par une note d'humour.

« Docteur Bauman, je vous ai toujours vue en train de faire la fête. Vous vous souvenez de moi, Moshevsky, Israël, 1967 ? Pourrions-nous échanger quelques mots ?

— Je vous demande pardon ? »

C'était tout ce que Moshevsky avait préparé pour commencer. Il hésita, puis se reprit et se pencha comme pour montrer son visage à un dermatologue myope. « Robert Moshevsky, Israël, 1967. Avec le commandant Kabakov ? A l'hôpital et à la fête ?

— Bien sûr ! Le sergent Moshevsky. Je ne vous reconnaissais pas en pékin. »

Moshevsky était déconcerté. Il ne comprenait pas ce que venait faire là cette ville chinoise. Il resta sans voix. Le compagnon de Rachel et le couple le regardaient fixement.

« Marc Taubman, je te présente Robert Moshevsky, un bon ami à moi, dit Rachel à son cavalier. Je vous en prie, asseyez-vous, sergent.

— Oui, asseyez-vous, répéta Taubman d'un air incertain.

— Pourquoi diable... » L'expression de Rachel changea brusquement. « David va bien ?

— Mieux. » Assez de singeries sociales. S'installer là et bavarder, ce n'était pas dans ses instructions. Qu'est-ce que Kabakov avait dit ? Il se pencha vers l'oreille de Rachel. « Il faut que je vous parle en particulier, je vous en prie. C'est très urgent, grommela-t-il.

153

— Vous voulez bien nous excuser ? » Elle posa la main sur l'épaule de Taubman qui faisait mine de se lever. « Je ne serai pas longue, Marc. Tout va bien. »

Cinq minutes après, Rachel revint à la table pour sommer Marc Taubman de l'accompagner à leur chambre. Dix minutes plus tard, il était seul au bar, le menton dans sa main. Rachel et Moshevsky fonçaient vers New York : maintenant, la neige frappait horizontalement le pare-brise comme des balles traçantes.

Plus tard, la neige fondue crépitait sur le toit et le pare-brise du break de Lander tandis que Dahlia parcourait la Garden State Parkway. La route aménagée avait été sablée, mais lorsqu'elle tourna à l'ouest, en direction de Lakehurst, la 70 s'avéra glissante. A 3 heures du matin elle atteignit la maison de Lander et pénétra en courant à l'intérieur. Il était en train de se servir une tasse de café. Elle posa l'édition ordinaire du *Daily News* sur la table de la cuisine et l'ouvrit à la photo du milieu. Le visage de l'homme sur la civière était reconnaissable. C'était bien Kabakov. Des gouttes d'eau froide coulèrent sur son cuir chevelu lorsque la neige déposée sur ses cheveux fondit.

« Bon, c'est Kabakov, et après ? demanda Lander.

— Et après, effectivement, dit Fasil en sortant de sa chambre. Il a pu parler à Muzi, il a peut-être votre signalement. Il a dû trouver Muzi par les gens du cargo, il a obtenu de lui mon signalement. Il n'a peut-être pas encore découvert mon identité, mais il me connaît. Ça va lui revenir. Il a vu Dahlia. Il peut foncer. »

Lander posa bruyamment sa tasse. « Me faites pas chier, Fasil. Si le FBI savait quelque chose, ils se seraient déjà pointés ici. Vous voulez juste le tuer pour vous venger. Il a descendu votre chef, c'est ça ? Il est arrivé sans se presser et il l'a flingué.

— Pendant son sommeil, il s'est glissé...

— Vous, les Arabes, vous m'énervez. C'est pour ça que les Israéliens vous battent à chaque fois, vous ne pensez qu'à vous venger, vous essayez de leur faire payer ce qu'ils ont fait la semaine d'avant. Et vous êtes prêt à gâcher notre projet, juste pour vous venger.

— Kabakov doit mourir, dit Fasil dont le ton montait.

— Et ce n'est pas seulement une histoire de vengeance. Si vous ne lui faites pas la peau pendant qu'il est blessé, vous avez peur que, tôt ou tard, il ne vienne vous surprendre au milieu de la nuit. »

Le mot « peur » resta suspendu en l'air, entre eux. Fasil faisait d'énormes efforts pour maîtriser sa colère. Un Arabe peut plus facilement avaler un crapaud qu'une insulte. Dahlia s'approcha calmement de la cafetière pour briser le regard qu'ils échangeaient. Elle se versa une tasse de café et resta debout contre la table, ses fesses fermement appuyées contre le tiroir contenant les couteaux de boucher.

Quand Fasil reprit la parole, sa gorge semblait très sèche : « Kabakov est le meilleur d'entre eux. S'il meurt, il sera remplacé, c'est vrai, mais ce ne sera pas pareil. Permettez-moi de vous faire remarquer, monsieur Lander, que Muzi a été tué parce qu'il vous avait vu. Il avait vu votre visage et votre... » Fasil pouvait être astucieux, quand il le souhaitait. Il hésita juste assez longtemps pour que Lander s'attende au mot « main », puis il modifia sa phrase, avec ce qui aurait pu passer pour du tact : « ... accent, il le connaissait. En outre, ne sommes-nous pas tous marqués par nos blessures ? » Il tapota la cicatrice sur sa joue. Lander ne dit rien, aussi Fasil poursuivit-il : « Maintenant, nous avons un homme qui connaît Dahlia parce qu'il l'a vue. Il y a des endroits où il peut trouver sa photo.

— Où ?

— Ma photo est au bureau de l'enregistrement des étrangers. J'étais bien déguisée sur celle-là, dit-elle, mais dans les annuaires de l'université américaine de Beyrouth...

— Des annuaires scolaires ? Allons, il n'irait pas...

— Ils l'ont déjà fait avant, Michael. Ils savent que nous sommes souvent recrutés là, et à l'université du Caire. Les photos sont souvent prises et les annuaires publiés avant

155

qu'une personne entre dans le mouvement. Il ira les regarder.

— Si Dahlia est identifiée, sa photo circulera, ajouta Fasil. Quand le temps viendra pour vous de frapper, le Secret Service sera dans les parages... si le Président y assiste.

— Il sera là. Il a dit qu'il y assisterait.

— Alors les agents du Secret Service seront sur le champ d'aviation. Ils auront peut-être la photo de Dahlia, peut-être une de moi, probablement votre signalement. Tout cela à cause de Kabakov... si on le laisse vivre.

— Je ne vais pas prendre le risque que Dahlia ou vous soyez pris, le rembarra Lander. Ce serait stupide que j'y aille.

— Ce n'est pas nécessaire, dit Dahlia. Nous pouvons le faire par commande, à distance. »

Elle mentait.

A l'hôpital du Long Island College, Rachel dut montrer ses papiers d'identité à deux contrôles fédéraux avant de pouvoir accompagner Moshevsky à l'étage où se trouvait Kabakov.

Le bruit léger de la porte en train de s'ouvrir le réveilla. Elle traversa la pièce obscure et posa la main sur sa joue, sentit ses cils frôler ses doigts, comprit qu'il était réveillé.

« David, je suis là. »

Six heures plus tard, Corley revint à l'hôpital. Les heures de visite avaient commencé et les parents des malades apportaient leurs viatiques et conféraient en groupes inquiets devant des portes où une pancarte disait : « Pas de visiteurs. Pas de cigarettes, attention appareils à oxygène. »

Corley trouva Moshevsky assis sur un banc devant la porte de la chambre de Kabakov, en train de manger un hamburger. A côté de lui, une petite fille d'environ huit ans, dans un fauteuil roulant, mangeait aussi un Big Mac.

« Kabakov dort ?

— Il fait sa toilette, répondit Moshevsky, la bouche pleine.

— Bonjour, dit la petite fille.

— Bonjour. Quand aura-t-il terminé ?

— Quand l'infirmière aura fini de le frotter, dit l'enfant. Ça picote. Est-ce qu'une infirmière a déjà fait votre toilette ?

— Non. Moshevsky, dites-lui de se dépêcher. Il faut que je...

— Vous voulez un morceau de mon hamburger ? demanda l'enfant. M. Moshevsky et moi, on en fera venir d'autres. La nourriture est horrible ici. M. Moshevsky n'a pas voulu que M. Kabakov mange un hamburger. M. Kabakov a dit de très vilains mots.

— Je vois, dit Corley en se rongeant un ongle.

— J'ai été brûlée, juste comme M. Kabakov.

— Je suis désolé de l'apprendre. »

Elle se pencha avec précaution pour prendre quelques frites dans le sac posé sur les genoux de Moshevsky. Corley ouvrit la porte, passa la tête, parla brièvement à l'infirmière et la retira. « Encore une jambe à laver, murmura-t-il. Rien qu'une jambe.

— Je faisais la cuisine et j'ai renversé une casserole d'eau bouillante sur moi, dit l'enfant.

— Je vous demande pardon ?

— Je dis que je faisais la cuisine et que je me suis brûlée avec de l'eau bouillante.

— Oh, je suis désolé.

— J'ai dit à M. Kabakov, la même chose lui est arrivé vous savez, je lui ai dit que la plupart des accidents survenus à la maison ont lieu à la cuisine.

— Vous avez parlé à M. Kabakov ?

— Bien sûr. On a regardé de sa fenêtre les enfants jouer à la balle sur le terrain de jeux, de l'autre côté de la rue. Ils y jouent tous les matins avant d'aller à l'école. De la fenêtre de ma chambre, je ne vois qu'un mur de brique. Il connaît quelques bonnes histoires drôles. Vous voulez que je vous en raconte une ?

— Non, merci. Il m'en a déjà raconté.

— J'ai eu aussi un lit avec une tente et... »

L'infirmière sortit dans le couloir avec une cuvette pleine d'eau. « Vous pouvez entrer maintenant.

— Bon, dit la petite fille.

— Attends, Dotty, gronda Moshevsky. Reste avec moi. Nous n'avons pas fini les chips.

— Les frites », corrigea-t-elle.

Corley trouva Kabakov assis dans son lit. « Maintenant que vous êtes propre, voilà où nous en sommes. Nous avons obtenu le mandat de perquisition pour le *Leticia*. Trois membres d'équipage ont vu le bateau. Personne ne se souvient du numéro minéralogique, mais il devait être faux. Nous avons recueilli un peu de peinture à l'endroit où sa coque a frotté le cargo. On est en train de l'analyser. »

Kabakov eut un petit geste d'impatience. Corley fit comme s'il ne l'avait pas vu et poursuivit : « Les types de l'électronique ont parlé au radariste du cotre des gardes-côtes. Ils pensent que le bateau était en bois. On sait qu'il est rapide. D'après ce qu'on nous a dit du bruit, on suppose qu'il avait des diesels-turbo. Tout cela concorde : c'est un navire de contrebande. Tôt ou tard, on le trouvera. Il a dû être construit quelque part, sur un très bon chantier.

— Et l'Américain ?

— Rien. Ce pays en est bourré. Nous avons obligé les marins du *Leticia* à travailler sur des transparents pour essayer d'obtenir un portrait-robot de l'homme qui est monté à bord. Il a fallu communiquer par l'intermédiaire d'un interprète. C'est plus long. « Des yeux comme un cul de cochon », ont-ils dit. Des remarques de ce type. Je vous apporterai des transparents et vous pourrez faire un portrait de la femme. Le laboratoire travaille sur la madone. »

Kabakov hocha la tête.

« On me fournit un hélicoptère des urgences à 11 heures 30. Nous partirons d'ici à 11 heures, en ambulance, pour l'aérogare de la marine, à La Guardia...

— Puis-je vous parler, monsieur Corley ? » Rachel se tenait sur le seuil de la porte. Elle avait les radios et les feuilles de température de Kabakov et portait une blouse blanche amidonnée.

« J'aurais pu me réfugier à l'ambassade d'Israël, dit Kabakov. Vous n'auriez pas pu me joindre, là-bas. Dites oui, Corley. »

Une demi-heure plus tard, Corley s'entretenait avec le directeur de l'hôpital, qui parla ensuite à l'employée chargée des relations publiques qui essayait de partir tôt en ce vendredi. Elle fourra une note pour la presse sous le téléphone et ne se donna pas la peine de poster le dossier médical du patient.

Les stations de télévision, en préparant leur journal de 18 heures, appelèrent en milieu d'après-midi pour vérifier comment allaient les victimes des différents accidents. En se référant à la note, une employée leur dit que « M. Kabov » avait été transféré en hélicoptère à l'hôpital militaire de Brooke. Il y avait beaucoup de nouvelles ce soir-là. Aucune station n'utilisa cette information.

Le *New York Times*, toujours aussi consciencieux, prépara un bref article sur M. Kabov. Son appel fut le dernier et l'on avait déjà jeté la note. La première édition du *Times* ne fut pas distribuée avant 10 heures 30. Il était déjà trop tard. Dahlia était en route.

12

L'EXPRESS rugit en passant sous l'East River et s'arrêta dans la gare de Boro Hall, près de l'hôpital du Long Island College. Onze infirmières de l'équipe de nuit, attendues à 23 heures 30, descendirent du train. Le temps qu'elles gravissent l'escalier et se retrouvent dans la rue, elles étaient devenues douze. Elles marchaient en formation serrée sur le trottoir de Brooklyn, tournant un peu la tête pour fouiller du regard les zones d'ombres avec l'instinct de survie aiguisé des citadines. La seule personne visible était un poivrot. Il s'avançait vers elles en tanguant. Les infirmières l'avaient jaugé vingt-cinq mètres avant et, les sacs à main fourrés sous le bras, elles le contournèrent, laissant dans l'air une agréable odeur de dentifrice et de laque qu'il ne put apprécier parce que son nez était bouché. La plupart des fenêtres de l'hôpital n'étaient plus éclairées. La sirène d'une ambulance hurla à deux reprises, la seconde fois plus fort que la première.

« C'est notre chanson qu'ils jouent », fit remarquer une voix résignée.

Un vigile ouvrit en bâillant les portes vitrées. « Mesdames, vos papiers, s'il vous plaît. »

Les femmes fouillèrent leurs sacs en grognant et tendirent leurs papiers — des laissez-passer internes pour les infirmières de l'hôpital, des cartes d'identité vert-jaune de l'université d'Etat de New York pour les stagiaires. C'était la seule mesure de sécurité particulière qu'elles avaient à supporter.

Le vigile balaya du regard les cartes tendues avec l'expression de quelqu'un qui inspecte une classe. Il salua les infirmières de la main et elles s'éparpillèrent vers leurs différents postes de travail. L'une d'elles entra dans les toilettes des femmes, en face de la batterie d'ascenseurs du rez-de-chaussée. Il y faisait noir, comme elle s'y attendait.

Elle alluma la lumière et se regarda dans la glace. La perruque blonde lui allait parfaitement et l'effet que rendait la décoloration de ses sourcils valait bien la peine que cela lui avait coûté. Avec les tampons en coton qui lui gonflaient les joues et la monture fantaisie de ses lunettes qui modifiait les proportions de son visage, il était difficile de reconnaître Dahlia Iyad.

Elle suspendit son manteau dans la cabine des toilettes et sortit de sa poche intérieure un petit plateau. Elle plaça dessus deux flacons, un thermomètre, une spatule en plastique et une coupelle à pilules, et recouvrit le tout d'un linge. Le plateau était un soutien moral. L'équipement essentiel était dans la poche de sa blouse. C'était une seringue hypodermique remplie de chlorure de potassium, en quantité suffisante pour provoquer un arrêt cardiaque chez un taureau en pleine forme.

Elle se coiffa du bonnet amidonné et l'attacha soigneusement avec des épingles à cheveux. Elle jeta un dernier coup d'œil à son image, dans le miroir. L'ample blouse d'infirmière ne rendait pas justice à sa silhouette, mais elle dissimulait le Beretta automatique glissé dans la ceinture élastique de son slip. Tout était parfait.

Le couloir où donnaient les bureaux de l'administration était désert et mal éclairé, les lumières réduites au minimum à cause des économies d'énergie. Elle énuméra les pancartes au passage. Comptabilité, archives, nous y voilà... Renseignements. Le guichet vitré, pourvu d'un Hygiaphone, était éteint.

Une simple serrure à ressort fermait la porte. Trente secondes de manipulation avec la spatule refoulèrent le verrou et elle s'ouvrit toute grande. Dahlia avait suffisamment réfléchi à ce qu'elle ferait ensuite et, bien que cela aille contre son désir instinctif de se cacher, elle alluma la lumière du bureau au lieu de se servir de sa lampe de poche. Un par un, les tubes fluorescents bourdonnèrent et s'éclairèrent.

Elle alla tout droit au grand registre posé sur le comptoir et l'ouvrit d'une chiquenaude. K. Pas de Kabakov. Il faudra examiner tous les bureaux des infirmières, en prenant garde aux vigiles, courir le risque d'être découverte... Minute. Aux informations télévisées, on avait dit Kabov. Les journaux avaient écrit Kabov. Il était là, en bas de page. « Kabov, D. Pas d'adresse. Toute demande de renseignements doit être signalée à l'administrateur, au service de sécurité de l'hôpital et au Federal Bureau of Investigation, LE 5-7700. » Il était dans la chambre 327.

Dahlia respira à fond et ferma le livre.

« Comment êtes-vous entrée ici ? »

Dahlia faillit sursauter, ne sursauta pas et leva calmement les yeux vers le garde chargé de la sécurité qui la regardait au travers du guichet vitré. « Si vous voulez vous rendre utile, dit-elle, vous pourriez porter ce registre à l'administration. Cela m'éviterait de remonter les escaliers. Il pèse au moins cinq kilos.

— Comment êtes-vous entrée ici ?

— Avec la clef de l'administration. »

S'il demandait à voir la clef, elle serait obligée de le tuer.

« Personne n'est censé se trouver là de nuit.

— Ecoutez, vous n'avez qu'à les appeler et leur dire qu'il faut qu'ils vous demandent la permission, moi je m'en fiche. On m'a seulement dit de venir chercher ça, c'est tout. » S'il essayait d'appeler, elle serait obligée de le tuer. « Alors, je dois d'abord me présenter à vous si on m'envoie ici ? Je l'aurais fait, mais je ne savais pas.

— Je suis responsable de la sécurité, vous comprenez. Je dois savoir qui est là. Je vois de la lumière, je ne sais pas qui est là. Me voilà obligé de quitter mon poste, à la porte, pour me renseigner. Et si quelqu'un, pendant ce temps-là, attend pour rentrer ? Alors, on est furieux contre moi, parce que je ne suis pas à la porte. Vous vous présentez à moi si vous descendez ici, compris ?

— Compris, bien sûr. Excusez-moi.

— Faites attention de bien fermer la porte et d'éteindre la lumière, vu ?

— Vu. »

Il hocha la tête et s'éloigna lentement dans le couloir.

Il faisait noir dans la chambre 327. Pas un bruit. Seuls les réverbères brillaient au travers des stores vénitiens, jetant de faibles rais de lumière au plafond. Des yeux habitués à l'obscurité pouvaient distinguer le lit, équipé de l'armature qui empêchait la literie de toucher le corps du patient. Dotty Hirschburg y dormait du profond sommeil de l'enfance, l'extrémité de son pouce effleurant son palais, les doigts écartés sur l'oreiller. Elle avait regardé le terrain de jeux de la fenêtre de sa nouvelle chambre pendant tout l'après-midi, jusqu'à épuisement. Elle s'était habituée aux allées et venues des infirmières de nuit et ne bougea pas lorsque la porte s'ouvrit lentement. Une colonne de lumière s'élargit sur le mur opposé, fut occultée par une ombre, puis se réduisit lorsque la porte se referma en silence.

Dahlia resta le dos contre la porte, attendant que ses pupilles se dilatent. La lumière du couloir lui avait montré que, sauf le malade, la chambre était vide ; les coussins du fauteuil portaient encore l'empreinte de la longue veille de Moshevsky. Dahlia ouvrit la bouche pour rendre son souffle silencieux. Elle entendait quelqu'un d'autre respirer dans l'obscurité. Des pas dans le couloir, derrière elle, s'arrêtèrent, puis pénétrèrent dans la chambre d'en face.

Dahlia s'approcha à pas feutrés du lit en forme de tente. Elle posa son plateau sur la table roulante qui se trouvait au pied et sortit la seringue de sa poche. Elle ôta le bouchon de l'aiguille et appuya sur le piston jusqu'à ce qu'elle sente une minuscule perle de liquide, à l'extrémité de l'aiguille.

N'importe où, cela ferait l'affaire. La carotide alors. Très vite. Elle remonta le lit, dans le noir et tendit la main vers l'endroit où devait être le cou, elle toucha des cheveux, puis de la chair. Douce. Où était le pouls? Là. Trop doux. Du pouce et de l'index, elle mesura le cou. Trop petit. Les cheveux, trop doux, la peau, trop douce, le cou trop petit. Elle remit la seringue dans sa poche et alluma sa minuscule lampe de poche.

« Salut », dit Dotty Hirschburg en clignant des yeux.

Les doigts de Dahlia reposaient, froids, sur sa gorge.

« Salut, répondit Dahlia.

— La lumière me fait mal aux yeux. Vous allez me faire une piqûre? »

Elle levait des yeux inquiets vers le visage de Dahlia, éclairé par en dessous. La main monta vers sa joue.

« Non. Non, je ne te ferai pas de piqûre. Tout va bien? Tu as besoin de quelque chose?

— Vous faites un tour pour voir si tout le monde dort?

— Oui.

— Alors, pourquoi vous les réveillez?

— Pour m'assurer qu'ils vont bien. Tu peux te rendormir, maintenant.

— Je trouve ça un peu idiot. De réveiller les gens pour voir s'ils dorment.

— Quand est-ce que tu t'es installée dans cette chambre?

— Aujourd'hui. C'était la chambre de M. Kabakov. Ma maman l'a demandée pour que je puisse voir le terrain de jeux.

— Où est M. Kabakov?

— Il est parti.

— Etait-il si malade qu'on a été obligé de l'emmener, pour qu'on ne le voie plus?

— Vous voulez dire, mort? Mon Dieu, non, mais on l'a rasé, là, sur le crâne. On a regardé une partie de ballon ensemble, hier. »

Dahlia hésita dans le couloir. Elle savait qu'il valait mieux ne pas continuer. Quitter l'hôpital. Elle allait se planter. Elle décida de poursuivre. A la glacière, derrière le bureau des infirmières, elle passa plusieurs minutes à préparer une cruche avec des glaçons. L'infirmière-chef, blouse amidonnée, lunettes et cheveux gris fer, parlait avec une aide-soignante ; c'était une de ces conversations sans intérêt qui coulent pendant la nuit, sans commencement ni fin. Enfin, l'infirmière-chef se leva et parcourut le couloir pour répondre à l'appel d'une infirmière de l'étage.

Dahlia se retrouva aussitôt devant le bureau, en train de feuilleter l'index alphabétique. Pas de Kabakov. Pas de Kabov. L'aide-soignante la regardait. Dahlia se tourna vers elle.

« Qu'est-il arrivé au patient du 327 ?

— Qui ?

— Le patient du 327.

— Je ne peux pas être au courant de tout. Je ne vous ai jamais vue, non ?

— Non. Je viens de Saint-Vincent. » C'était vrai — elle avait volé ses papiers d'identité à l'hôpital Saint-Vincent de Manhattan, pendant le changement d'équipe de l'après-midi. Dahlia devait accélérer les choses, même si cela éveillait les soupçons de cette femme. « S'il a été déplacé, c'est noté quelque part, non ?

— Ce doit être en bas, mais c'est fermé. S'il n'est pas dans le fichier, il n'est pas à cet étage, et s'il n'est pas à cet étage, il est probable qu'il n'est pas dans cet hôpital.

— Les filles disaient que c'était la panique quand il est entré.

— C'est la panique tout le temps, ma chère. Une doctoresse est arrivée la nuit dernière, à trois heures du matin, elle voulait voir ses radios. J'ai dû monter lui ouvrir le service de radiologie. Ils ont dû le transférer dans la journée, après mon départ.

— Qui était ce médecin ?

— Je n'en sais rien. Tout ce qu'elle voulait, c'était avoir ces radios.

— A-t-elle signé pour pouvoir les sortir ?

— Là-haut, en radiologie, oui, elle a dû signer pour les sortir, comme n'importe qui doit le faire. »

L'infirmière-chef arrivait. Vite maintenant. « La radio, c'est au quatrième ?

— Cinquième. »

L'infirmière-chef et l'aide-soignante parlaient ensemble

lorsque Dahlia entra dans l'ascenseur. Les portes se fermèrent. Elle ne vit pas l'aide montrer l'ascenseur d'un signe de tête, elle ne vit pas l'expression de l'infirmière-chef changer tandis qu'elle se remémorait les instructions reçues la veille au soir, elle ne la vit pas décrocher rapidement le téléphone.

Dans la salle des urgences, la ceinture de John Sullivan, le policier, se mit à faire bip-bip. « Maintenant, ferme-la ! » dit-il à l'ivrogne qui déversait un flot d'injures contre son coéquipier. Sullivan détacha son talkie-walkie et répondit à l'appel.

« Une plainte au troisième étage, l'infirmière-chef Emma Ryan signale une suspecte, une blonde d'environ un mètre soixante-dix, dans les vingt-huit ans, en blouse d'infirmière, peut-être en radiologie au cinquième étage, signala le dispatching du commissariat. Un vigile vous attend aux ascenseurs. L'unité sept-un est en route.

— Dix-quatre, répondit Sullivan en éteignant son appareil. Jack, attache les menottes de ce saligaud au banc et couvre l'escalier jusqu'à ce que sept-un arrive. Je monte. »

Le vigile attendait avec un trousseau de clefs.

« Bloquez tous les ascenseurs sauf le premier, dit Sullivan. Allons-y. »

La serrure du service de radiologie céda facilement. Dahlia referma la porte derrière elle. Elle repéra aussitôt la masse sombre de la table d'examen, le bloc vertical de l'appareil à rayons X. Elle fit rouler l'un des épais écrans de plomb devant la porte en verre cathédrale et alluma sa lampe de poche. Le mince faisceau se promena sur le tuyau de baryum enroulé, les lunettes protectrices et les gants suspendus à côté du fluoroscope. Au loin, une sirène. Une ambulance ? La police ? Un rapide coup d'œil circulaire. Cette porte — une chambre noire. Une alcôve avec de grands classeurs. Ouvrir un tiroir qui roule bruyamment — des radios dans des enveloppes. Là un petit bureau, avec une table et un registre. Des pas dans le couloir. Un cercle de lumière sur les pages. La date d'hier. Une page portant des signatures et des numéros de dossier. Ce doit être un nom de femme. Dans la colonne de gauche — 4 heures du matin, un numéro de dossier, pas de nom de malade, sortie de radios signée Dr Rachel Bauman. Pas de retour signé.

Les pas se sont arrêtés à la porte. Un tintement de clefs. La première n'était pas la bonne. Jeter la perruque derrière le classeur, les lunettes aussi. La porte vint heurter l'écran de plomb. Un policier corpulent et un vigile entrèrent.

Dahlia Iyad se tenait devant une plaque éclairée. Une radio des poumons y était fixée, les côtes projetant des raies de lumière et de noir sur sa blouse. Les ombres des os se déplacèrent sur son visage lorsqu'elle tourna la tête vers eux. Le policier tenait une arme à la main.

« Oui ? » Elle fit semblant de ne voir le revolver qu'à ce moment-là. « Mon Dieu, qu'est-ce qui se passe ?

— Restez où vous êtes, madame. »

De sa main libre, Sullivan tâtonna le mur à la recherche de l'interrupteur et le trouva. La pièce s'illumina. Dahlia vit des détails qu'elle n'avait pas remarqués dans l'obscurité. Le policier parcourut la pièce des yeux en tournant rapidement la tête.

« Qu'est-ce que vous faites là ?

— J'examine une radio, vous le voyez bien.

— Y a-t-il quelqu'un d'autre ici ?

— Il y avait une infirmière, mais elle est partie.

— Blonde, à peu près grande comme vous ?

— Oui, je pense.

— Où est-elle allée ?

— Je n'en sais rien. Que se passe-t-il ?

— Nous allons le découvrir. »

Le vigile inspecta les pièces avoisinantes et revint en secouant la tête. Le policier regardait Dahlia fixement. Quelque chose en elle lui déplaisait, mais il ne pouvait pas mettre le doigt dessus. Il devait la fouiller et la ramener à la plaignante. Il devait surveiller l'étage. Il fallait qu'il passe un message radio à son coéquipier. Les infirmières purifiaient tout autour d'elles. Il n'avait pas envie de poser les mains sur sa blouse blanche. Il n'avait pas envie de choquer une infirmière. Il n'avait pas envie d'avoir l'air d'un imbécile en mettant les menottes à une infirmière.

« Vous allez venir avec moi, madame. Nous avons des questions à vous poser. »

Elle hocha la tête. Sullivan rengaina son arme, mais n'attacha pas la courroie de fixation. Il dit au vigile de vérifier les autres portes du couloir et il détacha la radio de sa ceinture.

« Six-cinq, six-cinq.

— Oui, John.

— Une femme au service radio. Elle dit que la suspecte était là, mais qu'elle est partie.

— Les portes de devant et de derrière sont sous surveillance. Vous voulez que je monte ? Je suis sur le palier du troisième.

— Je descends vous rejoindre avec elle. Demandez à la plaignante de ne pas bouger.

— John, la plaignante vous informe que personne ne devrait être à la radio à cette heure.

— Je l'amène. Restez là.

— Qui dit cela ? demanda Dahlia avec feu. Elle... franchement...

— Allons-y. »

Il marcha derrière elle vers l'ascenseur, sans la quitter des yeux, le pouce passé dans l'étui de son revolver. Dans l'ascenseur, elle alla se mettre près du panneau de commandes. Les portes se refermèrent.

« Troisième ? demanda-t-elle.

— Je m'en occupe. »

Il tendit la main vers le bouton, la droite.

Celle de Dahlia jaillit à la vitesse de l'éclair. Le noir dans la cabine. Des bruits de pieds, le crissement du cuir de l'étui, un grognement de douleur, un juron, une lutte, une respiration sifflante, les lumières clignotant l'une après l'autre dans l'obscurité.

Au troisième étage, le coéquipier de Sullivan regardait les lumières défiler au-dessus de la porte de l'ascenseur. Trois. Il attendit. La cabine ne s'arrêta pas. Deux. Elle s'arrêta.

168

Etonné, il appuya sur le bouton et attendit pendant que l'ascenseur remontait. Il se posta devant la porte. Qui s'ouvrit.

« John ? Mon Dieu, John ! »

Le policier était assis contre la paroi du fond, la bouche ouverte, les yeux vides, une seringue plantée dans le cou comme une banderille.

Dahlia courait maintenant, le couloir du second avait l'air de se balancer, les lumières défilaient au plafond, elle passa devant un garçon de salle surpris, et s'engouffra dans la lingerie. Elle enfila une blouse chirurgicale vert clair. Fourra ses cheveux sous une calotte. Suspendit le masque autour de son cou. Descendit les escaliers menant à la salle des urgences, au rez-de-chaussée. Marcher lentement maintenant, passer devant les policiers, trois policiers qui regardaient autour d'eux comme des chiens d'arrêt. Des parents inquiets assis sur des chaises. Les hurlements d'un ivrogne qui a reçu un coup de couteau. Des victimes de bagarres sans grande gravité attendant qu'on les soigne.

Une Portoricaine de petite taille sanglotait sur un banc, le visage dans ses mains. Dahlia alla s'asseoir à côté d'elle et mit le bras autour de sa taille grassouillette. « *No tenga miedo* », dit Dahlia.

La femme la regarda, une dent en or brilla dans son visage brun comme une noix. « Julio ?

— Ce n'est pas grave. Venez, venez avec moi. Nous allons marcher un peu, prendre l'air, vous vous sentirez mieux.

— Mais...

— Taisez-vous, et faites ce que je dis. »

La femme était sur ses pieds maintenant, comme une enfant soutenue par ce bras réconfortant, avec son ventre gonflé et abîmé, et ses souliers percés.

« J'y disais. Dix fois, j'y ai dit...

— Ne vous inquiétez plus. »

Marcher vers la sortie latérale de la salle des urgences. Un flic devant la porte. Un homme grand et gros, suant dans son uniforme bleu.

« Pourquoi qu'il rentre pas à la maison ? Pourquoi qu'il est toujours à se battre ?

— Tout va bien. Pourquoi vous ne dites pas votre chapelet ? »

Les lèvres de la femme remuèrent. Le policier ne bougea pas. Dahlia leva les yeux vers lui.

« Monsieur l'agent, cette dame a besoin d'un peu d'air. Pouvez-vous l'emmener dehors, la faire marcher pendant quelques minutes ? »

La femme se tenait la tête penchée, ses lèvres remuaient. Les radios de ceinture crachotaient dans toute la pièce. L'alarme allait se déclencher d'une minute à l'autre. Un flic mort.

« Je ne peux pas quitter la porte, madame. Cette sortie est interdite.

— Alors, puis-je la faire marcher pendant quelques minutes sur le trottoir ? J'ai peur qu'elle ne s'évanouisse, ici. »

La femme murmurait, des grains entre ses doigts bruns. Le policier se gratta la nuque. Il avait un large visage balafré. La femme vacilla contre Dahlia.

« Heu, comment vous appelez-vous ?

— Dr Vizzini.

— D'accord, docteur. »

Il ouvrit la porte en s'appuyant contre elle. L'air froid sur leurs visages. Le trottoir et la rue illuminés par les éclairs rouges des lumières d'une voiture de police. Ne pas courir, la police est dans le coin.

« Respirez profondément », dit Dahlia. La femme hocha la tête à petits coups. Un taxi jaune s'arrêta. Un interne en sortit. Dahlia fit signe au chauffeur, arrêta l'interne.

« Vous rentrez là, n'est-ce pas ?

— Oui.

— Pouvez-vous ramenez cette dame à l'intérieur ? Merci. »

A plusieurs pâtés de maisons de là, sur Gowanus Parkway. Elle se laissa aller en arrière, appuya sa nuque contre le dossier, et se parlant à elle-même, dit : « J'étais vraiment sincère avec elle, tu sais. »

John Sullivan n'était pas encore un flic mort, mais c'était tout comme. Agenouillé dans l'ascenseur, l'oreille contre sa poitrine, son coéquipier entendit un vague murmure dans sa cage thoracique. Il coucha Sullivan à plat par terre. La porte essayait de se refermer et le policier la bloqua de sa botte. Emma Ryan n'était pas infirmière pour rien. Sa main tachetée de brun vint frapper le bouton d'arrêt de l'ascenseur, puis elle beugla, une seule fois, pour appeler l'équipe de traumatologie. Ensuite elle s'agenouilla auprès de Sullivan, ses yeux gris le parcoururent des pieds à la tête et son dos rond se mit à s'élever et à s'abaisser tandis qu'elle lui massait le cœur. L'autre policier, penché sur la tête de Sullivan, lui faisait du bouche-à-bouche. L'aide-soignante prit la relève afin que celui-ci puisse lancer l'alarme par radio, mais de précieuses secondes avaient été perdues.

Une infirmière arriva avec une civière. Elles soulevèrent le lourd corps pour l'y installer, Emma Ryan faisant preuve d'une force inattendue. Elle arracha la seringue du cou de Sullivan et la tendit à l'infirmière. L'aiguille laissa deux trous rouges, semblables à une morsure de serpent. Une partie de la dose avait giclée sur la paroi de l'ascenseur au moment où l'on avait débouché l'aiguille. Le liquide avait coulé et formait sur le sol une minuscule flaque. « Appelez le Dr Field. Donnez-lui la seringue », ordonna Ryan d'un ton sec à l'infirmière. Puis à une autre : « Faites une prise de sang pendant que nous le transportons, vite. »

Un moins d'une minute, Sullivan fut mis dans un cœur-poumon artificiel, au service de réanimation, et le Dr Field se précipita à son chevet. Armé des résultats des analyses de sang et d'urine, un plateau de mesures défensives à côté de lui, Field lutta contre la mort. Sullivan vivrait. On allait le sauver.

13

Tenter de tuer un gardien de la paix à New York, c'est toucher un anaconda avec une cigarette allumée. Une brusque et terrible colère s'empare alors des meilleurs éléments de la police. Ils ne cesseront jamais de poursuivre un tueur de flic, ils ne l'oublieront jamais, ils ne lui pardonneront jamais. Une tentative réussie sur Kabakov — avec l'affolement diplomatique et la panique au ministère de la Justice que cela pouvait supposer — aurait pu provoquer des conférences de presse du maire et du préfet de police, des harangues et des exhortations aux responsables de la municipalité de Brooklyn, et les efforts à plein temps de vingt à trente inspecteurs de police. Parce que l'aiguille d'une seringue avait pénétré dans le cou de l'agent de police John Sullivan, plus de trente mille policiers des cinq municipalités se portèrent volontaires pour s'occuper de l'affaire.

En dépit des objections de Rachel, Kabakov quitta le lit d'hôpital qu'elle avait installé dans la chambre d'ami et se rendit au chevet de Sullivan, à midi, le lendemain. Il avait dépassé le stade de la colère et jugulé son désespoir. Sullivan se sentait assez fort pour manipuler les transparents d'un portrait-robot et il avait vu la femme bien éclairée, de face et de profil. Avec le concours d'un artiste de la police, Kabakov, Sullivan et le vigile de l'hôpital assemblèrent une image composite qui ressemblait énormément à Dahlia Iyad. La première édition du *Daily News* la présenta en page deux.

Six policiers du service de l'Identité judiciaire et quatre employés de l'Immigration et de la Naturalisation, armés chacun d'une copie du portrait, se plongèrent dans les fichiers des étrangers d'origine arabe.

Le lien entre ce qui s'était passé à l'hôpital et Kabakov n'était connu que de l'infirmière chef Emma Ryan, des agents du FBI travaillant sur cette affaire et de l'échelon le plus élevé des services de la police de New York. Emma Ryan était capable de rester bouche cousue.

Washington ne voulait pas de bruits alarmistes de terrorisme, et les organismes coercitifs non plus. Ils n'avaient pas envie que les médias les talonnent dans une affaire qui pouvait finir aussi mal. La police fit remarquer publiquement que l'hôpital contenait à la fois des drogues et des éléments radioactifs de grande valeur, et que c'était peut-être cela que cherchait l'intruse. Cette hypothèse ne satisfit qu'à moitié la presse, mais étant donné la quantité écrasante d'informations fournie par la ville de New York, les journalistes oublient facilement les histoires de la veille. Les autorités espéraient que dans quelques jours l'intérêt des médias serait retombé.

Et Dahlia espérait que dans quelques jours, la colère de Lander se serait calmée. Il devint fou furieux quand il constata la ressemblance du portrait-robot paru dans le journal et comprit ce qu'elle avait fait. Un moment, elle crut qu'il allait la tuer. Elle acquiesça humblement lorsqu'il lui interdit toute autre tentative contre Kabakov. Fasil resta enfermé dans sa chambre pendant deux jours.

La convalescence de David Kabakov fut pour le Dr Rachel Bauman une étrange période de sa vie, presque surréaliste. Son appartement, clair et ordonné, était quelque peu étouffant, et il y pénétra comme un matou grisonnant de retour d'un combat sous la pluie. La présence de Kabakov et de Moshevsky métamorphosa totalement à ses yeux les dimensions de ses pièces et de ses meubles. Pour des hommes aussi grands et aussi forts, ils ne faisaient pas beaucoup de bruit. Rachel en fut d'abord soulagée, puis cela l'ennuya un peu. La corpulence et le silence constituent, dans la nature, une combinaison plutôt sinistre. Ce sont les instruments du malheur.

Moshevsky faisait de son mieux pour ne pas la gêner. Après qu'il lui eut fait peur plusieurs fois en apparaissant brusquement dans la cuisine avec un plateau, il s'éclaircit la gorge pour annoncer ses déplacements. Des amis de Rachel, qui habitaient de l'autre côté du couloir, étaient aux Bahamas et lui avaient laissé leur clef. Elle installa Moshevsky dans leur appartement car ses ronflements étaient insupportables. Kabakov écouta respectueusement ses instructions concernant son traitement et les suivit, avec pour seule exception son escapade au chevet de Sullivan. Lui et elle ne se parlèrent guère au début. Ils ne bavardaient pas. Il paraissait distrait et Rachel ne voulait pas troubler ses réflexions.

Elle avait changé depuis la guerre des Six Jours, mais c'était uniquement une question de degré. Elle sentait les choses plus intensément qu'auparavant. Elle travaillait énormément et menait une vie rangée. Un homme, deux hommes, durant toutes ces années. Deux fiancés. Des dîners dans des endroits chics et artificiels où de grands cuisiniers apposent de timides signatures en forme de garniture sur des plats qui manquent d'inspiration. Aucune de ses expériences ne faisait battre son cœur. Les hommes qui auraient pu l'enfiévrer, elle les rabrouait. La seule chose qui l'excitait, c'était ses réussites professionnelles. Elle faisait beaucoup de bénévolat, des séances de thérapie avec d'anciens drogués, des gens en liberté conditionnelle, des enfants perturbés. Durant la guerre du Kippour, en 1973, elle assura un double poste à l'hôpital du Mont-Sinaï de New York, pour qu'un médecin possédant une formation chirurgicale plus récente puisse partir en Israël.

En apparence, elle s'adaptait vite. Bloomingdale's, Bonwit Teller, Lord and Taylor, et Stark furent les étapes obligées de ses courses du samedi. Elle aurait ressemblé à une matrone juive bon chic bon genre, habillée d'une manière élégante et coûteuse et juste un peu en retard sur la mode, si elle n'avait pas gâché cet effet par des détails provocants, une petite touche racoleuse. Pendant un temps, elle avait ressemblé à une femme luttant contre la trentaine avec les accessoires de sa fille. Puis, cessant de se tracasser pour sa toilette, elle revint aux ternes vêtements professionnels parce que, comme cela, elle n'avait pas besoin d'y penser. Ses heures de travail s'étaient allongées, son appartement était devenu plus ordonné et plus stérile. Elle payait un prix exorbitant une femme de ménage qui savait remettre les choses exactement à leur place.

Aujourd'hui, il y avait Kabakov en train de fouiner dans ses étagères à livres en mâchonnant un morceau de salami. Il semblait se complaire à examiner les choses et à ne pas les remettre où il les avait trouvées. Il n'avait pas enfilé ses pantoufles, ni boutonné sa veste de pyjama. Elle ne le regarderait pas.

Sa commotion cérébrale n'inquiétait plus autant Rachel. Lui n'avait plus l'air de s'en soucier du tout. Ses crises de vertige se faisant de moins en moins fréquentes, puis elles disparurent complètement et leurs relations changèrent. L'attitude impersonnelle médecin-patient qu'elle avait essayé de garder commença à céder.

Kabakov trouvait la compagnie de Rachel stimulante. Quand il parlait avec elle, il éprouvait l'agréable nécessité de penser. Il se surprenait en train d'évoquer des sentiments ou des connaissances dont il n'avait jamais eu conscience. Il aimait bien la regarder. Elle avait de longues jambes, des gestes anguleux, et sa beauté résistait aux années. Kabakov avait décidé de lui parler de sa mission, mais comme il l'aimait, il avait du mal à le faire. Pendant des années, il avait tenu sa langue. Il savait que les femmes avaient de l'influence sur lui et que la solitude de sa profession le poussait à parler de ses problèmes. Rachel lui avait apporté l'aide dont il avait besoin, immédiatement et sans poser de questions inutiles. Elle était mêlée à l'histoire et peut-être en danger — Kabakov savait maintenant pourquoi l'assassin avait visité le service de radiologie.

Pourtant, ce n'était pas son sens de la justice qui le

poussa à parler, il n'avait pas l'impression qu'elle était en droit de savoir. Ses motifs étaient d'ordre plus pratique. Elle possédait une intelligence de premier ordre et il en avait besoin. Abou Ali faisait probablement partie des conjurés et c'était un psychologue. Rachel était psychiatre. L'un des terroristes était une femme. Rachel aussi. Elle était un produit de la culture américaine, elle avait une grande connaissance du comportement humain, et à ce double titre pouvait avoir des idées utiles. Kabakov croyait pouvoir penser comme un Arabe, mais pouvait-il penser comme un Américain ? Il les trouvait parfois inconséquents. Il estimait que peut-être, avec le temps, les Américains apprendraient à penser.

Assis près de la fenêtre ensoleillée, il lui expliqua la situation pendant qu'elle changeait le pansement de sa brûlure à la cuisse. Il commença par dire que la cellule de Septembre Noir était cachée dans le nord-est des Etats-Unis, prête à frapper quelque part, avec une grande quantité de plastic, probablement une demi-tonne ou plus. Il expliqua que, pour Israël, il était absolument nécessaire de les arrêter, puis il se hâta d'ajouter des considérations humanitaires plus générales. Elle termina le pansement et s'assit les jambes croisées sur le tapis pour l'écouter. De temps à autre, elle levait les yeux pour lui poser une question. Le reste du temps, il ne voyait que le sommet de sa tête penchée, ses cheveux. Il se demandait comment elle allait prendre les choses. Il ne pouvait pas deviner ce qu'elle pensait, maintenant que la lutte mortelle dont elle avait été témoin au Moyen-Orient choisissait pour cible ce pays protégé.

En fait, elle se sentait soulagée, quant à l'état mental de Kabakov. Elle avait toujours souhaité connaître dans les moindres détails ce qui s'était passé et dit — surtout juste avant l'explosion chez Muzi. Elle était contente de constater qu'il répondait immédiatement et avec beaucoup de logique. Questionné à l'hôpital sur ses plus récents souvenirs, il n'avait donné au médecin que des réponses vagues, et Rachel ne savait pas s'il s'agissait d'un comportement délibéré ou si c'était le signe d'un traumatisme crânien. Sa répugnance à lui poser des questions précises l'avait empêchée d'évaluer l'importance du choc qu'il avait subi. Maintenant, son interrogatoire minutieux poursuivait deux buts. Si elle devait l'aider, elle avait besoin d'informations ; et elle voulait tester ses réactions émotionnelles. Elle guettait l'irritabilité que provoque l'interrogatoire dans le cas d'un syndrome de Korsakoff, ou la confabulation amnésique qui accompagne fréquemment les commotions cérébrales.

Rassurée par sa patience, ravie de sa clarté, elle se concentra sur l'information. Il était plus qu'un malade et lorsque l'histoire arriva à son terme, elle-même ressemblait plus à un coéquipier qu'à un psychiatre. Kabakov conclut par les questions qui le tracassaient : qui était l'Américain ? Où les terroristes allaient-ils frapper ? Quand il eut fini de parler, il se sentit vaguement honteux, comme si elle l'avait vu pleurer.

« Quel âge avait ce Muzi ? demanda-t-elle tranquillement.

— Cinquante-six ans.

— Et ses dernières paroles furent : " D'abord, il y eut l'Américain " ?

— C'est ce qu'il a dit. »

Kabakov ne voyait pas où cela pouvait mener. Ils en avaient suffisamment parlé.

« Tu veux mon opinion ? »

Il se contenta de hocher la tête.

« Je pense qu'il y a de grandes chances pour que ton Américain soit Blanc non sémite, probablement âgé de vingt-cinq à trente ans.

— Comment le sais-tu ?

— Je ne le sais pas, je le devine. Mais je sais que Muzi était un homme mûr. La personne que j'ai décrite, c'est ce que beaucoup d'hommes de son âge appellent un " Américain ". Il est fort probable que si l'Américain qu'il avait vu était un Noir, il l'aurait mentionné. Il se serait servi d'une désignation raciale. Vous parliez anglais ?

— Oui.

— Un homme de l'âge et de l'origine ethnique de Muzi

n'aurait pas parlé d'un Arabe américain ou d'un juif américain comme d'un Américain. Il s'agit donc d'un Blanc. »

Kabakov, s'entretenant avec Corley au téléphone, lui répéta ce que Rachel avait dit.

« Cela réduit notre champ de recherche à quarante millions de personnes, répliqua l'agent du FBI. Non... écoutez, pour l'amour de Dieu, tout peut nous aider. »

Quant à la recherche du bateau, le rapport de Corley n'avait rien d'encourageant. Les douaniers et la police de New York avaient fouillé tous les chantiers navals de City Island. La police de Nassau et de Suffolk avait vérifié tous ceux de Long Island. La police de l'Etat du New Jersey avait questionné les propriétaires de marinas tout au long de la côte. Les agents du FBI étaient allés visiter les meilleurs chantiers de construction — des hommes de métier légendaires comme Rybovitch, Trumpy et Huckins — et ceux moins connus où des artisans fabriquaient de beaux bateaux en bois. Aucun d'eux n'avait pu identifier la barque fugitive.

« Des bateaux, des bateaux, des bateaux », se dit Rachel.

Kabakov regardait la neige tomber pendant que Rachel préparait le dîner. Il essayait de se souvenir de quelque chose, en abordant sa mémoire indirectement, comme on utilise la vision périphérique pour voir dans le noir. La technique employée pour faire sauter Muzi ne cessait de tracasser Kabakov. Où était-ce déjà arrivé ? L'un des milliers de rapports qui avaient défilé sur son bureau depuis cinq ou six ans mentionnait une bombe dans un réfrigérateur. Il se souvenait de la chemise à l'ancienne, reliée par une spirale. Cela signifiait qu'il l'avait vu avant 1972, date où le Mossad changea le mode de reliure pour faciliter la prise de microfilms. Autre chose lui revint. Une note sur les techniques de piégeage, distribuée sur ses ordres aux commandos plusieurs années auparavant. Elle expliquait l'usage des commutateurs au fulminate de mercure, alors en vogue chez les fedayin, avec un addenda sur les dispositifs électriques.

Il était en train de rédiger, avec ces bribes d'information, un câblogramme destiné au quartier général du Mossad lorsque tout lui revint. Syrie, 1971. On avait perdu un agent du Mossad dans une explosion, à Damas. Une charge pas très importante, mais le réfrigérateur avait volé en morceaux. Une coïncidence? Kabakov appela le consulat d'Israël et dicta le câblogramme. L'employée lui fit remarquer qu'il était 4 heures du matin à Tel-Aviv.

« Il est 2 heures du matin, heure de Greenwich, dans le monde entier, ma chère, répliqua Kabakov. Nous ne fermons jamais. Expédiez le câble. »

Un froid crachin de décembre picotait le visage et le cou de Moshevsky qui, au coin de la rue, guettait un taxi. Il laissa passer trois Dodge et finit par repérer ce qu'il voulait, une grosse Checker qui fonçait comme un éléphant dans l'affluence matinale. Il en voulait un avec beaucoup de place pour que Kabakov ne soit pas obligé de plier sa jambe douloureuse. Moshevsky dit au chauffeur de s'arrêter devant l'immeuble de Rachel, au milieu du pâté de maisons. Kabakov sortit en boitillant et s'installa à côté de lui. Il donna l'adresse du consulat d'Israël.

Kabakov s'était reposé comme Rachel l'avait prescrit. Maintenant, il allait entrer en action. Il aurait pu appeler l'ambassadeur de l'appartement, mais l'affaire exigeait le téléphone le plus sûr — équipé d'un brouilleur. Il allait demander à Tel-Aviv de conseiller au département d'Etat des Etats-Unis de solliciter l'aide des Russes. La requête de Kabakov devait être expédiée par l'entremise de Tell, l'ambassadeur. Faire appel aux Russes, ce n'était pas une démarche agréable. Mais en ce moment, il devait mettre sa fierté professionnelle de côté. Il le savait et l'acceptait, même si cela ne lui plaisait pas.

Depuis le printemps 1971, le KGB avait une section spéciale qui fournissait une assistance technique à Septembre Noir, par l'intermédiaire des services secrets du Fatah. C'était cette source de renseignements que Kabakov voulait exploiter.

Il savait que les Russes n'aideraient jamais Israël, mais

dans le climat de la nouvelle détente Est-Ouest, il estimait qu'ils pourraient coopérer avec les Etats-Unis. La requête envoyée à Moscou devait venir des Américains, pourtant Kabakov ne pouvait pas la suggérer sans l'approbation de Tel-Aviv. C'était précisément parce qu'il détestait demander qu'il signerait lui-même le message à destination de Tel-Aviv, au lieu d'en laisser la responsabilité totale à Tell.

Kabakov décida de jurer que le plastic était d'origine russe, qu'il le soit ou non. peut-être que les Américains le jureraient aussi. Comme cela, les Russes se sentiraient responsables.

Pourquoi une si grande quantité d'exposif? Est-ce que cela signifiait que les Arabes disposaient d'une chance particulière dans ce pays? Sur ce point, le KGB pouvait l'aider.

La cellule de Septembre Noir en Amérique devait être maintenant interdite d'accès, même aux dirigeants de la guérilla à Beyrouth. Pour la repérer, ce serait un sacré boulot. La pression exercée sur eux par la photo de la femme pousserait les terroristes à s'enfoncer encore plus dans leur terrier. Ils ne devaient pas être loin d'ici — ils avaient réagi trop vite après l'explosion. Maudit soit Corley de ne pas avoir mis l'hôpital sous surveillance. Maudit soit ce salaud de fumeur de pipe.

Qu'est-ce que pouvait bien tramer le quartier général de Septembre Noir à Beyrouth, ce jour-là, et qui avait pris part au complot? Najeer. Il était mort. La femme. Elle se cachait. Abou Ali? Il était mort. Il n'était pas certain qu'Ali ait fait partie du complot, mais c'était l'un des rares hommes auxquels Najeer faisait confiance. Ali était psychologue, mais il avait aussi beaucoup d'autres cordes à son arc. Pourquoi avaient-ils eu besoin d'un psychologue?

Qui était cet Américain? Qui était ce Libanais, importateur de l'explosif? Qui avait assassiné Muzi? Qui était cette femme qu'il avait vue à Beyrouth — celle qui était venue à l'hôpital pour le tuer?

Le chauffeur du taxi, conduisant aussi vite que le permettait la chaussée mouillée, fonça par-dessus les fondrières et les nids-de-poule jusqu'à ce qu'un premier feu rouge l'oblige à s'arrêter. Avec une expression résignée, Moskevsky descendit et vint s'installer devant, à côté de lui. « Calmez-vous et conduisez plus lentement. Pas de secousse, pas de choc.

— Pourquoi ? Le temps, c'est de l'argent, mon vieux. »

Moshevsky se pencha vers lui comme pour lui faire une confidence. « Pour que je ne vous torde pas le cou, voilà pourquoi. »

Kabakov regardait sans la voir la foule qui se pressait sur le trottoir. On était en plein après-midi et déjà la lumière faisait défaut. Quel pays ! Une ville où il y avait plus de juifs qu'à Tel-Aviv. Il se demandait ce que les immigrants juifs, entassés sur des bateaux, débarqués comme un troupeau sur Ellis Island, avaient éprouvé ; certains d'entre eux perdaient même leur nom lorsque des employés à demi illettrés de l'Immigration gribouillaient « Smith » ou « Jones » sur leur visa d'entrée. Jetés d'Ellis Island, par un lugubre après-midi, sur ce rocher froid où rien n'était gratuit, sauf ce qu'ils pouvaient mutuellement se donner. Des familles dispersées, des hommes seuls.

Qu'arrivait-il ici à un homme seul qui mourait avant de s'être trouvé une place et d'avoir fait venir sa famille ? Un homme seul ? Qui faisait *shivah*... les voisins ?

La Vierge en plastique accrochée au tableau de bord du taxi attira soudain l'attention de Kabakov et il revint, avec un sentiment de culpabilité, au problème qui le tracassait. Fermant les yeux pour ne plus voir ce froid après-midi, il reprit tout au commencement, à cette mission à Beyrouth qui avait fini par l'amener ici.

Kabakov n'avait reçu ses instructions que peu avant le raid. Les Israéliens savaient que Najeer et Abou Ali se retrouveraient dans cet appartement et que d'autres officiers de Septembre Noir y seraient aussi. Kabakov avait étudié les dossiers des chefs de la guérilla présents au Liban jusqu'à ce qu'il les sache par cœur. Il revoyait les chemises, empilées par ordre alphabétique sur son bureau.

Le premier : Abou Ali. Abou Ali tué dans le raid de Beyrouth, n'avait pas de famille, personne sauf sa femme, et elle aussi était morte. Il ... *un homme seul !* Avant d'avoir complété sa pensée, Kabakov tapa sur la cloison de plastique qui le séparait du chauffeur. Moshevsky la fit glisser.

« Dites-lui de foncer.

— Maintenant, vous voulez que j'appuie sur le champignon », dit le chauffeur par-dessus son épaule.

Moshevsky lui montra les dents.

« D'accord, on va foncer. »

Le consulat et la mission d'Israël aux Nations-Unies se partagent un bâtiment en briques blanches au n° 800 de la Seconde Avenue, à Manhattan. Le système de sécurité est bien conçu et s'applique à tout le monde. Kabakov enragea d'être retenu dans un sas de garde à vue, puis se rendit rapidement au centre de communications.

Son câblogramme codé pour Tel-Aviv, concernant Abou Ali, fut accepté en moins d'une minute. Cela mit en marche des mécanismes délicats. Quinze minutes plus tard, un jeune homme trapu quitta le quartier général du Mossad pour l'aéroport de Lod. Il demanda un billet pour Nicosie, à Chypre, puis il changea de passeport et prit le vol suivant pour Beyrouth. Une fois arrivé dans la capitale du Liban, il commença par savourer une tasse de café dans un petit bistrot donnant sur le commissariat de police central de Beyrouth ! il espérait qu'un carton numéroté contenant les affaires d'Abou Ali se trouvait encore dans le local des scellés. Il y avait maintenant quelqu'un pour les réclamer.

Kabakov utilisait le téléphone à brouilleur de Tell, en sa présence, depuis une demi-heure. L'ambassadeur n'avait pas montré de surprise en le voyant demander l'aide indirecte des Russes. Kabakov avait l'impression que Yoachim Tell n'avait jamais été surpris de sa vie. Il crut déceler un peu de chaleur dans la voix de l'ambassadeur lorsqu'il lui dit adieu. Etait-ce par compassion ? Kabakov rougit et se dirigea d'un air digne vers la porte du centre de communications. Dans un coin, le télex cliquetait et l'employée l'arrêta sur le seuil. Une réponse à ses questions sur l'attentat syrien à la bombe de 1971 était en train de s'imprimer.

Il avait eu lieu le 15 août, disait le télex. Le Fatah avait beaucoup recruté à Damas, cette année-là. On savait que trois organisateurs étaient présents dans cette ville à l'époque :

— Fakhri al-Amari, le chef du commando qui avait assassiné le Premier ministre jordanien, Wasfi el-Tel, et bu son sang. On pensait qu'actuellement Amari se trouvait en Algérie. Enquête en cours.

— Abdel Kadir qui, une fois, avait tiré au bazooka sur un car scolaire israélien ; tué quand sa fabrique de bombes, située près de Cheikh Saad, avait sauté en 1973. Le télex ajouta qu'il n'était sans doute pas nécessaire de rafraîchir la mémoire de Kabakov au sujet de la mort de Kadir, puisqu'il était présent.

— Muhammad Fasil, alias Yusouf Halef, alias Sammar Tufiq. Soupçonné d'être l'artisan des atrocités de Munich, l'un des hommes les plus recherchés par le Mossad. Dernière base d'opération connue, la Syrie. Le Mossad croyait qu'il se trouvait à Damas lors du raid de Kabakov, mais de récents rapports, non encore confirmés, disaient qu'il résidait à Beyrouth depuis trois semaines. Les services secrets israéliens faisaient pression sur leurs informateurs de Beyrouth et d'ailleurs, pour savoir où était Fasil.

Des photos d'al-Amari et de Fasil seraient transmises par satellite à l'ambassade d'Israël de Washington, à l'intention de Kabakov. Les négatifs suivraient. Kabakov fit la grimace. S'ils envoyaient des négatifs, c'est que les photos étaient médiocres — trop médiocres pour être vraiment utiles par transmission électronique. Pourtant, c'était mieux que rien. Il regrettait de ne pas avoir attendu avant de demander l'aide des Russes. « Muhammad Fasil, murmura Kabakov. C'est ton genre de truc. J'espère que tu viendras en personne, cette fois. »

Il replongea sous la pluie, vers Brooklyn. Moshevsky et le trio d'Israéliens qu'il commandait ratissèrent les bars, les fast-foods et les jeux de klabash de Cobble Hill, à la recherche d'indices sur l'assistant grec de Muzi. Peut-être cet homme avait-il vu l'Américain. Kabakov savait que le FBI s'était occupé de ce secteur, mais ses propres hommes ne ressemblaient pas à des policiers, ils s'intégraient mieux dans le mélange ethnique du quartier et pouvaient écouter des conversations privées dans plusieurs langues. Dans l'espoir de trouver quelques bribes d'information sur l'Américain ou sur les contacts de Muzi avec le Moyen-Orient, Kabakov se rendit au bureau du mort et étudia l'incroyable nid à rats que formaient les papiers laissés par l'importateur. Un nom, un lieu, n'importe quoi. S'il existait une personne entre Istanbul et le golfe d'Aden qui soit au courant de la nature de la mission de Septembre Noir aux Etats-Unis, et si Kabakov apprenait son nom, il l'enlèverait ou mourrait en essayant de le faire. En milieu de soirée, il avait seulement appris que Muzi tenait au moins trois sortes de livres de comptes. Il rentra, épuisé, chez Rachel.

Elle l'attendait malgré l'heure tardive. Il lui sembla qu'elle n'était plus tout à fait la même et, en la regardant, sa lassitude disparut. Le fait d'avoir été séparés toute une journée avait clarifié les choses entre eux.

Ils firent très tendrement l'amour. Et par la suite, leurs étreintes commencèrent et finirent avec une grande douceur, comme s'ils craignaient de déchirer la fragile tente que leurs sentiments dressaient, dans l'air, autour du lit.

« Je suis stupide, dit-elle une fois, dans un moment de détente. Mais je m'en fiche d'être stupide.

— Moi je m'en fiche complètement que tu sois stupide. Tu veux un cigare ?

Tell appela à 7 heures du matin ; Kabakov était sous la douche. Rachel ouvrit la porte de la salle de bains et cria son nom dans un nuage de vapeur. Il sortit en toute hâte, avant que Rachel ait quitté le seuil. Il alla répondre, drapé dans une serviette et pieds nus. Rachel se mit à se ronger frénétiquement les ongles.

Kabakov était inquiet. Si l'ambassadeur avait eu une réponse des Russes, il n'aurait pas utilisé ce téléphone. Tell semblait calme et très « diplomate ».

« Commandant, le *New York times* nous a interrogés à propos de vous. On nous a aussi posé des questions embarrassantes sur l'incident qui s'est produit à bord du *Leticia*. J'aimerais vous voir. Je suis libre un peu après 15 heures, si cela vous convient.

— J'y serai. »

Kabakov trouva le *Times* de Rachel. (Page une :) LE MINISTRE ISRAÉLIEN DES AFFAIRES ÉTRANGÈRES ARRIVE À WASHINGTON EN VUE DE POURPARLERS AU MOYEN-ORIENT. (Je lirai cela plus tard.)LE COÛT DE LA VIE. GENERAL MOTORS ANNULE DES COMMANDES DE CAMIONS. (Page deux. Oh, merde. C'est ça :)

UN ARABE TORTURÉ
PAR DES AGENTS ISRAÉLIENS
LE CONSUL DU LIBAN PROTESTE
par Margaret Leeds Finch.

« Un marin libanais a été questionné sous la torture par des agents israéliens à bord d'un vaisseau marchand dans le port de New York, la semaine dernière, avant son arrestation par des douaniers pour délit de contrebande, nous a dit mardi soir le consul libanais.

« Le consul Yusouf el-Amedi a déclaré, dans une protestation formulée avec énergie, que le second du cargo *Leticia*, Mustapha Fawzi, a été battu et soumis à des chocs électriques par deux hommes qui se sont eux-mêmes déclarés israéliens. Il a dit qu'il ne savait pas ce que voulaient les Israéliens et il a refusé de faire des commentaires sur l'inculpation de Fawzi pour contrebande.

« Un porte-parole israélien a nié ces allégations, disant qu'il s'agissait d'une " tentative maladroite en vue d'éveiller des sentiments anti-israéliens ".

« Le Dr Carl Gillette, du service des Sévices corporels, qui a examiné Fawzi à la maison de détention fédérale de West Street, n'a trouvé aucune marque de tortures.

« Le consul Amedi dit que Fawzi a été battu par le commandant David Kabakov, de la Défense israélienne, et par un autre homme, non identifié. Kabakov est attaché à l'ambassade israélienne à Washington.

« Le *Leticia* a été saisi. »

Kabakov parcourut rapidement le reste de l'article. La Douane avait gardé le silence sur la fouille du *Leticia*, et le journal n'avait pas encore fait le lien avec Muzi, Dieu merci.

« Vous êtes rappelé, officiellement », dit Tell.

Le coin de la bouche de Kabakov eut un mouvement convulsif. C'était comme si on lui donnait un coup de poing dans le ventre.

L'ambassadeur poussa de la pointe de son stylo-bille les papiers empilés sur son bureau. « Le consulat du Liban a été averti de l'arrestation de Mustapha Fawzi, puisqu'il s'agit d'un citoyen libanais. Il lui a fourni un avocat. Ce dernier agit apparemment sur les ordres de Beyrouth et joue de Fawzi comme d'un instrument. La Libye aussi a été informée, le cargo étant immatriculé dans ce pays. Dès que votre nom est apparu, j'ai compris que le Fatah avait été alerté, ainsi que le colonel Kadhafi, l'homme d'Etat éclairé. Je n'ai pas vu la déposition soi-disant rédigée par Fawzi, mais il paraît qu'elle est très parlante. Très graphique, anatomiquement. Vous lui avez fait mal ?

— Je n'en ai pas eu besoin.

— Les Libanais et les Libyens vont continuer à protester jusqu'à ce que vous soyez reparti. Il est probable que les Syriens se joindront au concert. Kadhafi a plus d'un diplomate arabe dans sa manche. Et je doute qu'un seul d'entre eux sache pourquoi vous êtes ici, sauf Kadhafi lui-même.

— Que dit le département d'Etat des Etats-Unis ? »

Kabakov avait, mentalement, la nausée.

« Un déluge de protestations diplomatiques, cela ne fait pas leur affaire. Ils souhaitent étouffer cette histoire. Officiellement, en tant qu'agent d'Israël vous êtes devenu indésirable.

— Les pauvres cons ! Ça leur ferait les pieds si... » Kabakov referma la bouche avec un claquement de dents.

« Comme vous le savez, commandant, les Nations-

Unies ont favorablement accueilli la motion de censure déposée cette semaine par les Républiques arabes unies contre Israël, à cause de l'action menée contre les camps de fedayin en Syrie le mois dernier. Il ne faut pas que d'autres troubles s'y ajoutent.

— Et si je démissionnais afin d'obtenir un passeport ordinaire ? Tel-Aviv pourrait me désavouer si cela s'avérait nécessaire. »

L'ambassadeur ne l'écoutait pas. « Il est tentant de penser que si vos terroristes réussissaient dans leur projet, et Dieu veuille que non, les Américains se mettraient en colère et redoubleraient leur soutien à Israël. Vous et moi savons bien que cela ne se passerait pas ainsi. L'opinion publique dirait probablement que l'attentat a eu lieu *parce que* les Etats-Unis aident Israël. Parce qu'ils s'impliquent dans une vilaine petite guerre. L'Indochine les a dégoûtés de toute intervention, comme les Français, et on les comprend. Je ne serais pas surpris de voir le Fatah frapper à Paris si les Français nous vendaient des Mirage.

« N'importe comment, si cela arrive ici, les gouvernements des pays arabes désavoueront le Fatah pour la quatre centième fois et Kadhafi lui donnera quelques millions de dollars. Les Etats-Unis ne peuvent pas se permettre de mécontenter trop longtemps les pays arabes. C'est horrible à dire, mais cela arrangerait bien les Etats-Unis de faire retomber la faute uniquement sur le Fatah. L'Amérique consomme beaucoup trop de pétrole pour se comporter autrement.

« Si les terroristes réussissent leur coup et s'il s'avère que nous avons tenté de les arrêter, ce sera moins mauvais pour nous. Si nous cessons d'intervenir, même à la requête du département d'Etat, tout sera encore de notre faute.

« Au fait, les Américains refusent de demander aux Russes des informations sur le Moyen-Orient. Le département d'Etat nous a informés que le Moyen-Orient est une " sphère d'incessantes tensions Est-Ouest " et qu'une telle requête est impossible à satisfaire. Ils ne veulent pas avouer aux Russes que la CIA ne peut pas les obtenir toute seule. Mais vous aviez raison d'essayer, David.

« Et maintenant, nous avons ceci. » Tell passa à Kabakov un câblogramme provenant du quartier général du Mossad. « L'information vous a aussi été transmise à New York. »

On avait bien vu Muhammad Fasil à Beyrouth le lendemain du raid de Kabakov. Il avait, à la joue, une balafre similaire à celle décrite par Mustapha Fawzi, le second du *Leticia*.

« Muhammad Fasil, dit tranquillement Tell. Le pire de tous.

— Je ne vais pas...

— Attendez, David, attendez. C'est le moment d'être totalement franc. Connaissez-vous quelqu'un, au Mossad ou ailleurs, plus capable que vous de se charger de cette affaire ?

— Non, monsieur. » Kabakov avait envie de dire que s'il n'avait pas récupéré la cassette à Beyrouth, s'il n'avait pas fait parler Fawzi, s'il n'avait pas fouillé la cabine, vérifié les livres de comptes du navire et pris Muzi en position de faiblesse, ils n'auraient rien su du tout. Tout ce qu'il dit, fut : « Non, monsieur.

— Alors, tout le monde est d'accord. » Le téléphone de Tell sonna. « Oui ? Cinq minutes, très bien. » Il revint à Kabakov. « Commandant, voulez-vous vous présenter dans la salle de conférences du deuxième étage ? Et vous feriez mieux de resserrer votre nœud de cravate. »

Le col de Kabakov lui sciait le cou. Il avait l'impression qu'on l'étranglait et s'arrêta avant d'entrer dans la salle de conférences, pour maîtriser son émotion. Peut-être que l'attaché militaire allait lui lire son ordre de retour en Israël. Cela ne servirait à rien d'injurier cet homme. Et puis, qu'est-ce que voulait dire Tell... tout le monde est d'accord... sur quoi ? S'il devait rentrer, bon Dieu, il partirait, et les francs-tireurs de Syrie et du Liban regretteraient amèrement qu'il ne soit pas resté aux Etats-Unis.

Kabakov ouvrit la porte. L'homme mince qui se tenait à la fenêtre se retourna.

« Entrez, commandant Kabakov », dit le ministre des Affaires étrangères d'Israël.

Un quart d'heure plus tard, Kabakov, qui essayait de réprimer un sourire, se retrouva dans le couloir. Une voiture de l'ambassade l'emmena à l'aéroport international. Il arriva au terminal d'El Al vingt minutes avant le départ du vol 601 pour Tel-Aviv. Margaret Leeds Finch, du *Times,* s'était embusquée près du comptoir. Elle lui posa des questions pendant qu'il enregistrait son sac et qu'il franchissait le détecteur de métal. Il répondit par monosyllabes polies. Elle le suivit dans la salle d'embarquement en brandissant son coupe-file sous le nez des employés de la compagnie d'aviation et gravit la rampe avec lui jusqu'à la porte de l'avion où les agents de la sécurité d'El Al l'arrêtèrent, poliment, mais fermement.

Kabakov traversa la première classe, puis le compartiment touriste, jusqu'à l'office où l'on venait de livrer les dîners chauds. En souriant aux hôtesses, il franchit une porte ouverte et s'arrêta sur la plate-forme élévatrice du camion d'approvisionnement, qui descendit aussitôt en ronronnant; le véhicule revint à son garage. Kabakov en descendit pour monter dans la voiture où Corley et Moshevsky l'attendaient.

Kabakov avait été officiellement rappelé des Etats-Unis. Il y revenait officieusement.

Maintenant, il devait faire particulièrement attention. S'il fichait tout en l'air, son pays perdrait gravement la face. Kabakov se demanda ce que s'étaient dit, au déjeuner, le ministre des Affaires étrangères et le secrétaire d'Etat. Il ne le saurait jamais, mais ils avaient longuement discuté de la situation. Ses instructions restaient les mêmes : empêcher les terroristes d'agir. Son équipe lui avait été retirée, sauf Moshevsky. Kabakov serait un ex-conseiller officieux auprès des Américains. Il était à peu près sûr qu'ils n'avaient pas discuté de la dernière partie de ses ordres; s'il devenait nécessaire d'outrepasser ses fonctions de conseiller, il devait ne laisser, derrière lui, aucun témoin hostile.

Un silence tendu régnait dans la voiture, pendant le retour à Manhattan. Pour finir, Corley prit la parole. « Je suis désolé de ce qui s'est passé, mon vieux.

— Mon vieux, je ne suis pas votre vieux, répliqua calmement Kabakov.

— Les gars de la douane ont vu le morceau de plastic et ils ont gueulé pour qu'on arrête les mecs. On a été obligés de le faire.

— Ne vous inquiétez pas, Corley. Je suis ici pour vous aider, mon vieux. Regardez ça. »

Kabakov lui tendit l'une des photos qu'on lui avait données au moment où il quittait l'ambassade. Elle venait de sortir de la chambre noire et était encore humide.

« Qui est-ce ?

— Muhammad Fasil. Lisez le dossier. »

Corley siffla. « Munich ! Comment savez-vous que c'est lui ? L'équipage du *Leticia* ne l'aurait pas identifié. Vous pouvez le parier.

— Ils n'ont pas eu besoin de l'identifier. Continuez à lire. On a vu Fasil à Beyrouth le lendemain de notre raid. Nous aurions dû le descendre en même temps que les autres, mais nous ne savions pas qu'il était là. Il a eu la joue balafrée par une balle. Le Libanais qui était à bord du cargo avait aussi une cicatrice sur la joue. Fawzi me l'a dit. »

La photo avait été prise dans un café de Damas mal éclairé, et elle était floue.

« Si vous avez le négatif, l'ordinateur de la NASA pourra l'améliorer, dit Corley. C'est ce qu'il fait pour les images du projet Mariner. » Corley fit une pause. « Quelqu'un du département d'Etat vous a parlé ?

— Non.

— Mais, les gens de chez vous ?

— Corley, " les gens de chez moi " me parlent toujours.

— Du travail que vous allez effectuer par notre entremise. Ils ont dit clairement que vous nous aideriez à réfléchir et que c'est nous qui allions nous coller tout le travail, n'est-ce pas ?

— Oui. Chiche que oui, mon vieux. »

La voiture laissa Kabakov et Moshevsky à la mission d'Israël. Ils attendirent qu'elle ait disparu et prirent un taxi jusque chez Rachel.

« N'importe comment, Corley sait où nous sommes, non ? dit Moshevsky.

— Oui, mais je ne veux pas que ce fils de pute croie qu'il peut se pointer quand il en a envie. »

Tout en disant cela, Kabakov ne pensait ni à Corley, ni à l'appartement de Rachel. Il pensait à Fasil, toujours à Fasil, rien qu'à Fasil.

Au rez-de-chaussée de la maison de Lander, Muhammad Fasil, allongé sur le lit de la chambre d'amis, réfléchissait lui aussi tout en mangeant du chocolat suisse qu'il adorait. En campagne, il se contentait de la nourriture grossière des fedayin, mais entre ses missions, lorsqu'il était seul, il aimait frotter le chocolat suisse entre ses mains jusqu'à ce qu'il fonde. Après, il se léchait les doigts. Fasil s'adonnait à plusieurs petits plaisirs personnels de ce genre.

De l'extérieur, il semblait capable d'une certaine quantité d'émotions violentes au registre étendu, mais plus superficielles que profondes. Pourtant, il était ténébreux et froid ; ses profondeurs glacées retenaient des choses sauvages et aveugles qui se frôlaient et se mordaient dans l'obscurité. Il avait, très tôt, appris à se connaître. Ses camarades de classe aussi, et alors, il s'était retrouvé seul. Fasil avait de merveilleux réflexes et une grande force nerveuse. Il ne connaissait pas la peur et ne faisait jamais grâce, mais il n'y avait aucune méchanceté en lui. Cet homme constituait la preuve vivante que la physiognomonie est une fausse science. C'était un assez beau garçon. Et un monstre.

Curieusement, seuls les êtres les plus primitifs ou les plus pénétrants pouvaient le démasquer. Les fedayin l'admiraient de loin et vantaient son comportement sous le feu de l'ennemi, sans comprendre que son sang-froid n'était pas du courage. Mais il lui était impossible de se mêler aux plus illettrés et aux plus ignorants d'entre eux, à

191

ceux qui engloutissaient du mouton et des pois chiches, accroupis autour du feu. L'instinct de ces hommes superstitieux était demeuré intact. En sa présence, ils devenaient vite mal à l'aise et aussi rapidement que la politesse le permettait, ils s'esquivaient. Si un jour, il devait se mettre à leur tête, il lui faudrait résoudre ce problème.

Abou Ali, aussi. Ce petit homme intelligent, un psychologue qui avait longuement parcouru les dédales de son propre esprit, savait qui il était. Un jour, à la fin du repas, Ali raconta l'un de ses plus anciens souvenirs — un agneau qui allait et venait dans la maison. Puis, il demanda à Fasil quel était le sien. Fasil répondit qu'il se rappelait de sa mère tuant un poulet en lui plongeant la tête dans le feu. Après avoir parlé, Fasil comprit qu'il ne s'agissait pas du tout d'une conversation futile. Heureusement, Abou Ali n'avait pas pu rabaisser Fasil aux yeux d'Hafez Najeer, qui était lui-même assez étrange.

La mort de ces deux hommes avait laissé, à la tête de Septembre Noir, un vide que Fasil entendait bien remplir. C'est pour cette raison qu'il avait hâte de rentrer au Liban. Dans les luttes intestines meurtrières des fedayin, un rival pouvait acquérir trop de force en son absence. Il avait joui d'un immense prestige dans le mouvement, après le massacre de Munich. Le président Kadhafi lui-même n'avait-il pas embrassé Fasil quand on accueillit en héros les francs-tireurs revenant de Tripoli ? Fasil estima que le chef de la Libye étreignait ceux-ci avec plus de ferveur que lui, le planificateur de la mission, mais Kadhafi avait paru impressionné. Et n'avait-il pas récompensé le Fatah en lui donnant cinq millions de dollars ? Si l'attentat du Super Bowl marchait, si Fasil en revendiquait tout le crédit, il deviendrait le plus prestigieux partisan du monde, plus encore que Guevara, un simple idéaliste. Fasil croyait pouvoir compter sur le soutien de Kadhafi — et de la trésorerie de la Libye — s'il prenait le pouvoir dans Septembre Noir, et finissait même par remplacer Yasser Arafat à la tête du Fatah. Il savait bien que tous ceux qui l'avaient tenté étaient morts. Il lui faudrait du temps pour se constituer un quartier général sûr, car dès qu'il tenterait son coup d'Etat, les assassins d'Arafat surgiraient.

Aucun de ses projets ne se réaliserait s'il se faisait tuer à La Nouvelle-Orléans. Au départ, il n'avait pas eu l'intention de participer à l'action, pas plus qu'à Munich. Non par peur, mais parce qu'il ne cessait de penser à ce qu'il deviendrait s'il vivait. Sans les ennuis survenus à bord du *Leticia*, il serait encore au Liban.

Fasil voyait bien que ses chances de s'en tirer n'étaient pas bonnes, dans le plan actuel. Il était chargé de protéger Lander sur l'aéroport de Lakefront, pendant que l'Américain attacherait la bombe sous le dirigeable. On ne pouvait pas fixer la nacelle ailleurs — le personnel au sol et le mât d'amarrage étaient indispensables pour maintenir le dirigeable immobile.

Lander ne pouvait tromper les mécaniciens de piste que pendant quelques secondes, vitales, en prétendant que la nacelle contenait une pièce d'équipement rare pour la télévision, mais cette ruse ne tiendrait pas longtemps. Il y aurait un échange de coups de feu et, après le décollage, Fasil resterait sans défense sur l'aéroport, peut-être entouré de policiers convergeant vers lui. Il n'estimait pas ce rôle digne de ses capacités. C'est Ali Hassan qui aurait accompli cette mission s'il n'avait pas été tué sur le cargo. Ce n'était pas une tâche propre à justifier la perte de Muhammad Fasil.

S'il ne se faisait pas prendre sur le lieu du décollage, sa seule chance de s'en tirer serait d'effectuer un détournement d'avion vers un pays amical. Mais à l'aéroport de Lakefront, une simple installation privée au bord du lac Pontchartrain, il n'y aurait pas de vol long-courrier transportant des passagers. Il pourrait s'emparer d'un avion privé tout juste capable d'atteindre Cuba, mais cela ne lui suffirait pas. On ne pouvait pas compter sur Cuba pour le protéger. Fidel Castro n'aimait pas les détournements d'avion et, face à une Amérique folle de colère, il pourrait bien livrer Fasil. En outre, celui-ci n'aurait pas l'avantage d'une pleine cargaison d'otages, et aucun avion privé n'était assez rapide pour échapper aux chasseurs américains qui décolleraient aussitôt d'une demi-douzaine de bases côtières.

Non, il n'avait aucune envie de se retrouver dégringolant vers le golfe du Mexique, conscient que la fin viendrait lorsque l'eau envahirait le cockpit enfumé. Ce serait stupide. Fasil était assez fanatique pour sacrifier sa vie si cela s'avérait nécessaire, mais il se refusait à mourir stupidement.

Même s'il pouvait traverser la ville sans se faire repérer jusqu'à l'aérodrome international de La Nouvelle-Orléans, aucun vol commercial ne pourrait atteindre la Libye sans se ravitailler en cours de route, et les chances de réussir une escale de ravitaillement étaient minimes.

Le ministère de la Guerre serait dans une rage folle, comme il n'en avait pas connu depuis Pearl Harbor. Fasil se remémora les paroles de l'amiral japonais tout de suite après l'attaque : « Je crains que nous ayons réveillé un géant endormi et que nous l'ayons rempli d'une terrible résolution. »

On pourrait s'emparer de lui quand il s'arrêterait pour ravitailler l'avion — si jamais il pouvait décoller. Le trafic aérien serait très probablement gelé quelques minutes après l'explosion de la bombe.

Il était clair pour Fasil que sa place était à Beyrouth, en train de diriger la nouvelle armée de francs-tireurs qui s'assembleraient autour de lui après son triomphe. Ce serait desservir la cause que de mourir à La Nouvelle-Orléans.

Bon. Lander était nettement qualifié pour exécuter la partie technique du projet. L'ayant vu, Fasil était certain qu'il le ferait de bon gré. Dahlia semblait capable de le contrôler. Restait le problème de l'homme de main, à l'aéroport. Si Fasil prenait des dispositions à ce sujet, il n'aurait pas besoin d'y être. Il pourrait attendre à Beyrouth, le microphone à la main. Relié par satellite à New York, il pourrait transmettre son image et sa déclaration sur les télévisions du monde entier en quelques minutes. Il tiendrait des conférences de presse. Il serait, d'un coup, l'Arabe le plus effrayant du monde.

Tout ce qu'il fallait, à l'aéroport de La Nouvelle-Orléans, c'était deux ou trois francs-tireurs expérimentés sous le commandement de Dahlia, importés en dernière minute et ignorants de leur mission jusqu'au moment d'entrer en action. C'était faisable. Fasil avait pris sa décision. Il surveillerait les derniers stades de la construction de la nacelle, verrait à ce qu'elle arrive à La Nouvelle-Orléans. Puis, il s'en irait.

Pour Fasil, le travail de Lander sur l'énorme bombe progressait avec une lenteur exaspérante. L'Américain avait demandé la quantité maximale d'explosif que pouvait porter le dirigeable dans des conditions idéales. Il ne s'attendait pas à en obtenir autant. Maintenant qu'il était là, il voulait l'utiliser au mieux. Le problème, c'était le poids et les conditions météo — celles d'un 12 janvier à La Nouvelle-Orléans. Si les footballeurs pouvaient jouer, le dirigeable pouvait voler, mais la pluie signifiait un accroissement de poids et la ville avait reçu près de deux mètres de pluie l'an passé, bien plus que la moyenne nationale. Même la rosée recouvrant la grande enveloppe pesait trois cents kilos, ce qui diminuait d'autant sa puissance ascensionnelle. Lander avait très soigneusement calculé la portance, et il tirerait le maximum du dirigeable lorsque celui-ci s'élèverait dans le ciel en emportant son œuf mortel. Par un beau temps ensoleillé, il pouvait compter sur l'aide d'un effet de « surchauffe », le poids gagné lorsque, à l'intérieur du sac, l'hélium était plus chaud que l'air extérieur. Mais s'il ne s'y préparait pas, la pluie pouvait tout gâcher. Lorsqu'il serait prêt à partir, certains mécaniciens de piste auraient déjà été abattus, et le décollage ne devrait connaître aucun retard. Il fallait que le dirigeable s'envole, et immédiatement. Il devrait diviser la nacelle en deux afin de pouvoir en abandonner une partie en cas de mauvais temps. C'était vraiment dommage que l'Aldrich n'ait pas utilisé un dirigeable du surplus de la Navy. Lander réfléchit. Il en avait piloté qui supportaient jusqu'à six tonnes de glace, de grandes couches qui glissaient sur les côtés et tombaient en formant une cascade scintillante et fracassante lorsqu'il atteignait un air plus chaud. Mais ces dirigeables depuis longtemps disparus étaient huit fois plus gros que celui de l'Aldrich.

L'équilibre devait être presque parfait, soit avec la nacelle entière, soit avec les trois quarts de celle-ci. Il avait donc fallu prévoir des points d'attache facultatifs sur l'armature. Ces modifications avaient pris du temps, mais pas autant que Lander l'avait craint. Il restait un peu plus d'un mois avant le Super Bowl. Il perdrait les deux dernières semaines à survoler des matches. Ce qui lui laissait dix-sept jours de travail. Il avait le temps d'effectuer un autre perfectionnement.

Il posa sur son établi une épaisse feuille de fibres de verre de douze centimètres sur vingt, et un d'épaisseur. Elle était renforcée par une trame métallique recourbée comme un morceau d'écorce de melon. Il chauffa un morceau de plastic et en fit une plaque de même dimension, en augmentant soigneusement son épaisseur du centre vers les bords.

Lander fixa le plastic à la feuille de fibres de verre, du côté convexe. Le tout ressemblait maintenant à un livre tordu qui n'aurait une couverture que d'un seul côté. Sur le plastic, il appliqua trois couches de caoutchouc découpées dans une alèse d'hôpital. Et par-dessus, un morceau de toile légère hérissée de fléchettes de carabine calibre 177. Elles reposaient sur leur base, collées à la toile aussi près les unes des autres que les clous d'un lit de fakir. Comme la toile cloutée était tendue sur la surface convexe, les bouts pointus des fléchettes divergeaient légèrement. Tel était le but de la courbure de l'engin. C'était nécessaire pour que les fléchettes s'éparpillent en vol selon un schéma prédéterminé. Lander avait très soigneusement calculé la balistique. Leur forme les stabiliserait en vol, tout comme les fléchettes d'acier utilisées au Viêt-nam.

Il attacha ensuite trois autres couches de toile couverte de fléchettes. En tout, les quatre en contenaient neuf cent quarante-quatre. Lander calcula que dans un rayon de soixante mètres, les fléchettes cribleraient une surface de neuf cents mètres carrés, chacune d'elle frappant dans un mètre carré et demi de cette superficie avec la vélocité d'une balle tirée par un fusil à grande puissance. Rien ne pouvait survivre dans cette zone. Et c'était seulement le petit modèle destiné à être testé. Le vrai, celui qui pendrait sous le dirigeable, était trois cent dix-sept fois plus gros en surface et en poids, et portait une moyenne de trois fléchettes et demie pour chacun des quatre-vingt mille neuf cent quatre-vingt-cinq spectateurs assis dans le Tulane Stadium.

Fasil entra dans l'atelier au moment où Lander fixait la couverture extérieure, une feuille de fibres de verre aussi épaisse que le revêtement de la nacelle.

Lander ne lui parla pas.

Fasil parut ne porter que peu d'attention à l'objet posé sur l'établi, mais il comprit ce que c'était et fut épouvanté. L'Arabe fit des yeux le tour de l'atelier, pendant plusieurs minutes, en prenant garde de ne rien toucher. Technicien entraîné en Allemagne et au Nord-Viêt-nam, Fasil ne put s'empêcher d'admirer l'habileté et l'économie dont Lander avait fait preuve dans la construction de la grande nacelle.

« Ce matériau est dur à souder, dit-il en tapotant le tuyautage d'alliage Reynolds. Je ne vois pas l'équipement nécessaire pour la soudure en atmosphère d'hélium, vous avez cédé le travail à un sous-traitant ?

— Je l'ai emprunté à ma société pendant le week-end.

— L'armature aussi est mise en décharge. Eh bien ça, monsieur Lander, c'est pousser loin les choses. »

Fasil voulait rendre hommage à l'art de Lander. Il avait décidé qu'il était de son devoir d'entretenir des rapports cordiaux avec l'Américain.

« Si l'armature se gauchissait et faisait craquer la coquille de fibres de verre, quelqu'un pourrait apercevoir les fléchettes quand on la sortira du camion, dit Lander d'une voix monocorde.

— Je croyais que vous seriez en train d'emballer le plastic ; il ne reste plus qu'un mois.

— Pas encore prêt. Il faut d'abord que je vérifie quelque chose.

197

— Je peux peut-être vous aider.

— Vous connaissez l'indice explosif de ce matériau ? »

Fasil fit non de la tête, d'un air piteux. « Il est tout nouveau.

— Vous en avez vu exploser ?

— Non. J'ai appris qu'il était plus puissant que le C-4. Vous avez constaté ce qu'il a fait à la maison de Muzi.

— J'ai vu un trou dans le mur et cela ne me suffit pas. L'erreur la plus répandue lorsqu'on fabrique un engin antipersonnel, c'est de mettre le shrapnel trop près de la charge, ce qui fait qu'une partie est détruite par l'explosion. Réfléchissez à cela, Fasil. Si vous ne le savez pas vous devriez le savoir. Lisez ce manuel de campagne et vous trouverez tout à ce sujet. Je vous traduirai les termes difficiles. Je ne veux pas que ces fléchettes se fragmentent dans l'explosion. Remplir soixante-quinze instituts pour sourds ne m'intéresse pas. Je ne sais pas quelle épaisseur doit avoir la couche tampon, entre le plastic et les fléchettes, pour bien les protéger.

— Mais regardez ce qu'il y a dans un engin du type antipersonnel...

— Ce n'est pas suffisant. J'ai affaire à une portée plus longue et à une quantité infiniment plus grande d'explosif. Personne n'a jamais fabriqué un engin aussi gros. Un antipersonnel est de la taille d'un livre de classe. Celui-ci a les dimensions d'un canot de sauvetage.

— Quelle sera la position de la nacelle quand elle explosera ?

— Sur la ligne de cinquante yards, à trente mètres d'altitude, parallèlement au terrain. Vous pouvez constater que la courbure de la nacelle est en conformité avec celle du stade.

— Alors...

— Alors, Fasil, il faut que je sois absolument sûr que les fléchettes se disperseront en un arc de cercle parfait et ne partiront pas en gros paquets. J'ai un peu de dérive à l'intérieur du revêtement. Je peux encore augmenter la courbure, si nécessaire. Je vais tout apprendre

198

sur la couche tampon et la dispersion quand nous ferons exploser ceci », dit Lander en tapotant l'engin posé sur l'établi.

« Il y a au moins une livre de plastic là-dedans.

— Oui.

— Vous ne pouvez pas faire exploser ça sans attirer l'attention de la police.

— Si.

— Vous n'aurez pas le temps d'examiner les résultats avant qu'elle arrive.

— Si.

— C'est... » Il faillit dire « de la folie », mais s'arrêta juste à temps. « C'est très imprudent.

— Ne vous en faites pas pour ça.

— Puis-je vérifier vos calculs ? »

Fasil espérait trouver un moyen d'empêcher l'expérience.

« Allez-y. Souvenez-vous que ce n'est pas un modèle réduit de la paroi de la nacelle. Il contient juste les deux courbes polycentriques que j'utilise pour disperser le shrapnel.

— Je m'en souviendrai, monsieur Lander. »

Fasil put s'entretenir en tête à tête avec Dahlia pendant qu'elle transportait la poubelle dehors. « Parle-lui, dit-il en arabe. Nous savons que le truc fonctionnera tel quel. Cette histoire de test constitue un risque inacceptable. Il va tout gâcher.

— L'engin pourrait ne pas fonctionner parfaitement, répliqua-t-elle en anglais. Il doit être sans faille.

— Il n'a pas besoin d'être *parfait* à ce point.

— Pour lui, si. Pour moi aussi.

— Pour la mission, pour ce que nous nous proposons de faire, il fonctionnera suffisamment tel qu'il est.

— Camarade Fasil, appuyer sur le bouton, dans cette nacelle, le 12 janvier, sera le dernier acte de la vie de Michael Lander. Il ne verra pas ce qui se passera ensuite. Moi non plus, si ma présence est nécessaire à bord. Nous devons savoir ce qui arrivera après, tu comprends ça ?

« — Je comprends que tu commences à te comporter plus comme lui que comme un franc-tireur.

— C'est que tu as une intelligence bornée.

— Si nous étions au Liban, je te tuerais pour avoir dit cela.

— Nous sommes loin du Liban, camarade Fasil. Si l'un de nous revoit jamais ce pays, tu pourras essayer, tant que tu voudras. »

14

Rachel Bauman attendait, assise derrière un bureau de l'Halfway House, dans la partie sud du Bronx. Le centre de réinsertion des drogués était, pour elle, riche de souvenirs. Elle fit des yeux le tour de la petite pièce lumineuse, avec ses murs peints par des amateurs, son mobilier de récupération, et pensa aux êtres ravagés, désespérés qu'elle avait essayé de toucher, aux confidences qu'elle avait entendues, à son bénévolat ici. C'était à cause des souvenirs que la pièce évoquait qu'elle avait choisi cet endroit pour y rencontrer Eddie Stiles.

On frappa un coup discret à la porte et un homme menu et chauve entra en jetant de petits coups d'œil autour de lui. Stiles s'était rasé pour l'occasion. Un pansement recouvrait une coupure, sur sa mâchoire. Il sourit timidement en tripotant sa casquette.

« Asseyez-vous, Eddie. Vous avez l'air en forme.

— Jamais été mieux, docteur Bauman.

— Comment ça va, le travail sur le remorqueur ?

— Pour dire la vérité, pas très excitant. Mais je m'y plais bien ; je m'y plais bien, vous savez, se hâta-t-il d'ajouter. Vous m'avez rendu un fameux service, en me trouvant ce travail.

— Je ne vous ai pas trouvé ce travail, Eddie. J'ai juste demandé à l'homme de vous recevoir.

— Ouais, mais je l'aurais jamais eu autrement. Comment ça va, pour vous ? Vous avez l'air un peu changée, je

201

veux dire que vous semblez en forme. Qu'est-ce que je dis là ? C'est vous le médecin. »

Il rit timidement.

Rachel vit qu'il avait pris du poids. Quand elle l'avait rencontré, trois ans auparavant, il venait d'être arrêté pour avoir passé des cigarettes en contrebande sur un chalutier de douze mètres ; il essayait comme cela de se procurer ses soixante-quinze dollars d'héroïne par jour. Eddie avait passé de nombreux mois à Halfway House, de nombreuses heures à parler à Rachel. Elle était là quand il hurlait.

« C'est pour quoi que vous voulez me voir, docteur Bauman ? Je veux dire, je suis content de vous voir, et tout ça, et si vous vous demandez si je suis *clean*...

— Je sais que vous l'êtes, Eddie. Je veux seulement vous demander un conseil. »

Elle n'avait, jusqu'à maintenant, jamais utilisé ses relations professionnelles et cela la gênait de le faire. Stiles le remarqua aussitôt. Sa prudence naturelle luttait avec le respect et la sympathie qu'il éprouvait pour elle.

« Cela ne vous concerne pas personnellement, dit-elle. Laissez-moi vous exposer la chose et nous verrons ce que vous en pensez. »

Stiles se détendit un peu. Elle n'allait pas lui demander de s'engager dans une action quelconque, immédiatement.

« Il faut que je retrouve un bateau, Eddie. Un certain bateau. Un bateau qui s'adonne à de drôles d'activités. »

Son visage ne révéla rien.

« Je vous ai dit que je travaillais sur un remorqueur, et je fais que ça, vous le savez bien.

— Oui, je le sais. Mais vous connaissez pas mal de monde, Eddie. Moi, je ne connais personne qui s'adonne à de drôles d'activités sur un bateau. J'ai besoin de votre aide.

— Nous avons toujours été francs l'un avec l'autre, d'accord ?

— Oui.

— Vous n'avez jamais rien raconté de tout ce que je vous ai dit quand j'étais sur le divan, hein ?

— Jamais.

— O.K., alors vous me posez la question et vous me dites qui veut savoir la réponse. »

Rachel hésita. La vérité était la vérité. Rien d'autre ne le ferait parler. Elle lui raconta tout.

« Les fédéraux m'ont déjà questionné, dit Stiles lorsqu'elle eut terminé. Un type est venu à bord me poser des questions devant tout le monde, ce que j'ai pas beaucoup apprécié. Je sais qu'ils ont demandé aussi à d'autres — des connaissances à moi.

— Et vous leur avez dit balpeau. »

Stiles sourit et rougit. « Je n'avais rien à leur raconter, vous comprenez ? Pour vous dire la vérité, je m'étais pas beaucoup concentré. Je suppose que les autres ont fait pareil parce qu'on m'a dit qu'ils continuaient à questionner dans le coin. »

Rachel attendit, elle ne voulait pas le bousculer. Le petit homme tira sur son col, se frotta le menton, reposa les mains sur ses genoux.

« Vous voulez parler au type qui possède ce bateau ? Je ne parle pas de vous-même, ce ne serait pas... je veux dire, vos amis.

— C'est exact.

— Juste parler ?

— Juste parler.

— Contre rétribution ? Je veux dire, pas pour moi, docteur Bauman. N'allez pas vous imaginer cela, je vous en prie, je vous dois assez comme ça. Mais, ce que je veux dire, c'est que si je connais bien ce type, il n'y a pas grand-chose de gratuit avec lui. Je gagne deux cents dollars, grâce à vous, mais ce serait peut-être...

— Ne vous inquiétez pas pour l'argent.

— Redites-moi où le garde-côte a repéré le bateau et qui a fait quoi. »

Stiles écouta, en hochant la tête et en posant de temps à autre une question. « Franchement, peut-être que je peux pas vous aider, docteur Bauman, finit-il par dire. Mais il y a des fois des choses qui me reviennent. Je vais écouter ce qui se dit.

— Faites très attention.

— Bien sûr que oui. »

15

Harry Logan faisait au volant de son pick-up cabossé le tour de l'enclos contenant l'équipement lourd de l'United Coal Company ; c'était la ronde qu'il devait effectuer toutes les heures pour surveiller les rangées de bulldozers et de bagnoles encrassés. Il était censé guetter les voleurs et les saboteurs écolos, mais il n'en venait jamais. Il n'y avait personne à des kilomètres à la ronde. Tout allait bien, il pouvait s'en aller.

Il s'engagea dans un chemin de terre longeant la blessure géante que la mine à ciel ouvert avait creusée dans les collines de Pennsylvanie, et la poussière rouge s'élevait derrière le pick-up. La crevasse faisait douze kilomètres de long sur trois de large, et elle ne cessait de croître au fur et à mesure que les engins de terrassement dévoraient les collines. Vingt-quatre heures par jour, six jours par semaine, deux des plus gros bulldozers du monde enfonçaient leurs mâchoires dans les coteaux comme des hyènes déchirant un ventre. Elles s'arrêtaient le septième jour car le président de l'United Coal était un homme très pieux.

On était dimanche et rien ne bougeait sur la terre écorchée, sauf les tourbillons de poussière. C'était le jour où Harry Logan se faisait un peu d'argent de poche. Il ratissait l'aire condamnée qui serait bientôt détruite par la mine. Tous les dimanches, Logan abandonnait son poste et se rendait au petit village abandonné, sur une colline, en suivant le chemin tracé par les bulldozers.

Les maisons qui s'écaillaient demeuraient vides ; elles empestaient l'urine des vandales qui avaient cassé les fenêtres. Les propriétaires emportaient tout ce qu'ils croyaient valable lors du déménagement, mais leurs yeux ne savaient pas repérer aussi bien que ceux de Logan les débris vendables. Il était biffin de naissance. On trouvait du plomb dans les gouttières et les tuyauteries à l'ancienne. On pouvait arracher les commutateurs des murs, sans compter les pommeaux de douche et les fils de cuivre. Il vendait tout cela à son ferrailleur-chiffonnier de gendre. Logan avait très envie de récolter un bon butin ce dimanche-là, car il ne restait que deux cents mètres de forêt entre le village et la mine. Dans deux semaines, le village serait dévoré.

Il gara son camion dans le garage attenant à une maison. Quand il éteignit le moteur, il n'y eut plus que le silence. Seul le vent sifflait à travers les maisons dispersées, dépourvues de fenêtres. Logan chargeait un tas de Placoplâtre dans son camion quand il entendit l'avion.

Le Cessna rouge à quatre places fit deux passages à basse altitude au-dessus du village. En regardant au travers des arbres, Logan le vit se poser sur le chemin de terre qui traversait la mine à ciel ouvert. S'il avait apprécié ce genre de chose, il aurait pris plaisir à regarder le superbe atterrissage, et le petit avion roula doucement tandis que la poussière fouettait l'un de ses flancs.

Il se gratta la tête et le derrière. Qu'est-ce qu'ils voulaient ? C'était peut-être des inspecteurs de la compagnie. Il pourrait dire qu'il effectuait un tour dans le village. L'avion avait disparu derrière un épais bosquet. Logan se fraya un chemin entre les arbres. Quand il put le voir de nouveau, il était vide et l'on avait mis des cales sous les roues. Il entendit des voix sur sa gauche et marcha tranquillement vers elles. Il y avait là-bas une grande étable vide avec un enclos à vaches d'un hectare et demi. Logan savait qu'elle ne contenait rien qui vaille d'être volé. Posté à l'orée du bois, il vit deux hommes et une femme dans l'enclos, enfoncés jusqu'aux chevilles dans le blé d'hiver d'un vert brillant.

L'un des hommes était grand et portait des lunettes de soleil et une veste de ski. Le second était plus basané, avec une cicatrice sur la joue. Les hommes déroulèrent un long morceau de corde et mesurèrent quelque chose de l'étable jusque dans l'enclos. La femme planta un théodolite d'arpenteur et le grand regarda dedans pendant que le basané faisait des marques à la peinture sur le mur de l'étable. Puis tous trois se réunirent autour d'un clipboard en faisant de grands gestes.

Logan sortit des bois. Le basané le vit et dit quelque chose que Logan n'entendit pas.

« Qu'est-ce que vous faites là ? leur demanda-t-il.

— Salut, dit la femme en souriant.

— Vous avez une autorisation de la compagnie ?

— Nous n'en faisons pas partie, répondit le plus grand.

— C'est une propriété privée. Vous n'avez pas le droit d'être ici. C'est pour cela que je suis là, moi, pour tenir les gens à distance.

— On voulait juste prendre quelques photos, dit le grand.

— Il n'y a rien à prendre en photo par ici, répliqua Logan avec méfiance.

— Oh, si ! dit la femme. Moi. » Elle se lécha les lèvres. « On prend des photos pour la couverture de ce qu'on pourrait appeler un magazine un peu spécial, vous voyez ce que je veux dire ?

— Vous parlez d'une revue de nus ?

— Nous préférons appeler cela une publication naturiste, précisa le grand. On ne peut pas faire ce genre de chose n'importe où.

— On pourrait m'arrêter », dit la femme en riant.

C'était vraiment un beau brin de fille.

« Il fait trop froid pour ce genre de truc, dit Logan.

— On va appeler la photo " Chair de poule ". »

Pendant ce temps, le basané déroulait la bobine de fil métallique d'un trépied jusqu'aux arbres.

« Ne me racontez pas d'histoires, je suis au courant de rien. Le service m'a pas dit que je pouvais laisser entrer quelqu'un. Vous feriez mieux de retourner d'où vous venez.

— Vous n'avez pas envie de gagner cinquante dollars en nous aidant ? Cela va prendre seulement une demi-heure, et après nous partirons », dit le grand.

Logan réfléchit un instant. « D'accord, mais je n'enlève-rai pas mes vêtements.

— Pas besoin. Y a-t-il quelqu'un d'autre ici ?

— Non. Personne à des kilomètres à la ronde.

— Alors on va y arriver. » L'homme lui tendit cin-quante dollars. « Ma main vous dérange ?

— Non, non.

— Alors, pourquoi vous la regardez fixement ? »

La femme s'agita avec inquiétude.

« Je ne l'ai pas fait exprès », dit Logan.

Il voyait son reflet dans les lunettes de soleil de l'homme.

« Vous deux, sortez la grosse caméra de l'avion. Ce monsieur et moi, nous allons tout préparer. »

Le basané et la femme disparurent dans le bois.

« Comment vous vous appelez ?

— Logan.

— Bien, monsieur Logan, si vous avez deux ou trois planches, mettez-les dans l'herbe, là, au centre du mur, pour que la dame se tienne devant.

— Faire quoi ?

— Mettre des planches là, juste au milieu. Le sol est froid, et puis nous voulons que ses pieds sortent de l'herbe pour qu'on les voie. Il y a des gens qui aiment les pieds. »

Pendant que Logan cherchait les planches, le grand ôta le théodolite et attacha au trépied un drôle d'objet incurvé. Il se retourna et appela Logan. « Non, non. L'une sur l'autre, les planches. » Il mit ses mains en forme de cadre et regarda dedans. « Maintenant mettez-vous dessus, que je voie si c'est bien. Restez là, ne bougez pas, les autres vont arriver avec le viseur. »

Le grand disparut entre les arbres.

Logan leva la main pour se gratter la tête. Durant une fraction de seconde, son cerveau enregistra l'éclair éblouissant, mais il n'entendit pas le bruit. Vingt fléchettes le déchiquetèrent et l'explosion l'envoya s'écraser sur le mur de l'étable.

Lander, Fasil et Dahlia traversèrent la fumée en courant.

« De la viande hachée », dit Fasil. Ils retournèrent le corps flasque et examinèrent son dos. Rapidement, ils prirent des photos du mur. Il était plié vers l'intérieur et ressemblait à une passoire. Lander entra dans l'étable. Des centaines de petits trous, dans le mur, laissaient passer des pointes de lumière qui constellaient son visage de taches de rousseur tandis que sa caméra cliquetait à plusieurs reprises.

« Très réussi », dit Fasil.

Ils traînèrent le corps dans l'étable, aspergèrent d'essence le bois bien sec et, en sortant, formèrent une traînée sur vingt mètres. Le feu pénétra comme un éclair à l'intérieur et alluma les mares d'essence avec une explosion sourde et brûlante dont ils sentirent le souffle sur leur visage.

De la fumée noire sortait de l'étable pendant que le Cessna s'élevait hors de vue.

« Comment avez-vous découvert cet endroit ? demanda Fasil installé sur le siège arrière, en se penchant pour être entendu par-dessus le bruit du moteur.

— Pendant ma chasse à la dynamite, l'été dernier, répondit Lander.

— Vous croyez que la police va bientôt arriver ?

— J'en doute, il y a des explosions tout le temps dans le coin. »

16

EDDIE Stiles, assis près de la vitrine, au snack-bar de
l'Aquarium de New York, se faisait du souci. De sa
table, il voyait Rachel Bauman à quarante mètres de là,
appuyée au garde-fou de la fosse des pingouins. La cause
de son inquiétude, ce n'était pas elle mais les deux
hommes qui l'accompagnaient. Leur mine ne lui plaisait
pas du tout. Celui de gauche ressemblait à Dean,
l'Homme-Montagne[1]. L'autre était un peu plus petit,
mais encore pire. Il se conduisait avec cette aisance, cette
économie de mouvements et cet aplomb qu'Eddie avait
appris à craindre. Les prédateurs de son univers étaient
comme ça. Les plus coûteux. Pas les hommes de main
qu'employaient les créanciers impitoyables, les durs tra-
pus qui marchaient lourdement du talon.

Eddie n'aimait pas la manière dont les yeux de cet
homme parcouraient les endroits élevés, le toit du pavillon
des requins, les palissades sur les dunes, entre l'Aquarium
et la promenade de Coney Island. Un lent balayage, et
puis l'homme quadrillait le sol, minutieusement, dans le
style de l'infanterie, des alentours aux lointains, et pendant tout ce temps-là, il ne cessait de faire des signes à un
pingouin qui le regardait avec intérêt.

Eddie regrettait d'avoir choisi ce lieu de rencontre. Le

---

1. Jay Hanna, dit aussi « Dizzy », le plus grand lanceur du base-ball américain,
une véritable légende, mort en 1974 (N.d.T.).

week-end, la foule n'était pas assez nombreuse pour lui procurer une confortable impression d'anonymat.

Le Dr Bauman lui avait donné sa parole qu'il ne serait pas impliqué dans l'histoire. Elle ne lui avait jamais menti. Sa vie, celle qu'il essayait de bâtir, était basée sur ce qu'il avait appris de lui-même, avec l'aide du Dr Bauman. Si ce n'était pas vrai, alors rien n'était vrai. Il vida sa tasse de café, descendit rapidement l'escalier pour se diriger vers le bassin de la baleine. Il l'entendit souffler avant d'y arriver. C'était un épaulard femelle de près de dix mètres de long, élégant, taché de blanc et de noir. Une représentation se déroulait. Sur une plate-forme qui surplombait l'eau, un jeune homme brandit un poisson dans la pâle lumière d'un soleil hivernal. La surface de l'eau se gonfla d'un bout à l'autre du bassin lorsque le cétacé fonça, telle une locomotive noire. Il carambola verticalement hors de l'eau et sa forme immense parut suspendue un instant en l'air tandis qu'il saisissait le poisson dans ses dents triangulaires.

Eddie entendit les applaudissements se déchaîner derrière lui pendant qu'il descendait les marches menant à la galerie souterraine et à ses grandes baies vitrées. La salle était humide et faiblement éclairée par le soleil brillant au travers de l'eau bleu-vert du bassin de l'épaulard. Eddie regarda l'animal. Il se déplaçait sur le fond pommelé de lumière, tournant et retournant sur lui-même, en mâchant. Trois familles descendirent l'escalier et le rejoignirent. Elles comptaient toutes des enfants bruyants.

« Papa, je vois pas. »

Le père hissa le petit garçon sur son dos en lui tapant la tête au plafond, puis l'emmena au-dehors, tout braillant.

« Salut, Eddie », dit Rachel.

Ses deux compagnons se tenaient du même côté du Dr Bauman, un peu à l'écart. Ils sont bien élevés, pensa Eddie. Des gangsters seraient arrivés en l'encadrant. Des flics aussi. « Bonjour, docteur Bauman. » Il jeta un coup d'œil par-dessus l'épaule de Rachel.

« Eddie, je vous présente David et Robert.

— Content de faire votre connaissance. » Eddie leur serra la main. Le grand costaud avait une arme sous le bras gauche, aucun doute là-dessus. L'autre aussi, peut-être, mais sa veste était mieux coupée. C'était David. Les jointures des deux premiers doigts hypertrophiées et le revers de la main comme une râpe en bois. Il n'avait pas gagné ça en jouant au yoyo. Le Dr Bauman était une femme très sage et très intelligente, mais il y avait des choses qu'elle ne savait pas, pensa Eddie. « Docteur Bauman, j'aimerais vous parler un moment, euh, c'est personnel, si ça vous ennuie pas. »

A l'autre extrémité de la salle, il lui parla à l'oreille. Les cris d'enfants couvraient sa voix : « Docteur. Je voudrais savoir. Vous connaissez ces types ? Vous croyez les connaître, mais, je veux dire, *connaître vraiment ?* Docteur Bauman, ce sont de vrais durs. Vous savez, il y a durs et durs. C'est quelque chose que j'ai fini par apprendre. Ce sont des durs de durs, pas des bonnards, si vous me suivez. A mon avis, c'est pas de la frime. Je vous vois pas fréquenter des types comme ça. Vous savez, à moins qu'ils soient des parents à vous, ou quelque chose comme ça, vous pouvez pas faire grand-chose pour eux. »

Rachel mit la main sur son bras. « Merci, Eddie. Je comprends ce que vous tentez de me dire. Mais je connais ces deux-là depuis très longtemps. Ce sont des amis. »

Pour qu'il ait de la compagnie, on avait mis une tortue dans le bassin de l'épaulard. Elle était en train de cacher des morceaux de poisson dans le tuyau d'écoulement pendant que la baleine n'avait d'yeux que pour le soigneur. Le cétacé glissa le long de la baie du sous-sol ; il mit dix bonnes secondes pour passer, son petit œil fixant au travers de la vitre les gens qui parlaient de l'autre côté.

« Ce type dont j'ai entendu parler, Jerry Sapp, a travaillé à Cuba il y a deux ou trois ans, dit Stiles à Kabakov. Cuba ! Il est passé sous le nez du radar côtier, près de Puerta Cabanas, avec des Cubains de Miami. » Les yeux de Stiles allaient constamment de Kabakov à Rachel. « Ils avaient à faire sur la rive, vous comprenez, et ils ont franchi les déferlantes dans un de ces canots gonflables, un Avon ou un Zodiac, et ils sont partis avec cette boîte. Je ne sais pas ce que ça pouvait bien être, mais ce type n'est pas revenu en Floride. Il est tombé sur un patrouilleur cubain qui sortait de Bahia Honda et a filé tout droit jusqu'au Yucatan. L'avait un réservoir souple sur le gaillard d'avant. »

Kabakov écoutait en tapotant le garde-fou. L'épaulard était calme maintenant et se reposait en surface. Sa grande queue se cambra dans l'eau, plongeant ses nageoires caudales à trois mètres de profondeur.

« Ces gosses me rendent cinglé, dit Eddie. Sortons de là. »

Ils s'arrêtèrent dans le sombre couloir du pavillon des requins pour regarder les longues formes grises tourner sans fin tandis que de petits poissons brillants passaient entre eux comme des flèches.

« Je me suis toujours demandé comment ce type faisait pour naviguer si près de Cuba. Vu qu'à la Baie des Cochons, ils ont un radar pas croyable. Vous dites que votre type a échappé au radar du garde-côte. Même chose. Aussi, j'ai posé des questions, dans le coin, vous savez, au sujet de ce Sapp. Il était au Sweeney's, à Asbury Park, il y a environ deux semaines. Mais depuis, personne l'a vu. Son bateau, c'est un pour la pêche sportive, onze mètres, un boulot de la Shing Lu. Construit à Hongkong, et quand je dis *construit*, celui-là est tout en bois.

— Où le gardait-il, ce bateau ? demanda Kabakov.

— J'en sais rien. Personne le sait. Je veux dire, on peut pas poser trop de questions, vous comprenez ? Mais, écoutez, le barman du Sweeney's prend des messages pour ce type, je pense qu'il pourrait établir le contact. Si c'était pour du travail.

— Quelle sorte de travail lui plairait ?

— Ça dépend. Il doit savoir qu'il est recherché par la police. S'il s'est embarqué dans l'affaire qui vous intéresse, bien sûr, il sait qu'il l'est. Si c'était un travail sous contrat, s'il a simplement loué le bateau, alors il a tout le temps écouté la fréquence des garde-côtes. Vous pigez ?

— Où vous auriez filé, si vous étiez à sa place ?

— Après que le bateau fut revenu, je l'aurais surveillé pendant au moins un jour, pour être sûr qu'il était pas

213

devenu une souricière. Puis si j'avais un endroit où travailler, je l'aurais repeint, j'aurais remis dessus son vrai numéro d'enregistrement et puis je lui aurais donné une autre allure — j'aurais installé un espar de thonier, par exemple. J'aurais rattrapé un chapelet de Gold Platers naviguant plein sud vers la Floride, au-dessus de la fosse, et je me serais glissé en plein milieu — un chapelet de yachts longeant la côte, expliqua Eddie. Ces richards aiment bien se déplacer en bande.

— Nommez-moi une marchandise qui vient de loin et rapporte gros ; une affaire qui pourrait le faire sortir de son trou, dit Kabakov. Quelque chose qui exige l'emploi d'un bateau.

— La blanche, dit Eddie en jetant un coup d'œil coupable vers Rachel. L'héroïne. En provenance du Mexique, disons, Corpus Christi ou Aransas Pass sur la côte du Texas. Il marcherait pour ça. Il faudrait qu'il y ait un acompte, bien sûr. Et pour la prise de contact, il faudrait faire gaffe. Il doit s'effrayer facilement.

— Réfléchissez au contact, Eddie. Et merci, dit Kabakov.

— Je fais ça pour le Dr Bauman. » Les requins se déplaçaient en silence dans le réservoir illuminé. « Ecoutez, maintenant il faut que je file, j'ai plus envie de regarder ces trucs-là.

— Je te rejoindrai en ville, David », dit Rachel.

Kabakov fut surpris de lire dans ses yeux, lorsqu'elle le regarda, une sorte d'aversion. Eddie et elle s'éloignèrent, têtes basses, en parlant. Elle tenait le petit homme par l'épaule.

Kabakov préférait ne pas parler de tout cela à Corley. Jusqu'ici, l'agent du FBI ignorait tout du trafic de Jerry Sapp et de son bateau. Kabakov voulait poursuivre seul. Il avait besoin de parler à Sapp avant qu'il ne se drape dans la Constitution.

Cela ne le gênait pas de violer les droits d'un homme, sa dignité ou sa personne, si cette violation lui apportait des bénéfices immédiats. Le faire ne le tracassait pas, mais la graine qui, en lui, se nourrissait du succès de cette tactique, le rendait mal à l'aise.

Il sentait se développer en lui des attitudes de mépris envers les sauvegardes tissées entre le citoyen et l'opportunisme d'une enquête. Il n'essayait pas de rationaliser ses actes par des lieux communs comme « la fin justifie les moyens », car ce n'était pas un homme de réflexion. Tout en croyant que les mesures qu'il prenait étaient nécessaires — en sachant qu'elles seraient efficaces — il craignait que la mentalité de l'homme qui les pratiquait ne devienne peu à peu une chose laide et dangereuse, et pour lui, cette mentalité avait un visage. Le visage d'Hitler.

Kabakov admettait que ces actions marquaient son esprit tout autant que son corps. Il s'efforçait de croire que l'impatience croissante qu'il éprouvait face aux entraves de la loi n'était que le résultat de son expérience, que sa colère contre ces obstacles était de même nature que la raideur provoquée certains matins d'hiver par ses vieilles blessures.

Mais ce n'était pas totalement vrai. Tout cela tenait à sa nature même ; c'est un fait qu'il avait découvert des années auparavant, près de Tibériade, en Galilée.

Il était en train d'inspecter certaines positions sur la frontière syrienne. Il arrêta sa jeep près d'un puits à flanc de montagne. Un moulin à vent, un vieux Aermotor américain, pompait l'eau froide de la roche. Il craquait à intervalles réguliers lorsque les aubes tournaient lentement, un bruit esseulé par une journée lumineuse et tranquille. Appuyé contre sa jeep, son visage encore rafraîchi par l'eau, Kabakov regardait un troupeau de moutons qui paissaient au-dessus de lui, sur le versant. L'impression d'être totalement seul lui fit prendre conscience de la forme et de la position de son corps dans ces grands espaces tout en oblique. Puis, il aperçut un aigle, très haut, qui se laissait porter par un courant ascendant, les plumes du bout de ses ailes évasées comme des doigts ; il survola en diagonale la paroi de la montagne, son ombre glissant rapidement sur les rochers. L'aigle n'était pas en train de chasser les moutons, car c'était l'hiver et il n'y avait pas d'agneaux, mais le troupeau le vit et se mit à bêler. Kabakov fut pris d'un vertige à regarder l'oiseau, ses références horizontales faussées par la déclivité de la montagne. Il se retint à la jeep pour garder son équilibre.

Alors, il comprit qu'il préférait de beaucoup l'aigle aux moutons et qu'il en serait toujours ainsi, et qu'à cause de ce qu'il faisait, parce que c'était inscrit en lui de le faire, il ne serait jamais parfait aux yeux de Dieu.

Kabakov se réjouit de n'avoir jamais eu, véritablement, de pouvoir.

Aujourd'hui, dans l'appartement d'un gratte-ciel de Manhattan, Kabakov cherchait comment présenter l'appât à Jerry Sapp. S'il se mettait seul à la poursuite de ce type, Eddie Stiles devrait effectuer le contact. C'était l'unique personne connue de Kabakov qui ait accès au monde de la criminalité des quais. Sans lui, il serait obligé d'avoir recours à Corley. Stiles le ferait, pour Rachel.

« Non, lui dit Rachel au petit déjeuner.

— Il le ferait si tu lui demandais. On pourrait le couvrir sans arrêt...

— Il ne va pas le faire, aussi n'y pense plus. »

C'était dur de croire que vingt minutes avant, elle avait été sur lui si chaude et rose encore de sommeil, ses cheveux comme un doux pendule qui lui caressait le visage et le torse.

« Je sais que cela ne te plaît pas que je me serve de lui, mais bon Dieu...

— Que moi je l'utilise, cela ne me plaît pas, et l'idée que tu le fasses ne me plaît pas non plus. Moi, je me sers de toi d'une façon que je n'ai pas encore élucidée. Alors d'accord, utilisons-nous mutuellement. Nous avons quelque chose en plus, et c'est bien. Mais ne parlons plus d'Eddie. »

Elle était vraiment splendide, pensa Kabakov, avec cette rougeur qui, surgie de la dentelle, envahissait son cou.

« Je ne peux pas le faire. Je ne le ferai pas, dit-elle. Tu veux du jus d'orange ?

— S'il te plaît. »

A contrecœur, Kabakov alla voir Corley. Il lui donna les informations qu'il avait recueillies sur Jerry Sapp, mais ne livra pas le nom de son informateur.

Corley mit deux jours à fabriquer l'appât, avec le bureau des Stupéfiants. Il passa une heure au téléphone, en liaison avec Mexico. Puis il rencontra Kabakov dans les bureaux du FBI de New York.

« Rien sur le Grec ?

— Pas encore, répondit Kabakov. Moshevsky se promène toujours dans les bars. Parlez-moi de Sapp.

— Le service n'a aucun dossier sur ce Jerry Sapp. Quelle que soit son identité, sous ce nom-là il est *clean*. Le service d'enregistrement des gardes-côtes n'a rien sur lui. En outre, concernant ce type de bateau, leurs dossiers n'ont pas d'entrées multiples sur les détails dont nous avons besoin. La peinture dont nous disposons suffira pour établir une comparaison positive, mais quant à retracer son origine, c'est une autre affaire. Ce n'est pas une peinture de la marine. C'est une marque commerciale de semi-vernis sur isolant brut que l'on trouve n'importe où.

— Parlez-moi de la drogue.

— J'y arrivais. Voilà le colis. Avez-vous suivi l'affaire Krapf-Mendoza à Chihuahua, par hasard ? Moi non plus, je ne connaissais pas les détails. De 1970 à 1973, ils ont introduit dans ce pays cinquante kilos d'héroïne. A destination de Boston. Avec une méthode très intelligente. Pour chaque cargaison, ils embauchaient, sous un prétexte quelconque, un citoyen américain qu'ils envoyaient au Mexique. Parfois c'était un homme, parfois c'était une femme, mais toujours quelqu'un de seul qui n'avait pas de famille proche. Il voyageait par avion avec un visa de touriste et, au bout de deux, trois jours, malheureusement, il mourait. Le corps était réexpédié aux Etats-Unis, le ventre bourré d'héroïne. Un funérarium les attendait ici. Au fait, c'est vrai que les cheveux continuent à pousser.

— Continuez, continuez.

— Nous en avons tiré deux choses. Le type de Boston qui investissait dans l'affaire jouit toujours d'une bonne réputation chez les truands. Il nous aide pour échapper à une peine de quarante ans de prison ferme. La police mexicaine a largué un gars à Cozumel, sur le trottoir. J'ai préféré ne pas demander à quoi, lui, il essayait d'échapper.

— Alors si notre homme fait courir le bruit qu'il cherche un type avec un bateau pour faire passer de la came de Cozumel au Texas, ça peut paraître normal puisque la vieille méthode ne marche plus. Et si Sapp appelle notre homme, il peut donner des références au Mexique et à Boston.

— Oui. Ce Sapp vérifiera avant de se montrer. Rien que pour lui faire passer le mot, ça va nous coûter deux ou trois largages. Et ce qui m'ennuie, c'est que si on le trouve, on n'a quasiment rien contre lui. On pourrait lui coller une accusation de conspiration à la noix impliquant l'utilisation de son bateau, mais cela prendrait du temps à élaborer. On n'a rien qui permette de lui fiche la frousse. »

Oh, si, pensa Kabakov.

Dans l'après-midi, Corley demanda au tribunal d'instance de Newark la permission de mettre sur écoute les deux téléphones du Sweeney's Bar d'Asbury Park. A 16 heures, sa requête fut repoussée. Le magistrat lui expliqua qu'il n'avait fourni aucune preuve d'un méfait quelconque commis au Sweeney's et qu'il agissait sur des allégations anonymes plutôt minces. Le magistrat ajouta qu'il était désolé.

Le lendemain, à 10 heures du matin, une camionnette bleue conduite par une dame âgée s'engagea dans le parking du supermarché adjacent au Sweeney's. Tous les emplacements étaient pris et elle fit lentement le tour, à la recherche d'une place libre. Dans une voiture garée à côté du poteau téléphonique de neuf mètres, derrière le Sweeney's, un homme somnolait.

« Il dort, ma parole », dit la vieille dame qui parlait apparemment toute seule.

L'homme se réveilla lorsque sa radio se mit à crépiter

avec colère. L'air penaud, il démarra. La camionnette se gara en marche arrière à sa place. Quelques clients poussaient un chariot dans l'allée. L'homme qui venait de libérer l'emplacement sortit de sa voiture.

« Madame, je crois que vous avez un pneu à plat.

— Ah, oui ? »

Il se dirigea vers la roue arrière de la camionnette qui était tout près du poteau. Deux minces fils métalliques, bruns contre le bois brun, descendaient de la ligne téléphonique jusqu'au sol et se terminaient par une double fiche. L'homme la brancha dans une prise cachée dans le creux du pare-chocs.

« Non, le pneu manque un peu de pression, c'est tout. Vous pouvez conduire sans inquiétude. »

Il remonta dans sa voiture et partit.

A l'arrière de la camionnette, Kabakov, adossé à la banquette, les mains derrière la tête, un casque sur les oreilles, fumait un cigare.

« Vous n'avez pas besoin de le porter tout le temps, dit le jeune homme à la calvitie naissante, installé au standard miniature. Je dis que vous n'avez pas besoin de le porter tout le temps. Quand on appelle ou quand on décroche au bar, vous verrez une lumière et vous entendrez la sonnerie. Vous voulez du café ? » Il se pencha sur la cloison, derrière la cabine. « Hé, m'man. Tu veux du café ?

— Non, répondit une voix. Et laisse les petits pains à l'oignon tranquilles. Tu sais qu'ils te donnent des gaz. »

La mère de Bernie Biner était passée du siège du conducteur à celui du passager. Elle tricotait un châle. En tant que mère d'un des meilleurs techniciens en télégraphie du FBI, c'était à elle de conduire, d'avoir l'air innocente et de faire le guet.

« Elle me soutire onze dollars quarante de l'heure et elle surveille mon régime », dit Biner à Kabakov.

La sonnerie retentit. Les doigts agiles de Bernie mirent le magnétophone en marche. Kabakov et lui coiffèrent leur casque. Ils entendirent le téléphone sonner au bar.

« Allô, le Sweeney.

— Freddy ? » Une voix de femme. « Ecoute, chéri. Je ne peux pas venir aujourd'hui.

— Merde, France, qu'est-ce qui se passe, deux fois en deux semaines ?

— Je suis désolée, Freddy. Tu peux pas savoir les crampes que j'ai.

— Une fois par semaine, t'as des crampes ? Mon petit, tu ferais mieux de voir cette andouille de médecin. Et Arlène ?

— Je l'ai déjà appelée, elle est pas chez elle.

— Eh bien, tu te débrouilles pour trouver quelqu'un, je ne peux pas faire le service des tables et m'occuper du bar.

— Je vais essayer, Freddy. »

Ils entendirent le barman raccrocher et un rire de femme, avant que le téléphone ne soit coupé à l'autre bout. Kabakov souffla un anneau de fumée et se dit qu'il fallait être patient. Le type de Corley avait déposé un message urgent pour Sapp à l'ouverture du Sweeney's, une demi-heure auparavant. Il avait donné cinquante dollars au barman pour accélérer la transmission. C'était un message simple disant que la proposition était valable, et demandant à Sapp d'appeler un numéro à Manhattan pour parler de l'affaire ou obtenir des références. Le numéro ne devait être donné qu'à Sapp. S'il appelait, Corley essaierait de l'amener à accepter une entrevue. Kabakov n'était pas satisfait. C'était pourquoi il avait engagé Biner, dont le travail consistait habituellement à vérifier si les téléphones de la mission israélienne n'étaient pas sur écoute. Kabakov n'avait pas consulté Corley à ce sujet.

Une lumière, sur le tableau de Biner, indiqua que l'on avait décroché le second téléphone du bar. Ils entendirent composer un numéro de dix chiffres. Puis une sonnerie. Personne ne répondit.

Bernie Biner rembobina l'enregistrement de la composition du numéro puis le fit passer plus lentement, en comptant les clics. « Trois-zéro-cinq pour la région. C'est la Floride. Voilà le numéro. Huit-quatre-quatre-six-zéro-six-neuf. Juste une seconde. » Il consulta une épaisse table des indicatifs. « C'est quelque part, à West Palm Beach. »

Une demi-heure passa avant que le tableau ne signale un autre appel en provenance du bar. De nouveau dix chiffres.

« Glamareef Lounge.

— J'appelle de la part de M. Sapp. Il a dit que, si c'était nécessaire, je pouvais laisser un message à ce numéro.

— Vous êtes qui ?

— Freddy Hodges, du Sweeney's. M. Sapp comprendra.

— D'accord. Qu'est-ce que je lui dis ?

— Je voudrais qu'il m'appelle.

— Je ne sais pas si je l'aurai au téléphone. Vous dites Freddy Hodges ?

— Oui. Il connaît mon numéro. Dites-lui que c'est important. C'est pour du travail.

— Euh, écoutez, il viendra peut-être aux alentours de 5 ou 6 heures. Parfois il passe. Si je le vois, je lui dis.

— Dites-lui que c'est important. Que c'est Freddy Hodges qui a appelé.

— Oui, oui. Je lui dirai. »

L'interlocuteur raccrocha.

Bernie Biner appela les renseignements de West Palm Beach et confirma que le numéro était bien celui d'un bar, le Glamareef Lounge.

La cendre du cigare de Kabakov faisait cinq centimètres de long. Il exultait. Il s'était attendu à ce que Sapp utilise un relais téléphonique, quelqu'un qui ne connaissait pas son identité, mais qu'il appelait sous un nom de code pour recevoir des messages. Mais non, c'était une simple boîte aux lettres, dans un bar. Il ne serait donc pas nécessaire de se compliquer les choses en organisant une rencontre avec Sapp. Kabakov pouvait le trouver au bar.

« Bernie, je veux une mise sur écoute jusqu'à ce que Sapp appelle le Sweeney's. Quand ça arrivera, faites-le-moi savoir, à la seconde où vous serez sûr que c'est lui.

— Où serez-vous ?

— En Floride. Je donnerai un numéro quand je serai là-bas. »

221

Kabakov jeta un coup d'œil sur sa montre. Il avait l'intention d'être au Glamareef à 17 heures. Il disposait de six heures.

Le Glamareef était une baraque en parpaing sur une parcelle sablonneuse. Comme beaucoup de bars du Sud construits après que l'air conditionné fut devenu à la mode, il n'avait pas de fenêtres. A l'origine, c'était une boîte miteuse appelée Shangala où l'on buvait de la bière ; il y avait un juke-box, quelques tables, un climatiseur bruyant et un bloc de glace dans l'urinoir. Maintenant, il ambitionnait une clientèle plus dissolue. Les banquettes en Skaï de ses boxes et son bar faiblement éclairé attirait des clients appartenant à deux mondes — les play-boys du jour de paye et les navigateurs de plaisance pleins aux as qui aimaient s'encanailler. Le Glamareef, ex-Shangala, était un endroit riche en jeunes femmes à problèmes conjugaux. C'était un endroit où une femme mûre et riche pouvait trouver un gigolo qui n'avait jamais fait l'amour dans des draps en soie.

Kabakov s'installa au bar pour boire une bière. Moshevsky et lui avaient loué une voiture à l'aéroport, et passer à toute vitesse devant les quatre marinas voisines avait été, pour eux, décourageant. Il y avait une multitude de bateaux à West Palm Beach, dont un grand nombre consacrés à la pêche sportive. Il leur faudrait trouver l'homme en premier, puis le bateau.

Il attendait depuis une heure lorsqu'un costaud, d'environ trente-cinq ans, entra dans le bar. Kabakov commanda une autre bière et demanda de la monnaie. Il étudia le nouvel arrivant dans la surface réfléchissante du distributeur de cigarettes. Il était de taille moyenne, bronzé, et très musclé sous son polo. Le barman posa un verre devant lui et un petit mot.

Le costaud vida son verre en quelques longues gorgées et se dirigea vers la cabine téléphonique. Kabakov griffonna quelque chose sur sa nappe. Il voyait distinctement les mouvements de la bouche de l'homme, dans la cabine.

Le téléphone sonna deux fois avant que le barman

décroche. Il mit sa main sur le micro. « On demande Shirley Tatum au téléphone. Est-il là ? dit-il très fort, en balayant la pièce du regard. Non, je regrette. »

Il raccrocha.

C'était Moshevsky, appelant le bar d'une cabine publique pour transmettre le signal envoyé par Bernie Biner, à Asbury Park. L'homme que Kabakov surveillait était en train de parler au Sweeney's Bar, à Asbury Park, et Bernie l'entendait. C'était Jerry Sapp.

Une demi-heure avant la tombée de la nuit, Kabakov triait sa monnaie dans une cabine publique, au bord de la route. Il composa le numéro de Rachel.

« Allô.

— Rachel, ne m'attends pas pour dîner, je suis en Floride.

— Tu as trouvé le bateau.

— Oui. J'ai d'abord trouvé Sapp et je l'ai suivi. Je n'ai pas encore fouillé l'embarcation. Ni parlé à Sapp. Ecoute, demain, je veux que tu appelles Corley. Dis-lui que Sapp et le bateau sont à la marina de Clear Springs, près de West Palm Beach. Tu as noté ? Le bateau est vert, maintenant. Immatriculé FL 4040 AL. Appelle-le vers 10 heures du matin, pas avant.

— Tu vas monter à bord ce soir et, demain matin, si tu es encore vivant, tu vas me téléphoner pour dire que tu n'as plus envie que j'appelle Corley. C'est ça ?

— Oui. » Il y eut un long silence. Kabakov s'obligea à le rompre. « C'est une marina privée, très huppée. Lucky Luciano laissait son bateau là, il y a quelques années. Et aussi d'autre grands trafiquants. L'homme qui vend des appâts me l'a dit. J'ai dû acheter un seau de crevettes pour découvrir cela.

— Pourquoi tu n'y pénètres pas avec Corley et un mandat de perquisition ?

— Ils n'admettent pas les juifs.

— Tu emmènes Moshevsky avec toi, au moins ?

— Bien sûr. Il ne sera pas loin.

— David ?

— Oui.

223

— Je t'aime, mais il y a des limites.

— Merci, Rachel. »

Il raccrocha.

Il ne lui dit pas que la marina était isolée, et que du côté de la terre, elle était entourée par une palissade anti-ouragan de trois mètres cinquante de haut illuminée par des projecteurs. Ni que deux grands types armés de fusils à canon court gardaient la porte et patrouillaient sur les appontements.

Kabakov suivit sur cinq cents mètres la route sinueuse bordée de broussailles, le bateau plat qu'il avait loué tressautant sur sa remorque, derrière lui. Il gara la voiture dans un bosquet et gravit un petit monticule où Moshevsky l'attendait, couché à plat ventre, avec deux paires de jumelles.

« Il est toujours à bord. Il y a des saletés de puces de mer dans ce sable. »

Kabakov prit les jumelles et examina les trois longs appontements qui s'avançaient dans le lac Worth. Un garde parcourait lentement le plus éloigné, son chapeau rejeté en arrière. La marina tout entière avait un aspect sinistre d'argent trop vite gagné. Kabakov savait ce qui se passerait si un mandat de perquisition était présenté à la porte. L'alerte serait donnée et tout ce qu'il pouvait y avoir d'illégal sur les bateaux passerait par-dessus bord. il devait bien y avoir un indice à bord du bateau de Sapp. Ou dans la tête de Sapp. Quelque chose qui pouvait le conduire aux terroristes.

« Il s'en va », dit Moshevsky.

Kabakov se concentra sur le bateau de pêche vert amarré par l'arrière dans la rangée de bateaux de l'appontement central. Sapp sortit par l'écoutille du gaillard d'avant et la ferma derrière lui. Il était habillé pour dîner en ville. Il descendit de la proue dans un petit canot qu'il propulsa jusqu'à une place libre, puis il grimpa sur le débarcadère.

« Pourquoi n'a-t-il pas été jusqu'à la poupe, d'où il aurait pu monter sur l'appontement, murmura Moshevsky en baissant ses jumelles et en se frottant les yeux.

« — Parce que cette saleté a une alarme, répondit Kabakov d'un air las. Allons chercher notre bateau. »

Kabakov nagea lentement dans l'obscurité sous l'appontement, en tâtant devant lui pour ne pas se taper aux pilotis. Les toiles d'araignées suspendues aux planches lui frôlaient le visage et, d'après l'odeur qui régnait là, il devait y avoir un poisson mort pas loin. Il s'arrêta, serrant dans ses bras un pilotis invisible, les pieds agrippés aux algues rêches qui recouvraient le bois. Un peu de lumière filtrait sous les bords du long débarcadère et il voyait les formes sombres, trapues, des yachts amarrés par l'arrière.

Il en avait compté sept du côté droit. Il en avait six à remonter. A cinquante centimètres au-dessus de sa tête, le dessous de l'appontement était parsemé de pointes de clous, là où les planches étaient assemblées. La marée haute allait être cruelle pour son crâne. Une araignée courut sur son cou et il plongea pour la noyer. L'eau avait un goût de gas-oil.

Kabakov entendit un rire de femme et le tintement d'un glaçon. Il remonta son sac sur son dos et se remit à nager. Ce devait être là. Il contourna un enchevêtrement de câbles rouillés et s'arrêta juste sous le bord du débarcadère, là où la poupe du bateau s'élevait, noire, devant lui.

Ici, l'air était moins étouffant, et il respira profondément tout en regardant le cadran lumineux de sa montre. Il s'était écoulé quinze minutes depuis que Moshevsky, au gouvernail du hors-bord, avait contourné l'extrémité de la marina et s'était glissé de l'autre côté. Il espérait que Sapp traînerait au dessert.

Ce type avait un système d'alarme quelconque. Un tapis de sol sensible à la pression dans le cockpit ouvert, à l'arrière, où quelque chose d'aussi dingue que ça. Kabakov nagea le long de la poupe jusqu'à ce qu'il trouve le câble qui transmettait le courant de 110 volts à l'embarcation. Il le débrancha de sa prise. Si l'alarme utilisait l'électricité du quai, elle était maintenant inopérante. Il entendit le garde approcher et retourna sous l'appontement. Le pas lourd passa au-dessus de sa tête et lui envoya à la figure un petit jet de sable.

225

Non, décida-t-il, son système d'alarme devait être indépendant de l'énergie du quai. Il ne fallait pas passer par la poupe. Il entrerait par où Sapp était sorti.

Kabakov longea le bateau jusque dans l'ombre particulièrement obscure de la proue évasée. De chaque côté de l'embarcation, deux lignes d'amarrage, lâches à cause de la marée, couraient de la proue aux pilotis. Kabakov se hissa, à la force des poignets, jusqu'à ce qu'il puisse enlacer l'étançon qui soutenait le bastingage. Il voyait, dans la cabine du yacht voisin, un homme et une femme assis, de dos, sur une couchette. Leurs nuques étaient bien visibles. Ils se pelotaient. La tête de la femme disparut. Kabakov grimpa sur le gaillard d'avant et resta contre le pare-vent; la cabine le rendait invisible du quai. Le pare-vent était hermétiquement assujetti. L'écoutille se trouvait là.

Avec un tournevis, il ôta l'épaisse vitre de plastique qui était au centre. Le trou semblait juste assez grand pour son bras. Il tendit la main à l'intérieur, tourna la clenche et tâta les bords de l'écoutille jusqu'à ce qu'il trouve les contacts des détecteurs de l'alarme. Il se représentait mentalement l'installation pendant que ses doigts cherchaient les fils dans le câble aérien fortement gainé. L'interrupteur, installé sur l'hiloire, était maintenu ouvert par un aimant fixé sur l'écoutille. Détache l'aimant et maintiens-le en place, sur le commutateur. Ne le fais pas tomber! Ouvre doucement l'écoutille. Ne sonne pas, ne sonne pas, ne sonne pas.

Il se laissa tomber dans l'obscurité de la cabine avant et ferma l'écoutille, en replaçant la vitre et l'aimant.

Kabakov se sentait en pleine forme. Une bonne partie de la douleur cuisante consécutive à l'explosion avait disparu. Avec sa lampe de poche, il repéra la boîte du circuit de l'alarme et la débrancha de ses batteries de piles sèches. Sapp avait fait un beau montage. Un synchroniseur lui permettait de partir sans mettre l'alarme en route; un disjoncteur, sensible à l'aimant, fixé contre le bordé extérieur lui permettait de rentrer.

Maintenant Kabakov pouvait se déplacer librement. Une rapide fouille de la cabine avant ne révéla rien d'insolite, sauf une trentaine de grammes de cocaïne en cristaux de qualité supérieure et une cuillère spéciale pour la renifler.

Il éteignit sa lampe et ouvrit l'écoutille menant à la cabine principale. Les lumières des docks passant par les hublots fournissaient un peu de lumière. Brusquement, Kabakov sortit son Parabellum et l'arma, le doigt appuyé sur la détente, prêt à faire feu.

Quelque chose bougeait dans la cabine. Il l'aperçut de nouveau, c'était un mouvement répétitif, et une ombre dansa contre le hublot. Kabakov se coucha dans le couloir pour voir si une silhouette se profilait sur la lumière. Il sourit. C'était une petite surprise que Sapp réservait à un intrus venant du quai, un scanner électronique d'un type nouveau et coûteux. Il balayait constamment le cockpit, prêt à faire sonner l'alarme. Kabakov passa derrière et ferma l'interrupteur.

Pendant une heure, il fouilla le bateau. Dans un compartiment caché, près du gouvernail, il trouva un fusil automatique FN belge et un revolver. Mais aucune preuve que Sapp, ou le bateau de Sapp, avait été mêlé à la livraison du plastic.

C'est dans la boîte à cartes qu'il trouva ce qu'il cherchait. Un choc à la proue l'interrompit. Le canot. Sapp était de retour. Kabakov se précipita dans la cabine avant et se glissa à la pointe de la proue.

Au-dessus de lui, l'écoutille s'ouvrit. Des pieds, puis des jambes apparurent. La tête de Sapp était encore au niveau du pont quand le talon de Kabakov vint le frapper en plein diaphragme.

Lorsque Sapp reprit conscience, il se trouvait pieds et poings liés sur l'une des couchettes, une chaussette fourrée dans la bouche. Une lanterne suspendue au plafond diffusait une lumière jaune et une forte odeur de kérosène. Kabakov, assis sur la couchette opposée fumait un cigare et se curait les ongles avec son pic à glace.

« Bonjour, monsieur Sapp. Vous avez l'esprit assez clair, ou dois-je vous jeter de l'eau à la figure ? Ça va ? Le 12 novembre, un cargo vous a livré un chargement de plastic explosif au large de la côte du New Jersey. Je veux savoir qui était avec vous et où est le plastic. Pour le reste, vous ne m'intéressez pas.

« Si vous parlez, je ne vous ferai aucun mal. Sinon, je vous laisserai pire que mort. Je vous laisserai aveugle, muet et estropié. Dois-je vous faire mal tout de suite pour vous prouver que je suis sérieux ? Je pense que ce n'est pas nécessaire. Je vais ôter cette chaussette de votre bouche. Si vous criez, je vous donnerai une raison de le faire, vous me comprenez ? »

Sapp hocha la tête. Il cracha le bâillon. « Bon sang, qui êtes-vous ?

— Cela ne vous regarde pas. Parlez-moi du plastic.

— J'ignore tout de cette histoire. Vous n'avez rien contre moi.

— Ne pensez pas en termes de légalité, monsieur Sapp. La loi ne peut pas vous protéger de moi. Et les gens pour qui vous avez travaillé ne sont pas liés à la pègre. Vous n'avez pas cette raison-là de les protéger. »

Sapp ne dit rien.

« Le FBI vous cherche pour délit de contrebande. Bientôt, ils ajouteront l'attentat terroriste à leur liste. C'est une grosse quantité de plastic, Sapp. Il va tuer pas mal de gens à moins que vous ne me disiez où il est. Regardez-moi quand je vous parle.

— Allez-vous faire foutre. »

Kabakov se leva et enfonça la chaussette dans la bouche de Sapp. Il le prit par les cheveux et lui appuya fortement la tête contre la cloison. La pointe du pic à glace vint s'appuyer légèrement au coin de l'œil de Sapp qui roulait dans son orbite. Un grognement roula dans la poitrine de Kabakov lorsqu'il ôta le pic à glace et frappa, clouant l'oreille de Sapp au bois. Le visage du contrebandier était livide et une odeur nauséabonde emplit la cabine.

« Il faut me regarder quand je vous parle, dit Kabakov. Etes-vous prêt à coopérer ? Clignez de l'œil pour oui. Mourez, si c'est non. »

Sapp cligna de l'œil et Kabakov ôta la chaussette.

228

« C'est pas moi qui y suis allé. Je ne savais pas que c'était du plastic. »

C'était probablement vrai, se dit Kabakov. Sapp était plus petit que l'homme décrit par le second du *Leticia*. « Mais c'était votre bateau.

— Oui. Je ne sais pas qui s'en est servi. *Non !* Je vous le jure, je ne le sais pas. Ecoutez, c'est mon job de ne pas savoir. Je ne voulais pas savoir.

— Qui vous a contacté ?

— Un homme m'a appelé la dernière semaine d'octobre. Il voulait que le bateau soit prêt à partir aux environs du 8 novembre. Il n'a pas dit qui il était et je ne lui ai pas demandé. » Sapp fit une grimace de douleur. « Il voulait savoir certains détails au sujet du bateau ; pas grand-chose. La puissance des moteurs, s'il y avait de nouveaux appareils d'écoute électronique.

— *Nouveaux ?*

— Oui. Je lui ai dit que le loran n'était pas en service... Je vous en prie, ôtez ce machin de mon oreille.

— D'accord. Je vous cloue l'autre si vous me racontez des mensonges. Cet homme qui a appelé, connaissait-il déjà le bateau ?

— Aïe ! » Sapp secoua la tête et tourna les yeux le plus loin possible sur le côté, comme s'il pouvait voir son oreille. « Je suppose qu'il le connaissait, il avait l'air, en tout cas. Je lui ai demandé mille dollars d'arrhes, pour l'utiliser. Je les ai reçus par courrier, au Sweeney's, à Asbury Park, deux jours plus tard.

— Vous avez l'enveloppe ?

— Non, c'était une enveloppe ordinaire, postée de New York.

— Il vous a rappelé.

— Oui, le 10 novembre. Il voulait le bateau pour le lendemain, un mardi. L'argent m'a été livré au Sweeney's le soir même.

— Combien ?

— Deux mille pour le bateau, soixante-cinq mille de caution. En liquide.

— Expédié comment ?

— Un taxi l'a apporté dans un panier de pique-nique. Il y avait de la nourriture dessus. Quelques minutes plus tard, le téléphone a sonné. C'était le type. Je lui ai dit où il trouverait le bateau.

— Vous ne l'avez jamais vu, ni au départ, ni au retour ?

— Non. »

Sapp décrivit le hangar à bateaux sur la Toms.

Kabakov avait apporté, dans son sac, la photo de Fasil et le portrait-robot de la femme, hermétiquement rangés dans un gant en caoutchouc. Il les sortit. Sapp secoua négativement la tête.

« Si vous croyez encore que je suis sorti avec le bateau, j'ai un alibi. Ce jour-là, un dentiste d'Asbury Park m'a soigné une dent. J'ai un reçu.

— Je m'en doute. Vous avez ce bateau depuis combien de temps ?

— Longtemps. Huit ans.

— Avant, il a eu des propriétaires ?

— C'est moi qui l'ai fait construire.

— Comment avez-vous rendu la caution ?

— Je l'ai laissée dans le même panier, dans le coffre de ma voiture, près d'un supermarché, et j'ai mis la clef du coffre sous le tapis de sol. Quelqu'un l'a pris. »

La carte de la côte du New Jersey que Kabakov avait trouvée dans la boîte à cartes portait le trajet du rendez-vous marqué par une ligne noire, avec l'heure du départ et le temps de la course notés à côté. Les relevés des positions des radiogoniomètres étaient écrits au crayon. Trois relevés pour chaque position.

Kabakov, tenant la carte par les bords sous la lanterne, la présenta à Sapp. « Est-ce vous qui avez écrit sur cette carte ?

— Non. Je ne savais pas qu'elle était à bord, ou sinon je m'en serais débarrassé. »

Kabakov sortit une autre carte de la boîte, une de la Floride. « C'est vous qui avez relevé le parcours sur celle-là ?

— Oui. »

Il compara les deux cartes. L'écriture de Sapp était

différente. Il n'avait noté que deux relevés pour une position du radiogoniomètre. Les heures écrites par Sapp étaient en temps occidental standard. L'heure du rendez-vous avec le *Leticia,* noté sur la carte du New Jersey, c'était 21 heures 15. Cela rendit Kabakov perplexe. Il savait que le cotre des gardes-côtes avait aperçu la vedette à côté du cargo à 17 heures. Le bateau devait être là depuis quelques minutes, à charger le plastic, aussi le rendez-vous avait-il eu lieu à 16 heures 15 ou 16 heures 30. Cependant, sur la carte, c'était cinq heures plus tard. Pourquoi? L'heure du départ de la Toms et celle de la course étaient aussi marquées cinq heures plus tard que celle à laquelle ils devaient avoir eu lieu. Cela n'avait aucun sens. Mais si! L'homme que Kabakov cherchait n'avait pas utilisé l'heure occidentale standard, il s'était servi de l'heure de Greenwich — *l'heure des pilotes!*

« Vous connaissez des aviateurs? demanda Kabakov. Des pilotes professionnels.

— Pas que je sache, dit Sapp.

— Réfléchissez bien.

— Peut-être un type à la Jamaïque, qui a un permis commercial. Mais il est en prison depuis que les feds ont vidé son compartiment à bagages. C'est le seul pilote professionnel que je connaisse. J'en suis sûr.

— Vous ne connaissez pas de pilote, vous ne savez pas qui a loué votre bateau. Vous ne savez pas grand-chose, monsieur Sapp.

— C'est vrai. Je ne vois pas d'autre pilote. Ecoutez, vous pouvez me casser la gueule, vous allez probablement le faire, mais je n'en saurai pas plus pour ça. »

Kabakov se demanda s'il fallait torturer Sapp. L'idée le rendait malade, mais il l'aurait fait s'il avait pensé que le résultat en valait la peine. Non. Sapp n'était pas un élément essentiel du complot. Menacé de poursuites judiciaires, effrayé d'avoir peut-être participé à un acte de terrorisme impliquant des explosifs, il essaierait de coopérer. Il essaierait de se souvenir d'un petit détail permettant d'identifier l'homme qui avait loué son bateau. Il valait mieux ne pas le blesser grièvement.

Il fallait maintenant soumettre Sapp à un interrogatoire serré sur ses activités et ses associés, et effectuer une analyse de la carte en laboratoire. Le FBI était mieux équipé que lui pour faire cela. Kabakov était venu jusqu'ici pour pas grand-chose.

Il appela Corley de la cabine téléphonique de l'apponte-ment.

Sapp n'avait pas consciemment menti à Kabakov, mais il s'était trompé en disant qu'il ne connaissait pas de pilote professionnel. C'était un trou de mémoire compréhensi-ble... les années avaient passé depuis la dernière fois où il avait vu Michael Lander, ou même pensé au jour exaspé-rant, effrayant, où il l'avait rencontré pour la première fois.

Sapp effectuait sa migration saisonnière vers le nord lorsque au large de Manasquan, sur la côte du New Jersey, un bois flottant coinçant ses deux hélices l'avait obligé à arrêté ses moteurs. Sapp était fort et compétent, mais il ne pouvait pas changer une hélice tordue en pleine mer. Le bateau dérivait lentement vers la plage en tirant son ancre, poussée par un impitoyable vent du large. Il ne pouvait pas appeler les gardes-côtes parce qu'ils sentiraient la puanteur qui lui avait donné des haut-le-cœur lorsqu'il était descendu chercher son ancre de tempête... l'odeur des peaux d'alligator achetées cinq mille dollars au marché noir à un braconnier de Floride, qu'il devait livrer à New York. Quand Sapp remonta sur le pont, il vit un bateau arriver.

Michael Lander, en balade avec sa famille à bord de son coquet petit yacht, jeta une ligne à Sapp et le remorqua jusqu'à un îlot protégé. Sapp, qui ne voulait pas se retrouver coincé dans une marina avec un bateau désem-paré et un chargement illégal, demanda à Lander de l'aider. Equipés de tubas et de palmes, ils travaillèrent sous le bateau et leurs forces combinées faisant levier suffirent à enlever l'une des hélices de sa tuyère et à monter celle de rechange. Sapp pouvait rentrer sur trois pattes.

232

« Je suis désolé, pour l'odeur », dit Sapp, gêné, pendant qu'ils se reposaient, assis à la poupe.

Puisque Lander était passé par la cale, au cours de leur travail, il avait forcément vu les peaux.

« C'est pas mes oignons », avait répondu Lander.

Une amitié temporaire s'ensuivit, qui prit fin lorsque Lander retourna au Viêt-nam pour la seconde fois. Sapp était resté en relation avec Margaret Lander durant quelques mois. Les rares fois où il pensait encore aux Lander, c'était de la femme dont Sapp se souvenait, pas du pilote.

17

Le premier décembre, le Président informa le secrétaire général de la Maison-Blanche qu'il assisterait certainement au Super Bowl, à La Nouvelle-Orléans, que les Redskins de Washington y jouent ou non.

« Merde », dit Earl Biggs, l'agent chargé du Secret Service de la Maison-Blanche. Il dit cela calmement, pour lui tout seul. Il n'était pas surpris — le Président avait déjà déclaré qu'il irait probablement — mais Biggs avait espéré que le déplacement serait annulé.

Je n'aurais pas dû me raconter d'histoires, pensa Biggs. La lune de miel avec le pays avait pris fin et le Président commençait à baisser un peu dans les sondages, mais il était sûr d'obtenir une ovation debout, dans le Sud profond, aux yeux du monde entier.

Biggs composa le numéro de la section de recherche préventive du Secret Service. « Le 12 janvier, La Nouvelle-Orléans, dit-il. Travaillez là-dessus. »

Ce service avait trois types de fichiers. Le plus grand contenait toutes les menaces qu'un président avait reçues par téléphone et par lettre, ou directement, depuis au moins quarante ans. Les personnes qui ont proféré des menaces à plusieurs reprises, ou qui sont considérées comme éventuellement dangereuses, sont inscrites dans un « fichier vivant ».

Ce fichier est remis à jour tous les six mois. Les changements d'adresse et de statut professionnel, les déplacements à l'étranger sont notés. Actuellement, il y a huit cent quarante noms dans le fichier vivant.

Les trois cent vingt-cinq cas les plus sérieux sont aussi répertoriés dans un troisième, le « fichier voyage », dont l'index est géographique. Avant chaque déplacement présidentiel, on effectue une enquête sur les personnes qui y figurent et qui habitent la région en question.

Avec un délai d'exécution de quarante-trois jours, les employés et les agents de la section de recherche préventive avaient largement le temps de vérifier les fichiers de La Nouvelle-Orléans.

Lee Harvey Oswald ne figura jamais sur les listes du fichier voyage du Secret Service. Michael Lander non plus.

Le 3 décembre, trois agents du Secret Service de la Maison-Blanche partirent pour La Nouvelle-Orléans afin de s'occuper des mesures de sécurité. Un délai de quarante jours et une équipe de trois hommes, c'était la procédure normale depuis 1963. Le 7 décembre, Jack Renfro, le responsable de l'équipe, envoya un rapport préliminaire à Earl Biggs, à la Maison-Blanche.

Renfro n'aimait pas le Tulane Stadium. Chaque fois que le Président apparaissait en public, Renfro avait l'impression d'être lui-même nu comme un ver. Le stade où jouent les Green Wave de Tulane, les équipes classiques du Sugar Bowl, et les New Orleans Saints, est le plus grand stade en acier du monde. Il est gris rouille et ocre ; l'espace sous les tribunes est une véritable forêt de poutrelles et de solives, un cauchemar à fouiller. Renfro et les deux autres agents du Secret Service passèrent deux jours à parcourir le stade. Quand Renfro sortit sur le terrain, chacun des quatre-vingt mille neuf cent quatre-vingt-cinq sièges prit des airs menaçants. La cabine vitrée des spectateurs de marque, tout en haut, du côté ouest du stade, à l'extrémité de la tribune de la presse, pas la peine d'y penser. Il savait que le Président ne voudrait jamais l'utiliser, même au cas où il pleuvrait. Là, personne ne pouvait le voir. Il s'installerait dans la loge des invités, en face des tribunes ouest, sur la ligne des cinquante yards. Pendant des heures, Renfro resta à cet endroit. Il y posta un membre de la police de La Nouvelle-Orléans toute une journée, pendant que les deux agents et lui vérifiaient les lignes de visée des différents points des tribunes. Il inspecta personnellement la crème du groupe d'intervention spéciale de la police de la ville — les agents qui seraient assignés au stade.

Il parcourut les routes de l'aéroport international de La Nouvelle-Orléans au stade, via l'U.S. 61, l'autoroute de l'Etat 3046, l'U.S. 90, et une combinaison de l'inter-Etat 10 et de la section Claiborne Avenue de l'U.S. 90. Toutes semblaient interminables, surtout à cause des problèmes de circulation aux alentours du stade, bien connus.

L'évaluation préliminaire que Renfro envoya à l'agent spécial Biggs, à la Maison-Blanche, disait en partie :

« Nous recommandons instamment que le Président soit transporté par hélicoptère de l'aéroport international de La Nouvelle-Orléans au stade selon cette procédure :

1. Un cortège d'automobiles se tiendra prêt à l'aéroport, mais ne sera utilisé que par les membres périphériques du groupe accompagnateur.

2. Aucun lieu d'atterrissage ne sera marqué avant que l'hélicoptère du Président ne décolle de l'aéroport. A ce moment, une balise d'atterrissage portable en toile sera déployée à l'extrémité sud de l'*infield*[1], sur le chemin qui part du coin nord-ouest du stade (cf. schéma A-1 joint). Il n'y a pas de fils téléphoniques au-dessus de ce chemin qui fournit, dans l'*infield*, une aire d'atterrissage dégagée, mais il a trois grands pylônes d'éclairage de chaque côté. Ils n'apparaissent pas sur le plan en coupe de La Nouvelle-Orléans, ni sur la carte de la région du VFR[2]. Il faudra insister sur leur présence lors du briefing du pilote.

3. Du point d'atterrissage à la porte 19, il y a cent pas. (Note jointe photographie A-2.) Ai demandé l'enlèvement de la poubelle indiquée le long du mur du stade. Suggère

---

1. L'*infield* est la partie du terrain, non loin des guichets, délimitée par les quatre lignes des bases (N.d.T.).
2. *Visual Flight Rules* : règles du vol à vue (N.d.T.).

aux agents sur le terrain, au point d'atterrissage, de fouiller les buissons en bordure du stade à zéro moins une minute.

La zone d'atterrissage peut être protégée par des tireurs postés aux étages supérieurs des cinq immeubles de l'Audubon Boulevard, sur l'arrière. Ce sont les numéros 49, 55, 65 et 71. Une enquête préliminaire indique qu'ils sont tous occupés par des citoyens ne présentant aucun danger. Les toits et les fenêtres doivent tout de même être surveillés lors de l'arrivée.

Au cas où une foule se posterait aux guichets de la porte 19 au moment de l'arrivée du Président, il serait possible d'utiliser la porte 18 et la porte du distributeur de billets 18A, mais elles sont moins souhaitables car il faut alors passer sous les tribunes.

Une fois franchie la porte 19, le Président sera exposé à la zone située sous les tribunes pendant soixante-quinze pas, avant d'atteindre la ligne de touche à la ligne de but.

Le Président s'installera dans la loge 40, une grande loge à la ligne de cinquante yards (Cf. schéma A-3 joint). Noter les rampes donnant accès à l'avant et à l'arrière. Noter aussi que l'arrière de la loge est surélevée par une marche haute de quinze centimètres. Des agents de haute taille s'assoiront derrière le Président dans la Loge 40 afin de fournir une importante protection sur l'arrière. Le Secret Service s'installera dans les loges 14 et 13, devant celle du Président, sur sa gauche et sa droite. On postera au moins un agent dans les loges 71, 70, 69 et 68, à l'arrière.

Le garde-fou de la loge 40 est fait de tubes en fer. Les extrémités sont coiffées de calottes. Il faudra les dévisser et examiner l'intérieur des tubes tout de suite avant l'arrivée du Président.

La loge contient un poste téléphonique. J'informe le corps des Transmissions de ces détails. (Note aux Transmissions jointe.) Le schéma A-4, vue d'ensemble du stade et plan des places, montre les affectations individuelles des agents et les zones de responsabilité.

Notre fréquence radio est protégée.

237

Les détails de la sortie sont sujets à modification selon notre observation de la circulation de la foule au match du Super Bowl du 31 décembre. »

Jack Renfro était un homme consciencieux, prudent et très compétent. Il avait appris le stade par cœur. Mais lorsqu'il catalogua ses dangers, il oublia de lever les yeux vers le ciel.

18

LANDER termina la bombe deux jours après Noël. Elle était couchée dans son panier de chargement ; son revêtement lisse et brillant, bleu nuit, portant l'insigne glorieux du National Broadcasting System, reflétait les lumières crues du garage. Les crampons qui la fixeraient à la nacelle du dirigeable pendaient du bord supérieur comme des mains ouvertes ; les branchements électriques et l'amorce auxiliaire étaient soigneusement enroulés et scotchés dessus. A l'intérieur, les six cents kilos de plastic reposaient sous forme de deux grandes plaques d'une épaisseur bien précise qui se recourbaient derrière les couches hérissées de fléchettes. Les détonateurs étaient empaquetés séparément, prêts à être branchés.

Lander restait à regarder la grosse bombe. Il voyait, sur son flanc, son propre reflet déformé. Il pensait qu'il aimerait s'asseoir dessus, brancher les détonateurs et tenir les fils comme des rênes, les mettre en contact avec la batterie et chevaucher la puissante fleur de feu à la face de Dieu. Seize jours à attendre.

Le téléphone sonna un certain temps avant qu'il réponde. Dahlia l'appelait de La Nouvelle-Orléans.

« C'est fini, dit Lander.

— Michael, tu as fait du beau travail. C'est un privilège de te regarder faire.

— Tu as trouvé le garage ?

— Oui. Il est près du quai de Galvez Street. A vingt

minutes de l'aéroport de Lakefront. J'ai fait le trajet deux fois.

— Tu es sûre qu'il est assez grand ?

— Oui. C'est la partie murée d'un entrepôt. J'ai acheté les cadenas et je les ai installés. Maintenant, je peux venir te rejoindre, Michael ?

— Tu es satisfaite ?

— Je le suis.

— Et l'aéroport ?

— Je n'ai eu aucun mal à y pénétrer. Je pourrai le faire dans le camion quand l'heure viendra.

— Reviens à la maison.

— A ce soir, tard. »

Elle a bien travaillé, se dit Lander en raccrochant. Pourtant, il aurait préféré préparer tout lui-même. Mais il n'avait pas le temps. Il devait, avant le Super Bowl, survoler la finale de la National Football Conference et le Sugar Bowl à La Nouvelle-Orléans. Il ne lui restait plus beaucoup de temps.

Transporter la nacelle jusqu'à La Nouvelle-Orléans posait un gros problème, et la solution qu'il avait trouvée n'était pas idéale. Il avait loué un camion de deux tonnes et demie, maintenant garé dans son allée, et embauché deux camionneurs professionnels qui partiraient demain. L'arrière du camion serait hermétiquement fermé, et même si les conducteurs voyaient l'engin, ils ne comprendraient pas ce que c'était.

Cela angoissait Lander de confier la bombe à des étrangers. Mais il n'y avait pas moyen de faire autrement. Ni Fasil ni Dahlia ne pouvaient conduire le camion. Lander était certain que les autorités avaient diffusé leurs signalements dans tout le Nord-Est. Le faux permis de conduire de Fasil attirerait sûrement l'attention de la police si on lui demandait de s'arrêter. La présence de Dahlia au volant d'un gros camion serait trop singulière. On la reluquerait à chaque tour de roue. En outre, Lander voulait que Dahlia reste avec lui.

S'il avait pu faire confiance à Fasil et l'envoyer à La Nouvelle-Orléans, Dahlia serait ici, en ce moment, pensa

Lander avec amertume. Depuis que l'Arabe lui avait annoncé qu'il ne serait pas présent lors de l'attentat, Lander se méfiait de lui. L'éclair de mépris qu'il avait surpris dans l'œil de Dahlia lui avait fait grand plaisir. Fasil était soi-disant en train de chercher un homme de main pour l'aéroport — Dahlia s'était arrangée pour que Lander et lui ne restent pas ensemble à la maison.

Quelque chose restait encore sur la check-list de Lander — une bâche goudronnée pour recouvrir la nacelle. Il était 16 heures 45. La quincaillerie était encore ouverte. Il avait juste le temps de l'acheter.

Vingt minutes plus tard, Margaret Feldman, ex-Lander, gara son break dans l'allée, à côté du gros camion. Elle resta là un moment à regarder la maison.

C'était la première fois qu'elle la voyait depuis son divorce et son remariage. Margaret avait hésité à venir, mais le moïse et le landau étaient à elle ; elle en aurait besoin dans quelques mois et était décidée à les récupérer. Elle avait appelé avant, pour s'assurer que Michael était bien absent. Elle ne voulait pas se faire injurier. Autrefois, il avait été fort et fier. Elle éprouvait encore, à sa façon, une grande affection pour le souvenir de cet homme. Elle s'efforçait d'oublier son comportement maladif des derniers temps. Mais elle rêvait encore du chaton, elle l'entendait encore dans son sommeil.

Toute pensive, Margaret se regarda dans le miroir de son poudrier avant de descendre de voiture ; elle tapota ses cheveux blonds et vérifia si elle n'avait pas de rouge à lèvres sur les dents. C'était aussi automatique, pour elle, que de couper le contact. Elle espérait ne pas se salir en transportant le landau et le moïse dans le break. Vraiment, Roger aurait dû l'accompagner. Mais il pensait que ce n'était pas bien de s'introduire chez Lander quand il n'était pas là.

Roger n'avait pas toujours pensé cela, se dit-elle sèchement. Pourquoi Michael avait-il tenté de se battre ? C'était fini, n'importe comment.

Les pieds dans la fine couche de neige qui recouvrait

l'allée, Margaret découvrit que la serrure du garage avait été remplacée par une autre, plus solide. Elle décida de passer par la maison et de l'ouvrir de l'intérieur. A la porte d'entrée, son ancienne clef fonctionna. Elle avait l'intention d'aller tout droit au garage, mais une fois entrée, sa curiosité s'éveilla.

Elle regarda autour d'elle. Il y avait toujours cette tache sur le tapis, devant la télé, la marque des innombrables glaces que les enfants avaient laissé dégouliner. Elle n'avait jamais pu la nettoyer. Mais le salon était bien tenu, la cuisine aussi. Margaret s'était attendue à trouver des boîtes de bière et des plateaux-repas un peu partout. C'était un peu vexant de voir la maison aussi propre.

On éprouve un sentiment de culpabilité lorsqu'on est seul dans la maison de quelqu'un d'autre, surtout dans la maison d'une personne que l'on connaît. On peut deviner beaucoup de choses dans la manière dont ses affaires sont disposées, et plus ces affaires sont personnelles, plus ça marche. Margaret monta au premier.

Leur ancienne chambre à coucher lui apprit peu de choses. Les souliers de Lander étaient rangés les uns à côté des autres dans le placard ; il y avait de la poussière sur les meubles. Elle resta à regarder le lit et sourit toute seule. Roger serait furieux s'il savait à quoi elle pensait, ce qu'elle en pensait parfois, même avec lui.

La salle de bains. Deux brosses à dents. Une minuscule ride apparut entre les yeux de Margaret. Un bonnet de bain. De la crème pour le visage, une lotion pour le corps, des sels de bain. Bon, bon. Maintenant, elle ne regrettait plus d'avoir violé la vie privée de Lander. Elle se demanda à quoi ressemblait cette femme. Ele voulait voir le reste de ses affaires.

Elle essaya l'autre chambre à coucher, puis ouvrit la porte de la salle de jeux. Margaret s'immobilisa les yeux agrandis, regardant fixement la lampe à alcool, les draperies murales, les chandeliers et le grand lit. Elle alla toucher l'oreiller. De la soie. *Eh bien, ma chère !* pensa-t-elle.

« Bonjour, Margaret », dit Lander.

Elle pivota sur ses talons avec un hoquet de surprise.

Lander se tenait sur le seuil, une main sur la poignée, l'autre dans sa poche. Il était pâle.

« Je voulais seulement...

— Tu as l'air en pleine forme. »

C'était vrai. Elle était superbe. Il l'avait déjà vue dans cette pièce, en imagination. Criant sous lui comme Dahlia, le touchant comme Dahlia. Lander sentit une douleur intérieure, inutile. Il aurait voulu que Dahlia soit là. En regardant son ex-femme, il essayait de voir Dahlia, il avait besoin de voir Dahlia. Il voyait Margaret. Elle illuminait l'air autour d'elle.

« Tu as l'air en bonne santé... je veux dire, tu as l'air en pleine forme, toi aussi, Michael. Je... je dois dire que je ne m'attendais pas à *ça*. »

De la main, elle balaya la pièce.

« A quoi t'attendais-tu ? »

De la sueur perlait sur son visage. Cette pièce ne résistait pas à la présence de Margaret.

« Michael, j'ai besoin des affaires de bébé. Le moïse et le landau.

— Je vois que Roger t'as mise enceinte. Je t'accorde le bénéfice du doute, bien entendu. »

Elle sourit, étourdiment, en dépit de l'insulte, pour essayer d'en finir, tenter de fuir. Pour Lander ce sourire signifiait qu'elle pensait que l'infidélité était une plaisanterie dont on pouvait rire ensemble. Cela transperça Lander comme un fer rouge.

« Je ne peux pas sortir les affaires du garage. »

Elle se dirigea vers la porte.

« Tu les as cherchées ? » *Montre-la-lui. Montre-la-lui et tue-la.*

« Non, j'allais...

— Le moïse et le landau ne sont pas là. Je les ai mis au garde-meuble. Les moineaux entrent dans le garage et tachent tout. Je te les enverrai. » *Non ! Emmène-la dans le garage et montre-la-lui. Et tue-la.*

« Merci, Michael. C'est très gentil à toi.

— Comment vont les filles ? »

243

Sa propre voix sonnait bizarre à ses oreilles.

« Bien. Elles ont eu un beau Noël.

— Elles aiment bien Roger ?

— Oui, il est gentil avec elles. Elles aimeraient bien te voir, de temps en temps. Elles te réclament. Vas-tu déménager ? J'ai vu un gros camion dans l'allée et j'ai pensé...

— Celle de Roger est plus grosse que la mienne ?

— Pardon ? »

Il ne pouvait plus s'arrêter, maintenant. « Espèce de salope. » Il s'avança vers elle. *Il faut que j'arrête.*

« Au revoir, Michael. »

Elle avança, en crabe, vers la porte.

Le pistolet, dans sa poche, lui brûlait la main. *Il faut que j'arrête. Je vais tout gâcher. Dahlia dit c'est un privilège de t'observer. Dahlia dit Michael tu as été merveilleux aujourd'hui. Dahlia dit Michael j'aime faire ça pour toi. C'était ta première fois, Margaret. Non. Les marques rouges laissées sur tes hanches par l'élastique. N'y pense pas. Dahlia va arriver bientôt, arriver bientôt, arriver bientôt. Il ne faut pas... Clic.*

« Excuse-moi d'avoir dit ça, Margaret. Je n'aurais pas dû. Ce n'est pas vrai et je regrette. »

Elle avait toujours peur. Elle voulait partir.

Il pouvait tenir encore un peu. « Margaret, il y a quelque chose que j'avais l'intention de t'envoyer. A toi et à Roger. Attends, attends. J'ai mal agi. C'est important pour moi que tu ne sois pas fâchée. Cela me ferait de la peine.

— Je ne suis pas fâchée, Michael. Il faut que je parte. As-tu vu un médecin ?

— Oui, oui. Je vais bien, c'était juste le choc de te revoir. » Les mots suivants l'étouffaient, mais il se força à les dire : « Tu m'as manqué et ça m'a perturbé. C'est tout. Attends une seconde. » Il alla rapidement à son bureau, et quand il sortit de sa chambre, elle était en train de descendre l'escalier. « Là, je veux que tu prennes ça. Prends et amuse-toi bien, et ne sois pas fâchée.

— Tout va bien, Michael. Au revoir. »

Elle prit l'enveloppe.

244

Arrivée à la porte, elle s'arrêta et se retourna vers lui. Elle sentait qu'elle devait le lui dire. Elle ne savait pas bien pourquoi. Il fallait qu'il sache. « Michael, je suis désolée de ce qui est arrivé à ton ami Jergens.

— Jergens ?

— Celui qui avait l'habitude de t'appeler au milieu de la nuit, tu te rappelles ?

— Et alors ?

— Il s'est suicidé. Tu ne l'as pas vu dans le journal ? Le premier suicide d'un ancien prisonnier du Viêt-nam, dit-on. Il a pris des pilules et s'est mis un sac de plastique sur la tête. J'étais désolée en l'apprenant. Je me suis rappelé que tu lui parlais au téléphone quand il ne pouvait pas dormir. Au revoir, Michael. »

Les yeux de Margaret étaient comme des têtes de clous, et elle se sentit plus légère, sans savoir pourquoi.

Quand elle fut à trois pâtés de maisons de là, arrêtée à un feu rouge, elle ouvrit l'enveloppe que Michael lui avait donnée. Elle contenait deux entrées pour le Super Bowl.

Dès que Margaret fut partie, Lander courut au garage. Il se sentait sombrer. Il se mit à travailler très vite, en essayant de rester au-dessus des pensées qui montaient dans sa tête comme une eau noire. Il mit doucement en route le chariot élévateur qu'il avait loué et glissa la fourche sous le berceau qui contenait la nacelle. Il arrêta le moteur et descendit du siège. Il se concentrait sur les chariots élévateurs. Il pensait à tous les chariots élévateurs qu'il avait vus dans les entrepôts et sur les quais. Il pensa aux principes de la force du levier hydraulique. Il sortit et abaissa le hayon du camion. Il fixa la rampe inclinée, en métal, à l'arrière du camion. Il pensa aux engins d'atterrissage qu'il avait vus et à la manière dont leurs rampes étaient articulées. Il pensa désespérément aux rampes de chargement. Il fouilla la rue du regard. Personne n'était en train de l'observer. N'importe comment, cela n'avait pas d'importance. Il grimpa d'un bond sur le chariot élévateur et souleva la nacelle. Doucement. C'était un travail délicat. Il devait y mettre toute son attention. Il devait

245

faire très attention. Il gravit lentement la rampe de chargement et pénétra dans le camion. Les ressorts craquèrent sous le poids. Il abaissa la fourche qui portait la nacelle, serra le frein, mit des cales sous les roues et fixa la nacelle et le chariot en place avec une grosse corde. Il pensa aux nœuds. Il savait tout sur les nœuds. Il pouvait faire une douzaine de nœuds différents. Il ne fallait pas oublier de mettre un couteau bien aiguisé à l'arrière du camion. Quand le moment viendrait, Dahlia couperait les cordes. Elle n'aurait pas le temps de défaire des nœuds. *Oh, Dahlia. Rentre à la maison. Je suis en train de me noyer.* Il mit la rampe de chargement et le sac de marin contenant les petites armes à l'intérieur du camion, puis il verrouilla le hayon arrière. C'était fait.

Il vomit, dans le garage. *Il ne faut pas que je pense.* Il s'avança vers l'armoire où était rangé l'alcool et sortit une bouteille de vodka. Son estomac rejeta la vodka. La deuxième fois, il la garda. Il sortit le pistolet de sa poche et le jeta derrière la cuisinière, là où il ne pouvait pas l'atteindre. La bouteille, encore, encore. Elle était à moitié vide et l'alcool coulait sur sa chemise, le long de son cou. La bouteille, encore, encore. La tête lui tournait. *Il ne faut pas que je vomisse. Garde-la.* Il pleurait. La vodka fit enfin son effet. Il s'assit par terre, dans la cuisine. *Dans deux semaines, je serai mort. Les autres seront là aussi. Là où tout est calme. Là où rien n'arrive. Oh, mon Dieu, ç'a été si long. Oh, mon Dieu, ç'a été si long. Jergens, tu as eu raison de te tuer. Jergens !* Il criait maintenant. Il s'était mis debout et tituba jusqu'à la porte de derrière. Il hurla dans la nuit. Une pluie froide fouetta son visage pendant qu'il criait dans la cour. *Jergens, tu as eu raison !* Les marches du perron vinrent à sa rencontre et il roula dans l'herbe morte et dans la neige, où il resta couché, le visage levé vers la pluie. Une dernière pensée, une faible lueur de conscience. *L'eau est un bon conducteur de la chaleur. Témoin un million de machines et mon cœur froid sur cette terre.*

Il était très tard lorsque Dahlia posa sa valise dans le salon et l'appela par son nom. Elle regarda dans l'atelier, puis gravit l'escalier.

« Michael ! » Les lumières étaient allumées et la maison glaciale. Elle se sentit inquiète. « Michael ! » Elle entra dans la cuisine.

La porte de derrière était ouverte. Elle se précipita. Quand elle le vit, elle crut qu'il était mort. Son visage d'un blanc bleuâtre, ses cheveux collés à son crâne par la pluie froide. Elle s'agenouilla auprès de lui et tâta sa poitrine, au travers de la chemise trempée. Son cœur battait. Se débarrassant à coups de pied de ses souliers à hauts talons, elle le tira vers la porte. Elle sentait la terre gelée au travers de ses bas. Gémissant sous l'effort, elle le traîna en haut des marches jusque dans la cuisine. Elle arracha les couvertures du lit de la chambre d'ami et les étendit sur le sol, à côté de lui, ôta ses vêtements trempés et l'enroula dedans. Elle le frictionna avec une serviette rêche, et s'assit à côté de lui dans l'ambulance qui le transportait à l'hôpital. Le lendemain matin, il avait quarante de fièvre. C'était une pneumonie.

19

L E Delta survola le lac Pontchartrain à haute altitude, puis descendit en piqué sur l'aéroport international de La Nouvelle-Orléans. Muhammad Fasil sentit son estomac se retourner et jura entre ses dents.

Une pneumonie ! Le précieux chouchou de cette femme s'était enivré jusqu'à s'effondrer sous la pluie ! Ce dingue, devenu faible comme un chaton, délirait à moitié ; la femme, assise au chevet de son lit d'hôpital, bêlait des consolations empreintes de pitié. Au moins, elle veillerait à ce qu'il ne parle pas de l'attentat. Il n'y avait guère de chances que Lander puisse survoler le Super Bowl dans quinze jours, pensa Fasil. Quand cette pauvre entêtée en serait enfin convaincue, quand elle verrait que Lander ne pouvait plus que lui dégobiller dans la main, elle le tuerait et rejoindrait Fasil à La Nouvelle-Orléans. Elle le lui avait promis.

Fasil était désespéré. Le camion portant la bombe arriverait à la date prévue. Il avait une bombe et aucun moyen de la lancer. Il fallait élaborer un autre plan, et l'endroit pour le faire, c'était ici, là où le coup devait être porté. Hafez Najeer s'était gravement trompé en confiant la direction de cette mission à Dahlia Iyad. Fasil se le redit pour la centième fois. Eh bien, elle ne la contrôlait plus. Le prochain projet, ce serait le sien.

L'aéroport était bourré de gens venus voir le Sugar Bowl, le match entre équipes d'étudiants qui allait se jouer au Tulane Stadium dans trois jours. Fasil téléphona à huit hôtels. Tous pleins. Il dut prendre une chambre à l'YMCA [1].

C'était humiliant de se retrouver dans cette minuscule pièce après la nuit passée au Plaza de New York dont la façade s'ornait des drapeaux nationaux de divers dignitaires étrangers, et dont le standard avait l'habitude de transmettre des appels internationaux. Les drapeaux de l'Arabie Saoudite, de l'Iran et de la Turquie flottaient parmi les autres, car leurs représentant siégeaient actuellement aux Nations-Unies, et les coups de téléphone au Moyen-Orient étaient chose commune. Fasil aurait pu s'entretenir confortablement avec Beyrouth pour organiser l'arrivée de ses hommes de main à La Nouvelle-Orléans. Il avait terminé le codage de son message et se préparait à le transmettre lorsqu'il reçut le coup de téléphone de Dahlia lui apprenant le stupide effondrement de Lander. Furieux, Fasil avait déchiré et jeté son message à Beyrouth dans les somptueuses toilettes du Plaza.

Maintenant, il se retrouvait bloqué dans cette cellule miteuse avec un plan en déconfiture. Il était temps d'aller jeter un coup d'œil sur le terrain. Fasil n'avait jamais vu le Tulane Stadium. Pour tout cela, il s'en était remis à Lander. Plein d'amertume, il sortit et héla un taxi.

Comment allait-il faire ? Il aurait le camion. Il aurait la bombe. Il pouvait encore faire venir deux ou trois partisans. Il pouvait compter sur Dahlia Iyad, même si son infidèle était hors course. Fasil était athée, mais il considérait Lander comme un infidèle, et il cracha en murmurant son nom.

Le taxi emprunta l'U.S. 90 qui passait au-dessus du centre de La Nouvelle-Orléans, et se dirigea vers le sud-ouest. Le conducteur ne cessait de monologuer dans un dialecte à peine intelligible pour Fasil.

« Ces tire-au-cul veulent plus travailler. Ils veulent avoir tout pour rien. Le gosse de ma sœur travaillait pour

1. Il s'agit de l'un des nombreux foyers d'accueil créés dans le monde entier par la Young Men's Christian Association (N.d.T.).

moi quand j'étais plombier, avant que mon dos me lâche. La moitié du temps, je savais même pas où il était. On peut pas faire de la plomberie tout seul. Si on a personne pour vous passer le matériel, il faut sortir beaucoup trop souvent de sous la maison. C'est pour ça que mon dos m'a lâché, tout le temps à ramper là-dessous et à en ressortir. »

Fasil aurait bien voulu que l'homme la boucle. Mais il ne se taisait pas.

« Ça, c'est le Superdôme, qu'ils finiront jamais, je crois. D'abord, ils croyaient qu'il coûterait cent soixante-huit millions de dollars ; maintenant, c'est deux cents. Tout le monde dit que c'est Howard Hughes qui l'a acheté. Quelle pagaille. Les tôliers ont commencé par faire grève, et puis... »

Fasil regarda l'immense dôme du nouveau stade. On y travaillait, même pendant les jours de fête. Il voyait s'y déplacer de minuscules silhouettes. Au tout début, ils avaient craint que le Superdôme soit terminé à temps pour le Super Bowl, ce qui aurait rendu le dirigeable inutilisable. Mais il y avait encore de grands trous visibles dans le toit. Maintenant, cela n'avait plus d'importance, pensa Fasil avec colère.

Il nota mentalement qu'il faudrait étudier l'utilisation éventuelle d'un gaz toxique dans les stades fermés. Cela pourrait constituer une technique utile, à l'avenir.

Le taxi se glissa sur la voie à grande vitesse, le chauffeur parlant toujours par-dessus son épaule. « Vous savez, ils ont cru un moment que le Super Bowl aurait lieu là. Maintenant, ils ont un terrible dépassement de frais parce que la ville pense que c'est pas bien, embarrassant vous comprenez, de ne pas l'avoir encore terminé. Ils se font payer deux fois et demi plus cher pour travailler pendant les congés, vous comprenez. Font tout un foin, comme quoi ils se dépêchent vraiment pour l'avoir terminé au printemps. Un peu d'heures supplémentaires, ça me ferait pas de mal, à moi. »

Fasil fut sur le point de demander à l'homme de se taire. Puis il se dit qu'il valait mieux pas. S'il se montrait impoli, le conducteur se souviendrait de lui.

« Vous savez ce qu'est arrivé à Houston avec l'Astro-dôme. Ils ont voulu faire les malins avec les Oilers et maintenant, les voilà qui jouent au Rice Stadium. Les types d'ici ont pas envie qu'il leur arrive la même chose. Ils faut qu'ils aient les Saints, vous comprenez? Ils veulent que tout le monde voie qu'ils s'entendent bien avec la NFL [1], aussi ils travaillent pendant les jours de fête. Vous croyez que je travaillerais pas pendant Noël et le jour de l'an pour gagner deux fois et demi ce que je me fais? Hi! hi! La vieille pourrait bien faire l'arbre toute seule. »

Le taxi négocia le tournant de l'U.S. 90 vers le nord-est et le chauffeur régla son pare-soleil. Ils approchaient de l'université de Tulane. « C'est le collège des Ursulines là, à gauche. Quel côté du stade vous voulez, Willow Street?

— Oui. »

La vue du grand stade miteux gris et ocre stimula Fasil. Les films de Munich défilaient dans sa tête.

Il était vaste. Fasil se rappela la première fois où il avait vu un porte-avions de près. Il était haut, haut. Fasil descendit du taxi et son appareil photo heurta la portière.

La porte sud-est était ouverte. Les hommes de l'entre-tien entraient et sortaient dans le coup du feu des dernières heures. Fasil prépara sa carte de presse et les papiers d'identité qu'on lui avait donnés pour son vol jusqu'aux Açores, mais on ne l'arrêta pas. Il jeta un coup d'œil aux vastes espaces sombres encombrés de poutrelles de fer qui s'étendaient sous les tribunes, puis il sortit sur le terrain.

Il était si grand! Ses dimensions le ravirent. Le gazon artificiel était neuf, les chiffres se détachaient en blanc sur le vert. Fasil traversa la pelouse, conscient de la présence des rangées infinies de sièges. Il est difficile de circuler dans la zone centrale d'un stade, même s'il est vide, sans se sentir regardé. Il hâta le pas vers le côté ouest du terrain et gravit les tribunes pour gagner les loges de la presse.

1. National Football League (N.d.T.).

Arrivé tout en haut, Fasil se souvint en regardant la courbe des tribunes de celles, semblables, de la charge creuse et, bien malgré lui, il fut impressionné par le génie de Michael Lander.

Le stade déployait ses flancs offerts au ciel, des lèvres passives, en attente. La pensée de ces tribunes remplies de quatre-vingt mille neuf cent quatre-vingt-cinq spectateurs s'agitant dans leur siège, de ces tribunes frémissantes de vie, remplit Fasil d'une émotion très proche du désir érotique. C'était la douce trouée dans la Maison de la Guerre. Bientôt ces flancs étendus seraient gonflés de gens, pleins, en attente.

« *Quss ummak* », siffla Fasil. C'est une vieille insulte arabe. Qui signifie « la vulve de ta mère ».

Il réfléchit aux différentes possibilités. Toute explosion dans le stade, ou à proximité, lui vaudrait à coup sûr des manchettes dans les journaux du monde entier. Les portes de l'enceinte n'étaient pas vraiment solides. Le camion pourrait probablement défoncer l'une des quatre entrées et pénétrer sur le terrain avant que la charge explose. Il y aurait certainement beaucoup de morts et de blessés, mais une grande partie du plastic ne servirait qu'à creuser un grand cratère dans la terre. Il y avait aussi le problème de la circulation dans les petites rues embouteillées qui menaient au stade. Et si des voitures de police secours, des ambulances, étaient garées aux entrées ? Comme le Président serait là, il y aurait sûrement des hommes armés aux portes. Et si le conducteur était abattu avant de pouvoir faire exploser la charge ? Qui conduirait le camion ? Certainement pas lui. Dahlia, alors. Elle en aurait le courage, il n'en doutait pas. Après, il lui accorderait des louanges posthumes dans ses conférences de presse au Liban.

Peut-être qu'une ambulance aurait plus de chances. Elle pourrait foncer sur le terrain, toutes sirènes hurlantes.

Mais la nacelle était trop grosse pour tenir à l'intérieur d'une ambulance ordinaire et le camion qui la transportait en ce moment ne ressemblait en rien à un véhicule de secours. Il pouvait passer pour un camion de la télévision.

Pourtant, un véhicule prioritaire, ce serait mieux. Une grande camionnette, alors. Il pourrait la peindre en blanc et mettre une croix rouge dessus. En tout cas, quelle que soit la solution, il fallait qu'il se dépêche. Il ne restait que quatorze jours.

Le ciel vide oppressait Fasil, debout en haut des tribunes, le vent faisait battre le col de son manteau. Un lieu à ciel ouvert, c'était l'idéal, pensa-t-il amèrement. Embarquer la nacelle dans un avion, puis détourner l'appareil, c'était presque impossible. Même s'ils arrivaient, au moyen d'une ruse quelconque, à faire admettre la nacelle parmi le fret, il n'était pas certain que Dahlia puisse forcer un pilote à descendre en piqué sur le stade, même en lui mettant le canon de son arme sur la tempe.

Fasil se tourna vers le nord-est et regarda la ligne des toits de La Nouvelle-Orléans ; le Superdôme à trois kilomètres, l'hôtel Marriott, le Centre commercial international. Plus loin, à douze kilomètres à peine, l'aéroport de Lakefront. Le gros dirigeable inoffensif surgirait de là, le 12 janvier, pour survoler le Super Bowl, pendant que lui se tortillerait comme une fourmi sur le sol. Maudits soient Lander et sa descendance putride jusqu'à la dixième génération.

Fasil eut une vision de ce que l'attentat aurait pu être. Le dirigeable brillant comme de l'argent descend, d'abord inaperçu de la foule absorbée par la partie. Puis, de plus en plus de spectateurs lèvent les yeux lorsqu'il devient plus gros, incroyablement gros, suspendu au-dessus d'eux, son ombre immense assombrissant le terrain, et certains sont en train de fixer la nacelle aux brillantes couleurs lorsqu'elle explose avec un éclair semblable à une nova ; les tribunes se soulèvent, et puis s'effondrent, remplies de douze millions de livres de chair déchiquetée. Et le rugissement, l'onde de choc roulant sur la plaine, assourdissant, fracassant les fenêtres des maisons à trente kilomètres à la ronde, les navires secouées comme par la mousson. Le vent de l'explosion hurle autour des tours de la Maison de la Guerre, hurle :

Fasiiiiiil !

253

Cela aurait été incroyablement beau. Il dut s'asseoir. Il tremblait. Il força son esprit à revenir aux solutions de rechange. Il s'efforça de faire la part du feu. Quand il fut de nouveau calme, il se félicita de sa force de caractère, de sa fermeté face au malheur. Il était Fasil. Il ferait tout ce qui était en son pouvoir.

Ses pensées tournaient et retournaient l'idée de camions et de peintures pendant le retour vers le centre de La Nouvelle-Orléans. Tout n'était pas perdu, se dit-il. C'était peut-être mieux comme cela. La présence de l'Américain souillait l'opération depuis le début. Maintenant, l'attentat n'était rien qu'à lui. Pas si spectaculaire, peut-être, mais il y gagnerait tout de même un énorme prestige — et le Mouvement en sortirait rehaussé, se hâta-t-il de penser.

Le Superdôme était maintenant sur sa droite. Le soleil se reflétait sur le toit de métal. Qu'est-ce que c'était que ça ? Un hélicoptère du type « Skycrane » qui transportait quelque chose, une pièce de machine. Il survolait le dôme. Quelques ouvriers l'attendaient près d'une des ouvertures. L'ombre de l'hélicoptère glissa sur le toit et les recouvrit. Lentement, délicatement, il introduisit le lourd objet dans l'orifice. Le chapeau de l'un des ouvriers s'envola et tomba, minuscule point qui rebondit sur le toit et, emporté par le vent, partit dans l'espace en virevoltant. L'hélicoptère remonta, libéré de son fardeau, et disparut derrière le Superdôme inachevé.

Fasil ne pensait plus aux camions. Il pourrait toujours trouver un camion. La sueur perlait sur son visage. Il se demandait si l'hélicoptère travaillait le dimanche. Il tapota l'épaule du chauffeur et lui demanda de le déposer devant le Superdôme.

Deux heures plus tard, Fasil était dans une librairie, en train d'étudier un article dans *Tous les avions du monde*. De là, il se rendit au Monteleone Hotel, où il nota le numéro de téléphone d'un des postes du hall. Il fit de même pour celui d'une cabine publique du terminus des passagers de l'Union, puis il alla au bureau de la Western Union. Sur un formulaire de câblogramme, il composa avec soin un message, en se reportant fréquemment à une petite carte couverte de chiffres codés, collée à l'intérieur de la boîte de son appareil photo. En quelques minutes, par la longue ligne sous-marine, le bref message personnel courut à la vitesse de l'éclair vers Benghazi, en Libye.

Fasil revint au terminus des passagers à 9 heures le lendemain. Il enleva l'autocollant jaune « En panne » d'un téléphone public situé près de l'entrée et le colla sur une autre cabine, à l'extrémité de la rangée. Il jeta un coup d'œil à sa montre. Une demi-heure à attendre. Il s'assit sur un banc, à proximité du téléphone, avec un journal.

Fasil n'avait jamais eu recours aux contacts libyens de Najeer. Il n'aurait pas osé le faire de son vivant. Fasil était seulement passé à Benghazi pour prendre livraison du plastic après que Najeer eut tout arrangé, mais « Sofia », le nom de code attribué par leur chef à cette mission, lui avait ouvert les portes nécessaires. Il l'avait d'ailleurs inclus dans son câblogramme et espérait qu'il opérerait encore.

A 9 heures 35, le téléphone sonna. Fasil décrocha à la deuxième sonnerie. « Allô ?

— Oui. J'essaie de joindre Mme Yusouf. »

En dépit des crachotements de la ligne, Fasil reconnut la voix de l'officier libyen chargé de la liaison avec le Fatah.

« Alors, vous appelez de la part de Sofia Yusouf.

— Allez-y. »

Fasil parla rapidement. Il savait que le Libyen ne resterait pas longtemps au téléphone. « J'ai besoin d'un pilote capable de conduire un hélicoptère-cargo Sikorsky S-58. La priorité est absolue. Il doit arriver à La Nouvelle-Orléans dans six jours. Il faut que l'homme soit sacrifiable. » Fasil savait qu'il demandait là quelque chose d'extrêmement difficile. Il savait aussi que le Fatah disposait de grandes ressources à Benghazi et à Tripoli. Il se hâta de poursuivre, avant que son interlocuteur n'émette une objection : « C'est un appareil similaire à ceux dont les Russes se sont servis pour construire le barrage d'Assouan. Transmettez ma demande au plus haut niveau. Au plus haut. Je suis investi de l'autorité de Onze. » « Onze », c'était Hafez Najeer.

255

La voix de son interlocuteur était feutrée, comme si l'homme essayait de chuchoter dans le téléphone. « Il n'y a peut-être pas d'homme de ce type. Vous êtes très exigeant. Six jours, c'est peu.

— Si je ne l'ai pas à temps, plus la peine de le chercher. L'échec sera coûteux. Je dois l'avoir. Appelez-moi dans vingt-quatre heures à l'autre numéro. C'est une priorité absolue.

— Je comprends », dit la voix, à dix mille kilomètres de là. La ligne devint muette.

Fasil raccrocha et sortit de la gare terminus d'un pas vif C'était terriblement dangereux de communiquer directement avec le Moyen-Orient, mais le manque de temps exigeait qu'il prenne des risques. Demander un pilote, c'était aussi très risqué. Les fedayin n'en comptaient pas dans leurs rangs. Piloter un hélicoptère-cargo avec un objet lourd suspendu en dessous, c'est tout un art. Les pilotes capables de faire ça ne sont pas très nombreux. Mais ce ne serait pas la première fois que les Libyens soutiendraient Septembre Noir. Le colonel Kadhafi ne les avait-il pas aidés pour le raid de Khartoum ? Les armes qui servirent à massacrer les diplomates américains avaient été introduites en fraude par la valise diplomatique libyenne. Trente millions de dollars passaient chaque année du Trésor public libyen au Fatah. Combien pouvait valoir un pilote ? Fasil avait toute raison d'espérer. Si seulement ils en trouvaient un, et vite.

Fasil avait menti en fixant une date limite de six jours, puisqu'il restait deux semaines avant le Super Bowl. Mais il faudrait peut-être apporter des modifications à la nacelle pour qu'elle s'adapte à un autre véhicule aérien ; il aurait besoin d'un délai et de l'aide expérimentée du pilote.

Fasil avait pesé les chances de trouver un pilote et le risque impliqué dans le seul fait d'en demander un, par rapport au merveilleux résultat qu'il obtiendrait si tout se passait bien. Il trouvait que le jeu en valait la chandelle.

Et si son câblogramme, tout innocent qu'il paraisse, s'attirait l'attention de la police américaine ? Et si le numéro de code qu'il avait utilisé pour téléphoner était connu du juif Kabakov ? Ce n'était guère probable et Fasil le savait, mais il ne se sentait pas tranquille. La police était certainement sur la piste du plastic, même si elle ignorait tout de la nature de la mission. Pourtant, rien ne laissait transpirer que l'attentat aurait lieu à La Nouvelle-Orléans.

Il se demanda si Lander n'était pas en train de délirer. C'était absurde. Les gens ne déliraient plus sous l'effet de la fièvre. Mais les fous divaguaient parfois, fièvre ou non. S'il semblait sur le point de laisser échapper quelque chose, Dahlia le tuerait.

Au même moment, en Israël, une série d'événements se produisaient qui auraient un bien plus grand effet sur la requête de Fasil que l'influence du défunt Hafez Najeer. Sur une piste d'atterrissage, près de Jaffa, quatorze aviateurs israéliens montèrent dans les cockpits de sept bombardiers Phantom F-4. Ils roulèrent sur la piste, la chaleur des moteurs donnant à l'air, derrière eux, l'apparence du verre ondulé. Par deux, ils foncèrent dans le ci' en décrivant une longue courbe ascendante qui le emporta au-dessus de la Méditerranée, vers Tobrouk, e Libye, à deux fois la vitesse du son.

Ils partaient en raid de représailles. A Rosh Pina, les ruines d'un immeuble fumaient encore ; il avait été détruit par des roquettes russes Katiouchka fournies à la résistance palestinienne par la Libye. Cette fois, ils ne s'en prendraient pas aux bases fedayin du Liban et de la Syrie. C'était le fournisseur qui allait payer.

Trente-neuf minutes après le décollage, le chef de patrouille repéra le cargo libyen. Il était exactement là où le Mossad avait dit qu'il serait, à trente kilomètres au large de Tobrouk, faisant route vers l'est, lourdement chargé d'armement destiné aux Palestiniens. Mais il fallait en être sûr. Quatre Phantom restèrent en altitude au cas où l'aviation arabe interviendrait. Les trois autres descendirent. Celui qui était en tête, réduisant les gaz à deux cents nœuds, survola le navire à vingt mètres d'altitude. Il n'y avait pas d'erreur. Alors tous trois piquèrent sur lui pour lâcher leurs bombes, puis remontèrent dans le ciel sous une accélération de trois G et demi. Il n'y eut aucun cri de victoire dans les cockpits lorsque le bateau explosa en une boule de feu. Sur le chemin du retour, les Israéliens surveillaient le ciel en espérant que les MIG arrivent. Ils se sentiraient mieux.

Après cette attaque israélienne, une colère folle s'empara du Conseil révolutionnaire de Libye. On n'avait jamais su qui, au Conseil, était au courant de l'attentat que le Fatah projetait aux Etats-Unis. Mais dans les salles de Benghazi où bouillonnait la rage, un rouage tourna.

Les Israéliens avaient frappé avec des avions fournis par les Américains.

Les Israéliens eux-mêmes avaient dit : « Le fournisseur va payer. »

Qu'il en soit ainsi.

20

« JE lui ai conseillé d'aller dormir, mais il a répondu qu'il avait reçu l'ordre de vous remettre la boîte en main propre », dit à Kabakov le colonel Weisman, attaché militaire à l'ambassade d'Israël, pendant qu'ils se dirigeaient vers la salle de conférences.

Le jeune capitaine dodelinait de la tête dans son fauteuil lorsque Kabakov ouvrit la porte. Il sauta sur ses pieds.

« Commandant Kabakov, je suis le capitaine Reik. Voici le paquet en provenance de Beyrouth. »

Kabakov lutta contre le désir de saisir la boîte et de l'ouvrir. Reik avait fait un long voyage. « Je me souviens de vous, capitaine. Vous teniez la batterie d'howitzers[1] à Qanaabe. » Ils se serrèrent la main ; le jeune homme était visiblement ravi.

Kabakov se tourna vers la boîte en fibres agglomérées posée sur la table. Elle faisait environ soixante centimètres carrés sur trente centimètres d'épaisseur et était attachée avec de la ficelle. Sur le couvercle, il y avait écrit, en arabe : « Effets personnels de Abou Ali, 18, rue de Verdun, décédé. Dossier 186047. Délivré le 23 février. » L'un des coins de la boîte avait été profondément troué. Par une balle.

« Les Renseignements l'ont fouillée à Tel-Aviv, dit Reik.

---

1. L'howitzer est un canon au fût relativement court capable de tirer à un grand angle d'élévation pour atteindre une cible derrière un abri ou dans une tranchée (N.d.T.).

Ils ont trouvé de la poussière dans les nœuds. Ils pensent qu'elle n'avait pas été ouverte depuis pas mal de temps. »

Kabakov ôta le couvercle et étala le contenu sur la table. Un réveil dont le verre était brisé. Deux flacons de pilules. Un carnet de chèques. Le chargeur d'un automatique Llama — Kabakov était certain que le pistolet avait été volé —, une boîte de boutons de manchettes vide, une paire de lunettes tordue et quelques périodiques. La police s'était sans doute emparée des objets de valeur et le Fatah avait soigneusement passé le reste au crible. Kabakov était amèrement désappointé. Il avait espéré que, pour une fois, l'obsession du secret dont souffrait Septembre Noir jouerait contre l'organisation terroriste, que la personne désignée pour « expurger » les affaires d'Abou Ali ne saurait pas ce qui était anodin et ce qui ne l'était pas, et laisserait passer un indice utile. Il leva les yeux vers Reik. « Cela vous a coûté cher ?

— Yoffee a pris une balle dans la cuisse. Il vous envoie un message, monsieur. Il... » Le capitaine bégayait.

« Allez-y.

— Il dit que vous lui devez une bouteille de rémy-martin et... pas ce pissat de chèvre que vous faisiez passer à Kuneitra, monsieur.

— Je vois. »

Kabakov sourit malgré lui. Au moins, cette camelote n'avait pas coûté de vie humaine.

« Yoffee est entré, dit Reik. Il avait de faux papiers fabriqués par un cabinet de contentieux saoudien. Il voulait régler l'affaire rapidement, alors il n'a pas soudoyé l'employé à l'avance... pour qu'ils n'aient pas le temps d'escamoter la boîte et de lui refiler un truc plein de détritus. Il a demandé à la voir et donné trois livres libanaises à l'employé. Celui-ci l'a apportée, mais l'a posée derrière le comptoir en disant qu'il fallait l'autorisation du préposé au service. Ce qui, normalement, signifiait un autre pot-de-vin, mais Yoffee n'avait pas grande confiance dans ses papiers. Il a assommé l'employé et s'est emparé de la boîte. Il avait une Mini-Cooper qui l'attendait devant le commissariat et tout s'est bien passé jusqu'à ce que deux voitures radio bloquent la Mazraa devant lui, rue de l'Unesco. Bien sûr, il est passé sur le trottoir, mais ils ont tiré deux ou trois salves. Il avait cinq pâtés de maisons d'avance en descendant la Ramlet el-Baida. Jacoby s'est amené aux commandes d'un Huey, pour le récupérer. Yoffee a grimpé sur sa voiture en marche, en passant par le toit ouvrant, et on l'a hissé. On est revenus à environ trente mètres d'altitude, dans l'obscurité. L'hélico était équipé du nouveau système pilotage automatique par suivi du terrain à basse altitude et on avait rien d'autre à faire qu'à attendre.

— Vous étiez à bord ?

— Oui, monsieur. Yoffee me doit de l'argent. »

Kabakov n'eut aucun mal à les imaginer, secoués, plongés dans l'obscurité, pendant que l'hélicoptère noir serpentait sur les collines. « Je m'étonne que vous ayez disposé d'une autonomie suffisante.

— Nous avons dû atterrir à Gesher Haziv.

— Est-ce que des avions libanais ont décollé ?

— Oui, monsieur. La nouvelle a mis un certain temps pour leur parvenir. Nous étions de retour vingt-quatre minutes après que la police eut vu l'hélico. »

Kabakov ne voulait pas montrer combien il était désappointé par le contenu de la boîte, alors que trois hommes avaient risqué leur vie pour l'obtenir. Tel-Aviv devait le prendre pour un imbécile.

« Merci, capitaine Reik, pour ce merveilleux travail. Dites-le aussi, de ma part, à Yoffee et à Jacoby. Maintenant, allez vous coucher. C'est un ordre. »

Kabakov et Weisman étaient assis à la table, les affaires d'Abou Ali entre eux. Weisman gardait un silence plein de tact. Il n'y avait aucun papier personnel, pas même un exemplaire de *La Lutte armée et politique,* le manuel omniprésent du Fatah. Ils avaient fait le tri. Kabakov feuilletait les périodiques. Deux numéros de l'*Al-Tali'ah,* le mensuel égyptien. Il y avait quelque chose de souligné dans une interview. « ... les bruits qui courent sur l'efficacité des services de renseignements israéliens ne sont qu'un mythe. Ils ne sont pas particulièrement sophistiqués. » Kabakov grogna. Abou Ali se moquait de lui par-delà le tombeau.

261

Quelques vieux numéros du journal de Beyrouth, l'*Al-Hawadess*. *Paris-Match*, un exemplaire du *Sports Illustrated* daté du 21 janvier 1974. Kabakov le regarda en fronçant les sourcils. Il le prit. C'était la seule publication en anglais du lot. Il y avait une tache marron sur la couverture, du café probablement. Il le feuilleta une fois, puis deux. Ce numéro était en grande partie consacré au football. Les Arabes aiment bien se tenir au courant du foot, mais le principal article était sur le... L'esprit de Kabakov tournait à toute vitesse. Fasil. Munich. Le sport. L'enregistrement disait : « ... commencer une autre année par un tel bain de sang ».

Weisman leva les yeux en entendant la voix de Kabakov. « Colonel Weisman, parlez-moi du Super Bowl. »

John Baker, le directeur du FBI, ôta ses lunettes et se frotta l'arête du nez. « Messieurs, c'est une hypothèse d'une ampleur considérable. »

Corley s'agita dans son fauteuil.

Kabakov était las de s'adresser au visage inexpressif de Baker, las des précautions avec lesquelles Corley formulait ses remarques à son patron. « C'est plus qu'une hypothèse. Regardez les faits...

— Je sais, je sais, commandant. Vous avez été très clair. Vous pensez que la cible est le Super Bowl parce que cet homme — Fasil, n'est-ce pas ? — a organisé l'attaque de Septembre Noir contre le village olympique ; parce que la cassette que vous avez récupérée à Beyrouth fait allusion à un attentat en début d'année, et parce que le Président a l'intention d'assister au match. »

Il aurait aussi bien pu énumérer les parties du discours.

« Et parce que cela passerait en direct à la télévision, avec un maximum d'effet de choc, dit Corley.

— Mais tout votre raisonnement repose sur le fait que cet homme, Ali, avait un numéro de *Sports Illustrated*, et vous n'êtes même pas certain qu'il ait été impliqué dans le complot. »

Baker regardait par la fenêtre ce gris après-midi de

Washington comme s'il pouvait trouver la réponse dans la rue.

Baker avait le dossier 302 de Corley sur son bureau — des informations non traitées. Kabakov se demandait pourquoi il avait été convoqué, puis il comprit que Baker, professionnellement paranoïaque, voulait le voir. Voulait soumettre la source à ses propres instincts de flic. Kabakov lisait sur le visage de Baker combien il était opiniâtre. *Il sait qu'il va être obligé de faire quelque chose*, pensa Kabakov. *Mais il a besoin de moi pour discuter avec lui-même. Il n'aime pas qu'on lui dise ce qu'il doit faire, pourtant il veut me voir parler. Il faut absolument qu'il passe à l'action, maintenant. Laisse-le bûcher la question. C'est à lui de décider.* « Merci de m'avoir reçu, monsieur Baker, dit Kabakov en se levant.

— Un instant, s'il vous plaît, commandant. Puisque vous avez déjà vu ce genre de chose, comment pensez-vous qu'ils vont s'y prendre ? Vont-ils cacher le plastic dans le stade et, quand la foule arrivera, menacer de le faire sauter si leurs revendications ne sont pas exaucées — la libération de Sirhan Sirhan, la fin de notre aide à Israël, ce genre de chose ?

— Ils ne demanderont rien. Ils feront exploser leur bombe, et puis ils pavoiseront.

— Pourquoi pensez-vous cela ?

— Que pourriez-vous leur offrir ? La plupart des terroristes arrêtés dans des détournements d'avion sont déjà libérés. Ceux de Munich ont été échangés contre les otages d'un détournement d'avion effectué postérieurement. Lelia Khaled a été libérée de la même manière. Les terroristes qui ont tué vos diplomates à Khartoum ont été rendus aux leurs par le gouvernement soudanais. Ils sont tous libres, monsieur Baker.

« Arrêter l'aide à Israël ? Même si vous le promettiez, vous ne pouvez offrir aucune garantie. Extorquée sous la contrainte, la promesse ne serait pas tenue. Et puis, pour utiliser des otages, il faut les maîtriser. Dans un stade, c'est impossible. Il y aurait une panique et la foule se précipiterait aux portes en écrasant quelques milliers de personnes. Non, ils vont faire exploser le plastic.

— Comment ?

— Je ne sais pas. Avec une demi-tonne, ils peuvent faire écrouler les tribunes, mais pour être certains du résultat, ils devraient mettre des charges en plusieurs points et les faire exploser simultanément. Ce ne serait pas facile. Fasil n'est pas stupide. Il y a beaucoup trop de transmissions radio d'un tel événement pour utiliser un détonateur électronique à distance, et des localisations multiples augmentent les risques d'être découvert.

— On peut s'assurer que le stade est *clean*, dit Corley. Ça va être une sacrée fouille, mais on peut le faire.

— Le Secret Service voudra s'en occuper lui-même, je suppose, mais il demandera des effectifs supplémentaires, ajouta Baker.

— On peut vérifier l'identité de tout le personnel du Super Bowl, fouiller les camions de hot dogs, les cartons de boissons, on peut interdire l'entrée de tout paquet, poursuivit Corley. On peut utiliser des chiens et un détecteur électronique. On a encore le temps de dresser les chiens avec le morceau de plastic trouvé sur le bateau.

— Et le ciel ? dit Kabakov.

— Vous pensez au pilote qui a travaillé sur la carte, bien sûr, dit le directeur du FBI. Je crois qu'on peut interdire les vols privés à La Nouvelle-Orléans pendant la durée du match. On va vérifier ça avec la FAA [1]. Je vais appeler, dès cet après-midi les organismes concernés. Après cela, nous en saurons plus. »

J'en doute, pensa Kabakov.

1. Federal Aviation Agency (N.d.T.).

21

LE bruit incessant des pas d'Abdel Awad commençait à agacer le gardien posté dans le couloir. Il s'approcha de la porte de sa cellule, ouvrit le guichet et l'injuria. Après, il se sentit un peu honteux. Ce type avait le droit de marcher de long en large. Il rouvrit le guichet et offrit une cigarette à Awad, en l'avertissant de l'éteindre et de la cacher s'il entendait des pas approcher.

Awad guettait déjà les pas, n'importe comment. Bientôt — ce soir, demain, le jour suivant — ils allaient venir. Pour lui couper les mains.

Ex-officier de l'armée de l'air libyenne, il avait été reconnu coupable de vol et de trafic de stupéfiants. La peine de mort avait été commuée en double amputation pour services rendus au pays. Ce genre de sentences, prescrites par le Coran, étaient tombées en désuétude jusqu'à ce que le colonel Kadhafi prenne le pouvoir et les rétablisse. Il faut cependant dire que, dans la ligne de sa politique de modernisation, il avait remplacé la hache sur la place du marché par le scalpel du chirurgien et les conditions d'asepsie d'un hôpital de Benghazi.

Awad avait essayé de mettre ses pensées sur le papier, d'écrire à son père pour lui demander pardon de la honte qu'il infligeait à sa famille, mais il n'arrivait pas à trouver ses mots. Il craignait que la lettre ne soit interrompue par leur arrivée et expédiée telle quelle. Il avait peur d'être obligé de la terminer avec une plume entre les dents.

Il se demanda si la sentence autorisait l'anesthésie.

Pourrait-il attacher une jambe de son pantalon aux gonds de la porte, passer l'autre autour de son cou et se pendre en s'asseyant par terre ? Depuis une semaine que la sentence avait été prononcée, il ne cessait de penser à cela. Ce serait plus facile s'ils lui avaient dit *quand*. Peut-être que l'ignorer faisait partie de la punition.

Le guichet s'ouvrit. « Eteins-la. Eteins-la », siffla le gardien. L'esprit engourdi, Awad écrasa sa cigarette et, d'un coup de pied, l'expédia sous le lit de camp. Il entendit claquer les verrous. Il fit face à la porte, les mains tendues devant lui, les ongles enfoncés dans les paumes.

Je suis un homme et un bon officier, pensa Awad. *Ils n'ont pas pu le nier, même au procès. Je ne vais pas me couvrir de honte, maintenant.*

Un petit homme en costume civil entra dans la cellule. Il disait quelque chose, sa bouche bougeait sous la petite moustache. « ... Est-ce que vous m'entendez, lieutenant Awad ? Ce n'est pas encore le moment... le moment de vous punir. Mais il est temps d'avoir une conversation sérieuse. Parlons anglais, je vous prie. Prenez la chaise. Je vais m'asseoir sur la couchette. » La voix du petit homme était douce et il ne le quittait pas des yeux.

Awad avait des mains très sensibles, les mains d'un pilote d'hélicoptère. Quand on lui offrit une chance de les garder, d'obtenir sa réintégration, il accepta rapidement les conditions fixées.

Awad fut transporté de la prison de Benghazi à la garnison d'Ajdaboujah où, sous de sévères mesures de sécurité, on vérifia ce qu'il était capable de faire aux commandes d'un hélicoptère russe MIL-6, à usage industriel qui, dans les forces de l'OTAN, a pour nom de code « Hook[1] ». C'était un des trois que possédaient les forces armées libyennes. Un modèle qu'Awad connaissait, mais il avait surtout travaillé avec un engin plus petit. Il le pilota bien. Le MIL-6, ce n'était pas exactement le Sikorsky S-58, mais presque. Le soir, il se plongea dans le

1. Crochet (N.d.T.).

manuel de vol du Sikorsky, acheté en Egypte. Une main attentive sur la manette des gaz et la commande de profondeur, un œil vigilant sur la pression d'admission, tout se passerait bien lorsque l'heure serait venue.

Le règne du président Kadhafi impose une forte morale renforcée par de terribles peines, et il en résulte que certains délits ont totalement disparu de ce pays. L'art civilisé de la contrefaçon n'y fleurit plus, et il fallut contacter un faussaire de Nicosie pour fabriquer les faux papiers d'Awad.

Celui-ci devait être totalement « blanchi » — ne garder sur lui aucune preuve de ses origines. Tout ce dont il avait besoin, en réalité, c'était de papiers d'identité qui lui permettent d'entrer aux Etats-Unis. Il n'en repartirait pas, puisqu'il serait vaporisé dans l'explosion. Awad n'était pas au courant de ce détail. En fait, on lui avait seulement dit de se présenter à Muhammad Fasil et d'exécuter ses ordres. On lui avait assuré qu'il pourrait facilement repartir. Pour maintenir cette illusion, il fallait fournir à Awad un plan d'évasion et les papiers qui allaient avec.

Le 31 décembre, le lendemain de sa sortie de prison, le passeport libyen d'Awad, plusieurs photos récentes de lui et un échantillon de son écriture furent livrés à une petite imprimerie de Nicosie.

L'idée de fournir un « décor » complet — une série de papiers qui se renforcent mutuellement, tels un passeport, un permis de conduire, une correspondance récente avec les cachets de la poste, et des quittances — n'a été introduite que récemment en Occident, et ne s'est concrétisée largement qu'à partir du moment où les trafiquants de drogue ont pu se payer des services aussi complexes. Les faussaires du Moyen-Orient créent des « décors » pour leurs clients depuis des générations.

Celui que le Fatah utilisait à Nicosie faisait un merveilleux travail. Il fournissait aussi des passeports libanais vierges aux Israéliens qui les remplissaient eux-mêmes. Et il vendait des informations au Mossad.

C'était un travail coûteux qu'exigeaient les Libyens —

deux passeports, un italien portant un cachet d'entrée aux U.S.A. et un portugais. Ils n'ergotèrent pas sur le prix. Ce qui est valable pour les uns l'est souvent pour les autres, pensa le faussaire en enfilant son manteau.

Une heure après, le quartier général du Mossad à Tel-Aviv apprit qui était Awad et ce qu'il deviendrait. Son procès avait fait un certain bruit à Benghazi. Un agent du Mossad dans cette ville n'eut qu'à consulter la presse locale pour découvrir quel était le talent particulier d'Awad.

A Tel-Aviv, ils firent la synthèse. Awad était un pilote d'hélicoptère qui allait entrer aux Etats-Unis sous une identité et en sortir sous une autre. La ligne qui les reliait à Washington bourdonna pendant quarante-cinq minutes.

22

L'APRÈS-MIDI du 22 décembre, une fouille à grande
échelle du Tulane Stadium se déroula dans le cadre
de la préparation du Sugar Bowl classique qui serait joué
la veille du jour de l'an. On établit le programme de
fouilles similaires des stades de Miami, Dallas, Houston et
Pasadena — toutes les villes où se déroulerait un match de
football américain, le jour de l'an.

Kabakov se réjouissait que les Américains aient enfin
mobilisé leurs immenses ressources contre les terroristes,
mais le processus qui les y avait poussés l'amusait. Il était
typiquement bureaucratique. Immédiatement après son
entretien avec Kabakov et Corley, le directeur du FBI,
John Baker, avait convoqué une réunion au sommet du
FBI, de l'agence de la Sûreté nationale, et du personnel du
Secret Service. Kabakov, assis au premier rang, sentait
peser sur lui beaucoup de regards lourds de sens tandis
que les responsables réunis en ces lieux soulignaient la
faiblesse de l'indice désignant la cible — un simple
magazine, sans la moindre note, contenant un article sur le
Super Bowl.

Les hautes instances du FBI et de la Sûreté semblaient
rivaliser de scepticisme pendant que Corley exposait à
grands traits l'hypothèse d'une attaque contre le Super
Bowl de La Nouvelle-Orléans.

Seuls les représentants du Secret Service, Earl Biggs et
Jack Renfro, restaient silencieux. Kabakov se dit que

c'était les hommes les plus dépourvus d'humour qu'il ait jamais vus. Il les comprenait. Pour eux, il n'y avait vraiment pas de quoi rire.

Kabakov savait que les hommes réunis là n'étaient pas stupides. Chacun d'eux aurait accueilli plus favorablement une idée bizarre si elle lui avait été présentée en petit comité. Face à leurs pairs, la plupart des hommes ont deux types de réactions — les unes réelles, et les autres modulées en vue du jugement que leurs compagnons porteraient éventuellement sur eux. Dès le début de la réunion, les assistants optèrent pour le scepticisme et, une fois établi, il l'emporta durant tout l'exposé de Corley.

Mais l'esprit grégaire travaillait aussi dans l'autre sens. Lorsque Kabakov raconta les manœuvres de Septembre Noir avant le massacre de Munich et la tentative avortée au cours du match de foot de la Coupe du Monde, six mois auparavant, il réussit à les inquiéter. Un attentat au cours du Super Bowl était-il moins plausible que celui qui avait eu lieu au village olympique ? demanda Kabakov.

« Il n'y a pas d'équipe juive », lui riposta-t-on aussitôt. La remarque ne provoqua aucun rire. Pendant que les responsables écoutaient Kabakov, l'effroi était présent dans la salle et se communiquait d'un auditeur à l'autre par de petits mouvements du corps, une certaine agitation. Les mains ne tenaient pas en place, frottaient les visages, Kabakov voyait changer les hommes assis devant lui. Aussi loin qu'il se souvienne, le commandant avait toujours perturbé les policiers, même israéliens. Il attribuait cela à sa propre impatience envers eux, mais un autre facteur entrait en ligne de compte. Quelque chose, en lui, qui affectait les policiers comme un soupçon de musc apporté par le vent affole les chiens et les pousse à se rapprocher du feu. Et sentir qu'il y a dehors quelque chose qui n'aime pas le feu, qui guette et qui n'a pas peur.

La preuve du magazine, renforcée par les hauts faits de Fasil, commença à se profiler, menaçante, et les hommes présents dans la salle extrapolèrent. Une fois admise la possibilité du danger, ils ne pouvaient que se poser la question suivante : pourquoi le Super Bowl ? Le magazine montrait un stade bourré — pourquoi pas n'importe quel stade également bondé ? Bon Dieu, le Sugar Bowl a lieu la veille du jour de l'an — après-demain — et ce jour-là, il y a des matches de football dans tout le pays. Les fouiller tous.

Avec l'appréhension, apparut l'hostilité. Brusquement, Kabakov sentit avec acuité qu'il était étranger, et juif. Il prit instantanément conscience qu'un certain nombre de ces auditeurs pensaient au fait qu'il était juif. Il s'y était attendu. Et ne fut pas surpris quand, dans l'esprit de ces hommes à la coupe de cheveux apprêtée, portant les insignes de leur grande école, il fut identifié au problème plus qu'à la solution. La menace provenait d'une bande d'étrangers et il en était un. Cette attitude d'esprit restait tacite, mais bien présente.

« Merci, chers amis », dit Kabakov en se rasseyant. Vous ne connaissez pas les étrangers, mes chers amis, pensa-t-il. Vous le découvrirez peut-être le 12 janvier.

Il n'était pas raisonnable d'imaginer qu'une fois capable de réaliser ce genre d'attentat, Septembre Noir le commettrait dans un stade qui ne contenait pas le Président. C'est pourquoi Kabakov s'en tenait au Super Bowl.

L'après-midi du 30 décembre, il arriva à La Nouvelle-Orléans. Les recherches étaient déjà entamées au Tulane Stadium, en cette veille du Sugar Bowl. Le détachement spécial se composait de cinquante hommes — des membres du FBI et des équipes de déminage, des officiers de police, deux maîtres chiens de l'aviation fédérale avec des animaux entraînés à l'odeur des explosifs, et deux techniciens de l'armée avec un « renifleur » électronique étalonné grâce à la madone découverte sur le *Leticia*.

Ce n'est qu'à La Nouvelle-Orléans que le personnel du Secret Service participa aux recherches, et il se trouvait dans l'obligation de les effectuer deux fois — aujourd'hui pour le Sugar Bowl, et le 11 janvier, à la veille du Super Bowl. Ils poursuivaient calmement leur travail, et le personnel chargé de l'entretien, qui mettait la dernière main aux préparatifs, affectait en gros de ne pas les voir.

La fouille n'intéressait guère Kabakov. Il se doutait qu'on ne trouverait rien. Il préférait étudier les visages des employés du Tulane Stadium. Il se souvenait que Fasil avait envoyé ses hommes six mois à l'avance, pour qu'ils se fassent embaucher au village olympique. Il savait que la police de La Nouvelle-Orléans était en train de vérifier les antécédents du personnel du stade, mais il les dévisageait tout de même, espérant avoir une réaction instinctive, viscérale, en voyant un terroriste. Il n'éprouva rien en les regardant. Le seul résultat des vérifications fut la découverte d'un bigame, que la police arrêta en vue de l'extrader à Coahoma County, dans le Mississippi.

La veille du jour de l'an, les Tigers de l'université de la Louisiane perdirent par 13 à 7 face à l'équipe du Nebraska, dans le Sugar Bowl classique. Kabakov y était.

Il n'avait jamais assisté à un match de football américain et n'en vit pas grand-chose. Moshevsky et lui passèrent la plus grande partie du temps à rôder sous les tribunes et autour des portes, ignorés par les nombreux agents du FBI et les policiers affectés au stade. Kabakov s'intéressa particulièrement à la permanence assurée aux entrées et au type d'accès autorisé une fois le stade rempli.

Il trouvait la plupart des spectacles publics ennuyeux et celui-là, avec ses flonflons et ses fanions, lui déplut particulièrement. Les fanfares précédées de majorettes lui avaient toujours paru ridicules. Le seul moment agréable de l'après-midi, ce fut le défilé aérien de la mi-temps : les Navy's Blue Angels dessinèrent un diamant de jets reflétant le soleil au cours d'un beau tonneau lent au-dessus du dirigeable qui planait sur le stade en ronronnant. Kabakov restait conscient de la présence d'autres appareils à réaction — des intercepteurs de l'Air Force attendant sur des pistes non loin de là, au cas improbable où un avion inconnu tenterait de survoler La Nouvelle-Orléans pendant le match.

Les ombres s'allongeaient sur le terrain lorsque les derniers spectateurs sortirent par petits groupes espacés. Ces heures de bruit avaient abruti Kabakov. En général, il comprenait avec difficulté ce que disaient les gens dont il surprenait les conversations, et aujourd'hui, c'était encore pire. Corley le retrouva au bord du chemin, à l'extérieur du stade.

« Eh bien, aucun boum », dit l'homme du FBI.

Kabakov le regarda, à l'affût d'un petit sourire narquois. Corley semblait seulement las. Kabakov se dit qu'on devait pas mal utiliser l'expression « courir après la lune » dans les stades des autres villes où des hommes fatigués cherchaient des explosifs à la veille des matches du jour de l'an. On devait dire beaucoup de choses derrière son dos, il s'en doutait. Il n'avait jamais prétendu que la cible serait un match d'étudiants, mais qui s'en souvenait ? N'importe comment, cela n'avait pas d'importance. Corley et lui retraversèrent le stade, en direction du parking. Rachel devait l'attendre au Royal Orleans.

« Commandant Kabakov. »

Il regarda autour de lui un instant avant de comprendre que la voix sortait de la radio qui était dans sa poche. « Kabakov, parlez.

— Un appel pour vous au poste de commandement.

— Bon. »

Celui du FBI s'était installé dans le bureau des relations publiques, sous les tribunes. Un agent en manches de chemise lui tendit un téléphone.

Weisman l'appelait de l'ambassade d'Israël. Corley essaya de déduire la nature de la conversation des brèves répliques qu'émit Kabakov.

« Sortons », dit celui-ci en rendant le téléphone. Il n'aimait pas la manière dont les agents du FBI évitaient de le regarder à la fin de cette journée d'efforts supplémentaires.

S'arrêtant à la ligne de touche, Kabakov leva les yeux vers les fanions qui flottaient dans le vent, en haut du stade. « Ils sont en train d'introduire un pilote d'hélicoptère. Nous ignorons si c'est pour cette affaire-là, mais nous savons qu'il va arriver. De Libye. Et qu'ils semblent très pressés. »

Il y eut un bref silence, temps pendant lequel Corley assimila l'information.

« Qu'avez-vous comme éléments ?

— Son passeport, une photo, tout. L'ambassade a

expédié notre dossier à votre bureau de Washington. Ils le recevront dans une demi-heure. On va probablement vous téléphoner.

— Où est-il?

— Encore là-bas, nous ne savons pas où. Mais ils vont récupérer ses papiers à Nicosie, demain.

— Vous n'allez pas l'empêcher de...

— Bien sûr que non. Nous laisserons l'opération se dérouler tranquillement. A Nicosie, nous surveillons l'endroit où sont les papiers, ainsi que l'aéroport. C'est tout.

— Une attaque aérienne! Ici ou ailleurs. C'est ça qu'ils avaient à l'esprit, depuis le début.

— Peut-être, répondit-il. Fasil est peut-être aussi en train de faire diversion. Sait-il ce que nous savons? Tout dépend de cela. S'il est en train de surveiller ce stade ou un autre, il comprend que nous savons beaucoup de choses. »

Dans le bureau du FBI de La Nouvelle-Orléans Corley et Kabakov étudiaient le rapport sur ce pilote qu arriverait bientôt de Libye. Corley tapota la feuille jaun, du télex. « Il va entrer avec un passeport portugais e repartir avec un italien portant déjà un visa d'entrée aux Etats-Unis. S'il montre ce passeport portugais à n'importe quel point d'entrée, nous le saurons en dix minutes. S'il fait partie du plan, nous les tenons, David. Il nous mènera à la bombe, à Fasil et à la femme.

— Peut-être.

— Mais où vont-ils se procurer un hélico pour lui? Si la cible est le Super Bowl, l'un d'eux a déjà tout préparé, ici.

— Oui. Et pas loin, en plus. Ils n'ont pas beaucoup de latitude. » Kabakov ouvrit une grande enveloppe en papier bulle. Elle contenait cent photos de Fasil de trois quarts et cent tirages du portrait-robot de la femme. On allait les distribuer aux agents du stade. « La NASA a fait un beau travail », dit-il. Les photos de Fasil étaient remarquablement nettes et un artiste de la police avait ajouté sur sa joue la balafre.

274

« On va les donner aux lignes d'aviation, aux stations navales, partout où il y a des hélicoptères, dit Corley. Qu'est-ce que vous avez ?

— Pourquoi font-ils venir ce pilote au dernier moment ? Tout colle parfaitement, sauf cela. Une grosse bombe, un attentat aérien. Mais pourquoi si tard, pour le pilote ? C'est la carte trouvée sur le bateau qui nous a d'abord fait penser qu'un pilote était peut-être mêlé à ça, mais si c'est lui qui a marqué la carte, il devrait déjà être là.

— On se sert de cartes nautiques dans le monde entier, David. Elle a peut-être été annotée au Moyen-Orient. Un facteur de sécurité. Un rendez-vous de secours en mer, au cas où. La carte a pu arriver avec la femme. Et étant donné la manière dont les choses ont tourné, ils ont organisé le rendez-vous parce qu'ils pensaient ne plus pouvoir compter sur Muzi.

— Mais cette précipitation de dernière minute, pour se procurer les papiers, ne cadre pas. S'ils avaient su à l'avance qu'ils allaient utiliser le Libyen, ils auraient fait préparer les passeports il y a longtemps.

— Plus ils l'introduisent tard, moins il y a de chances que nous découvrions le pot aux roses.

— Non, dit Kabakov en secouant la tête. Préparer les papiers à la hâte, ce n'est pas le style de Fasil. Vous savez bien qu'il avait tout prévu longtemps à l'avance, pour Munich.

— N'importe comment, c'est une chance pour nous. Je vais envoyer des hommes avec ces photos aux aéroports, demain matin à la première heure, dit Corley. Un grand nombre de bureaux d'aviation seront fermés pour le jour de l'an. Il faudra peut-être deux ou trois jours pour les joindre tous. »

Kabakov prit l'ascenseur du Royal Orleans Hotel avec deux couples qui riaient très fort ; les coiffures élaborées des femmes évoquaient une ruche. Il essaya de les comprendre puis décida que, même s'il y arrivait, leur conversation n'avait aucun sens.

Il trouva le numéro qu'on lui avait indiqué et frappa à la

porte. Toutes celles des chambres d'hôtel ont l'air anonymes. Impossible de croire en les voyant que de l'autre côté, il y a des gens que nous aimons. Rachel était pourtant bien là et elle étreignit Kabakov pendant plusieurs secondes, sans rien dire.

« Je suis contente que le flicaillon du stade t'ait transmis mon message. Tu aurais pu me donner rendez-vous là-bas, tu sais.

— J'attendais que ce soit fini.

— J'ai l'impression de serrer un robot dans mes bras, dit-elle en le relâchant. Qu'est-ce que tu as sous ta veste ?

— Une mitraillette.

— Eh bien, pose-la et prends un verre.

— Comment as-tu fait pour trouver un endroit pareil au dernier moment ? Corley a dû se faire inviter par un agent local du FBI.

— Je connais quelqu'un au Plaza de New York qui possède aussi cet hôtel. Ça te plaît ?

— Oui. »

C'était une petite suite, très luxueuse.

« Je suis désolée, mais je n'ai rien trouvé pour Moshevsky.

— Il est là, derrière la porte. Il peut dormir sur le divan... non, je plaisantais. Il est très bien installé au consulat.

— J'ai demandé qu'on nous monte quelque chose à manger. »

Il n'écoutait pas.

« Tu m'entends, on va nous amener quelque chose à manger. Un chateaubriand.

— Je crois qu'ils sont en train de faire venir un pilote. »

Il lui fournit les détails.

« Si le pilote te conduit aux autres, alors l'affaire est réglée, dit-elle.

— Si nous trouvons le plastic et si nous les avons tous, oui. »

Rachel fut sur le point de poser une autre question, mais elle se retint.

276

« Combien de temps peux-tu rester ? demanda Kabakov.

— Quatre ou cinq jours. Plus longtemps si je peux t'aider. J'ai pensé retourner à New York, rattraper mon retard et puis revenir, disons, le 10 ou le 11 — si tu en as envie.

— Bien sûr que j'en ai envie. Quand ce sera fini, nous profiterons vraiment de La Nouvelle-Orléans. Ç'a l'air d'être une belle ville.

— Oh ! David, tu verras quel merveilleux endroit c'est !

— Une chose importante. Je ne veux pas que tu viennes au Super Bowl. Tu es à La Nouvelle-Orléans, d'accord, mais je ne veux pas te voir dans les parages de ce stade.

— Si c'est dangereux pour moi, c'est dangereux pour tout le monde. Dans ce cas, il faut avertir les gens.

— C'est ce que le Président a dit au FBI et au Secret Service. Si le Super Bowl a lieu, il viendra.

— On pourrait l'annuler ?

— Il a appelé Baker et Biggs pour dire que s'il s'avère impossible de protéger convenablement les spectateurs du Super Bowl, lui compris, il annulera le match et expliquera publiquement pourquoi. Baker a affirmé que le FBI pouvait protéger le stade.

— Et le Secret Service, qu'est-ce qu'il a dit ?

— Biggs ne fait pas de vaines promesses. Il attend de voir ce qui va se passer avec ce pilote. Il n'invite personne au Super Bowl, et moi non plus. Promets-moi que tu ne viendras pas.

— D'accord, David. »

Il sourit. « Maintenant, parle-moi de La Nouvelle-Orléans. »

Le dîner fut magnifique. Ils s'installèrent près de la fenêtre et pour la première fois depuis des jours, Kabakov se détendit. La Nouvelle-Orléans scintillait dans la grande courbe de la rivière et il y avait Rachel, toute douceur à la lumière des bougies, parlant de sa venue, enfant, dans cette ville, avec son père ; elle s'était prise pour une grande dame lorsque ce dernier l'avait emmenée chez Antoine ; un serveur avait discrètement posé un coussin sur sa chaise en la voyant arriver.

Ils décidèrent d'aller y dîner le soir du 12 janvier, ou lorsque sa mission serait terminée. Euphorisés par le beaujolais et les projets, ils furent heureux, ensemble, dans le grand lit. Rachel s'endormit en souriant.

Elle s'éveilla une fois, passé minuit, et vit Kabakov adossé au dosseret. Quand elle bougea, il la caressa distraitement, et elle comprit qu'il pensait à autre chose.

Le camion qui transportait la bombe arriva à La Nouvelle-Orléans le 31 décembre à 23 heures. Le conducteur suivit l'U.S. 10, passa devant le Superdôme et continua jusqu'au croisement avec l'U.S. 90 ; là, il tourna en direction du sud et s'arrêta près du quai de Thalia Street, sous le Mississippi River Bridge, quartier désert à cette heure de la nuit.

« C'est l'endroit qu'il a dit. » Le conducteur s'adressait à son compagnon. « Merde, je vois personne. Tout est fermé. »

Une voix à son oreille le fit sursauter. « Oui, c'est là, dit Fasil en montant sur le marchepied. Voici les papiers. J'ai signé le reçu. »

Pendant que l'homme examinait les documents à la lumière de sa lampe électrique, Fasil inspectait les sceaux sur le hayon du camion. Ils étaient intacts.

« Dites, mon vieux, vous pourriez nous conduire à l'aéroport ? Il y a un vol de nuit pour Newark qu'on va essayer de prendre.

— Désolé, mais je ne peux pas. Je vais vous déposer à proximité d'une station de taxis.

— Bon Dieu ! ça va nous coûter dix dollars. »

Fasil ne voulait pas d'histoires. Il donna à l'homme un billet de dix dollars et les amena à un pâté de maisons d'une station de taxis. Il souriait et sifflotait faux entre ses dents en conduisant le camion au garage. Il avait souri toute la journée, depuis qu'une voix, au téléphone public du Monteleone Hotel, lui avait dit que le pilote était en route. Il avait la tête pleine de projets et devait faire des efforts pour se concentrer sur sa conduite.

Tout d'abord, il lui faudrait dominer totalement cet homme. Awad devait le craindre et le respecter. Ça, il pouvait y arriver. Et puis, il fallait préparer un briefing complet, y compris une histoire convaincante sur la manière dont ils fuiraient après l'attentat.

Le plan de Fasil était, dans une large mesure, basé sur ce qu'il avait appris au Superdôme. Le Sikorsky S-58 qui avait attiré son attention était un vénérable hélicoptère, issu des surplus de l'armée de la RFA. Avec sa portance de deux tonnes et demie, il n'était pas comparable aux nouveaux Skycrane, mais suffisait amplement pour ce que Fasil voulait en faire.

Il lui fallait, comme Fasil l'avait appris en observant l'opération, un équipage de trois personnes : le pilote, le « guideur » et le loadmaster. Le pilote plane au-dessus de la cargaison. Le guideur, couché à plat ventre dans la soute, regarde ce qui se passe en dessous et communique avec lui par son casque radio.

Le loadmaster est sur le terrain. Il attache la charge au crochet. Les hommes qui sont dans l'hélico ne peuvent pas faire cela par télécommande. En cas d'urgence, le pilote peut larguer instantanément la charge en pressant un bouton rouge sur le manche à balai. Fasil avait appris cela en parlant avec le pilote durant une brève pause. C'était un homme assez gentil — un Noir avec des yeux écartés et francs derrière ses lunettes de soleil. Peut-être que cet homme, présenté à un confrère, lui permettrait d'effectuer une opération de levage avec lui. Belle occasion pour Awad de se familiariser avec le cockpit. Fasil espérait que le Libyen présentait bien.

Au Super Bowl de dimanche, il abattrait immédiatement le pilote ainsi que tout membre du personnel au sol qui s'opposerait à lui. Awad et Dahlia seraient de service dans l'hélicoptère et lui, Fasil, sur le terrain, s'occuperait de la charge. Dahlia veillerait à ce que l'appareil se mette correctement en position au-dessus du stade et, pendant qu'Awad attendrait l'ordre de larguer la nacelle, elle la ferait exploser sous l'hélicoptère. Fasil n'avait aucun doute là-dessus, Dahlia irait jusqu'au bout.

Le bouton rouge le tracassait tout de même. Il fallait le mettre hors service. Si Awad larguait l'engin par nervosité, l'effet serait gâché. Il n'avait pas été conçu pour cela. L'attacher solidement au crochet ferait l'affaire. La charge serait fixée au dernier moment, juste avant le décollage, quand Awad serait incapable de voir ce qui se passait sous l'hélicoptère. Fasil ne pouvait pas faire confiance à un franc-tireur importé. C'est pourquoi il se chargerait lui-même de la nacelle.

Les risques étaient acceptables. Il pourrait s'en tirer beaucoup plus facilement que sur l'aéroport de Lakefront avec le dirigeable. Il aurait affaire à des ouvriers non armés, et pas à la police de l'aéroport. Au moment du grand boum, Fasil avait prévu qu'il serait au volant de sa voiture, en route vers Houston d'où il s'envolerait pour Mexico.

Awad croirait jusqu'à la fin que Fasil l'attendait dans une voiture garée dans le parc d'Audubon, près du stade.

Il repéra le garage, en retrait par rapport à la rue, tel que Dahlia l'avait décrit. Une fois à l'intérieur et la porte close, Fasil ouvrit l'arrière du camion. Tout était en ordre. Il testa le moteur du chariot élévateur. Il démarra instantanément. Bien. Dès qu'Awad serait là et tous les préparatifs terminés, il serait temps d'appeler Dahlia pour lui dire de tuer l'Américain et de le rejoindre à La Nouvelle-Orléans.

23

LANDER gémit et s'agita. Dahlia Iyad, posant le plan de La Nouvelle-Orléans qu'elle était en train d'étudier, se leva avec raideur. Ses pieds s'étaient engourdis. Elle marcha vers le lit en boitillant et tâta le front de Lander. Il était brûlant. Elle lui mouilla les tempes et les joues avec un linge et quand sa respiration bruyante et sifflante redevint régulière, elle retourna à son fauteuil, sous la lampe.

Un curieux changement s'opérait en elle chaque fois qu'elle allait à son chevet. Lorsque assise dans le fauteuil, elle étudiait la carte, elle pouvait jeter sur Lander un froid regard de chat, lourd de nombreuses éventualités toutes inspirées par ses propres besoins. A son chevet, son visage exprimait l'inquiétude et l'affection. Les deux attitudes étaient aussi sincères l'une que l'autre. Aucun homme n'avait jamais eu une infirmière plus gentille, plus implacable, que Dahlia Iyad.

Cela faisait quatre nuits qu'elle dormait sur un lit de camp, dans sa chambre d'hôpital. Elle ne pouvait pas le quitter de peur que, dans son délire, il parle de la mission. Car il avait déliré, sur le Viêt-nam et des personnes qu'elle ne connaissait pas. Et sur Margaret. Pendant toute une soirée, il avait répété : « Jergens, tu avais raison. »

Elle ignorait s'il avait perdu la tête. Tout ce qu'elle savait, c'est qu'il ne restait plus que douze jours avant l'attentat. Si elle pouvait le sauver, elle le ferait. Sinon —

eh bien, il mourrait. Comme cela ou dans l'explosion, ce ne serait pas pire.

Fasil était pressé. Mais se dépêcher était une chose dangereuse. Si Lander était incapable d'effectuer le vol et si ce qu'avait prévu Fasil ne lui convenait pas, elle éliminerait Fasil. La bombe avait trop de valeur pour qu'on la gâche dans une opération combinée à la hâte. Elle ne lui pardonnerait jamais d'avoir tenté de se défiler de l'action directe. Ses nerfs n'avaient pas craqué, comme dans le cas du Japonais qu'elle avait descendu avant le raid sur l'aéroport de Lod. Il agissait par ambition personnelle, et cela, c'était bien pire.

« Essaie, Michael, chuchota-t-elle. Essaie de toutes tes forces. »

Tôt le matin du 1er janvier, des agents fédéraux et la police locale se déployèrent dans les aéroports qui entourent La Nouvelle-Orléans — Houma, Thibodaux, Slidell, Hammond, Greater Saint-Tammany, Gulfport, Stennis International et Bogalusa. Tout au long de la matinée, leurs rapports tombèrent un à un. Aucun d'eux n'avait vu Fasil ou la femme.

Corley, Kabakov et Moshevsky surveillèrent en vain l'aéroport international de La Nouvelle-Orléans et celui de Lakefront. Ils en revinrent très cafardeux. Corley apprit par radio que tous les rapports des Douanes, à chaque point d'entrée dans le pays, ainsi que ceux d'Interpol, étaient négatifs. Il n'y avait aucun signe du pilote libyen.

« Ce salaud-là a pu se pointer n'importe où », dit Corley en appuyant sur l'accélérateur.

Kabakov, plongé dans un silence revêche, regardait par la vitre. Seul Moshevsky restait imperturbable. Ayant assisté la veille, au lieu de se coucher, au dernier show du Hotsy-Totsy Club, sur Bourbon Street, il s'était endormi sur la banquette arrière.

Ils venaient de s'engager sur Poydras pour rejoindre le quartier général du FBI lorsque, tel un grand oiseau débusqué, l'hélicoptère s'éleva des immeubles voisins pour venir planer en vol stationnaire au-dessus du Superdôme, un lourd objet carré suspendu à la carlingue.

« Hé ! Hé ! Hé, David ! » dit Corley. Il se pencha sur le volant pour regarder en l'air, au travers du pare-brise, et freina brusquement. La voiture qui les suivait corna coléreusement puis les doubla sur la droite, la bouche du conducteur éructant derrière la vitre.

Le cœur de Kabakov avait bondi dans sa poitrine à la vue de l'appareil, et il battait encore très fort. Il savait qu'il était trop tôt pour l'attentat et il voyait maintenant que l'objet attaché sous le gros hélicoptère était une pièce de machine, mais cela cadrait trop bien avec l'image qu'il avait dans la tête.

Le lieu de décollage et d'atterrissage était du côté est du Superdôme. Corley gara la voiture à une centaine de mètres, à côté d'un entassement de poutrelles.

« Si Fasil est en train de surveiller cet endroit, il vaudrait mieux qu'il ne vous reconnaisse pas, dit Corley. Je vais nous chercher trois casques. »

Il disparut dans le chantier et revint quelques minutes plus tard avec des casques en plastique jaune et des lunettes protectrices.

« Prenez les jumelles et grimpez sur le toit du dôme, là où cette ouverture domine l'aire de décollage, dit Kabakov à Moshevsky. Restez à l'ombre et surveillez les fenêtres de l'autre côté de la rue, celles du haut ainsi que le périmètre de la zone de chargement. »

Il finissait à peine de parler que Moshevsky était déjà en route.

L'équipe au sol fit rouler une autre charge sur la plate-forme et l'hélicoptère, se balançant gentiment, commença à descendre pour la recueillir. Kabakov entra dans la baraque du chantier, en bordure de l'aire de décollage, et regarda par la fenêtre. Le loadmaster, la main levée, se protégeait les yeux du soleil et parlait dans une petite radio lorsque Corley s'approcha de lui.

« Demandez à l'hélicoptère de se poser, je vous prie », dit Corley.

Il présenta son badge de la police de manière que le loadmaster soit le seul à le voir. L'homme jeta un coup d'œil dessus, puis regarda Corley.

« Qu'est-ce qui se passe ?

— Voulez-vous lui demander de se poser ? »

Il parla dans sa radio et cria un ordre à l'équipe au sol. Ils firent rouler la grosse pompe à réfrigération pour dégager la piste et se détournèrent du nuage de poussière lorsque l'appareil se posa avec précaution. Le loadmaster fit signe en frappant son poignet du tranchant de la main. Le gros rotor ralentit et commença à retomber.

Le pilote sauta de la cabine et retomba souplement sur le sol. Il portait une combinaison de vol de la marine, tellement patinée qu'elle était presque blanche aux genoux et aux coudes. « Qu'est-ce qu'il y a, Maginty ?

— Ce type veut te parler. »

Le pilote regarda la carte d'identité de Corley. Kabakov surprit une expression sur le visage basané.

« Pouvons-nous entrer dans la baraque ? Vous aussi, monsieur Maginty, dit Corley.

— Oui, répondit le loadmaster. Mais écoutez, cet hélico coûte cinq cents dollars de l'heure à la compagnie, est-ce qu'on peut régler ça rapidement ? »

Dans la cabane encombrée, Corley sortit la photo de Fasil. « Avez-vous...

— Pourquoi ne pas vous présenter d'abord, dit le pilote. C'est poli et cela ne coûte à Maginty que douze dollars de son temps.

— Sam Corley.

— David Kabakov.

— Je m'appelle Lamar Jackson. »

Il leur serra solennellement la main.

« C'est une question de sûreté nationale », dit Corley. Kabakov crut déceler une lueur d'amusement dans les yeux du pilote. « Avez-vous vu cet homme ? »

Jackson leva les sourcils en regardant la photo. « Oui, il y a trois ou quatre jours, pendant que tu installais l'élingue sur ce treuil d'ascenseur, Maginty. Qui est-ce ?

— Un évadé. Nous voulons le récupérer.

— Eh bien, restez dans les parages. Il a dit qu'il allait revenir.

— Il a dit ça ?

284

— Oui. Pourquoi vous avez eu l'idée de venir ici ?

— Vous avez ce qu'il désire. Un hélicoptère.

— Pour quoi faire ?

— Pour pouvoir tuer et blesser pas mal de gens. Quand va-t-il revenir ?

— Il ne l'a pas dit. Je n'ai pas fait très attention à lui, je vous l'avoue. Un type bizarre, vous voyez, mais qui voulait paraître amical. Qu'est-ce qu'il a fait ? Vous dites qu'on a des ennuis avec lui...

— C'est un psychopathe et un tueur, un terroriste, dit Kabakov. Il a commis un certain nombre de meurtres. Il va vous tuer pour prendre votre hélicoptère. Dites-nous ce qui s'est passé.

— Oh, mon Dieu », s'exclama Maginty. Il s'essuya le visage avec un mouchoir. « J'aime pas ça. »

Il jeta un rapide coup d'œil par la porte de la baraque, comme s'il s'attendait à ce que le fou se pointe.

Jackson secoua la tête comme pour s'assurer qu'il était bien réveillé, mais quand il parla, sa voix était calme : « Il était près de l'aire d'atterrissage quand je suis descendu pour prendre une tasse de café. Je ne l'ai pas remarqué, parce que beaucoup de gens aiment bien regarder ce truc, vous savez. Puis il s'est mis à me poser des questions, comment on effectue un chargement et tout ça, comment s'appelait ce modèle-là. Il m'a demandé s'il pouvait regarder à l'intérieur. Je lui ai dit qu'il pouvait jeter un coup d'œil par la porte latérale du fuselage, mais qu'il ne devait toucher à rien.

— Et il l'a fait ?

— Oui, et laissez-moi me rappeler, oui, il m'a demandé comment on passait de la soute au cockpit. Je lui ai dit, c'est pas commode, il faut soulever l'un des sièges du cockpit. J'ai trouvé que c'était une drôle de question. D'habitude, les gens demandent, par exemple, quel poids on peut soulever et si je n'ai pas peur que ça se décroche. Puis il m'a dit qu'il avait un frère pilote d'hélico et que ce frère aimerait sûrement beaucoup le voir.

— Vous a-t-il demandé si vous travailliez le dimanche ?

— J'allais y arriver. Ce mec m'a demandé trois fois si

285

on allait travailler pendant les congés, et je n'ai pas arrêté de lui dire oui, oui. Il fallait que je retourne travailler et il m'a serré la main.

— Il vous a demandé votre nom ? demanda Kabakov.

— Oui.

— Et d'où vous étiez ?

— Exact. »

D'instinct, Kabakov trouvait Jackson sympathique. Il semblait avoir du cran. Il en fallait pour faire son boulot. On avait aussi l'impression qu'il pouvait être très coriace, si nécessaire.

« Vous avez été pilote dans la marine ? demanda Kabakov.

— Exact.

— Au Viêt-nam ?

— Trente-huit missions. Et puis ils m'ont un peu tiré dessus et on m'a mis " à la retraite " jusqu'à la fin de mon service.

— Monsieur Jackson, j'ai besoin de votre aide.

— Pour attraper ce type ?

— Oui. Nous voulons le suivre quand il partira d'ici, lors de sa seconde visite. Il va se contenter d'amener son soi-disant frère et de fouiner un peu. Il ne faut pas l'alarmer tant qu'il est ici. On veut le suivre un peu avant de l'arrêter. Aussi, nous avons besoin de votre coopération.

— Hum, hum. Eh bien, il se trouve que moi aussi, j'ai besoin de votre aide. Voyons vos papiers, monsieur FBI. »

Il regardait Kabakov, mais Corley lui tendit les siens. Le pilote décrocha le téléphone.

« Le numéro, c'est...

— Je vais l'avoir, monsieur Corley.

— Vous n'avez qu'à demander...

— Je peux demander le flic qui commande », répliqua Jackson.

Le bureau du FBI de La Nouvelle-Orléans confirma l'identité de Corley.

« Bon, dit Jackson en raccrochant, vous voulez savoir si Monsieur Dingue m'a demandé d'où je suis. Cela veut dire

286

qu'il peut localiser ma famille. M'obliger à lui obéir, par exemple.

— Il pourrait le faire. Si c'était nécessaire, répondit Kabakov.

— Eh bien, je vais vous dire. Vous voulez que je vous aide en rentrant dans son jeu s'il se pointe de nouveau ?

— Nous vous protégerons. Nous voulons juste le suivre quand il partira, dit Corley.

— Comment savez-vous qu'il ne va pas semer la merde lors de sa prochaine visite ?

— Parce qu'il va amener son pilote pour qu'il regarde l'hélico à l'avance. Nous connaissons le jour où il compte frapper.

— Hum, hum. D'accord, je vous aiderai. Mais, dans cinq minutes, je vais appeler ma femme à Orlando. Je veux qu'elle me dise s'il y a une voiture du gouvernement garée devant chez nous, avec quatre flics dedans, les plus méchants qu'elle ait jamais vus. Vous me suivez ?

— Alors, passez-moi votre téléphone », dit Corley.

La surveillance vingt-quatre heures sur vingt-quatre de l'aire de l'hélico se poursuivit pendant des jours. Corley, Kabakov et Moshevsky étaient présents durant les heures de travail. Une équipe de trois agents du FBI prenait la relève lorsque l'appareil était immobilisé pour la nuit. Fasil ne vint pas.

Tous les jours, Jackson arrivait joyeux et prêt à agir, mais il se plaignait des deux agents fédéraux qui ne le quittaient plus pendant ses heures de repos. Il disait qu'ils le privaient de ses moyens.

Un soir, il prit un pot avec Kabakov et Rachel au Royal Orleans ; à la table voisine, ses deux gardes du corps durent se contenter tristement d'une boisson non alcoolisée. Jackson avait vu pas mal d'endroits et vécu pas mal de choses ; Kabakov le trouvait très sympathique.

Maginty, c'était une autre affaire. Kabakov aurait de beaucoup préféré qu'il ne soit pas mêlé à tout cela. Le loadmaster accusait la tension. Il était nerveux et irritable.

Le matin du 4 janvier, la pluie retarda l'opération de

levage et Jackson entra dans la baraque pour prendre un café.

« Qu'est-ce que vous avez là ? demanda-t-il à Moshevsky.

— Un Galil. »

Gâté par Kabakov, Moshevsky avait fait venir d'Israël le nouveau fusil d'assaut. Il ôta de la chambre le chargeur et la cartouche, puis le passa à Jackson. Moshevsky montra du doigt le décapsuleur encastré dans le bipied, innovation qu'il trouvait particulièrement intéressante.

« Au Viêt-nam, on avait un AK-47 dans l'hélico, dit Jackson. Quelqu'un l'avait pris à un Viet. Je le préférais au M-16. »

Maginty entra dans la cabane, vit l'arme et ressortit. Kabakov recommanda à Moshevsky de ranger le fusil. Pas la peine d'effrayer encore plus le loadmaster.

« Mais pour tout vous avouer, je n'aime pas ces trucs-là, dit Jackson. On connaît un tas de types qui prennent leur pied avec des fusils — je parle pas de vous, c'est votre travail — mais montrez-moi un homme qui se contente d'aimer une arme sans aller plus loin et je vous... »

La radio de Corley l'interrompit. « Jay Seven, Jay Seven.

— Jay Seven, parlez.

— New York vous informe que le sujet Ephémère a franchi la douane de l'aéroport Kennedy à 9 heures 40. Il a une réservation pour La Nouvelle-Orléans à bord du Delta 704, arrivée 12 heures 30. »

Ephémère était le nom de code attribué à Abdel Awad.

« Compris, Jay Seven. Kabakov, ce fils de pute est arrivé ! Il va nous conduire à Fasil, au plastic et à la femme. »

Kabakov poussa un soupir de soulagement. C'était la première preuve en béton qu'il était sur la bonne piste, que le Super Bowl était bien la cible. « J'espère qu'on pourra les séparer du plastic avant de les prendre. Autrement, ça va faire un sacré bruit.

— Alors, c'est pour aujourd'hui », dit Jackson.

Il n'y avait aucune inquiétude dans sa voix. Il était solide.

« Je l'ignore, répondit Kabakov. Peut-être aujourd'hui, peut-être demain. Demain, c'est dimanche. Il voudra vous voir travailler un dimanche. Nous verrons bien. »

Trois heures et quarante-cinq minutes plus tard, Abdel Awad descendit d'un Delta à l'aéroport international de La Nouvelle-Orléans. Il portait une petite valise. Dans la queue des passagers, derrière lui, il y avait un grand type mûr en costume gris d'homme d'affaires. Pendant un instant, le regard de celui-ci croisa celui de Corley qui attendait dans le couloir. L'homme en gris posa un moment les yeux sur la nuque d'Awad, puis regarda ailleurs.

Corley, une valise à la main, suivit les passagers qui venaient de débarquer et se dirigeaient vers le hall. Il n'observait pas Awad mais la foule qui était venue accueillir les nouveaux arrivés. Il cherchait Fasil, il cherchait la femme.

Mais Awad ne cherchait personne. Il descendit l'escalier roulant et sortit ; il hésita devant la queue des passagers qui attendaient la navette.

Corley se glissa dans la voiture, à côté de Moshevsky. Kabakov semblait lire un journal. Il avait été décidé qu'il se dissimulerait, au cas où l'on aurait montré sa photo à Awad.

« C'est Howard, le grand mec, dit Corley. Il va rester avec lui s'il prend la navette. S'il prend un taxi, Howard le montrera aux types qui sont dans les voitures radio. »

Awad prit un taxi. Howard qui marchait derrière lui s'arrêta pour se moucher.

C'était un plaisir d'observer l'opération de filature. Elle impliquait trois voitures et une camionnette, mais aucun des véhicules ne resta directement derrière le taxi plus de quelques minutes durant le long trajet. Quand il fut évident que le taxi allait s'arrêter à l'hôtel Marriott, l'une des voitures se rendit directement à l'entrée latérale et un agent fédéral était posté à l'accueil avant qu'Awad ne vienne demander sa réservation.

L'agent se dirigea rapidement vers les ascenseurs. « Sixonze », dit-il en passant devant un homme debout sous le palmier en pot. Celui-ci entra dans l'ascenseur. Il était au sixième lorsque Awad, conduit par le chasseur, arriva à sa chambre.

Une demi-heure après, le FBI disposait de la chambre voisine et avait un agent au standard. Awad ne reçut aucun coup de téléphone et ne descendit pas. A 20 heures, il commanda un steak dans sa chambre. Un agent fédéral l'apporta et reçut, en pourboire, une pièce de vingt-cinq cents qu'il tint par la tranche jusqu'au rez-de-chaussée où l'on prit les empreintes qu'il y avait dessus. On monta la garde toute la nuit.

Le lendemain, 5 janvier, il faisait froid et gris. Moshevsky servit deux tasses d'un fort café acadien qu'il passa à Kabakov et à Corley. Au travers des minces parois de la baraque, ils entendaient les pales du rotor du gros hélicoptère battre l'air pour une autre opération de levage.

Kabakov avait dû lutter contre son instinct pour quitter l'hôtel où Awad était resté, mais le sens commun lui disait que c'était sur le chantier qu'il fallait attendre. Il ne pouvait pas le guetter de près sans courir le risque d'être vu, soit par lui, soit par Fasil quand il se montrerait. La surveillance effectuée à l'hôtel sous le contrôle direct des agents du FBI de La Nouvelle-Orléans était la meilleure possible. Kabakov savait avec certitude qu'ils viendraient voir l'hélicoptère avant de rejoindre la bombe. Awad pourrait modifier la charge pour l'adapter à l'hélicoptère, mais il ne pourrait pas modifier l'hélicoptère pour l'adapter à la charge — il devait voir l'hélicoptère d'abord.

C'était à cet endroit qu'ils couraient le plus grand danger. Le désordre du chantier favoriserait les terroristes qui auraient affaire à des civils dont deux savaient combien ils étaient dangereux. Maginty n'était pas là, et c'était une bénédiction, se dit Kabakov. Depuis dix jours, il s'était fait porter malade deux fois et arrivait systématiquement en retard.

La radio de Corley crachota. Il tourna le bouton de réglage.

« Agent Un, ici agent Quatre. » C'était l'équipe installée au sixième étage du Marriott qui appelait l'agent responsable.

« Parlez, Quatre.

— Ephémère a quitté sa chambre et se dirige vers les ascenseurs.

— Compris, Quatre. Cinq, vous avez entendu ?

— Cinq paré. »

Une minute passa.

« Agent Un, ici agent Cinq. Il est en train de traverser le hall. »

La voix était assourdie. Kabakov se dit que l'agent devait parler dans un micro-cravate.

Kabakov resta à contempler la radio ; un muscle de sa mâchoire tressaillait. Si Awad se dirigeait vers un autre quartier, il pourrait se joindre à la poursuite en quelques minutes. Lorsque l'agent qui suivait Awad sortit du Marriott, Kabakov entendit tourner le tambour, puis les bruits de la rue, mais affaiblis.

« Agent Un, ici agent Cinq. Il marche vers l'ouest, sur le Decatur. » Une longue pause. « Il entre dans Bienville House.

— Trois, surveillez la porte de derrière.

— Compris. »

Une heure passa ; Awad n'était toujours pas ressorti. Kabakov pensa à toutes les pièces dans lesquelles il avait attendu. Il avait oublié la lassitude et l'écœurement qui s'emparent d'un homme effectuant une filature. Les trois hommes ne parlaient pas. Kabakov regardait fixement par la fenêtre. Corley contemplait la radio. Moshevsky examinait quelque chose qu'il avait ôté de son oreille.

« Agent Un, ici agent Cinq. Il sort. Blatte est avec lui. »

Kabakov aspira à fond et expira lentement. « Blatte », c'était Muhammad Fasil.

Cinq parlait toujours : « Ils prennent un taxi. Numéro minéralogique quatre-sept-cinq-huit. Permis de la Louisiane quatre-sept-huit-Juliett Lima. L'agent mobile Douze a... »

Un second message l'interrompit :

« Ici agent Douze, nous l'avons. Il tourne vers l'ouest sur Magazine.

— Compris Douze. »

Kabakov alla à la fenêtre. Il vit les mécaniciens au sol adapter une élingue à la charge suivante ; l'un d'eux faisait office de loadmaster.

« Agent Un, ici agent Douze, il tourne vers le nord sur Poydras. On dirait qu'il se dirige vers vous, Jay Seven.

— Ici Jay Seven. Compris Douze. »

Corley resta dans la cabane pendant que Kabakov et Moshevsky se postaient à l'extérieur, le premier à l'arrière d'un camion, dissimulé derrière un rideau de toile, le deuxième dans des W-C provisoires Port-O-San avec un trou dans la porte. Tous trois formaient un triangle autour de l'aire de décollage.

« Douze à Jay Seven, Jay Seven. Les sujets sont à Poydras et Rampart, en route vers le nord. »

Corley attendit que l'hélicoptère ait quitté le toit et se dirige vers le sol pour parler à Jackson, sur la fréquence aérienne. « Vous allez avoir de la compagnie. Faites une pause dans cinq minutes environ.

— Compris. »

La voix de Jackson était calme.

« Douze à Jay Seven. Ils descendent du taxi et n'ont plus que la rue à traverser.

— Compris. »

Kabakov n'avait jamais vu Fasil et il l'étudiait maintenant par la fente des rideaux comme s'il s'agissait d'une forme exotique de vie sauvage. Le monstre de Munich. Six mille kilomètres, c'était une longue chasse.

La boîte de l'appareil photo, pensa-t-il. *C'est là que tu avais mis le fusil. J'aurais dû t'avoir à Beyrouth.*

Fasil et Awad s'arrêtèrent à proximité d'un empilement de caisses, sur l'un des côtés de la plate-forme pour regarder l'hélicoptère. Ils étaient plus près de Moshevsky, mais hors de son champ de vision. Ils parlaient. Awad dit quelque chose et Fasil hocha la tête. Awad essaya d'ouvrir la porte des toilettes où Moshevsky se cachait; elle était fermée au crochet. Il entra dans la cabine suivante et, quelques minutes après, rejoignit Fasil.

L'hélicoptère se posa et tous deux se détournèrent pour ne pas recevoir la poussière dans la figure. Jackson sauta du cockpit et marcha vers le distributeur d'eau de l'équipe au sol.

Kabakov était content de le voir se déplacer lentement et naturellement. Il tira un gobelet d'eau et parut remarquer pour la première fois la présence de Fasil qu'il salua de la main, d'un air désinvolte.

C'est bien, pensa Kabakov, c'est très bien.

Fasil et Awad rejoignirent Jackson. Fasil lui présenta son compagnon. Ils se serrèrent la main, puis s'approchèrent de l'hélicoptère en parlant avec animation. Awad faisait des gestes de main qui illustraient les propos professionnels du pilote. Il se pencha par la porte du fuselage pour inspecter l'intérieur. Il posa des questions. Jackson parut hésiter. Il regarda autour de lui comme pour voir ce que faisait le chef de chantier, puis il acquiesça de la tête. Awad se hissa dans le cockpit.

Kabakov ne craignait pas qu'Awad essaie de s'emparer de l'hélicoptère — il savait que Jackson avait dans sa poche le fusible de l'allumage. Jackson rejoignit Awad dans le cockpit. Fasil, vigilant mais calme, surveillait les alentours. Deux minutes passèrent. Jackson et Awad redescendirent. Jackson fit non de la tête et montra sa montre.

Tout se passe bien, pensa Kabakov. Comme prévu, Awad avait demandé à participer à une opération de levage. Jackson lui avait répondu qu'il ne pouvait pas l'emmener pendant les heures de travail à cause de l'assurance, mais que plus tard dans la semaine, un matin, avant que le patron arrive, il pourrait peut-être arranger ça.

Ils se serrèrent de nouveau la main. Maintenant, ils allaient rejoindre le plastic.

Maginty tourna le coin de la cabane en fouillant dans la musette de son casse-croûte. Il était au centre de

293

l'aire de décollage lorsqu'il aperçut Fasil et se figea sur place.

Kabakov jura en silence. *Oh, non. Tire-toi de là, espèce de salaud.*

Le visage de Maginty pâlit et il resta bouche bée. Fasil le regardait. Jackson souriait largement. *Jackson va nous tirer d'affaire. Il va nous sauver,* pensa Kabakov.

Jackson éleva la voix. Moshevsky l'entendit. « Excusez-moi une minute, les gars. Hé, Maginty, c'est maintenant que tu te pointes. Il serait temps. »

Maginty semblait paralysé.

« Tu en as une tête, voilà ce que c'est que de passer toute la nuit à boire cette horrible bibine. »

Jackson était en train de l'entraîner vers la baraque lorsque Magenty dit, à voix haute : « Où est la police ? »

Fasil lança un ordre bref à Awad et courut pour sortir de l'aire de décollage en plongeant la main dans la boîte de son appareil photo.

Corley hurlait dans sa radio. « Agrafez-les. Agrafez-les, bon Dieu, agrafez-les. »

Kabakov ouvrit le rideau.

« Pas un geste, Fasil. »

Fasil tira sur lui, le Magnum creusant un trou gros comme le poing dans le plateau du camion. Il courait comme un fou en se faufilant entre les piles de matériaux, Kabakov le suivait à vingt mètres.

Awad démarra après Fasil, mais Moshevsky, jaillissant de sa cachette, le rattrapa et sans ralentir le jeta à terre d'un coup de poing à la nuque, puis courut à toutes jambes après Kabakov et Fasil. Awad essaya de se relever, mais Jackson et Corley l'immobilisèrent.

Fasil fonçait vers le Superdôme. Deux fois, il s'arrêta pour tirer sur Kabakov. Le commandant sentit sur sa joue le souffle d'une balle tandis qu'il plongeait pour se mettre à l'abri.

Fasil traversa à toute vitesse l'espace libre entre les amoncellements de matériaux et la porte grande ouverte du Superdôme, Kabakov tira à la mitraillette devant lui. « Halte ! *Andek !* »

Fasil n'hésita pas lorsque les gravillons soulevés par les balles vinrent lui piquer les jambes. Il disparut dans le Superdôme.

Kabakov entendit un cri d'avertissement et un coup de feu lorsqu'il arriva à l'entrée. Les agents du FBI avaient traversé le dôme pour prendre Fasil à revers. Il espérait qu'ils ne l'auraient pas tué.

Kabakov franchit l'entrée d'un bond et se jeta derrière une palette chargée de châssis de fenêtre. Tout en haut de la vaste et sombre salle brillaient les lumières des équipes de construction. Kabakov voyait les casques jaunes des hommes penchés vers eux. Trois coups de feu firent résonner les échos du dôme. Puis il entendit la rafale plus bruyante du Magnum de Fasil. Il rampa pour contourner la palette.

Deux agents du FBI étaient accroupis derrière un groupe électrogène portable. Trente mètres plus loin, à un angle du mur, il y avait un tas de sacs de ciment. L'un des agents tira et de la poussière s'envola de la dernière couche de sacs.

Kabakov courut, plié en deux, pour les rejoindre. Un bref mouvement derrière le parapet de ciment et il plongea en roulant sur lui-même ; le magnum rugit et il se retrouva derrière le générateur. Du sang perlait sur son avant-bras, là où un petit morceau de béton, arraché par une balle, était venu le piquer.

« Est-il blessé ? demanda-t-il.

— Je ne crois pas », répondit un agent fédéral.

Fasil était cerné. Son rempart de ciment le protégeait de face et l'angle du mur en béton couvrait ses flancs. Trente mètres de sol nu le séparaient de Kabakov et des agents dissimulés derrière le générateur.

Fasil ne pouvait pas fuir. Il faudrait ruser pour le prendre vivant et le forcer à dire où était caché le plastic. Et ce serait aussi dangereux que de saisir un serpent à sonnettes par la tête.

Le terroriste tira une fois. La balle pénétra dans le moteur en lui arrachant un filet d'eau. Kabakov tira quatre coups pour couvrir Moshevsky qui venait le rejoindre en courant.

« Corley est allé chercher des gaz lacrymogènes et des grenades fumigènes », dit-il.

La voix qui surgit de la barricade en sacs de ciment avait un drôle d'accent. « Pourquoi vous ne venez pas m'arrêter, Kabakov ? Combien d'entre vous vont mourir en essayant de me prendre vivant ? Vous n'y arriverez jamais. Venez, venez, commandant. J'ai quelque chose pour vous. »

Regardant par un interstice de la machine qui le protégeait, Kabakov étudia la position de Fasil. Il fallait agir vite. Il craignait que le fanatique ne se tue sans attendre qu'on emploie les gaz. Une seule chose pouvait s'avérer utile. Un grand extincteur de métal accroché au mur, tout près de l'endroit où se terrait Fasil. Celui-ci devait en être très proche. Bon. Vas-y. Ne réfléchis plus. Il donna de brèves instructions à Moshevsky et mit fin à ses objections d'un simple mouvement de tête. Kabakov se posta en sprinter à l'extrémité du générateur.

Moshevsky leva son automatique et balaya d'un tir serré le sommet du rempart de Fasil. Maintenant Kabakov courait, penché sous la grêle de balles, droit vers les sacs de ciment. Il s'accroupit à l'extérieur du parapet, se tendit et, sans se retourner vers Moshevsky, fit un geste de main. Instantanément, le Galil aboya de nouveau et l'extincteur explosa au-dessus de Fasil en un grand jet de mousse carbonique. Kabakov se jeta par-dessus le rempart, plongea dans la mousse, tomba sur Fasil tout glissant de produit chimique. Le visage de l'Arabe en était recouvert, son pistolet partit contre le cou de Kabakov en l'assourdissant. Le commandant s'était emparé de la main qui tenait l'arme et tournait violemment la tête de droite et de gauche pour échapper aux doigts qui visaient ses yeux ; de l'autre main, il frappa les deux clavicules de Fasil qui se tortilla pour se dégager de sous lui. Au moment où il essayait de se relever, Kabakov lui porta en plein diaphragme un coup de coude qui le renvoya au sol.

Moshevsky était là, maintenant, et soulevant la tête de Fasil, il lui ouvrit la bouche et tira sur sa langue pour être sûr que l'air passait bien. Le serpent était pris.

Corley qui accourait avec un fusil à grenades lacrymo-gènes entendit le hurlement. Il provenait de derrière le tas de sacs ; les deux agents du FBI hésitaient à intervenir, car Moshevsky leur faisait face, menaçant.

Corley trouva Kabakov assis sur Fasil, le visage à quelques centimètres de celui de son ennemi. « Où est-il ? Où est-il ? » Il appuyait sur les fractures de ses clavicules. Corley entendit les os grincer. « Où est le plastic ? »

Corley sortit son revolver. Il appuya le canon sur le nez de Kabakov. « Arrêtez, Kabakov. Bon Dieu, arrêtez. »

Kabakov parla, mais pas pour s'adresser à Corley. « Ne tirez pas, Moshevsky. » Puis il leva les yeux vers l'homme du FBI. « C'est la seule chance que nous ayons de le prouver. Vous ne serez pas obligé de porter plainte contre lui.

— Nous l'interrogerons. Lâchez-le. »

Trois battements de cœur plus tard :

« D'accord. Et lisez-lui la carte que vous allez tirer de votre portefeuille. »

Kabakov se leva. Tout aspergé de mousse, titubant, il s'appuya contre le mur de béton et éructa. Corley, en le regardant, sentit aussi la nausée monter, mais il n'était plus en colère. Il n'aimait pas la manière dont Moshevsky le regardait. Il lui fallait faire son devoir. Il prit une radio des mains d'un de ses hommes. « Ici Jay Seven. Envoyez une ambulance à l'entrée est du Superdôme. » Il regarda Fasil, gémissant sur le sol. Ses yeux étaient ouverts. « Vous êtes en état d'arrestation. Vous avez le droit de refuser de parler », commença-t-il d'une voix accablée.

Fasil fut retenu en prison pour entrée illégale et violation des règlements douaniers avec préméditation. Awad le fut aussi pour entrée illégale. L'ambassade des Républiques arabes unies s'arrangea pour qu'ils soient tous deux représentés par un cabinet d'avocats de La Nouvelle-Orléans. Aucun d'eux ne parla. Corley s'acharna à interroger Fasil pendant des heures, samedi soir, à l'infirmerie de la prison, et ne reçut en retour qu'un regard ironique. L'avocat de Fasil refusa de s'occuper de l'affaire lorsqu'il entendit ses questions. Il fut remplacé par un avocat de l'assistance judiciaire. Fasil ne prêta attention ni à l'un ni à l'autre. Il semblait content d'attendre.

Corley versa le contenu d'une enveloppe en papier kraft sur son bureau. « Voilà ce que Fasil avait sur lui. »

Kabakov fourragea dans la pile. Il y avait un porte-feuille, une enveloppe contenant deux mille cinq cents dollars, un billet d'avion pour Mexico, les faux papiers et le faux passeport de Fasil, de la monnaie, les clefs d'une chambre à l'YMCA et à Bienville House, et deux clefs de cadenas.

« Il n'y a rien dans sa chambre, ajouta Corley. Quelques vêtements. Pareil pour le sac d'Awad. On est en train de chercher l'origine de l'arme de Fasil, mais je crois qu'il l'a apportée avec lui. L'un des trous dans le *Leticia* provenait d'une balle de magnum.

— Il n'a rien dit ?

— Non. »

Par une sorte d'accord tacite, ni Corley ni Kabakov n'avaient fait allusion à leur affrontement dans le Super-dôme, mais à ce moment-là, tous deux y repensèrent.

« Avez-vous menacé de l'extrader immédiatement en Israël pour qu'il soit jugé pour l'attentat de Munich ?

— Je l'ai menacé de tout.

— Et le pentothal, les hallucinogènes ?

— Je ne peux pas, David. Ecoutez, je me doute de ce que le Dr Bauman pourrait apporter dans son sac. C'est pour cela que je ne vous ai pas laissé voir Fasil.

— Vous avez tort. Elle n'aurait pas fait cela. Elle ne l'aurait pas drogué.

— Mais je suppose que vous le lui avez demandé. »

Kabakov ne répondit pas.

« Les clefs sont celles de deux gros cadenas, dit Corley. Il n'y a pas de cadenas dans les bagages de Fasil ou d'Awad. Fasil a fermé quelque chose avec des cadenas. La bombe est peut-être grosse — et elle devrait l'être s'il n'y a qu'une charge, ou même deux ; dans ce cas elle est probablement dans un camion, ou à proximité d'un camion. Cela signifie un garage, un garage fermé au cadenas.

« Nous avons fait cinq cents copies de ces clefs. Elles vont être distribuées aux agents de police avec l'ordre d'essayer tous les cadenas qu'ils verront dans leur tournée. S'il arrive à l'ouvrir, l'agent doit se contenter d'appeler.

« Je sais ce qui vous tracasse. On donne deux clefs par cadenas, n'est-ce pas ?

— Oui, dit Kabakov. Quelqu'un doit posséder l'autre jeu de clefs. »

24

« DAHLIA? Tu es là ? »
La chambre était très sombre.
« Oui, Michael. »
Il sentit la main de Dahlia sur son bras.
« J'ai dormi ?
— Pendant deux heures. Il est une heure du matin.
— Allume. Je veux voir ton visage.
— D'accord. Voilà. C'est le même, il n'a pas changé. »
Il prit son visage entre ses mains, passant tendrement
ses pouces dans les creux, si doux, sous ses pommettes.
Cela faisait trois jours que la fièvre était tombée. On lui
injectait deux cent cinquante milligrammes d'érythromy-
cine quatre fois par jour. Cela faisait effet, mais lentement.
« Je vais essayer de marcher.
— Il vaudrait mieux attendre...
— Je veux savoir *maintenant* si j'en suis capable. Aide-
moi à me lever. » Il s'assit au bord du lit. « O.K. Allons-
y. » Il mit le bras autour de ses épaules. Elle le prit par la
taille. Il se leva et fit un pas, les jambes flageolantes. « Ça
tourne, dit-il. Continuons. »
Elle le sentait trembler.
« Retourne te coucher, Michael.
— Non. Je peux aller jusqu'au fauteuil. » Il s'effondra
dans le fauteuil et lutta contre le vertige et la nausée. Il la
regarda et sourit faiblement. « J'ai fait huit pas. Du car
jusqu'au cockpit, il n'y en a pas plus de cinquante-cinq.

On est le 5 janvier, non le 6 puisqu'il est plus de minuit. Il reste cinq jours et demi. On y arrivera.

— Je n'en ai jamais douté, Michael.

— Si. Tu en doutes, maintenant. Tu serais stupide de ne pas en douter. Aide-moi à me recoucher. »

Il dormit jusqu'au milieu de la matinée et put manger seul son petit déjeuner. Il était temps de le lui dire.

« Michael, j'ai peur que les choses aient mal tourné pour Fasil.

— Quand lui as-tu parlé pour la dernière fois ?

— Mardi, le 2. Il a appelé pour dire que le camion était dans le garage. Il devait rappeler hier soir. Il ne l'a pas fait. »

Elle n'avait pas parlé du pilote libyen à Lander. Elle n'en avait pas envie.

« Tu crois qu'ils l'ont pris, c'est ça ?

— Il m'aurait forcément appelée. Si demain soir il ne l'a toujours pas fait, alors c'est qu'il a été arrêté.

— S'il a été pris loin du garage, qu'est-ce qu'il avait sur lui qui pourrait nous trahir ?

— Rien, sauf son jeu de clefs. J'ai brûlé la facture de location dès que je l'ai reçue. Il ne l'a jamais eue. Il n'avait rien qui puisse nous identifier. S'il avait eu quelque chose et s'il a été pris, la police serait déjà ici.

— Et le numéro de téléphone de l'hôpital ?

— Il le savait par cœur. Il m'appelait de cabines publiques choisies au hasard.

— Alors, nous allons continuer. Soit le plastic est toujours là, soit il n'y est plus. Le chargement sera plus difficile à deux, mais nous pouvons y arriver si nous sommes assez rapides. As-tu réservé nos chambres ?

— Oui, au Fairmont. Je n'ai pas demandé si l'équipage du dirigeable était là, j'ai eu peur...

— Tout va bien. L'équipage descend toujours là quand nous allons à La Nouvelle-Orléans. Ils feront comme d'habitude. Marchons encore un peu.

301

— Je suis censée rappeler les bureaux de l'Aldrich cet après-midi pour leur parler de ton état. »

Elle leur avait dit qu'elle était la sœur de Lander lorsqu'elle les avait prévenus de sa maladie.

« Dis que j'ai la grippe et que je serai absent encore au moins une semaine et demie. Ils vont garder Farley comme pilote et Simmons comme second. Tu te souviens de Farley ? Tu ne l'as vu qu'une fois, lors du vol de nuit au-dessus de Shea.

— Je m'en souviens.

— Il est sur des photos, à la maison, si tu as envie de le revoir.

— Demain. Je vais aller là-bas demain. Tu dois en avoir marre de ce pyjama. »

Elle avait acheté du linge dans une boutique en face de l'hôpital, et l'avait lavé dans la douche de la chambre. Il sourit et lui frotta la nuque.

Je l'entends respirer, pensa-t-elle. *Sa poitrine est dégagée.*

25

L a présence de Fasil et d'Awad à La Nouvelle-Orléans effaça tous les doutes qui auraient pu subsister dans l'esprit des gens du FBI et du Secret Service : les Palestiniens avaient bien eu l'intention de faire sauter le Super Bowl. Ils estimaient que, grâce à cette arrestation, l'essentiel de la menace était désamorcé, mais ils savaient qu'ils étaient toujours confrontés à une situation dangereuse.

Deux personnes impliquées, au moins d'une manière périphérique, dans le complot — la femme et l'Américain — étaient encore en liberté. Ni l'un ni l'autre n'avaient été identifiés, bien que la police connaisse les traits de la femme. Pire, plus d'une demi-tonne d'un terrible explosif était dissimulé quelque part, probablement à La Nouvelle-Orléans.

Dans les heures qui suivirent la double arrestation, Corley s'attendit à une explosion quelque part, dans la ville, ou à un coup de téléphone de menaces exigeant la libération de Fasil contre la promesse de ne pas faire exploser la bombe dans une zone surpeuplée. Rien ne se produisit.

Les mille trois cents policiers de La Nouvelle-Orléans se passèrent les doubles des clefs du cadenas d'équipe en équipe. On répéta, à chaque appel nominal, l'ordre de les essayer sur les entrepôts et les garages. Mais La Nouvelle-Orléans avait trop peu d'agents de police et beaucoup trop

303

de portes. Les recherches se poursuivirent durant toute la semaine, sur fond de battage publicitaire pour le Super Bowl, et au sein d'une foule qui ne fit que croître à l'approche du grand week-end.

Les gens qui arrivaient pour ce match n'étaient pas les mêmes que ceux qui les avaient précédés, pour assister au Sugar Bowl. Leur origine était plus diversifiée, leurs vêtements plus élégants. Les restaurants trouvaient que leurs clients étaient moins détendus et plus exigeants. L'argent coule toujours à flots à La Nouvelle-Orléans, mais il était plus abondant encore. Les queues devant chez Galatoire et chez Antoine, et aux portes de Court of Two Sisters, s'allongeaient sur un demi-pâté de maisons, et de la musique se déversait toute la nuit dans les rues du Quartier français.

On avait vendu toutes les places debout, et le Super Bowl se déroulerait devant un total espéré de quatre-vingt-quatre mille spectateurs. Avec les supporters, survinrent les parieurs, les voleurs et les putains. La police avait fort à faire.

Kabakov se rendit à l'aéroport le jeudi pour assister à l'arrivée des Redskins de Washington et des Dolphins de Miami. Brûlant de sortir de la foule, hanté par le souvenir des athlètes israéliens morts à l'aéroport de Munich, il scruta les visages des supporters et prêta peu d'attention aux joueurs lorsqu'ils descendirent de leurs avions en saluant la foule en délire.

Kabakov alla voir Muhammad Fasil une seule fois.

Il resta debout au pied du lit et contempla l'Arabe pendant cinq minutes. Corley et deux costauds du FBI étaient avec lui.

Pour finir, il prit la parole : « Fasil, quand vous ne serez plus sous la garde des Américains, ce sera la mort pour vous. Ils vont vous extrader en Israël où vous serez jugé pour l'attentat de Munich, et pendu quelques jours après. Je serai heureux de voir cela.

« Mais si vous révélez où est caché le plastic, vous serez jugé ici pour contrebande et passerez un certain temps en prison. Cinq ans, peut-être un peu moins. Je suis sûr que vous croyez qu'Israël aura disparu d'ici là, et que plus rien ne vous menacera. Mon pays ne sera pas vaincu, mais je suis certain que vous croyez qu'il le sera. Réfléchissez à ça. »

Les yeux de Fasil n'étaient plus que des fentes. Il projeta sa tête en avant et un filet de salive vint s'écraser sur la chemise de Kabakov. L'effort fut douloureux pour Fasil dont les épaules étaient maintenues dans des attelles ; il fit la grimace et laissa retomber sa tête sur l'oreiller. Corley s'avança, mais Kabakov ne bougea pas. L'Israélien regarda encore fixement Fasil un certain temps, puis il lui tourna les talons et quitta la pièce.

La décision que l'on attendait arriva de la Maison-Blanche vendredi à minuit. Sauf développements ultérieurs, le Super Bowl aurait lieu à la date prévue.

Le samedi matin, 11 janvier, Earl Biggs et Jack Renfro du Secret Service tinrent une dernière séance de briefing au quartier général du FBI de La Nouvelle-Orléans. Trente agents du Secret Service y assistèrent ; ils allaient se joindre à l'équipe qui accompagnait le Président, aux quarante agents du FBI et à Kabakov.

Renfro vint se poster devant un immense plan du Tulane Stadium. « La fouille du stade recommencera aujourd'hui à 16 heures, dit-il. La recherche d'explosifs éventuels prendra fin à minuit, heure à laquelle il sera hermétiquement fermé. Carson, votre équipe est prête. »

Ce n'était pas une question.

« Prête.

— Vous aurez également, pour la loge du Président, six hommes équipés du renifleur qui effectueront un balayage de dernière minute à 13 heures 40 demain.

— Bien. Ils ont reçu leurs instructions. »

Renfro se tourna vers le plan fixé au mur, derrière lui. « Une fois éliminée la possibilité que des explosifs sont dissimulés dans le stade, un attentat peut prendre deux formes. Les terroristes essaieraient d'introduire l'explosif dans un véhicule, ou ils entreraient avec autant de plastic qu'ils peuvent en porter sur eux.

« Les véhicules d'abord. » Il s'empara d'une baguette.

« Des barrages routiers sont prévus ici à Willow Street, des deux côtés du stade, et à Johnson, Esther, Barret, Story et Delord. Hickory sera bloquée à l'endroit où elle croise Audubon. Ce sont des barrages *effectifs* qui arrêteront un véhicule à grande vitesse. Je ne veux pas voir un planton à côté d'un chevalet stoppant la circulation d'un geste de la main. Les barrages se refermeront hermétiquement dès que le stade sera plein. »

Un agent fédéral leva la main.

« Oui.

— La télé râle au sujet de la fermeture du stade à minuit. Ils vont installer la camionnette de la couleur cet après-midi, mais ils veulent l'accès libre toute la nuit.

— Les connards, dit Renfro. Dites-leur non. Passé minuit, personne n'entrera plus. Dimanche, à 10 heures du matin, les équipes de prises de vue pourront s'installer. Personne n'introduira rien. Où est le représentant de la FAA ?

— Ici, répondit un jeune homme chauve. Etant donné les individus déjà en détention préventive, l'utilisation d'un appareil volant est considérée comme très improbable. » Il parlait comme s'il lisait un rapport. « Les deux aéroports ont été fouillés, on n'a pas trouvé d'engin militaire caché. » Le jeune homme hésita avant de choisir entre « toutefois » et « néanmoins ». Il se décida pour le premier. « Toutefois. Aucun avion privé ne décollera de l'aéroport international de La Nouvelle-Orléans ou de Lakefront pendant le match, à l'exception des vols de charters et de cargos qui auront reçu individuellement le feu vert.

« Les vols commerciaux sont maintenus comme prévu. La police de La Nouvelle-Orléans sera présente sur les deux aéroports au cas où quelqu'un essaierait de réquisitionner un avion.

— O.K., dit Renfro. L'Air Force nous informe qu'aucun avion non identifié ne survolera la zone de La Nouvelle-Orléans. Ils seront présents comme ils l'ont été le 31 décembre. Naturellement, leur action s'étendra au-delà de la ville. Le périmètre qu'ils sont en train d'établir a un rayon de deux cent cinquante kilomètres. Nous aurons un hélico pour surveiller la foule.

« Maintenant, parlons de l'infiltration du stade. Nous avons passé aux médias une annonce demandant aux personnes munies de billets de se présenter une heure et demie avant le match, poursuivit Renfro. Certains le feront, d'autres non. Ils devront, avant de pénétrer dans le stade, franchir des détecteurs de métaux fournis par les lignes d'aviation C'est vous que ça concerne, Fullilove. Vos hommes ont-ils vérifié l'équipement ?

— Ils sont prêts.

— Ceux qui arriveront tard seront furieux si la queue au détecteur leur fait manquer le coup d'envoi, mais on n'y peut rien. Commandant Kabakov, avez-vous des suggestions à faire ?

— Oui. » Kabakov vint se mettre au premier rang. « En ce qui concerne les détecteurs de métaux et les fouilles des spectateurs : aucun terroriste ne va passer dans un détecteur de métaux pour que la sonnerie se déclenche à cause de son arme. Observez la queue à l'approche de l'appareil. Un homme porteur d'une arme cherchera une autre manière d'entrer. Il observera les policiers, l'un après l'autre. Sa tête ne bougera peut-être pas, mais ses yeux, oui. Si vous estimez qu'un individu est suspect, abordez-le des deux côtés à la fois, brusquement. Ne lui donnez aucun avertissement. Une fois qu'il se saura découvert, il tuera le plus de gens possible avant d'être pris. » Kabakov pensa que les hommes présents pourraient lui en vouloir de leur faire la leçon. Il s'en moquait. « Il devrait y avoir si possible une fosse à grenades à chaque porte. Des sacs de sable disposés en cercle suffisent ; un trou entouré de sacs de sable, c'est mieux. Il est difficile de récupérer, dans une foule, une grenade qui roule par terre. Le pire, c'est de la récupérer et de n'avoir aucun endroit où la mettre. Les grenades offensives qu'ils utilisent généralement détonent en cinq secondes. Elles seront attachées au vêtement du terroriste par une épingle. Ne lui arrachez pas une grenade. Tuez-le ou immobilisez ses mains d'abord. Puis, prenez votre temps pour les enlever.

307

« S'il est blessé, à terre, et si vous ne pouvez pas le rejoindre aussitôt pour maîtriser ses mains, tirez de nouveau sur lui. A la tête. Il peut porter la charge dans une sacoche et la faire exploser si vous lui en laissez le temps. » Kabakov vit des expressions de dégoût se peindre sur certains visages. Il s'en moquait. « Une fusillade à l'une des portes *ne doit pas* distraire les hommes postés à une autre. C'est plus que jamais le moment de surveiller la zone dont vous êtes responsable. Une fois que cela démarre en un point, cela démarre partout.

« Encore une chose. L'un d'eux est une femme, comme vous le savez. » Kabakov baissa les yeux un moment et s'éclaircit la gorge. Quand il parla de nouveau, ce fut avec une énergie nouvelle. « A Beyrouth, je l'ai considérée comme une femme et non comme une terroriste. C'est ce qui nous a mis dans la situation où nous sommes. Ne faites pas la même erreur. »

Le silence pesait lourdement sur la pièce lorsque Kabakov alla se rasseoir.

« Une équipe auxiliaire se tiendra en renfort de chaque côté du stade, reprit Renfro. Ces hommes réagiront à toutes les alertes. Ne quittez pas votre poste. Venez prendre vos plaques d'identité à ce bureau, après la réunion. Y a-t-il des questions ? » Renfro balaya le groupe du regard. Ses yeux étaient d'un noir d'encre. « Continuons, messieurs. »

La veille du Super Bowl, le Tulane Stadium était éclairé et tranquille. Ce grand espace semblait absorber les petits bruits des recherches. Le brouillard montant du Mississippi, à un kilomètre et demi de là, tournoyait sous les rangées de projecteurs.

Kabakov et Moshevsky s'étaient postés en haut des tribunes ; leurs cigares rougeoyaient dans l'obscurité de la loge réservée à la presse. Depuis une demi-heure, ils n'avaient pas prononcé une parole.

« Ils peuvent tout de même en introduire une bonne quantité, finit par dire Moshevsky. Dans leurs vêtements. S'ils n'ont ni batteries ni armes blanches, cela ne se verra pas au détecteur.

— Non.

— Même s'ils n'étaient que deux, ce serait suffisant pour faire de gros dégâts. »

Kabakov ne dit rien.

« Et ça, on ne peut rien y faire », poursuivit Moshevsky.

Une série de bouffées coléreuses fit rutiler le cigare de Kabakov. Moshevsky décida de se taire.

« Demain, je veux que vous soyez avec l'équipe auxiliaire, du côté ouest, dit Kabakov. J'en ai parlé à Renfro. Ils vous attendront.

— A vos ordres.

— S'ils arrivent en camion, montez vite à l'arrière et arrachez les détonateurs. Chaque équipe a un homme désigné pour faire cela, mais veillez-y aussi.

— Si à l'arrière, il y a de la toile, ce serait peut-être mieux d'y pénétrer par le côté en la coupant. Une grenade pourrait être connectée au hayon. »

Kabakov acquiesça d'un signe de tête. « Signalez cela au chef dès que vous serez formés. Rachel est en train de lâcher les coutures d'une veste pare-balles. Je ne les aime pas non plus, mais je veux que vous en portiez une. Si la fusillade commence, il vaut mieux que vous soyez comme les autres.

— A vos ordres.

— Corley viendra vous chercher à 8 heures 45. Si vous restez au Hotsy-Totsy Club passé une heure du matin, je le saurai.

— A vos ordres. »

Minuit à La Nouvelle-Orléans. Sur Bourbon Street, les néons formaient des taches dans l'air brumeux. Le dirigeable de l'Aldrich planait sur le Mississippi River Bridge, au-dessus du brouillard. Farley était aux commandes. De grandes lettres lumineuses ondulaient sur ses flancs. « NE LES OUBLIEZ PAS, EMBAUCHEZ UN VÉTÉRAN. »

Dans une chambre du Fairmont Hotel, deux étages au-dessus de celle de Farley, Dahlia Iyad fit descendre le mercure et mit le thermomètre dans la bouche de Michael Lander. Le trajet depuis le New Jersey l'avait épuisé. Afin d'éviter l'aéroport international de La Nouvelle-Orléans, où Dahlia pouvait être reconnue, ils étaient descendus de l'avion à Baton Rouge et avaient continué dans une voiture de location ; Lander s'était étendu sur la banquette arrière. Maintenant, il était blême, mais son regard restait lucide. Elle reprit le thermomètre. Température normale.

« Tu ferais mieux d'aller voir le camion, dit-il.

— Ou il est là, ou il n'y est pas. Si tu veux vraiment que j'y aille, Michael, je le ferai, mais moins on me verra dans les rues...

— Tu as raison. Ou il est là, ou il n'y est pas. Mon uniforme est comment ?

— Je l'ai mis sur un cintre. Il est prêt. »

Elle commanda du lait chaud et le fit boire à Lander avec un sédatif léger. En une demi-heure, il s'endormit. Dahlia Yyad resta éveillée. Dans l'état de faiblesse où se trouvait Lander, il fallait absolument qu'elle s'envole avec lui demain, même s'il fallait pour cela abandonner une partie de la nacelle. Elle pouvait l'aider à tourner la roue du gouvernail et s'occuper de l'explosion. C'était nécessaire.

Sachant qu'elle mourrait demain, elle pleura en silence pendant une demi-heure, elle pleura sur elle-même. Puis, délibérément, elle évoqua les douloureux souvenirs du camp de réfugiés. Elle revécut les souffrances dernières de sa mère, cette femme maigre, vieille à trente-cinq ans, qui se tordait dans la tente en lambeaux. Dahlia avait sept ans, et elle ne pouvait rien faire, que chasser les mouches de son visage. Il y avait beaucoup trop de souffrances. Sa propre vie, c'était rien, rien du tout. Bientôt elle reprit son calme, mais ne s'endormit pas.

Au Royal Orleans, Rachel Bauman se brossait les cheveux devant la coiffeuse. Kabakov, couché sur le lit, fumait en la contemplant. Il aimait bien voir la lumière miroiter sur ses cheveux lorsqu'elle les brossait. Il aimait les minuscules creux qui apparaissaient le long de son épine dorsale lorsqu'elle cambrait le dos et secouait sa chevelure sur ses épaules.

« Tu vas rester jusqu'à quelle heure là-bas, David ? »

Elle le regardait dans le miroir.

« Jusqu'à ce qu'on ait retrouvé le plastic.

— Et les deux autres, la femme et l'Américain ?

— Je ne sais pas. Ils finiront par pincer la femme. Elle ne peut pas faire grand-chose sans le plastic. Quand nous l'aurons, je ramènerai Fasil chez nous pour qu'il soit jugé. »

Elle ne le regardait plus.

« Rachel ?

— Oui.

— Israël a besoin de psychiatres, tu sais ? Tu serais étonnée du nombre de juifs dingues qu'il y a. Des chrétiens aussi, l'été. Je connais un Arabe, à Jérusalem ; il leur vend des fragments de la vraie Croix qu'il se procure en cassant...

— Il faudra que nous parlions de cela quand tu ne seras plus aussi préoccupé, et que tu pourras te montrer plus explicite.

— Nous parlerons de cela demain soir, chez Antoine. Maintenant, assez de brossage et de bavardage, ou dois-je être plus explicite ? »

Dans les chambres du Royal Orleans et du Fairmont, les lumières étaient éteintes. Et autour d'elles s'étendait la vieille ville. La Nouvelle-Orléans en avait vu d'autres.

26

LE dimanche 12 janvier, un soleil rouge détourait de feu la ligne des toits de La Nouvelle-Orléans. Michael Lander se réveilla tôt. Il avait rêvé de baleine, et pour le moment, il ne se rappelait plus où il était. Puis il se souvint de tout. Dahlia était dans un fauteuil, la tête appuyée au dossier, et elle le regardait entre ses yeux mi-clos.

Il se leva avec précaution et alla à la fenêtre. L'horizon des rues orientées est-ouest était strié de rose et d'or. Au-dessus de la brume qui stagnait au sol, il vit que le ciel s'éclairait. « Il va faire beau », dit-il. Il téléphona au service météo de l'aéroport. Un vent de nord-est à 15 nœuds, atteignant force 20. C'était bon. Un vent arrière depuis l'aéroport de Lakefront jusqu'au stade. En plein ciel, il pourrait tirer du dirigeable plus de 60 nœuds.

« Peux-tu te reposer un peu plus longtemps, Michael ? »

Il était pâle. Elle savait qu'il n'avait pas beaucoup de forces. Peut-être en aurait-il assez.

Le dirigeable décollait toujours au moins une heure avant le match pour permettre aux techniciens de la télévision d'effectuer leurs derniers réglages, et pour que les supporters le voient en arrivant. Lander devrait piloter pendant tout ce temps-là avant de revenir chercher la bombe.

« Je vais me reposer, dit-il. L'équipage appellera à midi. Farley a piloté hier soir, aussi est-il en train de dormir, mais il quittera sa chambre avant midi pour aller manger.

— Je sais, Michael. Je m'en occuperai.

— Je me sentirais mieux si tu avais un revolver. »

En prenant l'avion pour Baton Rouge, ils n'avaient pas osé emporter d'armes à feu. Elles étaient dans le camion, avec l'explosif.

« Ne t'inquiète pas. Je m'en tirerai très bien. Tu peux compter sur moi.

— Je sais que je peux compter sur toi. »

Corley, Kabakov et Moshevsky partirent pour le stade à 9 heures du matin. Les rues autour du Royal Orleans étaient pleines de gens, pâles des célébrations de la veille, qui se promenaient malgré leur gueule de bois, déterminés à visiter le Quartier français. Le vent humide balayait des gobelets en carton et des nappes de restaurants.

Corley dut conduire lentement jusqu'à ce qu'ils sortent du quartier. Il était de mauvaise humeur. Ayant omis de réserver à temps dans un hôtel, il avait mal dormi dans la chambre d'ami d'un agent du FBI. Son épouse leur avait délibérément servi un petit déjeuner trop léger. Kabakov semblait satisfait de sa nuit et de son petit déjeuner, ce qui ajoutait à l'irritation de Corley. En outre, il était agacé par l'odeur du cantaloup que Moshevsky mangeait à l'arrière de la voiture.

Kabakov s'agita sur son siège. Quelque chose cliqueta contre la poignée de la portière.

« Qu'est-ce que c'est que ça ?

— C'est mon dentier.

— Très amusant. »

Kabakov entrouvrit brièvement son manteau, révélant le canon court d'une mitraillette Uzi fixée sous son bras.

« Qu'est-ce que Moshevsky porte, un bazooka ?

— J'ai un lanceur de cantaloups. »

Corley haussa les épaules. Il avait du mal à comprendre ce que disait Moshevsky quand les circonstances étaient favorables, et ne le comprenait pas quand il avait la bouche pleine.

Ils arrivèrent au stade à 9 heures 30. Les rues qui seraient barrées une fois le stade plein étaient déjà encombrées. Les véhicules et les barrières qui fermeraient hermétiquement le stade lorsque le match commencerait étaient sur l'herbe, en bordure des principales artères. Dix ambulances étaient garées à la porte sud-est. Seuls les véhicules prioritaires pourraient franchir le barrage. Les hommes du Secret Service étaient déjà postés sur les toits d'Audubon Avenue donnant sur le chemin où l'hélicoptère du Président atterrirait.

Ils étaient aussi prêts qu'il était possible de l'être.

C'était étrange de voir des sacs de sable entassés par endroits en bordure de ces rues tranquilles. Certains agents du FBI se souvenaient du campus d'Ole Miss [1].

A 9 heures, Dahlia commanda trois petits déjeuners. En attendant, elle sortit de son sac un rouleau de chatterton et une paire de longs ciseaux. Elle ôta la vis des ciseaux et enfila dans l'un des trous un mince boulon de sept centimètres qu'elle fixa avec du chatterton. Elle reconstitua la paire, également avec le chatterton, et la glissa dans sa manche.

On leur apporta les petits déjeuners à 9 heures 20.

« Mange pendant que c'est chaud, Michael, dit-elle. Je reviens dans une minute. »

Elle s'empara d'un plateau et prit l'ascenseur pour descendre les deux étages.

Elle frappa à la porte de Farley qui répondit d'une voix ensommeillée.

« Monsieur Farley ?

— Oui ?

— Votre petit déjeuner.

— Je n'ai rien commandé.

— Avec les compliments de l'hôtel. A tous les membres de l'équipage. Si vous n'en voulez pas, je peux le remporter.

— Non. Je vais le prendre. Juste une minute. »

Farley, les cheveux emmêlés et vêtu seulement d'un

1. Surnom de l'Oxford University du Mississippi. A la rentrée 1962, l'inscription d'un étudiant noir, James H. Meredith, y provoqua une série de violentes émeutes (N.d.A.).

pantalon, la fit entrer dans la chambre. Si quelqu'un était passé dans le couloir, il aurait peut-être entendu un cri soudain étouffé. Une minute plus tard, Dahlia réapparut. Elle accrocha au bouton de la porte l'écriteau : « Prière de ne pas déranger » et descendit prendre son petit déjeuner.

Il ne restait plus qu'une chose à régler. Dahlia attendit que Lander ait fini de manger. Ils étaient étendus sur le lit. Elle tenait la main estropiée de Lander.

« Michael, tu sais combien je désire être avec toi. Tu ne crois pas que ce serait mieux ?

— Je peux me débrouiller tout seul. Ce n'est pas nécessaire.

— J'ai envie de t'aider. J'ai envie d'être avec toi. Je veux tout voir.

— Tu ne verras pas grand-chose. Tu l'entendras, où que tu ailles, en partant de l'aéroport.

— N'importe comment, je ne pourrai jamais sortir de l'aéroport, Michael. Tu le sais, mon poids ne fera pas de différence, à cette heure-là. Il fait vingt et un dehors et le dirigeable est resté au soleil toute la matinée. Bien sûr, si tu ne peux pas décoller...

— Bien sûr que si, je vais décoller. On aura de la surchauffe.

— Je peux, Michael ? Nous avons fait du chemin ensemble. »

Il roula sur le côté et étudia son visage. L'oreiller avait laissé des marques rouges sur la joue de Michael. « Il faudra que tu te dépêches de sortir de l'arrière de la nacelle les sacs de grenaille. Ceux qui sont sous le siège arrière. On pourra l'équilibrer quand on aura décollé. Tu peux venir. »

Elle le serra fort dans ses bras et ils n'échangèrent plus une parole.

A 11 heures 30, Lander se leva et Dahlia l'aida à s'habiller. Ses joues étaient creuses, mais la lotion solaire dont elle lui avait enduit le visage en dissimulait la pâleur. A 11 heures 50, elle tira une seringue de Novocaïne de sa trousse médicale. Elle releva la manche de Lander et insensibilisa une partie de son avant-bras. Puis elle sortit

315

une autre seringue, plus petite. C'était un tube en plastique flexible pourvu d'une aiguille, rempli d'une solution de trente milligrammes de Ritaline.

« Tu deviendras peut-être trop loquace après, Michael. Beaucoup trop. Il faudra que tu la neutralises. Ne t'en sers que si tu te sens faiblir.

— D'accord, mets-la en place. »

Elle inséra l'aiguille dans la zone insensibilisée et attacha solidement la petite seringue à plat sur son bras. De l'autre côté du tube flexible, elle mit un petit morceau de crayon, pour empêcher qu'il soit pressé par accident. « Si tu en as besoin, tâte au travers de ta veste et appuie sur le tube avec ton pouce.

— Je sais, je sais. »

Elle l'embrassa sur le front. « Si je ne pouvais pas rejoindre l'aéroport en camion, s'ils m'attendaient...

— Je me contenterais d'atterrir dans le stade, dit-il. Cela en écraserait quelques-uns. Mais ne pense pas aux vilaines éventualités. Nous avons eu de la chance jusqu'à maintenant, non ?

— Tu as été très astucieux.

— Je te retrouve à l'aéroport à 14 heures 15. »

Elle l'accompagna jusqu'à l'ascenseur, puis retourna s'asseoir sur le lit. Ce n'était pas encore l'heure d'aller au garage.

L'équipage du dirigeable était à la réception, dans le hall. Il y avait Simmons, le copilote de Farley, et deux cameramen de la télévision. Lander s'avança en se forçant à marcher vite.

Je me reposerai dans l'autocar, pensa-t-il.

« Bon sang, mais c'est Mike, dit Simmons. Je te croyais en congé de maladie. Où est Farley ? On a appelé sa chambre. On l'attend.

— Farley a passé une mauvaise nuit. Une fille qui avait trop bu lui a fourré le doigt dans l'œil.

— Bon Dieu.

— Il va bien, mais il est allé consulter. Je le remplace.

— Quand es-tu arrivé ?

— Ce matin. Ce salaud de Farley m'a appelé à

4 heures du matin. Partons, nous sommes en retard maintenant.

— Tu n'as pas l'air d'aller très bien, Mike.

— J'ai l'air en meilleure forme que vous. Allons-y. »

A la porte de l'aéroport de Lakefront, le conducteur ne retrouva pas le sauf-conduit de son véhicule et ils furent tous obligés de montrer leurs papiers. Trois voitures de police étaient garées près de la tour.

Le dirigeable rouge, bleu et argent, long de soixante-dix mètres, reposait sur un triangle d'herbe, entre les pistes. A la différence des avions tapis sur le sol devant les hangars, il donnait l'impression de voler, même quand il était au repos. En équilibre instable sur son unique roue, le nez contre le mât de stationnement, telle une gigantesque girouette il indiquait le nord-est. Près de lui stationnait le gros car qui transportait le personnel au sol et le semi-remorque qui abritait l'atelier d'entretien mobile. Le dirigeable argenté rapetissait hommes et véhicules.

Vickers, le chef d'équipe, s'essuya les mains avec un chiffon. « Content de vous revoir, capitaine Lander. Il est prêt.

— Merci. » Lander commença la traditionnelle inspection extérieure. Tout semblait en ordre, comme il l'avait prévu. Le dirigeable était propre. Il avait toujours aimé cette propreté. « Vous êtes prêts, les gars ? » cria-t-il.

Lander et Simmons parcoururent rapidement le reste de la check-list avant le décollage, dans la nacelle.

Vickers bouscula un peu les deux cameramen. « Capitaine Vidéo, auriez-vous l'amabilité, vous et votre assistant, de caler gentiment vos culs dans cette nacelle afin que nous puissions lever l'ancre ? »

Les rampants se suspendirent au garde-fou pour faire rebondir le dirigeable sur sa roue d'atterrissage. Vickers ôta quelques-uns des sacs de grenaille de vingt-cinq livres qui y étaient accrochés. Les hommes le firent encore rebondir.

« Il est juste un poil trop lourd. C'est bon. » Vickers aimait bien que le dirigeable soit lourd au décollage ; la consommation de carburant l'allégerait plus tard.

« Où est le Coca? On en a, j'espère? » demanda Simmons. Il pensait qu'ils seraient au moins trois heures là-haut, peut-être plus. « Oui, le voilà.

— Prends les commandes, Simmons, dit Lander.

— O.K. » Simmons se glissa dans l'unique siège du pilote, du côté gauche de la nacelle. Il fit un signe de la main, derrière le pare-brise. Les rampants qui se tenaient au pied du mât de stationnement déclenchèrent le processus de libération et huit hommes, tirant sur les cordes du nez, firent pivoter le dirigeable. « On y va. » Simmons ramena le gouvernail en arrière, appuya sur la manette des gaz et le grand dirigeable s'éleva en chandelle.

Lander se laissa aller en arrière dans le siège du passager, à côté du pilote. Le vol jusqu'au stade, avec vent arrière, prit neuf minutes et demie. Lander se dit qu'il pourrait le faire en un peu plus de sept minutes, si le vent tenait.

Sous eux, la circulation était bloquée sur la voie express, près de la sortie de Tulane.

« Ils vont manquer le coup d'envoi, fit remarquer Simmons.

— Oui, je pense », dit Lander.

Ils manqueraient aussi la mi-temps, se dit-il. Il était 13 heures 10. Il avait presque une heure à attendre.

Dahlia Iyad descendit du taxi à proximité du quai de Galvez Street et se dirigea rapidement vers le garage. Ou la bombe était là, ou elle n'y était pas. C'était peut-être une souricière, peut-être pas. Auparavant, elle n'avait jamais remarqué combien le trottoir était en pente, et crevassé. Elle observa les lézardes tout en marchant. De très jeunes enfants jouaient au base-ball dans la rue. Le batteur, qui n'avait pas plus de trois ans, siffla lorsqu'elle passa devant eux.

Les joueurs s'éparpillèrent à l'arrivée d'une voiture de police qui dépassa Dahlia à vingt-cinq kilomètres-heure. Elle tourna le dos et fit comme si elle cherchait un numéro d'immeuble. La voiture tourna le coin de la rue. Tout en remontant l'allée qui menait au garage, elle chercha les clefs dans son sac. Elle ouvrit les cadenas, se glissa à l'intérieur et referma la porte derrière elle. Une demi-obscurité l'engloutit. Quelques flèches de lumière péné-traient par des trous de clous, dans les murs. Le camion avait l'air intact.

Elle grimpa à l'arrière et alluma la faible lumière. Il y avait une mince couche de poussière sur la nacelle. C'était bon signe. Si l'endroit avait été surveillé, on ne l'aurait pas laissée approcher de la bombe. Elle enfila une salopette portant les initiales d'une chaîne de télévision et ôta les panneaux de vinyle recouvrant les côtés du camion, révélant l'emblème de la même chaîne, peint en couleurs brillantes.

Elle trouva la check-list fixée à la nacelle avec du scotch. Elle la parcourut rapidement. D'abord, les détonateurs. Elle les ôta de leur sac et les mit en place au milieu de la nacelle, chacun au centre exact de l'un des côtés de la charge. Elle brancha les fils à un faisceau dont l'entrée serait connectée à la boîte d'alimentation du dirigeable. Maintenant, l'amorce et son détonateur étaient en place.

Elle coupa tous les points d'amarrage de la corde, sauf deux. Vérifia le sac de Lander. Un calibre 38 pourvu d'un silencieux, une paire de coupe-câbles, tous deux dans un sac en papier. Sa propre mitraillette Schmeisser avec six chargeurs de réserve et un automatique AK-47 dont les chargeurs étaient dans un sac de marin.

Elle posa le Schmeisser sur le sol de la cabine et mit une couverture dessus. Il y avait de la poussière sur le siège. Elle sortit un mouchoir de son sac et l'essuya soigneuse-ment. Elle rentra ses cheveux dans une casquette Big Apple[1].

13 heures 50. Le moment de partir. Elle ouvrit tout grand le garage, sortit le camion, cligna des yeux à cause du soleil et laissa le moteur tourner au ralenti pendant qu'elle refermait la porte.

En route vers l'aéroport, elle éprouva l'étrange et joyeuse impression qu'elle tombait, tombait.

---

1. Casquette à l'emblème de New York dont Big Apple, la Grosse Pomme, est le surnom (N.d.T.).

319

Du poste de commandement, Kabakov observait le stade où les flots de spectateurs se déversaient par la porte sud-est. Ils étaient si bien habillés, si bien nourris, et totalement inconscients du souci qu'ils lui causaient.

On rouspétait dans les queues formées devant les détecteurs de métaux, et les plaintes montaient lorsque, de temps à autre, on demandait à un supporter de vider le contenu de ses poches dans une bassine. Les membres du groupe d'intervention du côté est, dix hommes en civil, lourdement armés, se tenaient aux côtés de Kabakov. Le commandant sortit, loin des crachotements des radios, et regarda le stade se remplir. Déjà, les orchestres s'éloignaient en tapant des pieds ; la musique devint moins discordante lorsque de plus en plus de corps étouffèrent les échos des tribunes. Vers 13 heures 45, la plupart des spectateurs occupaient leur siège. Les barrages se refermèrent.

A deux cent cinquante mètres au-dessus du stade, les cameramen conféraient par radio avec le directeur qui était resté dans le grand camion de la télévision garé derrière les tribunes. L'émission sportive commençait par une vue du stade prise du dirigeable, avec le logo de la chaîne et le titre en surimpression. Face à ses douze écrans de télévision, le directeur n'était pas satisfait.

« Eh, Simmons, dit le cameraman, maintenant il veut une prise de vues de l'autre côté, avec Tulane dans le fond, vous pouvez faire ça ?

— Et comment ! »

Le dirigeable se tourna majestueusement vers le nord.

« O.K., c'est bon, c'est bon. »

Le cameraman avait bien cadré le terrain d'un vert brillant, la masse des quatre-vingt-quatre mille spectateurs, le stade orné de drapeaux qui claquaient au vent.

Lander vit l'hélicoptère de la police foncer comme une libellule autour du stade.

« La tour à Nora Un Zéro. »

Simmons prit le micro.

« Nora Un Zéro, parlez.

« — Hélico arrivant dans votre secteur à deux kilomètres au nord-est, dit le contrôleur aérien. Faites-lui place.

— Compris. Je le vois. Nora Un Zéro terminé. »

Simmons le montra du doigt et Lander aperçut un hélicoptère militaire à deux cents mètres d'altitude, se dirigeant vers le stade. « C'est le Président. Enlève ton chapeau », dit Simmons. Il éloigna le dirigeable de l'extrémité nord du stade.

Lander regarda déployer le marqueur d'atterrissage sur le chemin.

« Ils veulent une prise de vues de l'arrivée. Pouvez-vous nous mettre de flanc par rapport à lui ? demanda l'assistant du cameraman.

— C'est bon », dit le cameraman.

Par l'intermédiaire de son objectif télé, quatre-vingt-six millions de personnes virent se poser l'hélicoptère du Président, qui en descendit et entra d'un pas vif dans le stade.

Dans le camion, le directeur commanda : « Prise deux. » D'un bout à l'autre du pays, et dans le monde entier, les téléspectateurs purent voir le Président suivre à grands pas la ligne de touche jusqu'à sa loge.

Lander, baissant les yeux, regarda ce blond costaud, entouré de plusieurs hommes, marcher les bras levés ; la foule se levait sur son passage comme une vague.

Kabakov entendit le rugissement qui accueillit le Président. Il ne l'avait jamais vu et il était curieux. Il lutta contre l'envie d'aller le regarder. Sa place était ici, à proximité du poste de commandement, là où il serait immédiatement averti en cas d'ennuis.

« Passe-le-moi, Simmons, et regarde le coup d'envoi », dit Lander.

Ils changèrent de place. Lander était déjà fatigué et la roue du gouvernail lui parut lourde à manipuler.

Sur le terrain, ils étaient en train de « repasser le lancer » au profit des téléspectateurs. Puis les équipes s'alignèrent pour le coup d'envoi.

Lander jeta un coup d'œil sur Simmons. Il avait mis la tête à la fenêtre latérale. Lander se pencha et appuya sur la manette du mélange des combustibles pour le moteur de bâbord. Il le rendit assez pauvre pour que le moteur surchauffe.

En quelques minutes, l'indicateur de température passa au rouge. Lander fit revenir le mélange des combustibles à la normale. « Messieurs, nous avons un petit problème. » Simmons cessa de s'intéresser au jeu. Il tapota l'indicateur de température.

« Bon sang, qu'est-ce qui se passe ! » Simmons traversa la nacelle et regarda le moteur de bâbord par-dessus l'épaule des hommes de la télé. « Il n'a plus d'huile.

— Quoi ? demanda le cameraman.

— Le moteur de bâbord chauffe. Laissez-moi passer. »

Il rentra dans le compartiment et revint avec un extincteur.

« Hé, il est pas en train de brûler ? »

Le cameraman et son assistant prenaient cela au sérieux, comme Lander l'avait prévu.

« Non, bon Dieu, non, dit Simmons. On est obligés de sortir l'extincteur, c'est la consigne. »

Lander mit le moteur en drapeau. Il s'éloignait maintenant du stade, en direction de l'aéroport. « Il faut que Vickers jette un coup d'œil dessus, dit-il.

— Tu l'as appelé.

— Pendant que tu étais en bas. »

Lander avait bien marmonné dans son micro, mais sans appuyer sur le bouton de transmission.

Il suivait l'U.S.10, le Superdôme était en dessous de lui, sur la droite, et le champ de foire avec sa piste ovale sur la gauche. Il ne pouvait pas aller vite vent debout avec un seul moteur. Cela ira mieux pour revenir, pensa Lander. Il survolait maintenant le terrain de golf de Pontchartrain et voyait le champ d'aviation s'étendre devant lui. Il repéra le camion arrivant à la porte de l'aéroport. Dahlia avait réussi.

De la cabine du camion, Dahlia aperçut le dirigeable. Elle était en avance de quelques secondes. Il y avait un agent de police à la grille. Elle lui tendit le laissez-passer du véhicule et il lui fit signe de passer. Elle roula lentement sur la route qui longeait le terrain.

Les mécaniciens de piste, en voyant le dirigeable, s'agitèrent autour du car et du tracteur-remorque. Lander voulait qu'ils se dépêchent. A cent mètres, il appuya sur le bouton de son micro. « J'arrive à puissance 175, faites-moi de la place.

— Nora Un Zéro, qu'est-ce qui se passe, Mike ? Pourquoi ne pas nous avoir dit que vous reveniez ? »

C'était la voix de Vickers.

« Je vous l'ai dit. » *Qu'il se pose des questions.* Les mécaniciens couraient à leurs postes. « J'arrive au mât vent de travers et je veux que la roue soit bloquée. Ne la laissez pas pivoter sous l'effet du vent. J'ai un petit problème avec le moteur de bâbord, un *petit* problème, Vickers. Ce n'est rien, mais je veux le moteur de bâbord vent arrière par rapport au bâtiment. Et je *ne veux pas* de panique, compris ? »

Vickers comprenait. Lander n'avait pas envie que des camions de dépannage arrivent sur le terrain en faisant hurler leurs sirènes.

Dahlia Iyad attendait pour traverser la piste. La tour lui envoyait un feu rouge. Elle regarda le dirigeable toucher le sol, rebondir, atterrir de nouveau, et les rampants attraper les cordes qui pendaient de son nez. Ils le maîtrisaient maintenant.

La lumière de la tour passa au vert. Elle traversa la piste et se gara derrière le tracteur-remorque, hors de vue des hommes qui fourmillaient autour du dirigeable. En une seconde, elle ouvrit le hayon, déroula la rampe. Elle ramassa le sac contenant l'arme et les coupe-câbles, et contourna en courant le tracteur-remorque. Les mécaniciens ne firent pas attention à elle. Vickers ouvrait le capot du moteur de bâbord. Dahlia passa le sac à Lander par la fenêtre de la nacelle et revint en courant au camion.

Lander se tourna vers l'équipe de la télé. « Dégourdissez-vous les jambes, on en a pour quelques minutes. »

Ils descendirent tant bien que mal et il les suivit.

Lander marcha jusqu'au car et revint immédiatement au dirigeable. « Hé, Vickers, Lakehurst vous appelle.

— Oh, merde... Frankie, regarde ce qu'il y a, mais attends-moi pour intervenir. »

Il partit au trot vers le car. Lander entra derrière lui. Vickers venait tout juste de décrocher le radiotéléphone lorsque Lander lui tira une balle dans la nuque. Maintenant, les rampants n'avaient plus de chef. En descendant, Lander entendit le pout-pout du chariot élévateur conduit par Dahlia qui contournait le tracteur-remorque. Les rampants, étonnés à la vue de ce qu'elle apportait, s'écartèrent pour la laisser passer. Elle ralentit et positionna la petite nacelle sous la grande. Elle fit monter la fourche de quinze centimètres.

« Qu'est-ce qui se passe, qu'est-ce que c'est ? » demanda l'homme qui étudiait le moteur.

Dahlia ne répondit pas. Elle attacha les deux crampons avant au garde-fou. Encore quatre à fixer.

« Vickers vous dit d'enlever des sacs de grenaille, cria Lander.

— Il dit *quoi* ?

— D'enlever les sacs de grenaille. Allez-y !

— Qu'est-ce que c'est, Mike ? J'ai jamais vu ça.

— Vickers vous expliquera. La télé coûte cent soixante-quinze mille dollars la minute, alors magnez-vous le cul. Ils ont besoin de ce truc. »

Deux mécaniciens détachèrent les sacs de grenaille tandis que Dahlia finissait de fixer la nacelle. Elle repartit avec le chariot. Les rampants étaient déconcertés. Il y avait quelque chose de bizarre. Cette grande nacelle avec le logo de la chaîne n'avait jamais été testée à bord du dirigeable.

Lander alla voir le moteur de bâbord. On n'y avait pas touché. Il referma le capot.

Les cameramen arrivèrent. « NBS ? Qu'est-ce que c'est que ce truc ? Ce n'est pas à nous...

— Le directeur vous expliquera, appelez-le du car. »

Lander rejoignit son siège et mit les moteurs en route. Les mécaniciens reculèrent, stupéfaits. Dahlia était déjà à l'intérieur de la nacelle avec les coupe-câbles. Pas le temps de dévisser quelque chose. Il fallait que l'équipe de la télévision s'en aille avant que le dirigeable décolle.

Le cameraman la vit couper les cordes du matériel. « Hé ! Ne faites pas ça ! » Il se hissa tant bien que mal dans la nacelle. Lander se retourna et lui tira dans le dos. Le visage stupéfait d'un mécanicien apparut à la porte. Les hommes les plus proches du dirigeable reculèrent. Dahlia ôta les crampons de la caméra.

« La cale et le mât, maintenant ! » hurla Lander.

Dahlia sauta sur le sol, elle avait sorti le Schmeisser. Les mécaniciens reculèrent encore, certains se retournèrent pour courir. Elle ôta la cale de la roue et, tandis que le dirigeable vacillait dans le vent, elle courut au mât et le détacha. Il fallait que la flèche du nez sorte de l'emboîture du mât. Il le fallait. Le dirigeable se balançait. Les hommes s'étaient écartés des cordes du nez. Le vent pouvait le faire, il pouvait libérer le dirigeable. Elle entendit une sirène. Une voiture de police traversa la piste en hurlant.

Le nez était libéré, mais le dirigeable alourdi par le corps du cameraman et l'équipement télé ne faisait pas signe de vouloir décoller. Elle bondit dans la nacelle et lança d'abord le transmetteur qui vint s'écraser sur le sol. La caméra suivit le même chemin.

La voiture de police et ses gyrophares se dirigeaient droit sur eux. Lander mit les gaz à fond et le grand vaisseau aérien se balança. Dahlia se débattait avec le corps du cameraman. Ses jambes étaient prises sous le siège du pilote. Le dirigeable bondit et retomba. Il se cabrait comme un animal préhistorique. La voiture de police, portes ouvertes, était à quarante mètres. Lander largua la plus grande partie de son carburant. Le dirigeable s'éleva lourdement.

Dahlia se pencha pour tirer sur la voiture avec le Schmeisser. Des craquelures en étoile apparurent sur le pare-brise. Le monstre continuait à s'élever. Un agent de police descendit ; il y avait du sang sur sa chemise. Il dégaina et leva les yeux vers elle tandis que le dirigeable le survolait. Une rafale de mitraillette l'abattit et Dahlia précipita par la porte, à coups de pied, le corps du cameraman qui tomba sur le capot de la voiture. Le dirigeable s'élança vers le ciel. D'autres voitures de police arrivaient maintenant portières ouvertes, de plus en plus petites sous eux. Elle entendit un bruit sourd, contre la carène. On leur tirait dessus. Elle visa la plus proche et vit la poussière s'élever alentour. Lander maintenait le dirigeable à 50° et les moteurs gémissaient. Plus haut, plus haut, hors de portée des balles.

Le détonateur et les fils ! Dahlia se coucha à plat ventre sur le sol ensanglanté de la nacelle et se pencha à l'extérieur pour les atteindre.

Lander, au poste de commande, dodelinait de la tête, sur le point de s'évanouir. Elle tendit la main par-dessus son épaule et pressa la seringue, sous sa manche. En une seconde, sa tête se redressa.

Il vérifia le bouton des lumières de la cabine. Il était éteint. « Branche-la. »

Elle détacha le manchon de la lumière, ôta l'ampoule et y brancha les fils de la bombe. Il fallait maintenant attacher le détonateur, qu'on utiliserait en cas de défaillance de l'électricité, au support du siège le plus proche de l'arrière de la nacelle. Dahlia avait du mal à faire le nœud car le sang du cameraman rendait tout glissant.

Le compteur de vitesse marquait 60 nœuds. Ils seraient au Super Bowl dans six minutes.

Corley et Kabakov rejoignirent en courant la voiture de Corley au premier rapport confus sur une fusillade à l'aéroport. Ils remontaient l'Interstate 10 toutes sirènes hurlantes lorsque d'autres informations leur parvinrent.

« Des personnes inconnues tirent de la nacelle du dirigeable de l'Aldrich, dit la radio. Deux policiers ont été abattus. Les mécaniciens de l'aéroport signalent qu'un engin y est attaché. »

« Ils ont mis la main sur le dirigeable ! dit Corley en bourrant de coups de poing le siège voisin. C'est votre pilote. » Ils voyaient le dirigeable se profiler à l'horizon. Il

326

devenait de plus en plus gros. Corley joignit le stade par radio. « Faites sortir le Président ! » hurla-t-il.

Kabakov luttait contre la rage, la frustration, le choc, l'impossibilité de la chose. Il était pris, impuissant, sur la voie express entre le stade et l'aéroport. Il fallait réfléchir, penser, à tout prix. Ils survolaient le Superdôme. Alors, il secoua Corley par l'épaule. « Jackson. Lamar Jackson, dit-il. L'hélico. Appuyez sur ce bon Dieu de champignon. »

Ils avaient dépassé la rampe d'accès et Corley fit demi-tour en traversant trois voies, pneus fumants, et fonça en sens contraire de la circulation ; une voiture arrivait face à eux, il donna un coup de volant, dérapa en valdinguant, et ils se retrouvèrent dans Howard Avenue, le long du Superdôme. Ils firent, moteur hurlant, le tour de l'immense bâtiment et s'arrêtèrent pile. Kabakov arriva en courant à l'aire d'atterrissage, à la grande surprise de l'équipe encore au travail.

Jackson descendait du toit pour prendre une botte de tuyaux. Kabakov se précipita vers le loadmaster, un homme qu'il ne connaissait pas.

« Faites-le descendre. Faites-le descendre. »

Le dirigeable, arrivé presque au-dessus du Superdôme, serait bientôt hors de portée. Le stade bourré n'était qu'à trois kilomètres de là.

Corley arriva. Il avait laissé le coffre de la voiture ouverte. Il portait un automatique M-16.

L'hélicoptère se posa. Kabakov se glissa sous le rotor, courbé en deux. Il se hissa à la fenêtre du cockpit. Jackson mit sa main en cornet autour de son oreille.

« Ils se sont emparés du dirigeable de l'Aldrich. » Kabakov montrait le ciel du doigt. « Il faut le rejoindre. Il faut absolument le rejoindre. »

Jackson leva les yeux. Il déglutit. Il y avait une étrange expression sur son visage. « Vous me détournez ? »

— Je vous le demande. S'il vous plaît. »

Jackson ferma les yeux une seconde. « Montez. Faites sortir mon guideur. Je ne suis pas responsable de lui. »

Kabakov et Corley extirpèrent de la soute le guideur stupéfait et prirent sa place. L'hélicoptère monta comme

327

une flèche dans un mugissement de pales. Kabakov gagna l'avant et releva le siège du copilote.

« Nous pouvons...

— Ecoutez, dit Jackson. Voulez-vous les choper ou leur parler.

— Les choper.

— Bon. Si on peut les rattraper, je vais les survoler. Ils ne peuvent pas voir ce qui se passe au-dessus d'eux. Vous allez tirer dans la carène ? Pas le temps de faire de grosses déchirures. »

Kabakov secoua la tête. « Ils peuvent faire exploser la bombe en descendant. Nous allons essayer de détruire la nacelle. »

Jackson acquiesça d'un signe de tête. « Je vais les survoler. Quand vous serez prêts, je descendrai à leur niveau. Si on tire suffisamment dessus, ce truc ne pourra plus voler. Préparez-vous. Parlez-moi au casque. »

L'hélicoptère faisait du 110 nœuds et gagnait du terrain, mais le dirigeable avait beaucoup d'avance. Ce serait juste.

« Si nous descendons le pilote, le vent le portera tout de même au-dessus du stade, dit Jackson.

— Et le crochet ? On ne peut pas l'attraper avec le crochet et le tirer quelque part ?

— Comment faire pour l'accrocher ? Cette saleté de truc est lisse. On peut essayer si on a le temps... Hé ! voilà des flics. »

Devant eux, un hélicoptère de la police s'élevait à la rencontre du dirigeable.

« Pas par en dessous, cria Jackson. Ne vous approchez pas... » Il parlait encore que le petit hélicoptère de police se cabra sous la rafale de balles et se coucha sur le côté, ses pales tournant follement, puis il plongea comme une pierre vers le sol.

Jackson aperçut les mouvements du gouvernail lorsque le grand aileron passa sous lui. Ils survolaient le dirigeable et le stade glissait sous eux. C'était le moment d'attaquer. Kabakov et Corley s'arc-boutèrent dans la porte du fuselage.

Lander sentit la voilure tournante frapper la carène et entendit le moteur de l'hélicoptère. Il toucha Dahlia et, du pouce, lui montra le haut. « Donne-moi encore dix secondes. »

Elle mit un nouveau chargeur dans le Schmeisser.

La voix de Jackson résonna dans le casque de Kabakov. « Tenez bon. »

L'hélicoptère se laissa tomber en piqué le long du flanc droit du dirigeable. Les premières balles vinrent frapper le ventre de l'hélicoptère, puis Corley et Kabakov ripostèrent ; les douilles jaillissaient des automatiques, des débris de verre s'envolaient de la nacelle. Les balles sifflaient autour de Kabakov. L'hélicoptère fit une embardée et s'éleva. Corley était blessé, du sang s'étalait sur son pantalon, au niveau de la cuisse.

Dans le cockpit criblé de balles, Jackson, le front balafré par du verre, essuya le sang qui lui coulait dans les yeux.

Toutes les vitres de la nacelle du dirigeable avaient volé en éclats et le tableau de bord, touché, s'auréola d'étincelles. Dahlia était couchée sur le sol, elle ne bougeait plus.

Lander, blessé à l'épaule et à la jambe, vit qu'il perdait de l'altitude. Le dirigeable sombrait, mais ils pouvaient encore franchir le mur du stade. Il le vit passer sous lui, puis un océan de visages levés vers le ciel. Il avait la main sur le commutateur de mise à feu. Maintenant. Il appuya dessus. Rien. Le bouton de secours. Rien. Les circuits étaient détruits. L'amorce. Il se leva avec difficulté, son briquet à la main et, prenant appui sur son bras et sa jambe intacts, se traîna vers celle-ci, fixée à l'arrière de la gondole, tandis que le dirigeable dérivait entre les bancs serrés de spectateurs.

Le câble du palan mesurait dix mètres. Jackson le déroula jusqu'à ce que le crochet glisse sur la peau lisse du dirigeable. Il n'y avait qu'un seul point d'ancrage possible : l'espace entre le gouvernail et l'empennage situé sous l'articulation de celui-ci. Kabakov guida Jackson, mais ils eurent beau le poser dessus, le crochet était trop gros pour s'y introduire.

Dans le stade, on se ruait vers les sorties. Kabakov jeta

des regards désespérés autour de lui et aperçut sur la cloison, enroulée dans une bague, une corde en nylon avec un mousqueton à chaque bout. A la seconde où il la vit, il sut ce qu'il allait faire avec une certitude effrayante.

D'en bas, Moshevsky regarda les yeux exorbités, les poings serrés, la silhouette qui apparut, glissant comme une araignée le long du câble suspendu sous l'hélicoptère. Il arracha les jumelles des mains d'un agent fédéral, mais il savait déjà. C'était Kabakov. Il voyait le souffle du rotor tirailler le commandant tandis qu'il descendait le long du câble glissant. Une corde était attachée autour de sa taille. Ils étaient au-dessus de Moshevsky, maintenant. Se penchant en arrière, celui-ci tomba sur le derrière, mais ne quitta pas son chef des yeux.

Kabakov avait mis le pied sur le crochet. Le visage de Corley était visible dans l'ouverture située sous le ventre de l'hélico. Il parlait dans son casque. Le crochet redescendit, Kabakov atteignit l'empennage... non ! Celui-ci s'éleva, se balança. Il frappa Kabakov, l'éloignant de lui ; mais l'oscillation de la corde le ramena et il réussit à la passer entre le gouvernail et l'empennage, l'introduisit en boucle dans le crochet, fit un geste du bras et l'hélicoptère s'efforça de remonter, le câble se durcissant comme une barre d'acier le long de son corps.

Lander, en train de ramper vers l'amorce, sentit se dérober sous lui le sol que le sang rendait déjà glissant. Il perdit du terrain et ses ongles, cherchant une prise, raclèrent le plancher.

L'hélicoptère essayait de s'agripper à l'air. La queue du dirigeable était maintenant relevée vers le ciel, et le nez vint heurter le terrain. Les gens criaient, couraient, les portes s'obstruaient de spectateurs luttant pour sortir. Lander était baigné de leurs cris. Il se tendait vers l'amorce, le briquet à la main.

Le nez du dirigeable remontait en balayant les tribunes et la foule s'éparpillait devant lui. Il se prit dans les mâts des drapeaux, en haut du stade, et fit une embardée, se libéra et survola les maisons, en direction de la rivière, le moteur de l'hélicoptère gémissant sous la surcharge.

Corley voyait Kabakov, debout sur l'empennage, qui maintenait le câble en place.

« Il faut atteindre la rivière, il le faut », répétait Jackson tandis que l'indicateur de température grimpait dans le rouge. Son pouce était en suspens au-dessus du bouton de largage.

Lander se traîna avec effort sur le sol en pente pour parcourir les derniers centimètres et alluma son briquet.

Moshevsky arriva à toute allure en haut des tribunes. L'hélicoptère, le dirigeable, l'homme debout sur l'empennage, suspendus un instant au-dessus de la rivière, se gravèrent à jamais dans sa mémoire, puis disparurent dans un éclair aveuglant et une détonation de fin du monde qui le coucha sur la tribune frissonnante. Le shrapnel lacéra les arbres que le souffle de l'explosion déracinait et l'eau, fouettée en écume, s'élevant dans la fumée pour former un cône grand comme une montagne, jaillit d'un grand bassin qui se remplit de nouveau avec un rugissement. Quelques secondes plus tard, loin en aval, des shrapnels criblèrent l'eau comme des grêlons et crépitèrent contre les coques en fer des navires.

À des kilomètres de là, Rachel, qui finissait de déjeuner sur la terrasse du Mart, vit l'éclair. Elle se leva et alors le grand bâtiment trembla, les vitres explosèrent ; elle tomba sur le dos et, levant les yeux vers le dessous de la table, comprit ce qui s'était passé. Elle se remit sur ses pieds avec peine. Une femme était assise par terre à côté d'elle, bouche bée.

Rachel la regarda. « Il est mort », dit-elle.

La liste des victimes s'éleva à cinq cent douze. Au stade, quatorze spectateurs furent piétinés à mort dans les sorties, cinquante-deux eurent des membres fracturés, et le reste ne souffrit que de contusions et de coupures. Parmi ces derniers, on comptait le Président des Etats-Unis meurtri par les dix hommes du Secret Service qui se couchèrent sur lui pour le protéger. En ville, cent seize personnes furent légèrement blessées par des débris de verre.

Le lendemain, à midi, Rachel Bauman et Robert Moshevsky se tenaient sur une petite jetée de la rive nord du Mississippi. Depuis plusieurs heures, ils regardaient opérer les dragueurs de la police. L'opération s'était poursuivie toute la nuit sans interruption. Dans les premières heures, les grappins avaient remonté quelques morceaux carbonisés de l'hélicoptère. Depuis, rien.

La jetée était criblée de shrapnels. Le cadavre d'un grand poisson-chat emporté par le courant vint la heurter. Il était littéralement perforé.

Moshevsky restait impassible. Il ne quittait pas des yeux les bateaux de la police. A côté de lui, posé sur le sol, il y avait sa valise en toile, car dans trois heures il ramènerait Muhammad Fasil en Israël où il serait jugé pour l'attentat de Munich. L'avion d'El Al qui venait les chercher amenait quatorze membres des commandos israéliens. On estimait qu'ils suffiraient à protéger le prisonnier contre Moshevsky, durant le long vol de retour.

Le visage de Rachel était gonflé, ses yeux rouges et secs. Elle s'était endormie à force de pleurer, dans le lit du Royal Orleans, en serrant contre elle une chemise de Kabakov qui puait le cigare.

Un vent froid soufflait sur la rivière. Moshevsky mit sa veste sur les épaules de Rachel. Elle lui descendait plus bas que les genoux.

Pour finir, le bateau de tête lança un long appel de sirène. La flotte de la police remonta ses grappins vides et commença à descendre le courant. Moshevsky émit un son étrange, étranglé, puis détourna le visage. Rachel pressa sa joue contre la poitrine du géant, tenta de le prendre par la taille et le tapota doucement ; elle sentit des larmes brûlantes tomber sur ses cheveux. Alors elle le prit par la main et le conduisit vers la rive, comme on mène un enfant.